T0267051

Réquiem por Paris

CHRIS LLOYD

RÉQUIEM POR PARÍS

TRADUCCIÓN DE
IRIS MOGOLLÓN

PRINCIPAL
NOIR

Primera edición: marzo de 2023
Título original: *Paris Requiem*

© Chris Lloyd, 2023
© de la traducción, Iris Mogollón, 2023
© de esta edición, Futurbox Project, S. L., 2023
Todos los derechos reservados.

Diseño de cubierta: Pedro Viejo
Corrección: Marta Araquistain

Publicado por Principal de los Libros
C/ Aragó, n.º 287, 2.º 1.ª
08009, Barcelona
info@principaldeloslibros.com
www.principaldeloslibros.com

ISBN: 978-84-18216-62-6
THEMA: FFL
Depósito Legal: B 6189-2023
Preimpresión: Taller de los Libros
Impresión y encuadernación: CPI Black Print (Barcelona)
Impreso en España — *Printed in Spain*

Para mi madre y mi padre, Averil y Mervyn Lloyd

«El infierno está vacío,
todos los demonios están aquí.»

William Shakespeare, *La Tempestad*

Noviembre de 1940

¿Qué tendrán las lechuzas?

Como si conducir a través de interminables kilómetros de oscuro bosque con solo una rendija en los faros para guiar tu camino no fuera bastante, siempre había algún cabroncete estrigiforme para recordarte que andabas en algo turbio. Eso y los bosques que, repletos de soldados alemanes, parecían confabularse con ellos.

Me quedé paralizado al salir de mi vehículo mientras el eco del grito moría en la noche. El eco en mis entrañas murió con él. Escuché atentamente y esperé mientras mis ojos se acostumbraban a la oscuridad. La negrura se había apresurado a llenar el vacío en cuanto apagué las luces del coche. Esto no era oscuridad, era ausencia de luz. Vivo en el París ocupado por los nazis: créeme, conozco la diferencia.

Acababa de comprobar que mi estómago estaba en su sitio cuando la lechuza volvió a ulular. Un sonido atormentado que rompió el lúgubre silencio de la noche. He oído a proxenetas parisinos apuñalados por un rival hacer menos ruido.

Mientras cerraba suavemente la puerta del coche, otro ruido me detuvo. El ladrido de un perro, en algún lugar en la distancia. De un granjero, o de un soldado, no tenía ni idea. Me mantuve alerta pero la bestia permaneció en silencio. Ojalá la lechuza siguiera su ejemplo. Otros animales se unieron; esta vez me llegó su olor, no su sonido. El olor del estiércol, que soplaba en la brisa cambiante, me hizo cosquillas en la nariz. Involuntariamente, torcí la cabeza para sacarlo, como si intentara reprimir un estornudo, pero se quedó allí agarrado. Cerdos. No entiendo por qué alguien querría vivir en esta tierra salvaje. Había vivido demasiado tiempo entre el barullo y la mugre de París como para apreciar el estiércol y la suciedad del campo.

Me dirigí a tientas a la parte trasera del Citroën y traté de abrir el maletero en la oscuridad. Otro olor, esta vez tenue, me asaltó y retrocedí. Me aparté un momento, respiré profundamente y me incliné hacia el interior. Mi mano tocó una manta y me retiré al momento. Sentí que su contenido cedía ante mi contacto y luché contra las arcadas. Con más cuidado, volví a meter la mano, empujando el pesado bulto bajo la manta hacia un lado para encontrar lo que buscaba. Tocando la áspera madera del mango, saqué una pala, con cuidado de que no golpeara el lateral del vehículo para que no hiciera ruido en la noche.

Sin cerrar el maletero para no arriesgarme a hacer más ruido, me cargué la pala al hombro y me alejé, dejando que mi visión periférica intentara enfocar el perímetro del bosque. Con el ladrido de otro perro en mis oídos y el aire frío y penetrante en mis fosas nasales, sentí que mi camino se alejaba de la seguridad del coche y se adentraba en la oscuridad.

La lechuza ululó de nuevo.

Obertura

Septiembre de 1940

1

—Habría sido más que feliz si me hubiera quedado en el sur. —Boniface hizo una pausa y dio un delicado sorbo a su café—. Pero la señora quería volver a París para que mis tres hijas fueran al colegio.

Los otros policías del Bon Asile asintieron juiciosamente a las palabras de Boniface, como si fuera lo más natural del mundo. A través de la ventana de la cafetería, de color marrón tabaco, vi un *jeep* alemán que pasaba con lentitud. París estaba bajo el dominio de los nazis y a Boniface le preocupaba que sus hijas se perdiesen el comienzo del curso escolar. No era el único. Vi a dos niños pequeños seguir la estela de los soldados alemanes, alargando el camino a la escuela como si fuera cualquier otro septiembre.

—Y echaba de menos las tiendas —añadió—. Aunque no tienen gran cosa.

Su voz parecía la trampa de una venus atrapamoscas. Almibarada detrás de sus afilados dientes, ocultando un vacío lleno de néctar. Y como una planta carnívora, la forma lo era todo en Boniface; el fondo, una estafa recubierta de azúcar. Algunos de los policías más jóvenes sentados en sillas con manchas de humo absorbían cada una de sus palabras. Otros, no tanto. Yo, para nada.

Sin molestarme en ahogar un suspiro, doblé el periódico y llevé mi taza de café a la barra. El Bon Asile, un nombre poco apropiado en cualquier momento, era un lúgubre templo del café y el humo de los cigarrillos en las callejuelas de la Île de la Cité, detrás del Treinta y Seis, nuestro nombre para la comisaría de policía en el *quai* des Orfèvres.

—Café —le dije a Louis en voz baja, derramando parte de mi taza casi llena sobre la barra—. Nada de esta basura de sucedáneo.

Detrás de la barra, Louis se encogió de hombros.

—El racionamiento, Eddie. No puedo conseguir el material adecuado.

Volví a mirar a los otros policías sentados alrededor de la mesa, aún cautivados por las historias de Boniface, y me volví hacia Louis. Señalé el armario situado en la parte trasera de la barra y hablé en voz baja.

—Café de verdad, Louis. O le diré a tu mujer lo que guardas en ese otro armario.

Palideció y me preparó una nueva taza. Solo el olor me embelesó.

De vuelta a la mesa, Boniface todavía era el centro de atención.

—No sé por qué dejaste el sur, Giral —me dijo cuando me senté de nuevo—.

Las jovencitas de por allí me parecieron muy agradables.

—Deben de estar desconsoladas desde que te fuiste. —Tomé un sorbo del fuerte café y me olvidé de dónde estaba por el momento.

—Entonces, ¿por qué te marchaste, Boniface? —le preguntó uno de los policías, interesado—. Yo no me habría ido.

—Estuve a punto de quedarme —les dijo—. Vaya si lo estuve. Me quedaría en el sur tomando el sol y os dejaría París y los *boches** a vosotros. Pero como dije, la señora quería volver. Los niños, la escuela, ya sabes.

—¿Qué señora de todas? —preguntó el primero, con las consiguientes risas alrededor de la mesa. Boniface era alabado entre los policías más crédulos por sus alardes de tener una esposa y una amante en la ciudad, cada una con una familia que él había engendrado.

Volví a coger el periódico. Quería elegir a qué mentiras prestaba atención. Me sumergí en su voz. Era casi relajante cuando no escuchabas lo que decía. También tenía la costumbre de guiñar un ojo cuando tenía la menor ocurrencia. Y con su pelo brillante por la gomina y su mechón caracoleando sobre la oreja derecha, era como si pretendiera dárselas de Maurice Chevalier. Para mí, era más bien una *Madame* de Pompadour de medio pelo.

—Me sorprende que te hayan hecho volver —comentó Barthe, uno de los policías más veteranos, mientras bebía su *brandy* del desayuno.

---

* En francés, *boche* es un término despectivo usado para designar a los alemanes.

Boniface se rio.

—El comisario Dax casi me arranca la mano, estaba ansioso de que volviera al ruedo. Sabe que no vendría mal un poco de sangre viril por aquí.

—Y porque estamos desesperadamente faltos de personal, con la guerra y todo eso —comenté, sin levantar la vista del periódico.

—Pero siempre te tenemos a ti, Eddie. Eres parte del mobiliario. —Oí la sorprendida irritación en su voz.

Alcé la vista. La mirada triunfante de su rostro vaciló al notar que los otros policías miraban hacia otro lado, con expresión avergonzada.

—Inspector Giral —una voz rompió el silencio.

Me giré y vi que un joven policía uniformado había entrado en la cafetería. Los policías uniformados normalmente se mantenían alejados y dejaban este lugar a los detectives.

—¿Qué pasa?

—El comisario Dax quiere verte. Dice que es urgente.

Me levanté y me incliné sobre el chico, que palideció.

—¿Dónde estabas hace diez minutos cuando te necesitaba?

—Dejaste pasar la oportunidad, Eddie —me dijo Boniface—. Deberías haber regresado al sur salvaje cuando tuviste ocasión, tomarte un descanso allí, con los demás chupacabras. Nadie en París te echaría de menos.

Me agaché y le di una fuerte palmadita en la mejilla. Todos los que estaban alrededor de la mesa miraron a todas partes menos a nosotros. Su propia mirada era de creciente sorpresa.

—Habrás visto a los alemanes en la ciudad —le dije, con mis ojos fijos en los suyos—. Bueno, no es lo único que ha cambiado.

—Toma asiento, ¿por qué no? —me dijo el comisario Dax.

Ya lo había hecho. Me recosté en la silla frente a su escritorio y me encogí de hombros. Fuera, tras la ventana, el cielo de septiembre no conseguía calentar el aire de la mañana y se suspendía mortecino sobre las calles grises por los uniformes y la resignación. Aun así, la habitación era sofocante por dentro, y una mosca se chocaba constantemente con la ventana. Sabía cómo se sentía.

Dax sacó dos vasos y una botella de *whisky* de un armario y nos sirvió un poco a ambos. Miré mi reloj. Barthe no era el único que últimamente se permitía un aperitivo en el trabajo. Se dejó caer con pesadez en su silla y el aire del cojín ventoseó con suavidad entre nosotros. Seguía tan demacrado como siempre, con sus duras gafas de pasta encajadas de forma inestable en el estrecho puente de su nariz, pero sus decisiones nutricionales compensaban el tiempo perdido con una cada vez mayor barriga. Me preguntaba de dónde sacaba la comida para hacerla crecer. Y el *whisky*. Pareció haber leído mi mente.

—El comandante Hochstetter —explicó, blandiendo la botella.

Hochstetter era el oficial de inteligencia militar alemán al que se le había asignado la tarea de hacerme la vida imposible. No lo había visto desde hacía unas semanas. Pero eso no significaba que no me doliera no estar en la lista de los que recibían *whisky* gratis.

Chocó su vaso con el mío, que seguía apoyado en el escritorio entre nosotros, y bebió un trago. Parecía cansado. Todos lo estábamos. Es una consecuencia del hambre. También del hecho de que los nazis hubieran venido para quedarse.

—Bebe —me instó—. Estamos todos juntos en esto.

Cogí mi vaso.

—Excepto que algunos de nosotros estamos más juntos en esto que otros.

Sabía bien, había que reconocérselo a Hochstetter. Entendía de *whisky*. El raro lujo que suponía casi me dolía mientras se abría paso por mi boca y me bajaba por la garganta.

Entonces Dax se encogió de hombros.

—Haz lo que quieras, Eddie. No te ha impedido beberlo.

—¿Qué querías? —pregunté.

—El Jazz Chaud. Se ha encontrado el cuerpo de un hombre en circunstancias sospechosas.

Miré fijamente el *whisky*.

—Entonces, ¿no hay prisa?

—Solo procuro tenerte contento, Eddie. ¿Te acuerdas? De todas maneras, el fiambre no irá a ningún lado. —Le observé vaciar su vaso y servirse otros dos dedos—. Los alemanes han cerrado el lugar, pero la conserje encontró el cuerpo esta mañana cuando fue a revisarlo. Parecía que había intentado robar la caja fuerte.

—¿Robar la caja fuerte? Cuando el lugar a cerrado: así que no es un tío muy listo. ¿Qué más sabemos?

—Eso es todo, Eddie. Los uniformados están allí ahora, esperando que aparezcas.

Me puse en pie.

—Entonces, les pediré disculpas por llegar tarde, ¿de acuerdo?

Dax no se estaba tomando bien la ocupación. Hace tan solo un par de meses, me hubiera llamado a su despacho, me habría hablado de la sospechosa muerte y me habría dicho que siguiera mi camino.

—Llévate a Boniface. Está oxidado después de tres meses tomando el sol en el sur. —Me hizo un gesto para que me fuera.

En respuesta, me serví otros dos dedos de *whisky* y apuré el vaso antes de abandonar su despacho.

Recogí a Boniface en la sala de detectives, cogimos su coche en la puerta del Treinta y Seis y nos dirigimos al sur, al otro lado del río. Supuse que, si Boniface estaba al volante, no podría hablar mucho. Me equivoqué, su parloteo era constante, como unos neumáticos de goma sobre el adoquín mojado.

El Jazz Chaud era un club de *jazz* en Montparnasse. Condujimos por amplios bulevares hacia calles estrechas para llegar hasta allí. La ciudad se iba llenando poco a poco. Toda la gente que había huido en las semanas previas a la invasión, aterrorizada por lo que los alemanes nos tuvieran reservado, iba volviendo a casa lentamente. No había nada parecido al bullicio de antes de que los nazis decidieran hacernos una visita, pero la ciudad bostezaba y estiraba los brazos, mirando a su alrededor aturdida y preguntándose qué hacer ese día. El pánico del verano había sido en vano, los alemanes nos trataban con una extraña y educada formalidad. Por ahora.

—Es como si todos esperásemos como corderos a punto del sacrificio.

Me giré y vi a Boniface mirándome fijamente.

—¿Qué has dicho? —le pregunté.

Había aparcado y señalaba la vida que nos rodeaba.

—Nosotros. En esta ciudad. Una última aventura antes de hacer cola a ciegas para nuestro turno en el altar.

Se dio la vuelta y salió del coche. No pude hacer otra cosa que seguirlo con la mirada unos instantes, con el recuerdo del olor de su gomina aún en mis fosas nasales, antes de ir tras él.

El Jazz Chaud ocupaba todo un estrecho edificio de tres plantas escondido entre una hilera de edificios irregulares dispersos aquí y allá, sin más orden que las arruinadas lápidas de un avejentado cementerio. Me estremecí a pesar del creciente calor del día. Era una calle a la que el sol nunca incomodaba. Tampoco los alemanes, lo cual era un alivio. Al menos por ahora.

Un policía de uniforme en la puerta del club parecía mareado y olía a vómito. En esta ocasión, prefería el olor del pelo de Boniface. Por primera vez, me pregunté qué nos esperaba dentro.

Cuando era un joven policía en los años veinte, había tenido un segundo empleo en un club similar en Montmartre, manteniendo a raya los alborotadores del sábado noche, pero no había vuelto a pisar un club de *jazz* desde aquella época. Y no conocía este lugar. En aquellos días, no me habría aventurado tan al sur de la ciudad para divertirme. Ya había visto bastante en el trabajo. Al momento, reconocí en el aire el hedor del alcohol y el perfume de la época, el olor acre de la lejía y la triste visión diurna del escenario en silencio. Pero todos los aromas eran tenues, como diluidos. El club había cerrado antes de que llegaran los ocupantes y habían prohibido su reapertura en uno de sus arbitrarios actos de celo administrativo. El escenario llevaba meses callado. Al igual que todas las instalaciones y el equipamiento del club, una fina capa de polvo que cubría las sillas y el piano, los atriles y los micrófonos. Por un instante, me pregunté qué habría sido de todos los músicos, tanto los de aquí como los que conocía de otros lugares, especialmente los afroamericanos que se quedaron en París después de la última guerra, no queriendo volver a los problemas que tendrían en Estados Unidos. Me pregunté si los nazis los habrían encerrado.

Un segundo policía uniformado estaba de pie en el interior, arrastrando los pies y mirando con nostalgia el bar vacío. Era mayor que su compañero de la puerta y parecía un hombre duro, de una edad como para haber visto toda una vida ante sus ojos la última vez que nos enfrentamos a nuestros vecinos de allende el Rin.

—¿Qué tenemos? —le pregunté.

—Algo malo, inspector. —Su voz era extrañamente suave, discordante con su complexión corpulenta y sus ojos penetrantes. Señaló una puerta con la cabeza—. Por ahí.

—¿Está el dueño?

—No puedo localizarlo. Aquí no hay nadie más.

Asentí con la cabeza y me dirigí a la puerta que me había indicado. Cuando Dax me dijo que alguien había muerto en el club, imaginé que había sido un accidente. Un desafortunado ladrón de cajas fuertes que se había caído desde una ventana intentando entrar. La actitud de los dos policías me decía que estaba equivocado. Al cruzar la sala, mis pensamientos se aceleraron, tratando de anticipar lo que iba a encontrar.

No lo conseguí.

En un despacho, junto a una caja fuerte abierta, un hombre estaba sentado en una ornamentada pero descolorida silla. Le habían atado a ella, con las muñecas sujetas con cuerdas a los husillos de madera artesanal que sostenían los brazos revestidos de cuero. Antes de acercarme a él, comprobé por instinto la caja fuerte. Estaba vacía, ya fuera porque el lugar lo estaba también o porque alguien se había llevado lo que fuera que había en ella.

Volví a centrar mi atención en el hombre. Los informes habían acertado en una cosa: sin duda estaba muerto. Oí un ruido detrás de mí y me giré para ver a Boniface entrando en la habitación, con una expresión de horror en el rostro.

—Madre mía, no me lo esperaba —dijo, con la voz momentáneamente ronca.

Volví a mirar a la figura en la silla y observé los ojos abiertos de pánico, la sangre alrededor de la cuerda de las muñecas donde había luchado por liberarse y las piernas estiradas hacia delante mientras intentaba apartar la cabeza de su atacante.

Alguien le había cosido los labios.

Con gruesas y toscas puntadas con el mismo cordel áspero, su boca se fruncía en un atónito beso. Un rastro de sangre seca se adhería a su barbilla y contrastaba con el color de sus labios.

—Yo tampoco —le dije a Boniface—. Es Julot le Bavard. Se supone que está en la cárcel.

2

El tragaluz no había sido forzado.

Había dejado a Boniface abajo hablando con la conserje —parecía calmada por su embriagador perfume, así que supuse que él obtendría más información de ella que yo— y había subido las escaleras para comprobar el tejado. Julot era de la vieja escuela, tenía hábitos que no podía dejar, indicios que siempre lo delataban. Esa era una de las razones por las que estaba en prisión. O debería haber estado.

Miré en todas las habitaciones de arriba. Una de sus costumbres era entrar en los edificios que robaba por los tejados y a través de una ventana del piso superior o —su favorito— un tragaluz. Lo revisé todo, pero no se había forzado nada.

—Entonces, ¿por qué cambiar tu *modus operandi*? —le pregunté en su imprescindible ausencia—. ¿Y por qué robar en un lugar que está cerrado?

Julot no era el más brillante de los villanos, pero incluso él sabría que un club vacío significa una caja fuerte vacía. A menos que supiera algo más. Lo que igualmente no explicaría el cambio de *modus operandi*. Lancé una última mirada a los prístinos tragaluces gemelos bajo la pendiente del tejado y, tras bajar las escaleras, encontré a Boniface diciéndole a la conserje que ya podía irse a casa.

—Has sido muy útil —le aseguró con su voz característica. Funcionó: después de los lamentos de hacía media hora, se fue como si acabase quitarse treinta años de encima y hubiera pasado la mañana con su amante.

Cuando se marchó, me quedé con Boniface en la sala principal, que olía a alcohol, sin querer volver aún a la oficina.

—Más o menos lo que ya sabíamos —me dijo, comentando lo que le había dicho la conserje—. Los alemanes cerraron el club, así que no había dinero en la caja fuerte. Viene todos los lunes por la mañana a comprobarlo, pero eso es todo. No hay nadie que limpie el local porque el dueño ya no puede pagarles.

—¿Dijo quién era el dueño? —Me pregunté si sería alguien de mi pasado.

—Jean Poquelin. Está fuera de la ciudad. —Recitó de memoria—. «Con una de sus amiguitas». No sabe a dónde ha ido, pero volverá mañana.

—Infórmate sobre él. Queremos hablar con nuestro *monsieur* Poquelin tan pronto como regrese. —No era un nombre que conociera—. ¿Sabe si ha dado uso a la oficina, específicamente la caja fuerte?

—No que ella sepa. Le pregunté.

Volvimos a la habitación para revisarla. El polvo que había en el bar no se extendía al despacho. El escritorio estaba limpio, el papel secante y el libro de contabilidad también estaban libres de la fina capa que cubría todas las demás superficies. Pasé un dedo por la parte superior de la lámpara de mesa verde y salió sucio. El despacho estaba en uso, pero no se limpiaba. Eso no nos decía nada.

Al igual que yo, Boniface evitaba mirar la boca cosida del cuerpo sentado en la silla. Pero aún podía verlo por el rabillo del ojo.

—No se le hace eso a alguien a quien simplemente se pilla robando la caja fuerte —le dije a Boniface—. Le disparas o lo golpeas. O nos llamas. O ambas cosas.

—Y, de todas formas, si es un ladrón experimentado, para empezar no se molestaría en venir aquí.

Emití un gruñido de asentimiento. Nunca había trabajado con Boniface antes de su excursión por el Mediterráneo y siempre lo había considerado la espuma, no el café, así que su observación me sorprendió. Le hablé del *modus operandi* habitual de Julot.

—No creo que haya venido aquí por voluntad propia. Y desde luego no creo que haya venido solo. Julot solo entraría por la puerta de la calle bajo coacción. Es más de lo que su orgullo hubiera permitido.

—Así que alguien consiguió que entrase y abriera la caja fuerte. Y luego le hicieron esto.

—¿Por qué? ¿Por qué no matarlo y tirar el cuerpo?

—A menos que sea una advertencia.

—Por eso ahora tengo más ganas que nunca de ver qué dice el tal Jean Poquelin. Esto huele a asesinato de bandas. Si se pretende escarmentar a alguien, es a él. —Me obligué a mirar a Julot—. Pero nada de esto explica cómo Julot ha salido de la cárcel. Le quedaban al menos otros cuatro años de condena que cumplir.

—¿Cómo lo sabes?

—Yo le metí ahí.

Boniface parecía estar a punto de responder cuando la puerta se abrió y el segundo policía uniformado hizo pasar a alguien.

—Buenos días, Eddie.

Me giré y vi a Bouchard, el forense, quitarse su viejo sombrero Homburg y colgarlo con despreocupación en un soporte en la esquina de la habitación. Se volvió hacia mí y sonrió, con sus ojos amplificados por las gafas que siempre llevaba posadas en su nariz aguileña. Con el pelo canoso peinado hacia atrás sobre su cabeza abombada, evocaba la imagen de un académico del siglo XIX.

—Buenos días, Boniface —añadió—. Me sorprende verte por aquí de nuevo. ¿Demasiados maridos enfadados dondequiera que hayas ido? Por favor, no respondas: no me interesa.

Sabía por qué me caía bien Bouchard.

—Buenos días, doctor. —Me gustaba llamarle doctor, él lo odiaba.

—¿Qué tenemos aquí? —Bouchard dejó su bolsa en el suelo a los pies de Julot. Se inclinó hacia delante para inspeccionar las toscas puntadas con que habían cosido sus labios—. Bueno, al menos sabemos que no buscamos a un cirujano.

—O a una costurera —dijo Boniface, con una sonrisita que acompasaba el flujo melifluo de su voz.

Bouchard lo miró fijamente.

—¿No tienes otro sitio donde estar?

—Sí lo tienes —le dije a Boniface—. Quiero saber cómo es que Julot ha salido de Fresnes antes de tiempo. Ve a ver al juez y averigua por qué se le ha permitido salir.

Asintió con la cabeza. Ni un cabello engominado se salió de su sitio. Eso me molestó.

Bouchard sacó algunos instrumentos de su bolsa y se volvió hacia Julot. Intenté no mirar, así que hice un recorrido por las paredes del despacho del propietario para distraerme. Lo conseguí, pero no de la forma que imaginaba. En la pared tras el escritorio, un grupo de cuatro fotografías enmarcadas que colgaban en una esquina me detuvo en seco. En un momento, olvidé a Julot y sus labios de baja costura, a Bouchard y sus herramientas sin nombre y a Boniface y su charlatanería, y me quedé mirando las fotografías. O, mejor dicho, a quienes aparecían en ellas. Más viejos que cuando los conocí, obviamente, pero aún los reconocía.

—¿Por qué se llama Julot le Bavard? —preguntó Boniface por encima de mi hombro, sobresaltándome. Aún no se había ido—. Julot el Charlatán. ¿Así que era un soplón?

Me giré para mirarlo de frente.

—No, no era un soplón. Era porque nunca dejaba de hablar.

—¿Un soplón? —Denise escupió la palabra junto con los hilos de tabaco pegados a sus dientes. Golpeó enfadada su cigarrillo en la bandeja de hojalata y las brasas chisporrotearon en un pequeño charco de coñac barato derramado—. Julot era muchas cosas, pero no un soplón. Ya lo sabes, Eddie.

Se volvió hacia mí. Las lágrimas que se habían secado en su rostro, curtido por los años de fumar y la vida que le había dado Julot, habían sido auténticas. Me había preparado para darle la noticia de su muerte, pero el telégrafo de la *rue* Belleville había llegado antes. Cuando la encontré, estaba sentada en una cafetería de la *rue* des Envierges, autocompadeciéndose junto a un *brandy*. Las esposas de otros tres ladrones se habían prestado a acompañarla. Ahora se habían retirado a un rincón de la pequeña cafetería para darnos algo de privacidad, lanzando miradas frías y amenazantes en mi dirección. Belleville era el territorio de Julot, un barrio decadente de callejuelas empedradas y rincones secretos en la margen derecha.

—¿Por qué le harían eso a Julot, Eddie? —preguntó conmocionada por enésima vez.

—Eso es lo que quería preguntarte, Denise. ¿Sabes de alguien que le tuviera tanto rencor a Julot como para hacerle eso?

—¿Aparte de mí, quieres decir? —Se rio, con un tono amargo teñido de tristeza. Denise era la exesposa de Julot, divorciada tras años de aguantar que él pasara más de la mitad de su matrimonio en Fresnes y en otros sitios lejos de casa—. Nadie. Y no me vuelvas a preguntar si había delatado a alguien, sabes que no era el estilo de Julot.

Tuve que darle la razón. También debí hacer el siguiente par de preguntas con cuidado.

—¿Podría haber hablado demasiado? ¿Sabes de algo en lo que haya estado metido?

Por un momento pensé que iba a gruñirme, pero se quedó pensativa.

—Nada que yo sepa, Eddie. Pero ya sabes que a Julot le gustaba hablar.

—Se podría decir que sí. —Comparado con Julot, Boniface había hecho un voto de silencio.

—El cabrón nunca se callaba, a decir verdad. —De nuevo, se rio—. Su lengua era más rápida que un ganador de Longchamp. Fue una de las razones por las que terminé echándolo.

—Me parece un poco injusto, Denise. Le llamaban Julot le Bavard, eso debería haberte dado una pista.

Me lanzó una mirada, pero sonrió con tristeza, con las comisuras de los ojos profundamente arrugadas.

—Quizá tengas razón. Todavía quería al viejo canalla, aunque no pudiera vivir con él. Era inofensivo, ¿verdad, Eddie? No mataría ni a una mosca.

Choqué mi taza de café con la suya.

—Una de las personas más agradables a las que he arrestado. Nunca dio problemas.

Arqueó las cejas mirándome.

—Ojalá hubieras podido encontrar la forma de arrestarlo un poco menos.

Los dos estábamos perdidos en nuestros pensamientos un momento antes de volver a hablar. Sus amigas del rincón empezaban a impacientarse.

—¿Cuándo salió de la cárcel? Todavía le quedaba tiempo de condena.

—No lo sé. Me he enterado hoy que estaba fuera. Más de un mes, dice la gente.

—¿Qué más dicen? ¿Cómo es que lo soltaron antes?

—Tú eres el policía. Dímelo tú. —Negó con la cabeza—. Habría estado a salvo si aún estuviera en Fresnes.

—No sé yo. —Era mi turno para la risa irónica.

—Más seguro de lo que estaba fuera, sí. —Su expresión era sombría—. Todo ha cambiado últimamente.

—¿Desde que llegaron los alemanes? —Sacudió la cabeza, pero no respondió—. ¿Qué pasa, Denise?

Se rio y apagó el cigarrillo, pero su mirada se volvió dura.

—Tampoco soy una soplona, Eddie.

Sus amigas parecieron notar un cambio en nuestra conversación y vinieron a sentarse con nosotros. La mayor de las tres, una arpía con mala dentadura y peor aliento, se sentó cerca de mí y me miró fijamente a los ojos. Capté la indirecta.

—Si te enteras de algo, avísame —le dije a Denise mientras me levantaba para irme.

—Te diré una cosa, Eddie. Julot puede darle gracias a Dios por haber muerto. De haber sabido que estaba en la calle, yo misma habría matado a ese cabrón.

La dejé a ella y a las tres brujas atendiendo su caldero y conduje hacia el sur desde Belleville. Estaba aprendiendo qué rutas había que tomar para evitar las bandas de música de Adolf y las patrullas alemanas. Si uno se esforzaba lo suficiente, casi podía olvidar que la ciudad estaba ocupada. Pero entonces crucé el Sena, y una moto con sidecar me obligó a esperar a que pasaran dos coches del personal, con los asientos traseros relucientes de hojas de roble y brillantes cordones. He dicho que *casi* se podía olvidar.

Bouchard bebía café del malo en la sala de autopsias. Estaba sentado en un escritorio en un rincón alejado de las mesas de autopsias y hojeaba un periódico. Vi que era *L'Oeuvre,* un periódico pacifista y de izquierdas de antes de la guerra que extrañamente se había convertido en pronazi ahora que teníamos visita. Lo tiró a una papelera, con expresión de evidente desagrado. Un portazo sonó en algún lugar del pasillo. Un joven entró y volvió a salir sin dirigirnos la palabra a ninguno de los dos.

—Por aquí está animada la cosa —le dije a Bouchard.

—Una cualidad poco común para una morgue.

Se levantó y me condujo hasta una de las mesas. Un bulto que alguna vez había sido una persona yacía bajo un sudario blanco. Aquello siempre me resultaba difícil. Bouchard lo retiró para dejar al descubierto a Julot. Le habían cortado los puntos de la boca.

—¿Cómo murió? —le pregunté.

—En términos simples, por asfixia. Alguien le mantuvo las fosas nasales cerradas hasta que murió.

—Y le tapó la boca.

Bouchard volvió a tapar a Julot y negó con la cabeza.

—No fue necesario. Le cosieron los labios *ante mortem.*

3

Boniface me esperaba fuera de mi oficina.

—Acabo de llegar —me dijo—. No te imaginas el tiempo que me ha llevado cruzar la ciudad.

Me miré la muñeca. Desde el comienzo de la ocupación teníamos la hora alemana, una hora más que la francesa, pero me había negado a cambiar el reloj. Pronto aprendí a leer la hora equivocada.

—¿Qué quieres decir con cruzar la ciudad? Solo te envié a ver al juez en el Palacio de Justicia. Está a la vuelta de la esquina.

—Todo a su debido tiempo, Eddie. Todo a su debido tiempo.

Guiñó un ojo. Gruñí y le conduje al despacho que compartía con otros dos inspectores. Uno estaba fuera, el otro se había marcado un Boniface, solo que no había vuelto de dondequiera que hubiera huido.

—¿Qué has averiguado entonces? Supongo que has ido a ver al juez.

Asintió con la cabeza y sonrió. Me guiñaba el ojo una vez más, juré que lo tiraría por la ventana del tercer piso.

—He hablado con el juez Clément. Dios, tiene una secretaria que es una monada, ¿no? La encantadora Mathilde. —Sus ojos estaban más húmedos que su pelo.

—El juez, Boniface.

—Sí. Bueno, el juez Clément no tiene constancia alguna de que Julot estuviera en libertad condicional, en libertad o de permiso. Dice que Fresnes no le ha informado sobre él. Ninguna solicitud de ningún abogado ni del propio Julot. Ningún motivo humanitario. En lo que a él respecta, no hay razón para que Julot estuviese en la calle.

—Entonces, ¿cómo es que estaba fuera?

—Hay más: después de eso, fui a Fresnes para ver qué estaba pasando.

—¿Que hiciste qué?

—Me ignoraron, Eddie. Nadie quiso hablar conmigo. Me dieron largas cuando pregunté por Julot. Me dijeron que aún estaba allí pero que no podía verlo. Cuando insistí, dijeron que era porque se le negaban las visitas y los privilegios. Les dije que era policía, que tenía autoridad para verlo. Me dijeron que consiguiera una orden judicial.

—Eso es una patraña. ¿Crees que la prisión lo está encubriendo?

—Parece más que eso. Vi al director, y parecía nervioso. No se exactamente qué ocurría, pero algo no iba bien. —Dejó que sus palabras calasen y continuó—. Otra cosa, me hicieron entregar mi arma cuando entré.

—¿Tu arma? No pueden hacer eso. Eres un policía, no puedes estar en Fresnes desarmado. Supongo que te la quedaste.

—Tuve que entregarla. Si no, no me habrían dejado ver al director. —Hizo una mueca de triunfo—. Bueno, y, después de verlo, hablé con su secretaria. No es una belleza, pero es complaciente, ya sabes.

—Céntrate en el asunto, Boniface.

—El asunto es que ella me mostró los archivos en la oficina del director. A escondidas, sin que él lo supiera. —De repente, extendió los dedos, ostentosamente, como un mago de pacotilla—. *Pum*. No había registro de Julot. Como si nunca hubiera existido.

—No queda nada, Eddie. Tienes que venir aquí por la mañana si quieres el mejor corte.

—¿El mejor corte?

—Vale, sí, un buen corte. —Albert movió la cabeza de un lado a otro y reconsideró sus palabras—. Vale, un corte medio decente.

—O algo que se parezcan vagamente a la carne que solíamos tener —le aclaré. Asintió a regañadientes en muestra de acuerdo.

Albert era mi carnicero. Y eso no es tan lujoso como parece. Era mi carnicero porque los alemanes habían impuesto un racionamiento aún más estricto a principios de agosto, lo que significaba que una vez que estabas registrado ante la autoridad, tenías que registrarte en tu panadería y carnicería local. A partir de entonces, solo podías comprarles a ellos. Si no les quedaba nada cuando llegabas al principio de la cola o llegabas tarde, te marchabas con hambre. O ibas al mercado negro, uno de los negocios que florecían en la ciudad bajo nuestros nuevos amos. Me había pasado por allí de camino a casa desde el Treinta y Seis, sabiendo que era poco probable que encontrara algo. Efectivamente, me esperaba otra escasa pero imaginativa cena.

—No puedo abastecerme, Eddie. Las cosas ya estaban mal antes de que llegaran los *boches,* pero ahora es aún peor. Tengo una tajada de cuello de cordero, si quieres.

El término «escaso» no le hacía justicia.

—Es todo hueso —me quejé—. Casi no tiene carne.

—Lo tomas o lo dejas, Eddie; es todo lo que tengo.

Pagué por él lo que antes de la guerra costaba un pequeño piso y vi cómo envolvía con maña el cordero en papel.

—Al menos la carne aún no está oficialmente racionada —comenté.

—No te hagas ilusiones. A partir del mes que viene empiezan a racionarla. Vas a necesitar cupones para la carne, igual que ahora cuando compras pan.

—No se me ocurre una época mejor para estar vivo.

Recogí mi paquete y salí a la calle, donde el día de finales de verano daba sus últimos coletazos. En el exterior, con una luz que no era la que debería corresponder, no pude evitar mirar con disgusto el paquete que tenía en la mano. Durante la «falsa guerra», antes de la ocupación, nuestro propio gobierno había prohibido la carne, el azúcar y el alcohol en determinados días —aunque nadie le había hecho mucho caso—, pero la cosa estaba mucho peor desde que los alemanes habían venido a mojar su pan en nuestra salsa. Desde hacía casi dos meses, teníamos que hacer cola en el ayuntamiento de distrito para comprar trescientos cincuenta gramos de pan, así como azúcar y arroz. Ahora parecía que lo mismo iba a ocurrir con la carne. Ya había rumores de que el queso y el café seguirían el mismo camino. Volví a pensar en el *whisky* del cajón de Dax con un absurdo grado de añoranza.

Volví a casa andando con lentitud. Como teníamos la hora de Berlín, parecía que el sol estaba demasiado alto para aquel momento del día. Todavía no me había acostumbrado a que la luz fuera distinta. A veces me parecía que era el único. Las calles estaban llenas de gente, más que hacía un par de semanas, y todos los parisinos que habían vuelto de sus escondrijos absorbían los rayos de la hora extra como si no hubiera pasado nada fuera de lo normal en su ausencia. Pasé por una cola a la salida de un cine y me dieron ganas de agarrarlos por el cuello y sacudirlos hasta que les temblaran los ojos y decirles que miraran a su alrededor. Que mirasen los uniformes grises que recorrían las calles, los carteles alemanes que indicaban los lugares a los que ya no se nos permitía ir, las montañas de sacos de arena que tapaban iglesias y monumentos. Y los estandartes de color rojo sangre con esvásticas en el centro que colgaban de todos los edificios oficiales.

Como aún no estaba preparado para llegar al vacío de mi apartamento, me desvié por los Jardines de Luxemburgo, que entonces eran como un oasis de esperanza. Siempre y cuando uno pudiera apartar la mirada de las garitas rojas, blancas y negras fuera del palacio y de la enorme bandera nazi que ondeaba con la brisa en la azotea. Goering y su pandilla de la Luftwaffe se había adueñado del viejo edificio como si fuera su pequeño *pied-à-terre* parisino. Ningún lugar estaba a salvo de sus expolios. Al menos, ningún lugar que valiera la pena.

Mientras esquivaba a dos jóvenes familias que estaban charlando, recordé otro día de paseo por los jardines, unos días después de que los acólitos de Adolf llegasen a la ciudad. Entonces el parque estaba vacío, menos por algunos soldados que hacían turismo o revisaban los papeles de la gente. Los parisinos que se habían quedado en la ciudad eran muy pocos y se apresuraban a bajar la cabeza, evitando las miradas de los demás, y yo experimenté un repentino instante de pérdida. Rabia por la muerte del París al que había llegado por primera vez como convaleciente en la última guerra. Desesperación ante la idea de que esa ciudad se hubiera ido para siempre, de no volver a caminar entre el gentío bajo el sol. Y ahora estaba ocurriendo. Con tranquilidad, distinto a como lo había imaginado, pero ocurriendo. A mi alrededor, los niños corrían y los adultos cotilleaban. Los soldados alemanes, en grupos, reían con indulgencia con los niños y cautivaban a las jóvenes y los ancianos. Y experimenté un sentimiento de rabia y desesperación a partes iguales. Pero esta vez iba dirigida más a mis compatriotas franceses que al invasor.

Y al mismo tiempo, en parte me guardé mi disgusto para mí, por ser poco razonable. Los alemanes estaban aquí, eso no iba a cambiar pronto. Los que volvían a sus casas tras el primer éxodo no podían deshacerse de ellos más que yo. Y mientras tanto, aún tenían que vivir, alimentarse, tener un techo, ganar dinero, enviar a sus hijos a la escuela. Era una nueva normalidad, como si la anterior nos llegase a través de un teléfono roto, y era la que nos había tocado. Con ella teníamos que vivir.

—Así que lo asumes o no —me encontré diciendo en voz alta. Ni siquiera estaba seguro de lo que quería decir con eso.

En casa, puse la carne en una olla de caldo con una patata y un tomate que me habían sobrado del opíparo banquete de la noche anterior y dejé que todo se redujera en algo con la esperanza de que fuera ligeramente comestible. Lo observé unos instantes, planeando cómo iba a robarle algún trago al *whisky* de Dax, pero me fui a mi pequeño salón cuando me di cuenta de que empezaba a tomarme en serio la idea.

Sentado en el más cómodo de mis dos viejos sillones, vi de nuevo la boca de Julot —las toscas costuras que mantenían sus labios firmemente cerrados— y traté de imaginar el miedo y el terror que habría experimentado. Sentí un momento de pena por él. Recordé una vez, hacía casi veinte años, en la que perseguí a un ladrón por los tejados del XIX Distrito hasta que me caí y se escapó. No lo vi bien, pero supe que era Julot, aunque no pude inculparlo. El caso es que vino a visitarme al hospital. Me trajo una botella de vino caro y se sentó una hora a beberla conmigo. La había robado, por supuesto, pero no dije nada. Hasta que pillaron al muy tonto intentando vender el resto del botín al restaurante de su legítimo dueño y le cayeron dos años en Fresnes.

Sonreí por un breve momento y alcé en su honor una copa de vino que ya no tenía, y me pregunté como habría salido Fresnes en esta ocasión. Por mucho que lo intentara, no veía ningún motivo para ello.

También pensé en Boniface. Al igual que Julot, no paraba de hablar y me irritaba sobremanera, pero me habían sorprendido una o dos cosas de él. Por mucho que odiase admitirlo, tenía que admirar su tenacidad para ir a Fresnes a indagar más de lo que su parloteo me había hecho creer que era capaz.

Y supe que todas mis reflexiones alejaban de mi mente el único pensamiento que siempre que bajaba la guardia me cogía desprevenido: mi hijo, Jean-Luc, a quien había abandonado cuando era un niño y que había vuelto a mi vida, de forma breve, hasta que llegaron los nazis. Mi hijo, que había sido un soldado en la derrota del Mosa, después de la que cayó Francia, y a quien había ayudado a escapar de París bajo las narices de los alemanes. A quien había encontrado y voluntariamente vuelto a perder. Pero eso fue hace tres meses y no había sabido nada de él desde entonces.

Y por eso busqué distracción pensando en Julot y Boniface. Y en Jean Poquelin, el dueño del club de *jazz*, con quien quería hablar. Miré las paredes de mi habitación y las estanterías cargadas de libros y poco más, salvo una vieja lata en el estante más alto, fuera de mi alcance. No tenía fotos de mi hijo, ni de mí, ni de mi vida pasada. No soportaba ver imágenes de mí mismo, por lo que tampoco tenía ninguna de los demás. Mis únicos recuerdos estaban en mi cabeza, y a veces también podía borrarlos de allí.

Pero, ahora mismo, deseaba tener algunas fotos, aunque no de mí.

Volvieron a mi imaginación las fotografías en las paredes del despacho del club de *jazz* donde habían torturado y asesinado a Julot.

Vi caras conocidas. No deberían haberme sorprendido, había trabajado en un club de *jazz*. Eran todas fotografías de aquella época, gente que una vez conocí.

Mientras el olor a quemado de la cocina me traía de vuelta al presente, recordé la fotografía del hombre que supuse debía ser Jean Poquelin.

Solo que ese no era el nombre por el que lo conocía.

4

—¿Le cuido el coche, señor?

Miré hacia abajo y vi a un crío que apenas me llegaba a la cintura haciéndome la oferta. Había aparcado en una de las calles más anchas de Belleville, para no quedar atrapado entre los adoquines de las angostas callejuelas. Me tendió la mano expectante; su rostro estaba pálido. Era el tipo de barrio donde la luz no se atrevía a poner un pie entre el amasijo de edificios desconchados. Los mocos le colgaban incesantemente desde la nariz hasta los labios y tenía los ojos como platos. Llevaba un harapiento jersey de décima mano más sucio que las aceras y se lo tenía que recolocar cada poco para que no se le cayera de su cuerpecito

—No hace falta, chico. —Había sido una larga mañana.

—Como quiera, poli.

Le miré por segunda vez y le entregué una moneda de cinco céntimos. Pensé que sería más fácil que tratar de encontrar cuatro neumáticos nuevos.

Los clientes de Le Peloton se quedaron en silencio en cuanto entré, el único sonido fue de un vaso cambiándose por otro sobre una mesa de madera rayada. El crío no era el único que reconocía a un policía cuando lo veía.

—¿Llego a tiempo para la reunión de las Hermanitas de los Pobres? —pregunté. Nadie respondió.

Me quedé en la barra de espaldas al mostrador de zinc y observé una docena de expresiones que iban del mal humor a la hostilidad. En cada centímetro libre de la pared había pósteres descoloridos en sepia del Tour de Francia, héroes de antaño besando trofeos y sonriendo. Ninguno de los clientes parecía del tipo de los que se suben a una bicicleta. No a menos que fuera robada. A mis espaldas, pude sentir cómo, detrás de la barra, Pottier, el propietario, se encolerizaba por mi presencia.

—Estoy seguro de que todos ustedes son de su misma opinión —dije a la multitud reunida—, pero he tenido una mañana difícil y solo intento hacer mi trabajo.

—Que le jodan, poli —refunfuñó alguien.

Un joven gamberro que quería demostrar su valía se acercó y se colocó amenazadoramente a medio centímetro de mí. Le sostuve la mirada, le cogí la cara y lo besé en la frente antes de golpearle tranquilamente la cabeza contra el mostrador. Lo vi caer al suelo. Una fracción de segundo antes de que lo golpeara, había dicho una palabra, algo que no entendí. No creí que fuera a repetirla por el momento, aunque se lo pidiera amablemente.

—Qué lástima —anuncié—. ¿Alguien ha oído lo que ha dicho?

Nadie en la sala se movió ni habló. Un par de maleantes más jóvenes intercambiaron miradas de sorpresa. No era a lo que estaban acostumbrados conmigo. Uno de los delincuentes con más tiempo de sentencia captó mi mirada y miró hacia otro lado. Recordaba los viejos tiempos.

—Ah, bueno. Como iba diciendo, ha sido una mañana algo difícil, y me gustaría un poco de ayuda. Julot le Bavard.

Al oír su nombre, una oleada de compasión recorrió la sala. Pero me di cuenta de algo más, algo que había visto en las últimas horas en los lugares que Julot rondaba: miedo.

—Me caía bien Julot —continué—. Me gustaría saber quién le cosió los labios y luego le tapó la nariz mientras se retorcía. Se la tapó hasta que murió. Estoy seguro de que a muchos de vosotros también os caía bien. Así que, ahora, me voy a ir de aquí, pero estaré en el barrio un poco más. Si hay alguno que quiera contarme lo que pasa, solo tiene que venir y decírmelo. No estaréis chivándoos, estaréis ayudando a encontrar al asesino de Julot. —Miré al joven aprendiz de tipo duro. En el futuro inmediato, no iba a despertarlo el suave beso de un príncipe, así que pasé por encima de él y me dirigí a la puerta—. Estoy seguro de que sabréis dónde encontrarme.

Sabía con certeza que lo harían. En Belleville había tambores de guerra como en otras partes de la ciudad había fuentes de agua. Donde Belleville tenía agua, esta corría en sucios riachuelos por el medio de las calles empedradas, los niños mugrientos que jugaban en el barro y la suciedad que dejaba a su paso. Bordeé a un grupo de ellos, todos vestidos con mugrientos harapos, y me dirigí a un lugar que conocía, lejos de las miradas indiscretas.

No pude evitar mirar a mi alrededor. Mi ruta significaba que tenía que dejar la seguridad de las angostas callejuelas y salir a las calles abiertas. Sí, las más seguras eran las callejuelas: todo era relativo en Belleville.

Pensé en las caras que había tenido frente a mí en Le Peloton. También había sentido el miedo.

Y sentí que era una presa.

Descendí los escalones donde la *rue* Piat se encontraba con la *rue* Vilin y esperé abajo del todo. Todo el mundo piensa que nadie habla con los policías. Pero sí hablan. Para ganar a un rival, hablarán con la policía. Para no entrar en Fresnes, hablarán con la policía. Para tener comida en la mesa, hablarán con la policía. Hablarán con cualquiera. Sobre todo en ese momento, cuando la comida era más difícil de encontrar que alguien que quisiera hablar conmigo.

Sabía que lo que estaba haciendo era un último recurso. Había tenido una mañana frustrante. Empecé el día en el Jazz Chaud de Montparnasse, buscando al hombre que ahora se hacía llamar Jean Poquelin; pero no estaba en ninguna parte, el club estaba cerrado. Desde allí, había cruzado el río hasta el lugar en que me encontraba ahora: Belleville, una zona tortuosa y con colinas en la margen derecha. Un mundo aparte del París que los alemanes habían venido a saquear. Había pasado la mañana tratando en vano de conseguir que alguien hablara. Que me diese alguna idea de quién habría matado a Julot. Y por qué no estaba en la cárcel. Empezaba a darme cuenta de que esa pregunta se estaba volviendo más importante para mí que la muerte de Julot. Le ofrecí una disculpa silenciosa, pero no cambió cómo me sentía.

Había una razón por la que nadie me hablaba: el miedo. Pero era más fuerte que eso. Era terror, y quería saber por qué.

—No sé nada, Eddie. De verdad. —Recordé las palabras que hacía apenas dos horas me había dicho Émile, uno de los amigos ladrones de Julot. Se podía ver el terror en sus ojos—. No sé cómo salió de la cárcel, no me dijo nada.

—¿No te lo dijo? —Émile negó enérgicamente con la cabeza—. Lo cual es extraño, ¿no crees? Julot le Bavard manteniendo la boca cerrada. Debió haberte dicho algo.

—Ni siquiera sabía que estaba en la calle. No le había visto.

—Pero le viste lo suficiente como para saber que no te dijo nada.

No tenía sentido. Le dejé ir y se alejó corriendo, chupándose nerviosamente los dientes de conejo, con las orejas gachas por el pánico. Y no era el único con la misma mirada asustada, las mismas nerviosas negativas. Por eso había ido a Le Peloton, para sacudir el árbol y ver qué caía.

No cayó nada. Lo único que había oído era una palabra que había dicho en plan bravucón un gamberro justo antes de que le diera una paliza. Y no había escuchado lo que había dicho, así que no pude entenderle. Desistí y subí a la parte superior de la escalera, pero la calle estaba vacía, y todas las puertas cerradas. Nadie quería hablar de un charlatán.

Pero sí querían escribir.

En la pared de enfrente, con la pintura blanca cayendo sobre el yeso descascarillado, había una sola palabra pintarrajeada. La cal todavía se encontraba húmeda. No estaba allí cuando llegué y no era una palabra que conociese.

Volví a mi coche, donde el crío flaco exigió otro céntimo.

—Es un extra —justificó—. Por mantenerlo a salvo.

Me subí y encendí el motor. Arrancó sin problemas.

—Ni hablar, canijo —le dije, y me fui.

—¿Capeluche?

Abajo, en la sala de pruebas del sótano del Treinta y Seis, le repetí a Mayer la única palabra que había visto pintada en la pared.

—No conozco a nadie que se llame así, Eddie, lo siento.

—Me imagino que es un nombre o jerga parisina que se nos escapa —le dije, recuperando el papel.

Se rio un poco. Como yo, Mayer era otro forastero. Pero yo era un sureño y él era un norteño, de Alsacia. Un hombre reflexivo, inteligente, con olfato para la verdad y tenacidad para atraparla, que estaba desaprovechado aquí abajo.

—Me parece un apodo. ¿Alguna noticia sobre Jean-Luc?

Su pregunta me alarmó. Era uno de los pocos policías que sabía lo de mi hijo. Me sorprendió lo poco que yo mismo quería hablar del tema.

—Nada. ¿Y tú? ¿Ya eres alemán?

Pareció sorprendido.

—Ni siquiera bromees con eso, Eddie. No sé lo que está pasando, pero no me extrañaría que tenga algo que ver con los nazis. Nos van a sorprender a todos mientras buscamos en otra parte. Para cuando los veamos, estaremos jodidos. Así trabajan ellos.

Su vehemencia me sorprendió, pero sabía que se debía a que los alemanes codiciaban Alsacia y su gente como algo propio. En el armisticio que nos obligaron a firmar en junio no se mencionaba formalmente ni Alsacia ni Lorena, pero Adolf las había anexionado en la práctica. Se habían establecido controles aduaneros y se habían nombrado *gauleiters,* administradores alemanes.

Francia terminaba otra vez en los Vosgos. Si yo fuera Mayer, estaría preocupado por lo que el futuro —y los nazis— me deparaban. Cuando le quité importancia para evitar hablar de mis propias preocupaciones, sentí una breve punzada de culpabilidad.

—Eres policía, Mayer. Imposible.

Su expresión era sombría.

—¿Y si ocurre? ¿Quién me apoyará cuando vengan a por mí?

Molesto conmigo mismo, fui a buscar a Barthe y Tavernier. Los encontré en el rellano del tercer piso, tomando un poco el sol. Eran los detectives más veteranos del cuerpo, y supuse que, si alguien había oído hablar de alguien o algo llamado Capeluche, seguramente serían ellos.

—No tengo ni idea —me dijo Barthe, negando con la cabeza.

—Yo tampoco —coincidió Tavernier.

Decepcionado, les di las gracias y los vi volver a la sala de detectives. Barthe se mantenía incólume en pie. No tengo ni idea de cómo lo hacía. Empezaba cada día con un *brandy* e iba a más a medida que pasaban las horas. Era una rutina que se medía en vasos de bar de dulce aroma. A su lado, Tavernier caminaba con el peso del mundo sobre sus hombros. Había estado contando los días para su jubilación, pero cualquier posibilidad se había evaporado con la llegada de los alemanes. Eran como viejos rezagados que cumplían son su trabajo sin meterse en líos.

Dax se encogió de hombros cuando dije la palabra.

—Probablemente no sea nada —dijo distraídamente, ajustándose las gafas—. Julot era un delincuente profesional, conocía los riesgos. No te preocupes por lo que le pasó. Sinceramente, Eddie, no quiero que pierdas mucho tiempo en esto.

Sinceramente, ambos sabíamos que eso era poco probable.

—Quiero saber por qué estaba fuera de la cárcel. Y por qué su asesinato fue tan atroz. Necesitamos saber qué está pasando.

—¿Qué está pasando? —Cogió un montón de órdenes del Alto Mando alemán y las lanzó al aire. Cayeron pesadamente sobre su escritorio y el suelo, las esvásticas como una multitud de diminutas pero venenosas arañas, infestando el espacio entre nosotros—. Esto es lo que está pasando, Eddie. Julot podría haber sido liberado de Fresnes por docenas de razones. Y ninguna de ellas tiene ya nada que ver con nosotros.

—No puedo lavarme las manos.

—Sé que no puedes. Pero vas a tener que aprender cuándo tus manos tienen que permanecer sucias.

Le observé ordenar los papeles de nuevo. Su expresión era una mezcla de culpa y miedo por haber sido sorprendido profanando la burocracia nazi.

—Más allá de cualquier otra consideración, eso no tiene sentido.

—No te hagas el gracioso, Eddie, no tengo tiempo.

Le observé intentando poner un poco de orden en los documentos, mientras sus manos temblaban ligeramente. Lo sorprendí mirando un par de veces al cajón donde estaba el *whisky*. Estaba más al límite de lo que había sospechado.

—El dueño del club de *jazz* —insistí—, Jean Poquelin. —Justo a tiempo, me abstuve de decirle a Dax que ese no era su verdadero nombre—. Se supone que tiene que volver hoy, pero me he pasado por el club esta mañana y parecía cerrado a cal y canto. Tengo la sensación de que no volverá.

—¿Por qué?

—Es solo una corazonada.

Un golpe en la puerta nos interrumpió. Por primera vez en mi corta relación con él, me alegré de ver a Boniface. Se asomó por la puerta y me guiñó un ojo. Ni siquiera me importó.

—Acaba de llegar una llamada telefónica, Eddie. Jean Poquelin, el dueño del Jazz Chaud. Ha llamado para decir que ha vuelto. Podemos ir a verlo cuando queramos.

Volvió a guiñar un ojo y se marchó.

Me volví sorprendido hacia Dax.

—Conque tenías razón, ¿eh? —me dijo.

En toda la mañana, eso era lo más feliz que lo había visto.

5

Jean Poquelin me esperaba con una pistola.

Rondé por su despacho con cautela y me acerqué lentamente a su escritorio sobre las puntas de los pies. La silla en la que habían torturado a Julot había sido empujada a la esquina más alejada de la habitación, dejando un rastro de polvo revelador de huellas dactilares a su paso. Evidentemente, el propietario de la habitación había sido demasiado aprensivo para sentarse en ella, y en su lugar había preferido arrastrar uno de los cuatro pesados sillones que estaban alrededor de una mesa de café junto a la pared opuesta.

Señalé con la cabeza el arma, un revólver antiguo y lleno de marcas que parecía haber tenido muchos deshonestos propietarios con el correr de los años.

—No vas a necesitar eso.

—¿De verdad lo crees? —Su voz era neutra.

Estaba a solas con él. Boniface había insistido en acompañarme, pero no lo quería allí. No en este primer encuentro.

—¿Crees que es seguro? —me había preguntado Boniface. Su pregunta me había molestado entonces. Miré la pistola y el recuerdo me hizo sonreír.

Jean Poquelin, que me miraba desde su escritorio, tuvo que esforzarse por hacer retroceder su asiento contra la alfombra para levantarse. Me miró de arriba abajo antes de andar con la misma cautela hacia el frente. Dio un paso más hacia mí. Cuando se inclinó hacia delante, me di cuenta de que había dejado el revólver sobre el escritorio. Me rodeó el pecho con ambos brazos.

—Dios, Eddie, ¿me alegro o no de verte?

Dejé que me abrazara un rato antes de empujarlo suavemente hacia atrás.

—¿Jean Poquelin?

Se encogió de hombros.

—Es mi nombre.

—No, no lo es. Eres Fran. Fran Aveyron. ¿Por qué el falso nombre?

Se rio y se puso delante de mí, mirándome de arriba abajo. Habían pasado casi quince años desde la última vez que me vio. Desde la última vez que le vi.

—No es un nombre falso, Eddie. No más que el tuyo. Eran los músicos americanos los que te llamaban Eddie, ¿no es así?

Tuve que asentir con la cabeza.

—Pensaban que Édouard era demasiado complicado.

—Bueno, lo mismo ocurre conmigo. Mi nombre completo es Jean-François. Me conocías como Fran porque así me llamaba todo el mundo en aquellos días. Ahora soy un exitoso hombre de negocios. He crecido, así que la gente me llama Jean. Me respetan.

—¿Exitoso? —Miré la cubierta de polvo que había por todas partes en un paisaje de baratijas descoloridas.

—Son tiempos difíciles, Eddie. Es posible que hayas oído que los alemanes están en la ciudad.

—¿Y qué pasa con Poquelin?

—Aveyron era el apellido de mi padre. Lo que pasa es que descubrí que no era mi padre, así que empecé a usar el de mi madre en su lugar. Mucho más refinado.

Busqué una silla para sentarme, de repente me encontraba cansado.

—Muy literario. Poquelin era el verdadero apellido de Molière.

Me siguió y se sentó junto a mí en otra de las sillas que rodeaban la mesa de centro.

—¿Molière? Qué curioso, igual estoy relacionado con él. Desciendo de un gigante de la literatura. Joder, ¿no sería genial?

—Por alguna razón, no lo veo.

Me senté y le vi tomar asiento en ángulo recto con respecto a mí. Pude ver la silla donde mataron a Julot en el extremo opuesto de la habitación, con los brazos abiertos hacia mí, como si me hiciera una señal. Me di cuenta de que Fran había elegido sentarse donde la silla no estuviera en su campo de visión. Pero la puerta sí lo estaba. Ese era el Fran que yo recordaba, siempre al acecho. Ya fuera por una amenaza o por una buena oportunidad. Me preguntaba cómo me veía él.

Había sido el barman del club de *jazz* de Montmartre donde trabajaba como portero cuando era un joven policía. Por aquel entonces tenía mala fama, ahora tenía peor pinta. Su pelo era gris y lacio. El pico de viuda de sus años de juventud, que le había dado el encanto de un pirata, había dado lugar a dos profundas ensenadas sobre cada oreja. Su traje descolorido se aferraba a él con desesperación, como una amante no deseada. Miró alrededor de su despacho y el miedo fue sustituido brevemente por una repentina y profunda tristeza.

—Ahora no me queda nada. Por los *boches*. Me fui de la ciudad como todo el mundo y volví el mes pasado, pero no me permiten volver a abrir. Ya no tengo con qué ganarme la vida, el dinero se acaba. Dicen que soy moralmente inestable.

—Bueno, en eso tienen razón.

—¿Ahora eres un bromista, Eddie? Qué novedad.

Levanté la vista y vi las fotografías de la pared que habían llamado mi atención el día previo.

—¿Aún ves a alguno de los de antes?

Ni siquiera levantó la vista.

—A nadie, todos se largaron.

—¿Ni siquiera a Dominique?

Fran me dedicó una mirada lasciva.

—Estabas enamorado de ella, ¿eh? Me acuerdo. Se quedó en nada, si no recuerdo mal.

—¿Y bien?

Saltó de su silla. Era uno de los rasgos que recordaba de él. Nunca podía estarse quieto largo rato. Si hubiera tenido un trozo del cordel del asesino, lo habría atado con él para darme un momento de respiro. Arrancó una de las fotos de la pared con un movimiento brusco y se dejó caer de nuevo en la silla.

—La verdad es que era una belleza, ¿no?

Puso la fotografía ante mí y se recostó en su silla. A pesar de todo, me quedé en silencio. Dominique. Un poco mayor, pero la misma expresión desafiante, los mismos ojos que siempre veían a través de mí. La imagen me dejó sin aliento. Entre ella y Fran en la fotografía había otra figura: Joe. Sentí un instante de culpa y tuve que apartar la mirada. Dominique y Joe. Dos personas a las que había fallado de diferentes maneras. Le di la vuelta a la foto y la empujé sobre la mesa.

—¿Y bien? —insistí.

—No la he visto en años. Te lo he dicho, todos se han ido.

Señalé la silla del otro lado de la habitación.

—Entonces, ¿qué está pasando, Fran? ¿Por qué torturaron a Julot le Bavard en tu club?

—No lo sé. Tienes que creerme. Ni siquiera sé quién es —se corrigió a sí mismo—. Era.

—¿En qué estás metido?

—En nada, lo juro.

—No olvides que te conozco. Sé que andarás metido en algo.

Suspiró pesadamente.

—Ahora soy dueño de un club. Lo importante es la música, el *jazz*. Es legal. Y era un buen club antes de que llegaran los *boches*. Buenos músicos, buena clientela. No necesitaba estar metido en nada dudoso.

—Entonces, ¿por qué Julot vendría aquí a robar? ¿Y por qué alguien lo mataría? ¿Y matarlo de la forma en que lo hicieron?

Fran se estremeció.

—De verdad que no lo sé. Mira a tu alrededor. El lugar está vacío, la caja fuerte está vacía. Aquí no habría nada que robar.

—La caja fuerte puede estar vacía de dinero, pero ¿había algo más que valiese la pena robar? Ya sabes lo que quiero decir.

Vi en sus ojos que sabía a qué me refería. En un ademán que recordaba al Fran que yo conocía, se llevó la mano al corazón.

—Nada, Eddie, lo juro por la vida de mi madre. Esos días han quedado atrás. No trafico con drogas, soy un honesto empresario.

—Un honesto empresario cuyo club es la escena de un atroz asesinato —señalé con la cabeza la silla—. Esto parece un castigo o una advertencia, Fran. Si es un castigo para Julot, ¿por qué elegir tu club? Y si es una advertencia, ¿para quién? Tiene que ser para ti.

—De verdad que no puedo decirte más. No sé nada sobre el tipo. El otro policía dijo que era de Belleville. No tengo nada que ver con esa parte de la ciudad, esto es Montparnasse. Si hubiera sido un ladrón de por aquí, podría haberle visto algún sentido, una advertencia para que otros se mantengan alejados. Pero no este tipo, nunca lo he visto antes.

—¿Quién daría una advertencia como esa? ¿Y por qué?

—Es solo una suposición.

Cambié de táctica para intentar pillarlo desprevenido.

—¿Dónde estuviste el fin de semana?

Me miró con malicia. Este era Fran, recordé. Siempre había sido demasiado astuto para que lo atrapasen con facilidad.

—Estuve divirtiéndome con una conocida mía. Pasamos un fin de semana en Longchamp, en las carreras. Primero los caballos y luego la monta, ya me entiendes, ¿no?

—Por desgracia, sí. Bien, deja que me aclare. Resulta que estabas fuera cuando tu club se convirtió en el escenario de la tortura y asesinato de un delincuente de poca monta, al que tú no conoces y cuyo cuerpo dejaron como advertencia. ¿Entonces qué, Fran? ¿Estabas fuera porque necesitabas una coartada? ¿O estabas fuera porque tenías miedo de alguien?

—¿Por qué iba a necesitar una coartada?

—Sería muy interesante poder responder a eso, ¿no crees? Porque no creo que necesites una coartada. Además, ¿por qué ibas a participar en algo así en tu propio club? Eso sería mear en tu propio jardín, no es algo que tú vayas a hacer. —Di unos golpecitos a la pistola que estaba sobre la mesa—. Creo que tienes miedo, por eso te fuiste. Y por eso mataron a Julot, para asustarte aún más.

Negó enérgicamente con la cabeza.

—Claro que estoy asustado: lo estoy ahora, pero no antes. No tenía nada que temer. Te digo que no tengo ni puta idea de qué va todo esto.

—¿Quién te envía un mensaje, Fran? ¿Qué has hecho para que maten a Julot como advertencia?

—Ya te lo he dicho, Eddie, ya no meto las narices en cosas turbias.

—Curiosa forma de hablar para un traficante de drogas.

—Ya no trafico, ahora no tengo nada que ver con eso.

—¿Seguro? —Me incliné hacia delante y soplé sobre la superficie de la mesa. Una fina nube de polvo blanco se levantó y quedó suspendida en el aire entre nosotros.

—Entonces, ¿qué es eso? ¿Polvo de estrellas?

Por primera vez le vi vacilar, buscar las palabras más convenientes. Abrió y cerró la boca sin haber dicho nada. Así que para él fue una suerte que ambos oyéramos el golpe en la puerta.

El color desapareció de su rostro.

—¿Está tu *conocida* aquí contigo? —le pregunté.

Permaneció callado un instante.

—Solo estamos tú y yo.

Salí a la sala principal para mirar.

—Quédate aquí.

—De eso nada.

Se levantó y me siguió, casi pisándome los talones para seguirme el ritmo mientras me dirigía a la puerta de la sala principal.

Volvieron a golpear la puerta, y un sonido metálico hizo temblar el edificio. El gran timbal del escenario vibró de rebote, con un tono grave. Tuve que reprimir un escalofrío cuando su profunda sonoridad recorrió mi cuerpo. El primer sonido procedía de la parte trasera del club, así que fui tras él. Una pesada puerta de seguridad se alzaba al final de un pasillo oscuro.

—¿Adónde lleva? —le pregunté a Fran.

—Al callejón de detrás del edificio. Allí guardamos los contenedores.

—Genial.

Me di la vuelta: de pronto, sentí un olor que me detuvo en seco. Miré a Fran, pero no reaccionó. No creo que lo notase. Su nariz abotargada no habría estado a la altura de tales sutilezas.

Alcancé la puerta y la empujé. Esperaba que estuviese fría, pero el metal estaba recubierto de paño verde, sin duda para amortiguar el sonido del club. Me transmitió una extraña calidez. Abrí la puerta y salí al callejón, que tenía el encanto que la descripción de Fran me había hecho creer. Los contenedores, probablemente vacíos, con el club cerrado, seguían desprendiendo un olor a podrido. Miré a uno y otro lado de la estrecha callejuela, pero no había nadie a la vista.

Empujé a Fran y volví a entrar en el club. Quería volver a sentir el olor que había captado. Lo recordaba de hacía mucho tiempo. Era un perfume, uno que no había olido en años.

Pero ya se había desvanecido.

6

—No tengo un cupón de racionamiento.

—Ya te lo he dicho, no puedo venderte pan sin un cupón. Son las reglas.

Miré fijamente al panadero detrás de su mostrador. Parecía como si alguien hubiera echado demasiada piel en la mezcla cuando lo estaban horneando y hubiese acabado saliendo con mullidos mofletes y una nariz agrietada. Cada porción de su rostro se movía cuando hablaba.

—¿No puedo pagar una *baguette?*

—Claro que sí. Siempre que me entregues un cupón además del dinero. Ahora, si no te importa, tengo clientes que atender.

Una señora mayor con gafas de pasta y la experiencia de una vida frunciendo el ceño me dio un toquecito en la espalda.

—Llevo dos horas haciendo cola.

—Lo sé. Estaba delante de usted. —Me volví hacia el panadero, aún me quedaba una carta—. Soy policía.

Sonrió ampliamente.

—En ese caso, ¿por qué no se va a la mierda y hace que sus amigos *boches* le compren un poco de pan?

El estómago me rugió mientras cogía el metro hacia Montmartre. Mi desayuno había consistido en una loncha de queso malo y una taza de café aún peor. Y nada de pan. Había agotado todos mis cupones y tenía que esperar unos días para conseguir el lote del mes siguiente. Frente a mí, un soldado alemán, de un grupo que había renunciado a su derecho a ir en su propio vehículo para poder hacer ojitos a dos jóvenes francesas, eructaba silenciosamente contra su manga. Me ardían las mejillas. Goebbels, en un buen día, no podría haber ideado una campaña de propaganda de «idos a la mierda, nosotros no pasaremos hambre» más provocativa que ese pequeño eructo. Me mordí la lengua, era el único sustento que iba a tener.

Cuando salí de nuevo al aire fresco, me sorprendió que mis pasos flaquearan. Había estado en Montmartre innumerables veces en mi trabajo, pero este era el primer día en casi quince años que me dirigía a esta dirección específica. Mi antiguo club de *jazz*. En el que había trabajado como portero cuando era un joven policía. Y el origen de tantas cosas que había hecho y de las que me arrepentía. Bueno, igual no era su fuente, pero sí un afluente que las había alimentado.

Me detuve una última vez antes de entrar. La entrada principal era más elegante, el nombre había cambiado, las paredes y la madera estaban pintadas. Las cosas eran distintas. Noté que yo también lo había hecho, solo que me había llevado mucho más tiempo y me había costado mucho más. Pero dentro el olor era como lo recordaba. El mismo aroma que había sentido en el club de Fran y había despertado en mí oscuros recuerdos. Un club de *jazz* aletargado durante el día, donde el tabaco rancio y la lejía reemplazaban momentáneamente el engaño nocturno del alcohol y el dulce perfume. Solo que aquí el cambio no era tan definitivo como en el Jazz Chaud. Porque este lugar no lo habían clausurado, algo que me sorprendió.

Pero nada de eso era lo importante; un olor distintivo me había traído aquí.

—¿Claude? —repitió el nuevo propietario—. No, murió hace años. Cuatro o cinco por lo menos. Le compré el club a su viuda.

Asentí con la cabeza. Debería haber sentido alguna cosa, pero no fue así. Ocurrió hace demasiado tiempo. El nuevo propietario me dijo que se llamaba Stéphane. No estaba por allí en mi época. Me sentí aliviado no solo de no conocerlo sino de que él no me conociera. No había necesidad de hacer borrón y cuenta nueva.

—¿Cómo es que te han permitido volver a abrir? Creía que los nazis veían el *jazz* como algo degenerado.

Soltó una leve carcajada, tranquila pero genuina. Tenía una edad, unas mejillas hundidas y unos ojos oscuros y tristes que me decían que también había servido en la última guerra. Era una mirada que todos veíamos en los demás y que nunca mencionábamos. En ese momento, decidí que me caía bien.

—Sí —respondió—. En público. Pero, en secreto, no hay nada que los nazis disfruten más que un poco de degeneración.

—¿No es siempre así?

—El lugar está repleto de ellos la mayoría de las noches. —Observó la sala y el escenario que tan bien reconocía. Estábamos solos, salvo por una limpiadora que fregaba lentamente el suelo—. Es extraño. Desde que llegaron los *boches* nos ha ido mejor que en años anteriores. Nada como la fruta prohibida para abrir el apetito.

—Eres uno de los afortunados. Cerraron el Jazz Chaud. —Por un momento me pregunté qué era lo que hacía Stéphane y no hacía Fran, por qué habían tenido destinos diferentes.

—¿El Jazz Chaud? ¿Poquelin? Menudo ladrón de poca monta. Si los alemanes le han cerrado, es lo único bueno que han hecho. —Me sorprendió el desprecio que cruzó su rostro.

—Supongo que no te cae bien.

—Era un ladrón de tres al cuarto con delirios de grandeza. Vendería a su padre por medio *sou*, si supiera quién es su padre.

Ese era el Fran que conocía. Tomé nota e hice la pregunta que me había traído al club:

—He venido a preguntar por una cantante que trabajaba aquí, no sé si aún lo hace. Dominique Mendy.

—¿Dominique? Es una voz del pasado. ¿Está bien? Solía cantar aquí, pero eso fue hace un tiempo.

—¿No tienes su dirección?

—Lo siento, no puedo ayudarte. —Pensó por un momento—. Si conoces a Dominique, puede que también conozcas a Joe. Americano, es músico…

Joe otra vez. Procuré ocultar la culpa que reflejaban mis ojos.

—Conozco a Joe. ¿Qué pasa con él?

—Está preso.

—¿Por qué? Su país es neutral.

Stéphane señaló nuestras caras, nuestra piel.

—Para los nazis, él no lo es.

Cerré los ojos un momento. Joe había sido miembro del «Harlem Hellfighter» en la última guerra y prefirió quedarse en París para que los racistas de su tierra natal no le hicieran la vida más difícil. Pero, ahora, unos racistas aún peores le habían dado alcance aquí.

—¿Dónde está?

—En Les Tourelles. Los alemanes lo arrestaron. Primero, los nazis prohibieron los conciertos de músicos negros americanos. Lo llamaban «degenerado *jazz* judeo-negroide». Pero luego Joe y todos los demás americanos de la banda tuvieron que presentarse ante la policía. A la mayoría de ellos se los llevaron presos.

—¿Solo a los afroamericanos?

—Los demás no tuvieron problemas. Son libres de seguir tocando.

—¿Incluso *jazz* degenerado?

Señaló con la cabeza el escenario.

—Todavía están aquí, tocando para los alemanes cada noche.

Eso me hizo recordar los tratos que yo había hecho con nuestros ocupantes desde que llegaron aquí.

—Otra cosa no, pero los nazis son selectivos. Esa es una de las razones por las que son tan peligrosos.

Mayer me estaba esperando cuando volví a la Treinta y Seis. Me llevó abajo, pero no a la sala de pruebas.

—Hay un prisionero que tienes que ver —explicó—. Lo arrestaron anoche en el XVI Distrito.

—Sabe dónde hay dinero, entonces.

—Espera y verás.

Intrigado, seguí al sargento por el lúgubre pasillo hasta una celda. Abrió la puerta y me hizo pasar al pequeño y sombrío espacio. Al principio, no reconocí la figura que se extendía en la repisa baja. Pero entonces se levantó y se giró para mirarme, con sus gruesas piernas dobladas hacia delante y los pies firmemente asentados en el frío suelo. Su expresión mostraba la mueca de desprecio que le daba su apodo.

—Walter le Ricaneur.

Me miró con frialdad. La mueca de desprecio no era del todo voluntaria. El lado izquierdo de su cara estaba paralizado y el labio quedaba ligeramente levantado, lo que le daba la apariencia de estar constantemente riéndose de ti. El caso es

48

que normalmente lo hacía. El suyo era un rostro que se había confundido con su actitud.

—Se supone que estaba en la prisión de Fresnes —comentó Mayer.

Me acerqué y me agaché frente a él, con mi cara a centímetros de la suya.

—Entonces, ¿por qué no estás bien metidito en la cárcel con todos los demás niños traviesos, Walter?

—Por buena conducta, Giral. Intenta no dar un portazo al salir. —Se rascó la axila y añadió otra mueca a la que ya tenía.

—Impresionante. Alguna vez tendrás que enseñarme cómo hacer eso.

Me sostuvo la mirada.

—Me gustaría tomar un café. Con mucha leche, si tienes.

—Hay que racionar, Walter. Tendrás que conformarte con mi maravillosa compañía.

Resopló.

—¿Racionar? Eso es solo para gente como tú, Giral.

Observé con detenimiento su rostro. Era un tipo duro, pero estaba siendo demasiado gallito incluso para lo que solía. Volvió a dedicarme otra mueca de desprecio.

—¿Qué es lo que te hace pensar que eres intocable, Walter? ¿Y cómo es que estás fuera de prisión?

La mueca se convirtió en una sonrisa. Una sonrisa perversa que haría que su propia madre saliera corriendo de casa.

—Verás, es una verdadera lástima, Giral. Lo descubrirás muy pronto, y no te va a gustar cuando lo hagas.

—Oh, Walter. No se te dan bien las amenazas crípticas, ¿eh?

La sonrisa desapareció.

—Se te van a quitar las ganas de reírte, Giral.

—¿Tú puedes reírte con esa parte paralizada? —Le di un brusco toquecito en la mejilla con el dedo. Si eso no le hacía reaccionar, nada lo haría.

Lo hizo. Pero no de la forma que yo esperaba. Se rio. Un fuerte sonido metálico que golpeaba como un yunque en el espacio reducido. El tono frío de la carcajada se hizo aún más áspero por la boca torcida de la que provenía, los dientes torcidos y la roja lengua en carne viva. Me obligué a no apartar la vista. Su eco murió en las paredes de la celda.

—No sabes a qué te enfrentas —murmuró.

—¿Te refieres a Capeluche?

Vi un momento de sorpresa en sus ojos. Busqué más y lo encontré: detrás de la confianza había un destello fugaz de miedo. Presentí una oportunidad y continué adelante.

—Capeluche —repetí.

Detrás de mí, la puerta se abrió.

—¡Vete! —grité sin darme la vuelta.

—Tiene que venir —dijo una voz.

Me giré para ver a un policía en la puerta. Dos soldados alemanes pasaron por delante de él.

—Inspector Giral —dijo el primero—. Tendrá que acompañarnos.

Para ocultar mi enfado, me volví en dirección a Walter. La mueca de desprecio había vuelto a aparecer en su rostro, pero sus ojos estaban de nuevo en calma. Lentamente, levantó su mano derecha y la puso entre nosotros, a un solo paso de nuestras bocas.

Sin decir una palabra, hizo como que cosía sus labios.

7

—Édouard, amigo mío.

—Comandante Hochstetter, mi alemán favorito.

—Parece que ha pasado una eternidad desde la última vez que nos vimos.

—Todas las cosas buenas deben terminar, comandante.

Hochstetter era el oficial de inteligencia alemán asignado para coordinarse con mi departamento de policía. Más concretamente, conmigo. Era otro de los regalos que la ocupación seguía ofreciendo. Solo parecía tener dos maneras de ponerse en contacto conmigo. Una era presentarse sin previo aviso en mi despacho como una exhalación vírica. La otra era mandar a buscarme. Hoy había hecho esto último. Mi fastidio se había ido calmando poco a poco mientras los dos soldados de ojos fríos me llevaban del Treinta y Seis a un banco bajo unos árboles en Ménilmontant. No estaba lejos de donde había vivido en mis años de juventud como hombre casado y con un hijo pequeño. Mi exmujer seguía viviendo aquí, aunque se había marchado de París en el éxodo y yo no tenía ni idea de dónde estaba. Tampoco tenía idea de por qué Hochstetter me había traído aquí. Hasta ahora, había conseguido mantener fuera de su escrutinio mi vida privada y el hecho de que tenía un hijo que había escapado de París cuando llegaron los alemanes. Me devané los sesos para anticipar sus palabras. Era un truco que uno aprendía enseguida con Hochstetter.

—Seguramente se preguntará por qué he hecho que lo trajeran aquí.

Me encogí de hombros, a la manera parisina.

—No, la verdad es que no.

Se volvió para mirarme. Tenía los pómulos afilados y unos ojos oscuros e insondables que te hacían querer confesar cosas que no habías hecho. Volvió todo su arsenal contra mí.

—Me había olvidado de su pueril insistencia en hacerse el gracioso. Tal vez podamos pasar por alto eso e ir al grano.

—Usted me ha llamado, Mayor. Yo diría que es usted quien debe ir al grano.

—Una cosa, Édouard. No necesito recordarle lo desaconsejable que es ser frívolo conmigo. Su perdición es elección suya, hasta que se convierta en la mía. Por favor, recuérdelo.

Me encontré con su mirada.

—Me hago el gracioso, como usted dice, para evitar decir algo que me metería en mayores problemas. No lo confunda nunca con frivolidad.

En un segundo, pasó de mirarme con frialdad a reírse.

—Quizá deberíamos sentarnos un momento.

Al otro lado de la carretera, un furgón francés se había subido al bordillo. Un segundo furgón se detuvo detrás, y una docena de policías uniformados salieron de ella. Parecían inseguros. A la derecha, vi un vehículo militar alemán, un pesado coche Horch de Estado Mayor. Un oficial en el asiento trasero vio nuestro pequeño grupo, que componíamos Hochstetter y yo junto con los dos soldados que merodeaban detrás de nosotros. Hizo un ligero saludo a Hochstetter, que se lo devolvió.

Bajo las órdenes de un sargento de policía, los policías franceses entraron en uno de los bloques de apartamentos. Hochstetter encendió despreocupadamente un cigarrillo y sacudió la cerilla, la llama se apagó en el aire.

—¿Qué es lo que me ha traído a ver? —pregunté a Hochstetter.

En respuesta, se limitó a levantar la mano para indicarme que esperase. En cuestión de segundos, los policías volvieron a salir del edificio, llevarme a rastras a dos hombres de mediana edad y a uno más joven, y obligándolos a subir a la parte trasera del furgón. Uno de los hombres mayores escupió a los pies del sargento y recibió una bofetada en la cara como recompensa. Incluso a esta distancia, me sorprendió su mirada de odio a la policía. Había una fuerza y un veneno en ella que no había visto desde las revueltas políticas de los años treinta.

—¿Policías que arrestan delincuentes? —dije—. ¿Me ha traído aquí para ver esto?

Hochstetter dio una profunda calada a su cigarrillo. Me entraron náuseas. No había fumado desde mi época en las trincheras de Verdún. Me recordaba demasiado a las ponzoñosas volutas del gas.

—No son delincuentes, sino comunistas. Aunque en Berlín casi todo el mundo los consideraría lo mismo.

—¿Comunistas? —Volví a mirar con sorpresa a los policías que cerraban las puertas del furgón—. Pensé que los dejarían en paz por ahora.

—A algunos sí, a otros no. Es parte de lo que vosotros llamáis una *razzia*, Édouard. Una redada de aquellos que podrían disentir del gobierno nazi. Siempre he pensado que es un término deliciosamente operístico para algo tan siniestro.

—¿Por qué los comunistas? ¿Y por qué ahora?

—Para tenerlos en alerta a todos. ¿De qué sirve el poder si no lo ejerces de vez en cuando? Me gustaría añadir que esa es la actitud de las autoridades, no necesariamente la mía.

Miré a lo largo de la calle por la que había desaparecido el convoy y su silenciosa escolta.

—¿No funcionan así todos los regímenes autoritarios? Encontrar a alguien al que echar la culpa.

—¿Se refiere a los comunistas? No están libres de culpa, ni mucho menos.

—Me refiero a nosotros, a los policías. Conseguir que otro haga el trabajo sucio. —Recordé la mirada del hombre—. Desviar la culpa hacia nosotros. Nosotros nos manchamos las manos de mierda mientras vosotros os quedáis oliendo a rosas.

—Ha sido sorprendentemente burdo en sus conclusiones, Édouard, pero infaliblemente preciso. Por eso es importante que trabaje estrechamente con nosotros en la Abwehr. Puedo mantenerlo limpio de este tipo de acciones, si así lo decido.

—¿Sabe?, le habría resultado igual de sencillo venir y amenazarme en mi propia oficina. Nos habríamos ahorrado mucho tiempo.

—Atribúyalo a mi gusto por lo teatral, si lo desea, pero es un ejemplo. Sin duda sabe, aunque mis superiores intenten negarlo, que carecemos de personal incluso para vigilar solo la zona ocupada. Me atrevería a decir que esta es en parte la razón por la que nos detuvimos donde lo hicimos y buscamos un armisticio con el mariscal Pétain. Aunque seguimos manejando los hilos en la zona libre, a pesar de lo mucho que sus compatriotas quieran engañarse a sí mismos.

—Parece feliz de revelarme todo esto.

—Es obvio, Édouard, no intente decir que no lo sabe. Tenemos el poder, pero necesitamos que la policía y la administración francesa nos ayuden a ejercerlo. Sin ellos, nuestra tarea sería más difícil. Y, añadiría, mucho menos agradable para el francés medio si estos asuntos se dejaran más en manos de la maquinaria del Partido Nazi.

—¿Trabajamos con ustedes en nuestra propia desaparición para que no la empeoren más?

Sonrió a medias.

—Otros lo verían como trabajar en un nuevo futuro.

—Lo queramos o no.

—Ya es suficiente. Ya sabe a qué atenerse, así que ahora déjeme ayudarlo. Sus investigaciones actuales. ¿Hay alguna en la que necesite mi ayuda? Puedo abrir puertas que usted ya no puede. Le aconsejo que responda con prudencia.

Pensé en Julot en su silla y en los prisioneros que se habían llevado de Fresnes.

—No.

Se concentró un momento en encender otro cigarrillo. Ambos contemplamos cómo la cerilla apagada caía en espiral, con una estela gris como la de un avión derribado. En silencio, llamó a los dos soldados con un dedo.

—Bueno, por muy agradable que haya sido esto, Édouard, debe llegar a su fin. —Hizo ademán de ponerse de pie, pero se inclinó más hacia mí y señaló el edificio donde los tres comunistas habían sido apresados—. Al igual que sus colegas, trabajará con nosotros. Conmigo. Por las buenas o por las malas, pero trabajará conmigo.

Se levantó y se alejó del banco seguido por los dos soldados. Momentos más tarde, su reluciente coche oficial salió de una calle lateral y se alejó con elegancia de la suciedad y la pobreza de uno de los barrios más pobres de París. Lo vi marcharse. Mientras miraba hacia el edificio de enfrente, vi otra vez cómo arrestaban a los tres comunistas.

—Pero no es eso lo que le hizo traerme aquí, ¿verdad? —pregunté en voz baja—. No estos tres. —Me levanté para irme. Tendría que volver al centro en metro, lo que me irritaba tanto como la expedición de pesca de Hochstetter—. Entonces, ¿por qué ha sido?

Volví en metro a la Île de la Cité, pero seguía teniendo hambre, así que entré en un café y pedí un vino, que tendría que bastarme. Era lo único que aún no estaba racionado. Casi deseé que los ocupantes lo racionaran. Sería una forma de asegurarse de que los parisinos se encolerizasen lo suficiente como para asaltar la Bastilla de Adolf. Mientras esperaba, dos oficiales alemanes se levantaron y se fueron. Detrás de ellos, habían dejado un poco de queso en un plato. Me quedé mirando dos trozos pequeños e irregulares y comprobé las mesas a mi alrededor, decidiendo cuándo hacer un movimiento. Casi podía saborearlos, sentir cómo se deshacían en mi boca. El dueño me trajo el vino y dejó la copa en la mesa frente a mí, bloqueándome la vista. Cuando se fue, también lo había hecho el queso. Solo quedaba el plato. Miré a mi alrededor. Una mujer con un niño pequeño estaba más cerca, con la mano cerrando el broche de su bolso. No podía culparla, pero sí podía estar resentido con ella. En eso nos habíamos convertido.

Pensé en Walter le Ricaneur en su calabozo del Treinta y Seis. En su miedo cuando mencioné a Capeluche. Y en su mímica de la aguja y el hilo. Hochstetter me había robado la ventaja al haberme hecho llamar. Había perdido ese momento, así que ahora mi mejor opción era dejar que Walter se pusiera nervioso. Dejar que su propio miedo le soltase la lengua sobre lo que estaba pasando con los prisioneros de Fresnes. Me imaginé su perpetua mueca de burla y supe que era una esperanza optimista, pero el pánico que vi en sus ojos había sido real. Sufrir ese pánico a solas durante el tiempo suficiente podía hacer maravillas en sus ganas de hablar. Con ese pensamiento, me terminé el vino y pedí un café de postre.

Recorrí a pie la corta distancia hasta el Treinta y Seis. Pasó un furgón alemán, los jóvenes soldados miraban aburridos desde la parte trasera la ciudad que se alejaba tras ellos. Aparté la mirada, asegurándome de no establecer contacto visual. Era algo que rápidamente habíamos aprendido a hacer todos, el incómodo armazón de una tregua que no podías evitar pensar que estaba construido sobre arena. Había días en los que casi podías imaginarte que los alemanes no estaban en París. Era como si anduvieran de puntillas a nuestro alrededor, como si se comportaran de la mejor forma posible, pero entonces pasaba un vehículo militar o veías a los soldados sentados en el metro o un suboficial prepotente te paraba para pedirte la documentación y el sueño se desvanecía.

En el Treinta y Seis, fui directamente a las celdas y encontré al sargento de guardia apilando montones de papeles ordenadamente sobre su escritorio.

—¿Puedes abrirme la celda de Walter? —le pregunté.

—No puedo, lo siento, Eddie.

Tenía una cara tan fina como el papel, igual que un libro con el lomo hacia afuera, y hablaba con un fuerte acento bretón. Su aliento olía a jamón. Acaso yo era el único que no comía?

—¿Cómo que no puedes?

Dejó los papeles sobre su escritorio con brusca firmeza.

—Lo han puesto en libertad. Órdenes del juez.

8

—He estado hablando con la encantadora Mathilde.

—Ve al grano.

Por una vez, estaba escuchando a Boniface.

—No sabe quién autorizó la liberación de Walter —continuó mientras yo conducía—, pero dice que el juez Clément tuvo que entregar un montón de archivos sobre otros prisioneros en Fresnes. Todos los que estaban en el Palacio de Justicia.

—¿Tienes los nombres?

—Solo el de Walter le Ricaneur, y ya sabíamos lo de Julot. Mathilde me dará el resto cuando la vea.

—¿A quién tenía que dárselos el juez? —Apostaba por la Gestapo.

—A un francés.

—¿Un francés?

—En palabras de Mathilde: «un tipo sórdido, con aspecto de gánster». Pero tenía autorización de los alemanes, por lo que el juez debió aceptarlo.

Me quedé pensativo. Había enviado a Boniface al juzgado para averiguar por qué habían liberado a Walter. Perder prisioneros de Fresnes ya era bastante malo, pero hacerlo de nuestras propias celdas en el Treinta y Seis era mucho más inquietante.

Llegamos a nuestro destino y le dije que se bajara del coche.

—Espérame en la puerta, solo será un momento.

Al verlo alejarse, metí la mano bajo el salpicadero y busqué el pequeño objeto que guardaba escondido en un clip detrás de un panel. Lo saqué y me lo metí en el calcetín antes de alcanzar a Boniface.

—Esto siempre es así, no? —comentó.

Miré hacia las enormes puertas situadas en su alto arco en la entrada cuadrada y achaparrada del edificio. A cada lado, una sola planta de toscos muros de piedra con ventanas enrejadas surgía de ella y parecía extenderse una eternidad en la distancia. Nos habíamos dirigido al sur de la ciudad, a la localidad de Fresnes. Hogar de la prisión de Fresnes, aunque, al parecer, ya no de algunas de las más preclaras mentes de la ciudad.

De no ser por las imponentes puertas gemelas, sería casi vulgar, pero, como siempre, saber que esta fea y baja entrada ocultaba el verdadero horror de escarpados y aterradores bloques de barracones que, hectárea tras hectárea, contenía en su interior parecía volverla aún más siniestra.

—Tienen que entregar sus armas —nos dijo el guardia de la garita.

—No, no tenemos que hacerlo.

Intenté pasar por delante de él, pero otros cuatro guardias con porras se interpusieron en mi camino.

—Órdenes del director —insistió.

—¿Desde cuándo? No pueden hacer que dos policías entren en Fresnes desarmados.

—Si quieren entrar, denme sus armas.

Compartí una mirada de fastidio con Boniface. No teníamos otra opción. Firmé una ficha y vi cómo el guardia guardaba nuestras armas en un armario de acero. No pude evitar un presentimiento, y tuve que ocultar mi escalofrío cuando uno de los guardias nos condujo fuera de la garita, hacia las fauces de la bestia. Antes de llegar al achaparrado edificio central, frente a los imponentes bloques de celdas, pasamos por delante de varios prisioneros a los que se había agrupado al aire libre. El final de mes aún se pretendía cálido, después de la lluvia de las últimas semanas.

Algunos de los presos me reconocieron y musitaron frases de bienvenida.

—Giral, escoria.

—Diez meses, Giral, y luego estoy fuera. Te buscaré.

—Y a ti, Boniface.

Boniface los miró y sonrió.

—¿Quién se va a follar a vuestras mujeres esta noche, chicos? No puedo estar en todas partes a la vez.

Unos cuantos se abalanzaron sobre él, pero los guardias los repelieron con sus porras. Los presos nos miraban con un odio que se podía sentir en el cuero cabelludo.

—Te gusta hacerte querer, ¿verdad? —le dije.

En un despacho tan lúgubre como prometía el exterior, el director Ducousset tenía la mirada estresada que se espera de alguien responsable de no dejar salir a un millar y medio de los peores delincuentes del país. Así que le pregunté por qué lo había hecho. Suspirando fuertemente, se pasó las manos curtidas por el pelo gris ralo y me miró con franca antipatía. Parecía tan contento de verme como los prisioneros del patio.

—Se lo dije a su oficial: aquí no falta ningún prisionero. Cada uno de mis reclusos está contabilizado.

—¿De verdad? —Saqué una fotografía de Julot atado a la silla y la coloqué en el escritorio frente a él. La imagen en blanco y negro no transmitía el aura de horror del original, pero era lo bastante cruda para que Ducousset se estremeciera.

—Ese no es uno de nuestros presos.

Volví a coger la fotografía.

—Impresionante. Casi dos mil presos y puede reconocer a uno lo suficiente en esta fotografía como para saber que no es uno de ellos. Evidentemente, se preocupa por aquellos a quienes custodia.

Su mirada se enfrió un poco.

—Haría bien en no utilizar ese tono, inspector Giral.

—Y usted haría bien en dejar de hacerme perder el tiempo. Si estos prisioneros no han desaparecido, sin duda podrá traérmelos.

—No es que no hayan desaparecido. Es que no están aquí, nunca lo estuvieron. —Su voz vaciló ligeramente en las últimas palabras.

—Julot le Bavard y Walter le Ricaneur —recité—. Sé que están aquí porque yo los metí aquí.

—Tal vez podría hacer una sugerencia —intervino Boniface—. A lo mejor podría ir a la oficina de la secretaria y revisar los archivos con ella. Solo para comprobar.

Gruñí en silencio. Supuse que las hormonas hiperactivas de Boniface se habían apoderado de él, como siempre. Pero Ducousset retrocedió y lo consideró.

—No, puede quedarse aquí. Llamaré a mi secretaria y le pediré que traiga la lista de reclusos.

Pulsó un botón de su interfono y le dio una escueta orden a su secretaria. Se sentó y miró los barrotes de su ventana hasta que la puerta de la antesala se abrió unos instantes después. La secretaria entró. La vi mirar a Boniface y sonrojarse, con la mano izquierda colocándose el pelo en su sitio. Volví a gruñir. Con la mano derecha, le ofreció al director una larga lista de nombres, pero Boniface intervino antes de que ella pudiera completar la acción. Mirándola a los ojos, le quitó suavemente el fajo de papeles de la mano.

—Muchas gracias, Amélie. —Pude ver el momento de vacilación mientras trataba de recordar su nombre—. ¿Cómo podré pagárselo?

Si gruño más, me voy a poner enfermo. Sin embargo, tenía que admitir que la estrategia de Boniface era tan hábil como sus dotes de seducción.

—Busca a Walter y Julot —le dije a Boniface.

—No están aquí.

Ducousset se levantó, con la cara roja de rabia, y le gritó a Boniface:

—Entrégueme eso.

Lo empujé con un brazo hacia un lado y le hice caer en su silla. Eso le hizo perder la determinación. Pensé en Walter y en las personas que sabía que eran sus socios.

—Prueba con Adrien Estébétéguy y André Girbes. —El director se levantó de nuevo y yo lo empujé hacia atrás, inmovilizándolo en su silla—. Y Calais Jacques, ya que estamos.

—Esto es un ultraje. Amélie, ve a buscar a alguien para que acompañe a estos dos fuera.

No pude evitar que su secretaria se marchase, pero sí pude girarme hacia Ducousset. Había rabia en su rostro, pero también algo más. Me sorprendió. Era el mismo miedo, el mismo profundo terror apenas reprimido que había visto en los cafés y las calles de Belleville.

Lo miré fijamente a los ojos, pero desvió la mirada.

—No está confabulando —le dije al darme cuenta de ello—. Tiene miedo.

—No están aquí —interrumpió Boniface—. Ninguno de ellos. ¿Estás seguro de esto, Eddie?

Lo miraba con recelo cuando Amélie volvió a entrar con cuatro robustos guardias. Cada uno con una porra aún más robusta. Miré fijamente a Boniface y pensé que me habría venido bien una robusta porra ahora mismo. Mi mano en la parte delantera de la camisa de Ducousset se relajó y él la sacudió.

—Acompáñenlos a la salida —dijo el director a los recién llegados. Se enderezó la chaqueta y se colocó bruscamente los puños para recomponerse.

Boniface dejó la lista de nombres sobre el escritorio y dio un paso atrás.

—Mis disculpas.

Antes de que pudiera darle una colleja a Boniface, los guardias nos sacaron a los dos de las oficinas del director y nos condujeron a lo largo de un pasillo verde con pintura raspada, desconchada y con moho.

—¿Disculpas? —Me detuve frente a Boniface y lo empujé contra la pared—. ¿A qué demonios crees que estabas jugando ahí dentro? Sabes que tengo razón.

Por el rabillo del ojo, pude ver a los guardias sonriéndonos. Boniface se inclinó hacia delante y habló en voz baja.

—Sé que la tienes. He comprobado un par de nombres míos y no estaban cuando debían estar.

Sus palabras me tomaron por sorpresa.

—Entonces, ¿por qué?

—Porque tenemos lo que queríamos. —Miró a su izquierda para asegurarse de que los guardias no pudieran oírlo—. Ahora sabemos con certeza que han desaparecido más de un par de prisioneros y sabemos que lo están encubriendo. No íbamos a sacar nada más de Ducousset, era inútil intentarlo. Ahora nos toca a nosotros averiguar qué ocurre.

Retiré lentamente la mano y estudié su rostro.

—Sabes, cuando no dices tonterías, Boniface, no eres mal policía.

—En realidad, soy muy bueno. Creo que ese puede ser tu problema: sabes que no eres el único.

—Vamos, Abelardo y Eloísa —comentó un guardia sorprendentemente culto, haciéndonos avanzar—. Dejad los besitos para fuera.

Caminamos delante de nuestras cuatro niñeras. Yo, por mi parte, estaba sumido en mis pensamientos, sin ser demasiado consciente de nuestro entorno. El pasillo parecía extenderse durante una eternidad a través de una humedad sofocante.

—Este no es el camino por el que entramos —dijo Boniface de pronto a los guardias.

Levanté la vista para ver a uno de los guardias pasar por delante para abrir una puerta con barrotes de acero y hacemos un gesto para que entrásemos. Conducía a una sala más amplia sin muebles, solo había unas tenues luces en lo alto y otra puerta cerrada que llevaba al otro lado. Me giré y esperé a que los guardias nos siguieran y cerrasen la puerta tras ellos. La cerraron, pero seguían al otro lado.

—¿Qué están haciendo? —pregunté.

Detrás de mí, oí que la puerta del lado más alejado se desbloqueaba y se abría. También oí voces.

—Oh, mierda —murmuró Boniface.

Me di la vuelta y vi cómo conducían a la sala a una docena de los prisioneros que habíamos visto en el patio. Detrás de ellos, un par de guardias, con sus gorras bajadas para ocultar sus rostros, dejaron entrar los últimos y cerraron la puerta tras ellos antes de desaparecer por el pasillo. Estábamos solos y desarmados en un pasillo cerrado con doce hombres que habíamos ayudado a meter en Fresnes. Y no estaban aquí para entregarnos un ramo de rosas.

—Probablemente no deberías haberte ofrecido a follarte a sus mujeres —le susurré a Boniface.

El autoproclamado líder de los hombres, un obús de dos metros de músculo y empeño, se frotó con regocijo una enorme mano sobre su cabeza calva y nos miró con deseo. Zizi le Géant. Un luchador callejero y matón a sueldo de las bandas de prostitución de Montmartre.

Cuando escupía al suelo, uno sabía que estaba en problemas. Esa era su señal para atacar.

—Vamos a disfrutar con esto —dijo una voz al fondo del grupo. A través de la multitud, vi que era Damascène, un empleado de banca al que había encerrado por fraude hacía un par de años. Demasiado llorón para tener un apodo, era un pendenciero que vivía al límite.

Un escalofrío de expectación los recorrió.

Zizi escupió al suelo.

—Oh, mierda… Vamos a recibir por partida doble —se quejó Boniface.

—No tiene buena pinta, ¿verdad? —admití.

Zizi dio un paso adelante y yo me agaché. Mi movimiento hizo que se detuviera desconcertado. De mi calcetín saqué el objeto que había cogido de detrás del salpicadero de mi coche y me enderecé. Era mi Manufrance, una pequeña pistola que tuve que sostener en alto para que pudieran verla. Curiosamente, eso no los detuvo.

—Tendrás que hacerlo mejor —dijo Damascène a mi espalda.

A pesar de la lenta marcha hacia delante, el grupo empezaba a separarse con dudas. Me dio una clara visión a través del conjunto de mequetrefes, así que apunté y apreté el sólido gatillo de doble acción, lo que siempre hacía que apuntar fuera un poco impredecible. Damascène cayó al suelo, gritando y agarrándose el pie. Una fina fuente de sangre trazó un arco en el aire, salpicando a los demás, que retrocedieron. Tuve que admitir que había sido un golpe de suerte. Solo quería sorprenderlos para que se detuvieran.

—Solo quedan siete balas, *poulet* —comentó Zizi—. No es suficiente para todos nosotros.

—Es cierto. Elegid qué siete quieren morir hoy, y nos pondremos manos a la obra.

Eso los detuvo.

Eso y la sirena que de repente amenazaba con romper nuestros tímpanos. Desde ambos lados, los guardias desbloquearon las dos puertas de los extremos y entraron en tropel. Los de delante apuntaron con sus pistolas a los hombres, los de atrás empezaron a contenerlos con las porras. En medio de los cuerpos que caían, Damascène yacía gritando para llamar la atención. Fue el momento más inmensamente satisfactorio que había tenido en toda la semana.

—Escuché un disparo —explicaba un guardia jefe mientras sus hombres rodeaban a los prisioneros. Ninguno de los guardias que nos había conducido a la trampa estaba entre nuestros rescatadores.

—Quiero los nombres de los guardias que nos han metido aquí —le dije.

Se encogió de hombros.

—No sé a quién se refiere. Puede presentar una queja oficial al director.

De mala gana, me guardé la Manufrance en el bolsillo. El guardián nos llevó de vuelta a la garita, donde nos devolvieron nuestras pistolas reglamentarias. No soy un amante de las armas como lo eran algunos de los otros policías —son un mal necesario de mi trabajo—, pero me sentí bien al reencontrarme con ellas.

—Ha sido un buen truco —me dijo Boniface mientras volvíamos a mi coche.

—Entonces, ¿quién creemos que está detrás de los prisioneros desaparecidos, Boniface? ¿Quién tiene autoridad para liberar a gente como Calais Jacques y Walter le Ricaneur de Fresnes?

Boniface abrió la puerta y se apoyó en el techo antes de entrar. Dijo dos palabras:

—Los alemanes.

Acto I

Octubre de 1940

9

Tenía una visita pendiente y me hice el remolón.

Cogí el metro hasta la Porte des Lilas. Atravesé bajo tierra Belleville, lo que, con mi dinero, era de lejos la mejor forma de ver esa parte de la ciudad. Hasta hace unos años, la estación había sido el extremo oriental del sistema ferroviario subterráneo, pero la línea se había ampliado en otra parada, por lo que ya no se parecía tanto a un viaje a los confines del mundo conocido, o de París, como lo llamaban los parisinos. Algo bueno del viaje fue que no había soldados alemanes que se aventuraran hasta aquí, estorbando en los vagones, por lo que casi se podía olvidar la ocupación. En esos días nos alegrábamos con lo que podíamos.

Salí del agujero bajo tierra y deseé haberme quedado en él. El *boulevard* Mortier no era tan grandioso como sugería la primera parte del nombre, sino ciertamente tan sombrío como su segunda parte. Llevaba el nombre del antiguo mariscal del Imperio, que fue uno de los dieciocho muertos por la «máquina infernal» de Fieschi en lugar de su víctima prevista, el rey Luis Felipe, lo que demostraba que todos somos azarosos objetivos de los sueños de otros.

Una fuerte lluvia había comenzado a caer mientras yo estaba bajo tierra. Una molestia más. Al refugiarme un momento en un portal, vi un ejemplar de *L'Oeuvre* tirado en el canalón, cuyo titular proclamaba: «¿SUEÑA CON EL FUTURO? ¡NO, HÁGALO REALIDAD!» Observé cómo el mensaje se desintegraba bajo la lluvia, su falsa promesa superada por una realidad empapada. Me pareció extrañamente satisfactorio.

Les Tourelles había sido un cuartel, pero nuestros visitantes lo habían convertido en un campo de internamiento a su llegada. Miré el complejo de edificios, que parecían acuclillarse a un lado del bulevar como si estuviera plantando un pino enorme y pensé que los edificios por fin habían encontrado su propósito en la vida.

Por suerte para mí, estaba custodiado por guardias franceses, así que solo tuve que mostrar mi identificación policial para pasar la puerta de entrada. No pude evitar estremecerme al caminar por los pasillos. Había pasado parte de la última guerra en un campo de prisioneros de guerra alemán que era aún menos saludable que este y la idea de no poder volver a salir me daba escalofríos.

Uno de los guardias me guio hasta una sucia habitación en la que el moho había echado raíces y me dejó a la espera. El mismo olor a col y a orina acechaba en el aire. Tuve que luchar contra el impulso de levantarme y marcharme. No era solo por las puertas cerradas y las ventanas con barrotes. Oí el sonido de una puerta metálica que se abría a lo largo de un pasillo y me armé de valor.

La puerta se abrió con lentitud y ahogué un grito. No lo reconocí. El guardia le dijo que se sentara frente a mí y se puso junto a la pared del fondo. Nos sentamos y, por un instante, nos miramos en silencio a través de la mesa de madera desgastada.

—Eres la última persona que esperaba ver —dijo.

Parecía que le hubieran quitado los músculos y las fibras. Sus mejillas estaban demacradas, sus hombros, que antes eran del tamaño de una puerta e impulsados por un gran entusiasmo vital, estaban encorvados y huecos. La ropa desteñida le colgaba y su enorme figura estaba encogida. Lo miré a los ojos. Eran grises y estaban arrugados, como los mechones de pelo que colgaban a los lados de su cabeza. Pero lo peor de todo era su voz. Temblaba, era una sombra escuálida del profundo estruendo que conocí. Y eso era culpa mía.

—Hola, Joe.

—¿Qué te trae por aquí, Eddie?

—No lo sé. —No lo sabía. No podía explicar por qué había ido a verlo después de todo este tiempo ni lo que esperaba conseguir.

—No has cambiado —dijo.

—¿Es eso bueno o malo?

—Dímelo tú. ¿Qué es lo que quieres? Tengo una cita para cenar más tarde y quiero que me dé tiempo a arreglarme.

Ese era el Joe que yo recordaba, que se burlaba de la vida, aunque tenía que acostumbrarme al cambio de voz. Y a la culpabilidad que me golpeaba el alma con cada palabra que decía. Intenté reírme, pero no pude.

—Tú tampoco has cambiado.

—Mentira. —Se rio. No era el profundo torrente de voz que recordaba de cuando ambos éramos más jóvenes, sino un hilillo de agua sobre piedras desgastadas. Como el viejo Joe, aún era melodioso y cautivador, pero había perdido mucha de la profundidad y la cadencia sincopada de los viejos tiempos.

—¿Puedo traerte comida? —le pregunté. No tenía ni idea de dónde la conseguiría, pero negó con la cabeza.

—No lo permitirán.

Mi sentimiento de culpa no desaparecía, pero ahora estaba teñido de arrepentimiento. Había perdido a un amigo hacía quince años por mis propias acciones y nunca había intentado arreglar la situación, ni una sola vez en todos los años transcurridos desde entonces.

—¿Hay algo que pueda hacer por ti, Joe?

—Sácame de aquí. —Había dolor en sus palabras, que parecían expresar su único objetivo.

—Haré lo que pueda, lo prometo.

Inclinó la cabeza hacia un lado en un gesto que le recordaba y sonrió, un brillo de melancolía de bajo voltaje que insinuaba el rayo tecnicolor que una vez conocí.

—Seguro que lo harás, Eddie.

—Lo digo en serio, Joe. Lo prometo.

—No hagas promesas que no puedas cumplir. Otra vez no. —Negó con la cabeza. El convencimiento que transmitía su expresión de que yo no quería o no podía ayudarlo era doloroso. No le di más importancia.

—¿Tienes noticias de alguien? ¿Han venido a verte?

—Solo Stéphane del club. Ninguno de los chicos de la banda. —Señaló el entorno—. No se atreven y no los culpo.

—¿Y de los viejos tiempos? ¿Fran? ¿Dominique?

Negó con la cabeza.

—Pero los vi por la calle hace poco. Supongo que al final acabaron juntos. Es extraño, tú podrías haber sido el que hubiera conquistado a Dominique por aquel entonces.

Más allá de la mordacidad de sus palabras, recordé a Fran diciéndome que no había visto a Dominique en años. El policía que hay en mí nunca desaparecía. Eso era parte del problema.

—¿Cuándo fue eso?

—Este año, justo antes de que llegaran los nazis. —Su voz se hundió en un silencio casi de trance—. No ha pasado tanto tiempo, ¿verdad?

Le indicó al guardia que estaba listo para irse.

—Vendré a verte de nuevo, Joe —le dije.

Los dos nos pusimos de pie. En otra época, con otra relación, nos habríamos abrazado como hermanos. Se limitó a alejarse de mí y a arrastrar los pies hacia la puerta.

—Seguro que lo harás, Eddie —repitió.

El guardia volvió a por mí después de entregar a Joe a otro guardia fuera de la sala y me llevó de vuelta a la entrada principal.

—¿Amigo suyo? —me preguntó.

—Lo fue una vez.

Nos detuvimos mientras abría una puerta.

—Es un mal asunto.

—Se podría decir que sí.

—A veces desearía no haber vuelto.

—¿Vuelto?

—Me evacuaron en Dunkerque —me dijo—. Era un reservista, en la 68.ª División de Infantería.

—Creía que a la mayoría de los suyos los habían capturado.

—Así fue, pero algunos escapamos. ¡Para lo que nos sirvió! Volví a Francia en una semana, los *rosbifs* me dejaron en Brest. Nos dijeron que continuásemos luchando contra los *boches* mientras ellos volvían a casa y bebían eso que llaman té.

—¿No le gustan los británicos?

Resopló.

—Son tan malos como los *boches*. Nos abandonaron a nuestra suerte cuando se suponía que debíamos luchar juntos, huyeron en lugar de reforzar la costa al sur. No me malinterprete, no soy *proboche* ni mucho menos, pero tampoco soy *prorosbif.* En mi opinión, ambos están ahí para ver qué pueden sacar.

—Entonces, ¿cómo es que estás de este lado de la alambrada si volviste para luchar contra los alemanes?

—No lo hice. Me desmovilizaron y me dijeron que me fuera a casa, no luché más. Así que aquí estoy, olvidado por el ejército francés, vendido por los *rosbifs* y ahora me gano la vida en París haciéndoles el trabajo a los *boches* en mi propia ciudad. Intente entender eso.

Lo vi marcharse arrastrando los pies hacia la penumbra del campo de internamiento; me atrapó esa imagen. Fuera, bajo la lluvia, me quedé mirando el feo edificio que tenía delante. Reviví el *shock* de ver a Joe y la poca fe que tenía en mí. Y recordé las palabras del guardia. Sentí como si me hubieran dado un segundo puñetazo en el estómago.

No fui a casa al final del día.

Mientras caminaba, pensaba en Joe en su celda de Les Tourelles y no podía soportar el pensamiento de meterme entre cuatro paredes y poner mi cabeza bajo techo. En su lugar, me senté en una de las sillas metálicas de un sendero de los Jardines de Luxemburgo. En los días en que la idea de las esvásticas colgando como lágrimas rojas y negras de los edificios y de las garitas con rayas que se alineaban en parques y jardines me parecía demasiado remota para imaginarla, solía venir aquí a leer. Siempre había sido un respiro para el miedo de mi trabajo y las turbulencias que me acechaban en mi solitario hogar. Había pasado muchas tardes entre los árboles a solas con mis amigos Guy y Victor, André y Émile, Simone y Jean-Paul. Solo que hoy no tenía un libro para calmarme. Aunque no hubiera sido capaz de concentrarme en otra cosa que no fuera la visión de Julot sentado en una silla. Y el sonido de la voz de Joe y el cambio que se había producido en él. Y el motivo de ello.

Deseé que un sonido se llevara el recuerdo. Se oía el ruido de la gente, el rugido sordo del tráfico a través de los árboles y el agudo zumbido de los aviones militares que sobrevolaban la ciudad. Pero faltaba un sonido.

Los pájaros.

No se escuchaba ni una sola nota del canto de los pájaros en los jardines. Escuché con atención, pero no oí nada, solo el sonido del viento que soplaba en las hojas y el de las ratas que correteaban por la maleza. El rumor era que todos los pájaros habían muerto al comienzo de la ocupación, cuando se incendiaron los depósitos de combustible de las afueras de París y habían arrojado nubes negras sobre la ciudad, lo que los había asfixiado. Otros decían que nos habían abandonado, que se habían rendido ante unos humanos demasiado estúpidos para cuidar de ellos. En cualquier caso, como gran parte de la ciudad, habían desaparecido. Volverían, eso lo sabía, pero sentía su ausencia con una agudeza que me dolía.

Me senté en los jardines hasta que oscureció. Si hubiera traído un libro, habría tenido que dejar de leer mucho antes. Me levanté, era hora de volver a casa. Recordé a Joe en su jaula de metal y pensé por un momento en la lata de la estantería de mi piso. Y en lo que había en la lata. Me senté de nuevo. Mi casa podía esperar.

10

La mañana siguiente la dediqué a visitar al carnicero que tenía asignado. Realmente, la ocupación te arrastraba a un interminable torbellino social. Si el racionamiento no nos mataba, lo haría el tiempo que pasábamos en la cola. Y la mala comida.

—Si pudiera conseguir mejor carne para mis clientes, pagaría con gusto por ella, Eddie. Pero esto es lo que tengo.

Agarrando mi nuevo cupón de racionamiento de carne en su mano como si fuera una papeleta ganadora en Longchamp, observé a Albert pesar cuidadosamente mi tocino.

—¿Cómo va a conseguir mejor carne?

Me habló por encima del hombro.

—En el mercado negro.

—¿Sabe que soy policía?

—Claro que lo sé, no me importa. Ahora cada uno va por libre.

Envolvió las escasas lonchas en papel y me entregó el paquete. Le entregué el cupón y el dinero. Cuando llegaron los cupones de racionamiento, algunos pensaron que debían usarse en lugar de dinero. Hubo grandes discusiones en las tiendas cuando se les dijo que también debían pagar.

Dejé la comida en la caja fría de la ventana de mi cocina y me puse a trabajar. Si algo había aprendido era que vivir bajo la ocupación quitaba mucho tiempo. Solía comprar comida de camino a casa desde el Treinta y Seis. Si lo hiciera ahora, pasaría hambre. Bueno, incluso más hambre. Ya podía retorcer la cinturilla de mi pantalón de lado a lado. Era la última moda en una ciudad que se desvanecía.

Fui a buscar a Boniface cuando llegué a la Treinta y Seis. Estaba hablando con una de las secretarias de la segunda planta, su voz la sumía en una lujuriosa anestesia.

—Boniface, ven conmigo. Vamos a Montmartre.

Sonrió a la joven y se levantó lentamente de su escritorio para seguirme. Ella me miró mal por alejarlo de su lado.

—¿Por qué Montmartre? —preguntó cuando me alcanzó.

—De ahí es Walter le Ricaneur. Quiero saber dónde se ha metido.

Por el camino, Boniface me dijo que uno de los delincuentes que había encerrado y al que habían sacado de Fresnes era también de Montmartre.

—Iré a buscarlo —dijo.

—Buena idea. —Por no decir que sería un alivio para mis oídos.

Dejamos el coche de Boniface aparcado en el *boulevard* de Clichy, frente a la casa en que vivió Degas. La mayor parte de los artistas que se había mudado a Montmartre a principios de siglo había vivido en la cima de la montaña. Los que quedaban aún lo hacían. La parte inferior de la colina era la peor zona, hogar de los locales nocturnos de mala muerte, las putas y los chulos. Subiendo por la *rue* Houdon y girando por la tercera calle consecutiva, me imaginé que al viejo Edgar le habría costado encontrar alguna bailarina de *ballet* que pintar ese día.

—Vamos, Eddie, monta por última vez al columpio —trató de tentarme una vieja prostituta lo suficientemente vieja como para que Degas la hubiera pintado.

—Creo que la cadena está oxidada hace tiempo —le dije.

Se rio exageradamente. Mi ocurrencia no fue tan buena, pero era agradable ser popular por una vez. Se rio un poco más cuando un sargento alemán jubilado, un *feldwebel* con un bigote canoso de Kaiser que le ocupaba la mitad de la cara, le entregó el sueldo de un día y desapareció con ella por una puerta oscura. Las autoridades nazis habían intentado publicar una lista de burdeles prohibidos en los primeros días de la ocupación, y se suponía que los soldados no debían participar en el comercio carnal de la ciudad, excepto en los burdeles oficialmente autorizados, pero incluso los poderes fácticos sabían que era una regla que nunca iban a intentar siquiera cumplir.

Los empinados muros de los edificios habrían vuelto el día más frío si no hubiera tenido que subir la sostenida pendiente de la callejuela. Era uno de esos senderos que no parecen una gran subida hasta que empiezas a caminar por él. Al menos, el esfuerzo hacía que Boniface estuviera callado por una vez. Todo estaba más tranquilo, y el único sonido que se escuchaba era el de los aviones militares en lo alto. Había días en los que parecía que eso era lo único que se oía, con todos los demás ruidos de París subyugados por el constante zumbido de la Luftwaffe.

—Mi hombre está por aquí —me dijo de repente Boniface—. Yo me quedo por esta zona.

—Reúnete conmigo en *chez* Edgar. —Parecía desconcertado—. Junto al coche.

No era un amante del arte. Lo vi atajar por la aún más estrecha *rue* Piémontési. Pensé en contarle que Renoir había tenido un estudio en el bloque de detrás de mí, pero no creí que le interesara. Me di la vuelta y me preparé para el último tramo de la subida. Tenía la sensación de que mi popularidad estaba a punto de acabarse. No estaba ni cerca de la cima de la montaña y ya había tenido suficiente.

—Estoy demasiado viejo para otra guerra —murmuré a un escuálido gato que daba zarpazos a una alcantarilla, sin duda oliendo una rata—. Sé cómo te sientes.

Sophie Scipone trabajaba en una cafetería que había permanecido obstinadamente abierta durante los primeros días de la ocupación. No por rebeldía, sino porque el propietario era un tacaño.

—No sé nada —me dijo cuando le pregunté por Walter. El dueño tiró su paño de cocina con rabia a una mesa y me miró con desprecio—. Sabe que me va a descontar el sueldo por esto.

—¡Fuera! —me gritó el dueño—. Fuera los dos: no queremos a la policía aquí.

Salimos y le di un par de billetes para que se quedara contenta y hablase. Encendió un cigarrillo y exhaló un estilete de humo de sus finos labios. Tenía unos ojos que congelarían el infierno en una ola de calor.

—Quiero verlo —le dije—. ¿Está en casa ahora?

Se rio de mí con desdén.

—¿En casa? ¿En serio? Lo eché la última vez que lo encerraron.

—Le hizo pasar un mal rato, ¿verdad? —Así es como la quería: resentida y dispuesta a contármelo todo. Dicen que la justicia es una causa noble.

—¿Usted qué cree?

—¿Lo ha visto desde que salió? ¿Sabe por dónde anda?

—Por la *place* Pigalle la mayoría de las noches, haciendo gala de su dinero. Pero eso fue hace unas semanas, no lo he visto desde entonces.

—¿Haciendo gala de su dinero? ¿De dónde lo saca?

—No lo sé, pero está sacando mucho de alguna parte.

Se quedó pensativa.

—Son como niños en una tienda de dulces. Él y sus nuevos amigos, su nueva panda. Como si hubieran encontrado las llaves de la caja fuerte y supieran que ustedes no pueden tocarlos. Son unos engreídos, se creen invencibles o algo así.

—¿Sus nuevos amigos?

—Sí, no solo de Pigalle o incluso Montmartre. De toda la ciudad.

—¿Y quién más está en esa panda?

—Ya, claro, a usted se lo voy a decir.

Sonaba más despectiva que temerosa, pero percibí un temblor en su voz.

—¿Qué significa Capeluche?

Respiró profundamente, con los ojos cerrados contra el humo. Ganaba tiempo para ocultar su respuesta. No lo consiguió, el temblor de su mano la delató y exhaló lentamente.

—Es la primera vez que lo oigo.

—¿Es una persona? ¿Una organización?

—Ya se lo he dicho. Es la primera vez que lo oigo.

—¿Le parece que Walter y sus nuevos amigos tienen miedo de algo?

Mi pregunta la pilló por sorpresa. Esa era la intención.

—No son ellos quienes tienen miedo. Todos los demás cabrones a su alrededor lo tienen, pero ellos no. Actúan como si fueran dioses. —Tiró el cigarrillo a la alcantarilla y me miró directamente—. Porque saben que los *boches* tienen a los maderos demasiado amarraditos como para que ustedes hagan nada contra ellos.

—Podemos hacerlo si me dice dónde puedo encontrar a Walter.

—Olvídelo, *poulet,* no me voy de la lengua con la policía.

Entró y empezó a hablar con el dueño. Observé a través del amplio escaparate.

—Acaba usted de hacerlo.

—¡Mira el cerdito!… ¡Mira cómo chilla! Pásame la aguja, pásame el hilo. Ahora no puedes chillar, cerdito. Estás bien muerto.

Era la voz de un niño. Venía de la esquina de la cafetería donde trabajaba Sophie. Seguí el sonido y me encontré con un niño pequeño que jugaba en un charco que había dejado la lluvia durante la noche. Empezó a cantar de nuevo.

—¿Dónde has aprendido esa canción? —le pregunté.

Levantó la vista y me miró fijamente. Tenía unas pestañas por las que una *vedette* de Le Chat Noir habría matado y unas mejillas redondas tan voluminosas como las de cualquier querubín del Renacimiento.

—Vete a la mierda, *poulet.*

También tenía una boca como el demonio. Saltó de su turbio charco y salió corriendo, deteniéndose en la esquina de la calle para burlarse de mí. Empezó a cantar de nuevo. Me acerqué a él y salió corriendo por segunda vez, parándose en otra esquina más hacia las sombras de los edificios desconchados.

Me detuve a cierta distancia. Sabía que no lo alcanzaría en la maraña de callejones, y no estaba seguro de querer hacerlo. Dejó de cantar y me miró, con una expresión intensa e inquietante.

—Solo quiero preguntarte por la canción —le dije.

Murmuró algo, pero estaba demasiado lejos para que yo lo oyera bien. Di un paso adelante y me detuve.

—Dilo otra vez, quiero oírlo.

Sonrió, y su cara de querubín parecía demoníaca en la escasa luz. Volvió a susurrarlo:

—Capeluche.

—¿Qué significa?

—Viene a coserte, *poulet* —dijo el chico en voz más alta.

Antes de que pudiera reaccionar, había desaparecido en un callejón entre dos edificios.

—Te veo muy callado. ¿Estás muerto?

Llevaba un minuto en el coche de Boniface en el *boulevard* de Clichy y él no había abierto la boca ni una sola vez. En lugar de eso, nos mantuvimos en silencio mientras veíamos pasar lo que en estos días llaman tráfico.

—¿Podemos ir a tomar un *pastis,* Eddie?

Parecía asustado y hablaba en voz baja. Ese cambio en él me sorprendió.

—No, no puedes. Nadie puede.

Me miró sorprendido y luego gruñó al recordar.

—Lo había olvidado. —El gobierno de Vichy había prohibido el *pastis* en agosto, junto con cualquier otra bebida de más de dieciséis por ciento de alcohol. Desde luego, sabían muy bien cómo mantener nuestro ánimo—. ¿Un vino, entonces?

—Podemos intentarlo.

Nunca había visto a este Boniface. Volvimos a salir de su coche, entramos en la cafetería más cercana y pedimos dos vasos de vino tinto. No era un buen vino, pero tampoco era una buena cafetería. Sabía por los viejos tiempos que el dueño ganaba la mayor parte de su dinero remitiendo clientes a los proxenetas de la calle. Eso y otros negocios igualmente dañinos. Comerciaba más con el polvo blanco que con el líquido rojo. Sentí que el vino me arañaba los dientes mientras lo bebía.

—Dime, ¿qué pasa? —le pregunté a Boniface—. ¿Qué es lo que te asusta?

Bebió pensativamente un sorbo de su vaso y lo dejó.

—¿No te parece que esto es lo mismo de entonces? Yo era demasiado joven durante la última guerra. No estuve en las trincheras como tú, pero he oído que los viejos soldados decían que sabían cuándo se acababa su tiempo. Es un presentimiento que tienen.

—Es solo un mito. Nadie lo sabía, las balas volaban a tu alrededor. Tu tiempo siempre estaba a punto de acabarse.

Meneó la cabeza.

—Sentí algo allí. Era como una niebla espesa en las calles, pero no podías verla, solo sentirla. A tu alrededor, siguiéndote allá donde fueras. Y la gente: nunca había visto un miedo así, en todos. No un miedo absoluto, no un pánico o un terror, sino un horror profundo y latente.

Me quedé en silencio. Era inquietante, porque era algo muy parecido a lo que yo había sentido en los últimos días.

—Y nunca me he notado tan intranquilo como en ese momento —continuó—. No era miedo, era una sensación de que algo estaba cambiando. —Se rio, con un sonido remoto y amargo—. Incluso los niños se sentían amenazados.

Pensé en el niño que cantaba su canción y en su amenaza de que Capeluche me esperaba y lo aparté de mi cabeza.

—Eres policía, Boniface. Sabes que son cosas de tu imaginación. Al menos ahora sabemos que Capeluche es una persona.

Se giro hacia mí.

—Cose sus labios. Los sienta, los mira a los ojos y les cose los labios.

Tenía una expresión tan vacía en el rostro que llamé al dueño para que le trajera dos copas más de aguachirle enmohecida.

—Hay racionamiento —me dijo con sequedad, chasqueando la lengua.

—¿Desde cuándo se raciona el vino? Tráigame dos copas más.

—¿Quién es, Eddie? He tratado con asesinos antes, los he visto descuartizarse entre ellos y degollar a un borracho por diez *sous,* he visto cuerpos de diez días sacados del Sena y he luchado contra gánsteres que venían hacia mí con garrotes y cuchillos, pero nunca he visto nada como esto. Hay un silencio absoluto. Nadie habla, nadie se atreve. Los únicos que hablan son los que se pavonean, como si fueran parte de la amenaza y nosotros fuéramos los siguientes.

El dueño dejó las dos copas sobre la chirriante mesa de madera y se marchó. Esperé a que se alejase antes de responder a Boniface con aire pensativo:

—Sophie, la antigua novia de Walter, dijo lo mismo. Que hay quienes se jactan, que forman parte de ello. Y que son de toda la ciudad.

Vi cómo sus ojos se enfocaban. El policía que había en él se estaba sobreponiendo al miedo.

—¿De toda la ciudad? Una banda de bandas.

—¿Qué?

—Una banda de bandas. Con los nazis en la ciudad y nuestra atención en otra parte la mitad del tiempo, se han unido para ocupar una posición común. Dios, nunca seríamos capaces de mantenernos al tanto de eso, no ahora, con todo lo que está pasando.

—Walter de Montmartre, Julot de Belleville, el ataque fue en Montparnasse. —Era posible, tenía que admitirlo—. Pero ¿cómo es que salieron de Fresnes? Eso no puede haber sido a pesar de que los alemanes estén en la ciudad. Los alemanes tienen que ser el motivo de su liberación. Seguramente, son los únicos con el poder de entrar en una prisión y liberar a los prisioneros. Sin órdenes del juez, sin pases y sin permisos.

Boniface emitió un suave silbido que atrajo la atención de dos prostitutas en una mesa cercana.

—¿Una banda de bandas que tiene el visto bueno de los nazis? Ahora sí que estamos jodidos.

—Pero ¿qué nazis en concreto? —pregunté. Fue más para mí que para Boniface. Pensé en Hochstetter y su expedición de pesca, pero esto olía más a la Gestapo. No había tenido ningún contacto con los fríos hombres de los abrigos negros desde que los alemanes habían llegado por primera vez a la ciudad, pero eso ya me hacía pensar que este era su estilo.

—Sigue pareciendo una fantasía —comentó Boniface—. ¿Por qué necesitarían los alemanes trabajar con criminales franceses?

—Por la misma razón por la que trabajan con policías franceses. Porque no hay suficientes alemanes para todos. No mientras sigan luchando contra los británicos. Y atacando Rumanía.

—Eso sigue sin explicarlo. Entiendo que necesiten tener a la policía de su parte, pero ¿de verdad trabajarían con un grupo de gánsteres como ese?

—¿Trabajar con ellos? Los nazis están formados casi en su totalidad por matones y gánsteres. Solo que no todos tienen antecedentes penales.

Parecía inseguro, pero señaló hacia las calles en las que acabábamos de estar.

—Eso explicaría por qué esta gente se siente tan envalentonada.

Hicimos una pausa para reflexionar antes de continuar.

—Pero la otra pregunta que me corroe es: ¿por qué matar a Julot? ¿Quién hay detrás de lo que está pasando? ¿Por qué liberarlo y luego matarlo? Sobre todo, de la forma en que lo hicieron.

—¿Estuvo de acuerdo con lo que fuera y luego trató de echarse atrás? ¿Fue para dar ejemplo? —Sugirió Boniface—. ¿O habló demasiado? Vaya ironía.

—¿Y quién lo mató? La banda francesa o los alemanes que están involucrados en esto. Si es que están involucrados, claro.

—¿Los alemanes soltarían a esta gente de la prisión para luego poder matarlos? ¿Como una especie de advertencia? No pude encontrar a mi hombre, Walter ha desaparecido. ¿Vamos a encontrar más cuerpos con las bocas cosidas?

—¿Por qué iban a molestarse? Ellos mandan. ¿Por qué no limitarse a sacarlos de la celda y pegarles un tiro?

Boniface chasqueó los dedos.

—A menos que estemos viendo esto desde el ángulo equivocado. No son los alemanes los que están vaciando Fresnes. Es la Francia Libre quien lo hace: están reclutando gente en las prisiones y los alemanes se han enterado.

Eso sí que era fantasioso.

—Boniface, ya sabes de quién estamos hablando. ¿Francia Libre? Por favor, esa gente vendería a sus propias abuelas por un plato de lentejas antes de entregarse a una causa.

Hizo una pausa y se bebió el vino, con una pequeña mueca por su sabor.

—Qué perversidad, ¿no, Eddie? Los nazis controlan todo desde las sombras y nos dejan luchar entre nosotros. Eso es todo lo que tienen que hacer. Darnos cuerda y ponernos en marcha, y nosotros haremos su trabajo por ellos.

No era la primera vez que lo miraba con otros ojos. Boniface era mucho más que la espuma que le gustaba presentar.

Las dos prostitutas se levantaron para irse y pasaron por delante de nuestra mesa. La más joven de las dos, que tenía un rostro amable oculto bajo una pátina protectora de maquillaje, se detuvo frente a Boniface y sonrió. Él le devolvió el guiño, el miedo de hacía unos minutos se evaporó entre sus hormonas.

—Acabas de arruinarlo —le dije.

11

Todo el mundo se miraba los pies y avanzaba con lentitud. Yo también. Era otro de los nuevos bailes de la temporada: el *shimmy* de la cola del pan de París. La conformaba un pequeño grupo de almas demasiado agotadas para una agria conversación o un sombrío chismorreo. Arrastrábamos los pies a lo largo de las vicisitudes de la vida, y cada paso en el camino hacia el umbral de cualquier deleite que el racionamiento nos tuviera reservado estaba marcado por una nueva grieta en la acera que debíamos alcanzar. Un juego de patio de colegio. Pero no uno muy bueno.

Desvié la mirada por un momento hacia mis cupones de pan. Una hoja virgen de inmaculadas líneas perforadas. Era la primera oportunidad que tenía de comprar pan desde que me los entregaron —la primera hogaza que comía en más de una semana— y quería asegurarme de que no los había perdido. Se arrugaban bajo mi agarre y me obligué a relajar los dedos.

Di un paso más y respiré profundamente. Todo el mundo en París había aprendido a anticipar este breve segundo. En un momento no había aroma y al siguiente, sí. El olor del pan recién horneado. Un aroma que llenaba la nariz y bailaba por la boca hasta llegar a la del estómago, donde una intensa hambre lo esperaba con impaciencia.

Estaba en la línea de visión de la entrada. Podía ver las *baguettes* doradas apiladas detrás del hosco panadero, cuyas existencias disminuían constantemente. Calculé que aún quedaría suficiente para cuando me tocara a mí y sentí una improbable oleada de alivio. Cerré los ojos y aspiré su promesa. Imaginé que me llevaba el pan a casa, luchando contra la tentación de romper la punta y comérmela mientras caminaba. En lugar de eso, me imaginé metiéndolo en la bolsa de lona detrás de la puerta de la cocina, mirándolo anhelante, sabiendo que tenía que salir a trabajar. Pero me rendiría, sabía que lo haría, y arrancaría el cuscurro y sentiría cómo el pan se rompía y despedazaba en mis dedos.

Oí un motor diésel que pasaba con lentitud, así que giré la cara hacia la pared para disipar el olor del motor. Sentí un empujón en la espalda y abrí los ojos. La anciana que estaba detrás de mí me había empujado cuando la cola se acercaba aún más a la panadería. Me encontré de repente en la puerta. El aroma era casi abrumador.

Sentí otro empujón.

—Paciencia —le dije.

Pero no era ella.

Un oficial alemán, un *hauptmann*, estaba a mi lado, demasiado cerca, con la mano apoyada con firmeza en mi brazo. Lo miré y dirigí mis ojos al interior de la tienda y al momento volví a mirarlo.

—¿En serio?

—Acompáñenos, inspector Giral.

Señalé las hileras de panes que había detrás del mostrador.

—No. Ustedes pueden esperar.

—El comandante Hochstetter no puede esperar.

Cerré los ojos y maldije en silencio a Hochstetter. Y al *hauptmann*. Y a los dos *stabsgefreiters,* o cabos, que se habían unido a él. Ya me estaban sacando con firmeza de la cola.

—En serio. Cinco minutos, es todo lo que necesito. —Intenté quitármelos de encima, pero su agarre se hizo más fuerte y me alejaron más de la puerta—. Dos minutos.

La anciana que estaba detrás de mí en la cola me empujó para ayudar a los soldados alemanes y ocupó enseguida mi lugar.

—Debería darle vergüenza —le dijo a la joven que estaba detrás de ella—. Montar un escándalo.

Busqué a alguien conocido en la cola de la tienda para pedirle que me comprase el pan, pero no reconocí a nadie. No era de extrañar, ya que casi nunca hablaba con mis vecinos.

Apelé de nuevo a la bondad del *hauptmann*, pero este había renunciado a ella para unirse a los nazis. Dentro, vi al panadero. Me miró con desprecio mientras entregaba una *baguette* al comprador que estaba al frente de la cola y me saludó con la mano antes de que pudiera darme la vuelta. Exudaba sarcasmo.

—Estás con tus amigos, ¿eh? —me dijo.

—Debería darle vergüenza —repitió la anciana, con los brazos en jarras para impedir que nadie más pasara—. Seguir con esa actitud por un poco de pan.

Suspiré y me rendí.

—Está bien, vamos, entonces —le dije al *hauptmann*.

Tenía una nariz larga y ganchuda y los ojos muy juntos. En conjunto, su rostro parecía un flácido aparato genital, pero ni siquiera eso me animó.

Esperaba que me llevaran de la margen izquierda hasta la orilla opuesta, donde estaba el Hotel Lutétia, el cuartel general de la Abwehr, pero en lugar de eso me condujeron al otro lado del río. Por un momento pensé que me habían engañado y no eran los hombres de Hochstetter, pero nos detuvimos frente al Palais Garnier y vi al comandante al pie de la escalinata de la ópera. No era la primera vez que sentía esa extraña mezcla de inquietud y alivio al descubrir que era Hochstetter quien me había hecho venir.

Sonrió y me tendió la mano, como una mantis religiosa.

—Édouard, me alegro de que haya venido.

Decidí no darle la satisfacción de quejarme. Eso solo alimentaba su costumbre. Me distrajo la visión de una pequeña orquesta con un coro en lo alto de la escalera.

—Bueno, ¿para qué he venido?

Señaló con un gran gesto el conjunto que había sobre nosotros.

—La ópera.

—Qué bien.

—Me temo que le tengo preparada una mañana de palo y zanahoria, como verá. Pero creo que será para su bien.

Señalé al coro justo cuando empezaban a cantar.

—Veo el palo. ¿Dónde está la zanahoria?

Me hizo callar y con un rostro de embeleso, se giró hacia las tres filas de gargantas. Tenía un aspecto extrañamente humano, un rasgo que no solía asociar a Hochstetter.

Terminaron. Como de costumbre, una gran música, un ruido espantoso.

—Maravilloso, ¿no le parece? —concluyó Hochstetter—. Uno de los conciertos gratuitos que el pueblo alemán ofrece al pueblo de París. Por la amistad.

—Preferimos la comida.

—Esto es comida, Édouard. Para el alma.

—Sí. Aunque no me parece que llene lo mismo, ¿no?

—No creo que sea usted tan zafio. —Me llevó hacia el cartel que mostraba la temporada que nos esperaba—. *El Holandés Errante*. ¿No le gustaría verla? Supongo que ha oído hablar de ella.

Consideré su pregunta.

—Me gustó lo que Marryat escribió sobre el tema, y me pareció que tanto Ibsen como Irving trataron de forma interesante la leyenda, pero sobre todo me encantó la versión de Heine. —Me giré para mirarlo—. Cuando los suyos empezaron a gritar, perdí el interés.

—Olvidaba que es usted el hijo de un librero. No es un completo inculto. ¿Qué le parece *Fidelio*? ¿Eso le gustaría?

—¿*Fidelio*? No, por supuesto que no. En realidad, nunca he oído hablar de ella.

—Usted y su *jazz*. Por su culpa ya no sabe apreciar la cultura. Pero hablando de *jazz*, he oído hablar de un asesinato bastante espantoso. En un club de *jazz* que ya no tiene permiso para estar abierto.

—¿Cómo sabe eso?

—Soy un comandante de la Abwehr, mi trabajo es reunir información. Mi pregunta es: ¿cómo podría ayudarlo en su investigación dadas las circunstancias? ¿Cuál cree que es el motivo de un asesinato tan brutal?

Me sorprendió, aunque solo en parte, el giro de la conversación. Esto es lo que hacía Hochstetter. Y lo hacía alarmantemente bien.

—La verdad es que no veo cómo me puede ayudar. Todo apunta a que es un asesinato del hampa. Nada que concierna a los suyos, siento decirle.

—¿Es algo de lo que debería ocuparse el Alto Mando alemán? ¿Un problema de anarquía, tal vez, en el que tengamos que intervenir?

—Dios no lo quiera, comandante. —Y si Dios lo quiere, yo no.

—¿Tiene alguna idea del móvil? ¿Algún sospechoso? Puedo usar a mis hombres para que le ayuden a buscar los culpables.

—¿Móvil? Como digo, es un asunto del hampa. ¿Sospechosos? La mitad de los miembros de las bandas de París. Con sinceridad, no es algo por lo que deba preocuparse.

—¿No cree que esté relacionado con otros sucesos? ¿Algún asunto más importante?

Pensé en los prisioneros desaparecidos.

—No, en absoluto.

Me estudió.

—No importa.

—¿Puedo irme ya? Tengo trabajo que hacer.

—Olvida usted el palo.

Llamó al *hauptmann,* que nos condujo al coche en que me habían llevado al Palais Garnier. Subimos y nos marchamos, pero fue un trayecto corto, hacia el este, desde la Ópera hasta las estrechas calles del Pletzel. El *stabsgefreiter* al volante se detuvo a poca distancia de un par de furgones de la policía. Hochstetter asintió una vez al *hauptmann,* que salió del coche y se dirigió hacia un coche alemán aparcado detrás de un furgón de la policía francesa. Le dijo algo al oficial del asiento del copiloto, quien a su vez hizo una señal a nuestros policías. Observé con perplejidad y desconcierto cómo unos ocho policías franceses uniformados salían de la parte trasera del furgón y entraban en un bloque de apartamentos.

—¿Qué está pasando? —le pregunté a Hochstetter—. ¿Más comunistas?

En lugar de responderme, Hochstetter echó a los dos *stabsgefreiters,* por lo que él y yo nos quedamos solos en la parte trasera del coche. Parecía aburrido mientras, evidentemente, esperábamos a que ocurriera algo. Al cabo de unos instantes, los policías volvieron a salir del edificio, arrastrando con ellos a lo que parecían ser las tres generaciones de una familia. Uno de los policías le propinó una bofetada a un hombre mayor, seguramente el abuelo. Este cayó al suelo y el policía lo levantó bruscamente por las solapas.

Hochstetter negó con la cabeza.

—Judíos.

Vimos cómo obligaban a dos niños pequeños a meterse en la parte trasera de un furgón policial. Sus padres los siguieron, su necesidad de consolarlos era evidente. Vi la expresión en el rostro de la madre. Era un miedo que el nombre de Capeluche jamás podría producir.

—¿Por qué me ha traído aquí?

—Este es el palo. Son judíos, pero no son judíos franceses. ¿Está contento de que no usemos su policía para arrestar a ciudadanos franceses? Eso parecía molestarle el otro día.

Me giré hacia él para mirarlo.

—¿A usted qué le parece?

—Poco importa. Los nazis no están interesados en los judíos franceses, no por el momento. Por ahora, tenemos más interés en los judíos extranjeros, sobre todo alemanes y polacos.

—¿Por qué los arrestan?

—Escaparon de la justicia. Huyeron de sus hogares ilegalmente.

—¿Pretendía que se quedaran?

—Usted es policía, ¿no? Seguramente eso no tiene importancia cuando se infringe la ley. Está ahí para ser respetada. Por gente como usted.

—¿Por qué me ha traído aquí? —insistí.

—Creo que no ha entendido del todo la necesidad de trabajar conmigo. —Señaló el furgón mientras las puertas se cerraban de golpe. Aún se oían los gritos de la familia—. Puede que me vea obligado a destinarle a otro sitio. Sé lo mucho que eso le desagradaría.

Me sorprendió. Ni siquiera yo esperaba eso de Hochstetter.

—Eso no es decisión suya. Eso lo decidirá la policía francesa.

Se rio. Nunca había tenido más ganas de borrarle esa sonrisa de la cara y asumir las consecuencias.

—¿De verdad lo cree? Puede que sea usted un zafio, Édouard, pero no es tonto. Por favor, no se comporte como tal. Me temo que no puedo advertirle mucho más.

Hice lo que siempre solía hacer cuando estaba enfadado. Fui a la biblioteca. No para calmarme, sino para mirar, para aprender.

Después de que la rabia que sentía se hubiera calmado, los acontecimientos de la mañana permanecieron conmigo. Mientras que la visión de la familia que se habían llevado me perseguía —involucrarme en eso haría mucho más que desagradarme, Horchstetter había escogido unas palabras muy tenues para expresar lo que yo sentiría— el nombre *Fidelio* había despertado mi curiosidad. Una ópera. Capeluche sonaba a ópera. Tanto el nombre como la forma en que se utilizaba. Así que fui a la biblioteca de la Sorbona para ver si aparecía en algún libro.

No había venido con la intención de tranquilizarme, pero el olor de las páginas antiguas y del cuero, las hileras de escritorios y las pantallas de las lámparas, y la altura de las paredes, que desembocaban suavemente en los techos ornamentados, me tranquilizaron. Me sentí en casa como casi nunca me había encontrado en otros lugares. Pedí a la bibliotecaria algunos volúmenes y esperé a que los trajera. Hasta donde podía ver, estaba solo, aparte de dos estudiantes en el otro extremo y la bibliotecaria. Busqué artistas y músicos, filósofos y oradores, pero no encontré nada.

—Disculpe —dijo una voz que cortó mis pensamientos. Era la bibliotecaria, en pie junto a mí, sosteniendo otro gran tomo—. Capeluche, ¿no es así?

Me entregó un libro antiguo sobre la historia de París, abierto en una página, y lo puso en el escritorio frente a mí. Vi el nombre y una placa con un grabado en la parte superior de dos columnas de texto.

—Gracias.

Esperé hasta que se hubo ido antes de empezar a leer. Me di cuenta de que había puesto las miras demasiado altas.

Capeluche era un verdugo.

Leí que fue el verdugo de la ciudad en el siglo xv, infame por su crueldad. Se ganó la mayor parte de su fama en las matanzas de París de 1418, durante la guerra civil entre los *armagnacs* y los borgoñones, dos facciones de la misma familia real que luchaban por ser los mandamases. Nada había cambiado.

Encabezó una marcha hacia una prisión, en la que había un grupo de *armagnacs*, y él y sus seguidores sacaron a los prisioneros a la calle, donde los ejecutaron a todos, incluida una mujer embarazada. A continuación, condujo a la multitud a la Bastilla, donde se encontraban algunos de los *armagnacs* de mayor rango, e incumplió el trato que había hecho de perdonar a algunos prisioneros. En su lugar, él y su turba los sacaron de la prisión y los decapitaron a todos, excepto a uno, en el exterior.

Me senté y me quedé mirando al vacío. No había nada sobre coser la boca de las víctimas. Eso era un nuevo refinamiento ideado por el verdugo actual. Pero estaban los prisioneros. Sacados de sus celdas a la calle para ejecutarlos. Tal vez Boniface y yo no estábamos siendo tan fantasiosos.

Me sorprendió encontrarme solo en la gran sala de lectura. Las nubes de lluvia se habían apoderado de la ciudad y entraba poca luz por las ventanas. Sentí un escalofrío. Oí movimiento en la mesa de la bibliotecaria, pero ella no estaba a la vista. Miré a ambos lados de mí y no vi a nadie.

Como tenía que hacer pis, llevé todos los libros menos la historia de París a la mesa de la bibliotecaria y los dejé sobre el mostrador antes de ir al baño. Al volver, continué oyendo vagos movimientos, cuyo sonido se amplificaba, pero también se distorsionaba por los altos techos de la sala. La oscuridad del exterior se había cernido sobre la biblioteca. Como seguía sin ver a nadie, volví a donde había estado leyendo. El libro estaba donde lo había dejado, pero vi algo más encima de las páginas abiertas.

Me detuve. Acercándome lentamente y mirando a un lado y a otro, fui hacia la mesa. Sobre el libro había un juguete infantil. No podía dejar de mirar. Aparté la mirada y observé a mi alrededor, pero no vi ningún movimiento.

Me incliné hacia delante y cogí el juguete.

Era una muñeca.

Tenía los labios cosidos.

12

Llevé la muñeca a la Treinta y Seis y la dejé en el cajón de mi escritorio. Le eché una última mirada: los inertes ojos pintados y la boca roja y fría. Quienquiera que la hubiera dejado intentaba ponerme nervioso. Lo estaba logrando. Cerré el cajón de golpe y salí de la habitación.

—¿Capeluche?

Fran me miró fijamente y se encogió de hombros. Había salido del Treinta y Seis y conducido hasta el club de Montparnasse. Estábamos sentados en su despacho y yo trataba de contener la ira que mi encuentro con Hochstetter y el descubrimiento de la muñeca en la biblioteca habían gestado.

—¿Quién o qué es Capeluche? —me preguntó.

—No me provoques hoy, Fran. ¿Qué sabes de Capeluche?

Incluso él, que tan encantado estaba de conocerse, se dio cuenta de mi estado de ánimo. Levantó ambas manos en señal de apaciguamiento.

—Oye, Eddie, es la primera vez que oigo hablar de él. ¿Qué es?

—Dímelo tú.

—Lo haría si pudiera, créeme, pero no tengo ni idea de lo que estás hablando.

—¿Por qué mataron a Julot en tu club, Fran? ¿Qué tiene que ver con Capeluche?

Parecía perplejo.

—Ya te lo dije, Eddie, no tengo ni idea, no conozco a ese tipo. Y no sé qué es Capeluche.

Estudié a Fran. Siempre había sido un estafador, capaz de la mejor interpretación en cuanto oía girar una moneda, pero ahora yo no podía saber de qué lado había caído la moneda.

Lo miré fijamente a los ojos. No me revelaron nada, así que le lancé preguntas para intentar pillarlo en una mentira.

—¿Por qué fuiste a ver al juez Clément?

—¿El juez Clément? Ni siquiera lo conozco. ¿A qué viene todo esto, Eddie?

Recordé la descripción del «tipo sórdido, con aspecto de gánster» que la secretaria del juez le había dado a Boniface.

—¿Quién te dio la autoridad para que el juez te entregara los expedientes de los presos?

Fran me miró desconcertado.

—No sé lo que has estado tomando, amigo, pero o estoy del todo perdido o lo que dices no tiene ningún sentido.

Nos interrumpió una figura en la puerta, que entró y se echó atrás rápidamente.

—Oh, lo siento, no me di cuenta de que tenía visitas, *monsieur* Poquelin. No se preocupe por mí, seguiré con mis cosas.

Era la conserje que Boniface había engatusado el día que encontramos a Julot. De mediana edad y delgada, llevaba un fino abrigo marrón y zapatos planos. Se quitó el pañuelo de la cabeza y dejó al descubierto un pelo corto y castaño con mechones que sobresalían en puntas, como si hubiera intentado aplanarlo con las manos mojadas. Fran le hizo un gesto para que se fuera.

—¿Has tenido algún contacto con los alemanes? —le pregunté—. ¿Han venido a verte?

—¿Los *boches*? ¿Por qué iba a tener algún contacto con los *boches*?

—No lo sé, Fran, dímelo tú.

—No. Solo he tratado con ellos cuando se negaron a dejarme abrir mi local al volver a París. He intentado que el ayuntamiento me deje reabrir, pero tienen miedo de ir en contra de lo que dijeron los *boches*.

—¿Y la Gestapo? ¿Te han llamado?

Contó sus testículos a través de sus pantalones como si con eso diera un gran espectáculo.

—No, me parece que por aquí no ha estado la Gestapo, Eddie: aún tengo todo lo que hay que tener. —No comenté ni reaccioné, para que sintiera la necesidad de seguir hablando. Mi incipiente ira era como cualquier droga que hubiera tomado. Adictiva y potencialmente autodestructiva. Pero producía resultados. Fran estaba agitado y daba respuestas que estaba seguro de que eran tan directas como era posible obtener de él—. De todos modos, ¿por qué vendrían a verme? Mi club está cerrado. Ni siquiera estoy en su punto de mira.

Oí a la conserje en la sala principal, despreocupada y a sus cosas. Continué sin tregua:

—¿Por qué mentiste sobre Dominique?

—¿Dominique? Dios, Eddie, ¿qué es esto? No he mentido sobre ella.

—Me dijiste que no la habías visto en años, pero a principios de este estuvisteis juntos.

—Vale, igual la vi.

Sacudí la cabeza, con la ira a flor de piel.

—Pero fue algo más que verla, ¿no?

Se sentó y me miró. Una mirada lujuriosa se extendió por su rostro.

—Así que es eso. Todavía la quieres. —Asintió lentamente. Cómo me gustaría bajarle los humos—. Oye, solo protegía tus sentimientos. Sabía que te gustaba, así que no quería presumir de, ya sabes, disfrutar de ella.

—Eres el mismo mierda de siempre.

Hice el ademán de levantarme, pero la conserje volvió a entrar en la habitación. Llevaba una bandeja con dos tazas.

—Una buena taza de café —anunció, dejándolas sobre la mesa—. Pensé que a los dos les vendría bien una.

Sonrió tímidamente, sin hacer contacto visual, y se fue. Respiré el aroma del café, verdadera y extrañamente relajante. Sentí que mi rabia se desvanecía. Cogí la taza, incapaz de resistirme, y me la bebí lentamente.

—Así que te has puesto al día con la encantadora Dominique, ¿verdad, Eddie? —me preguntó Fran, con una voz más agradable, sin su habitual zalamería interesada.

Negué con la cabeza.

—Joe.

Emitió un suave silbido.

—¿Cómo fue? Pensaba que vosotros dos…

—¿Por qué has mentido?

—Ya te lo he dicho, para no herir tus sentimientos. Crée-me, no tengo ni idea de lo que pasa aquí, con ese Julot y los pri-sioneros. No tiene nada que ver conmigo ni con mis negocios. No hay nada turbio en mantener lo de Dominique en secreto. Lo que pasa es que no estaba seguro de cómo reaccionarías. Siempre fuiste un tipo temible, Eddie, impredecible. No sabía si te derrumbarías si te hablaba de mí y de Dominique o si me dispararías. —Hizo una pausa—. ¿Cómo está tu hijo? ¿Qué edad debe tener ahora? ¿Dieciocho? ¿Diecinueve?

La pregunta me tomó por sorpresa. Pensé en Jean-Luc.

—Diecinueve.

—¿Está bien? He oído que es soldado. Si hay algo que pue-da hacer para ayudar, solo tienes que pedírmelo.

Recordé las palabras de Joe.

—Seguro que sí, Fran. —No captó mi sarcasmo.

—Y si tiene algún problema, puedes confiar en que man-tendré la boca cerrada, ya lo sabes. Y cualquier cosa con que te pueda ayudar, Eddie, claro. Solo tienes que decirlo. Son tiem-pos difíciles para ti, lo entiendo. Son tiempos difíciles para todos nosotros.

Podía sentir cómo su voz me engatusaba; su gancho era tan fuerte como el del café. Siempre había sabido cómo darme en el punto débil.

—No necesito tu ayuda, Fran.

Sacó una caja de madera ornamentada de un cajón y la abrió. Dentro, estaba dividida en compartimentos más peque-ños, cada uno de los cuales contenía un polvo blanco. Cocaína. Tuve que apartar la vista.

—Y tú puedes ayudarme. Eres policía. Puedes decir algo y conseguir que los *boches* me dejen abrir de nuevo. —Se tocó la nariz—. Creo que necesitas un poco.

—Otra vez no, Fran. —Por primera vez en años, recordé el subidón de la primera vez que me dio cocaína, y me levanté. Sabía que tenía que irme antes de que volviera a meterse en mi cabeza.

—Cuando quieras, Eddie. Ya sabes dónde estoy. Será como en los viejos tiempos.

—Lo sé.

Sentí el perfume en la escalera cuando llegué a casa. Tuvo en mí el mismo efecto que había tenido en el club de Fran, una mezcla de añoranza y remordimiento, solo que la teñía el miedo a los labios de Julot cosidos y la visión de la boca de una muñeca en la historia de un verdugo.

Pistola en mano, abrí cautelosamente la puerta de mi piso y recorrí las habitaciones. No me llevó mucho tiempo. No vivía en un palacio. Un salón con dos sillones, estanterías y una chimenea. Una cocina con dos sillas, una mesa, una estufa y un fregadero. Mi dormitorio con una cama, un armario y una alacena. Y un dormitorio adicional con casi lo mismo, junto con un recuerdo de la breve y difícil estancia de mi hijo al principio del verano. Hasta aquí el gran *tour*. Aunque ahora era un paraíso libre de olores: eso era lo único que tenía a su favor. Quienquiera que se hubiese puesto el perfume en el rellano no había pasado de la puerta principal.

Fui a la cocina, pero mantuve la pistola a mano, mientras poco tranquilizadoras imágenes acechaban en lo más profundo de mi mente. Me di cuenta de que eso era precisamente lo que quería la persona que había matado a Julot.

Rebuscando en la caja fría de la ventana de la cocina y en todos los armarios, encontré un viejo Brie que se había reducido a papilla, unas judías verdes y una patata. Herví las verduras y lo mezclé con un poco de mostaza vieja y lo llamé «sorpresa de queso». La sorpresa es que no lo vomité. Y no tenía pan para aliviar el dolor, gracias a Hochstetter. Bebí un poco de agua del grifo para quitarme el sabor y me fui al salón.

Supongo que era inevitable, pero bajé la caja de hojalata de la estantería más alta y me senté, mirándola fijamente, sin abrirla, en mi regazo. En la tapa, la ilustración rayada y descolorida de unas galletas que hacía tiempo habían pasado a mejor vida bailaba ante mis ojos mientras pensaba en Fran. Él había sido quien, en mis horas bajas, me había enganchado a la cocaína, una de las razones por las que había renunciado a tanto y a su vez perdido tantas cosas. Pensé que él y Dominique estaban juntos. A pesar del tiempo que había pasado, sentí una amarga punzada de celos.

Me sentía incómodo con la lata sobre mis muslos, pero no podía volver a ponerla en su estante, todavía no. Tampoco me atreví a abrirla. La última vez que lo había hecho fue cuando mi hijo estuvo aquí conmigo, la semana en que los alemanes entraron en París y provocaron gran parte de mis problemas. Ver a mi hijo por primera vez después de haberlos abandonado a él y a su madre quince años antes, por su propia seguridad y por la mía, había ayudado a que me olvidase del contenido de la lata.

Pero entonces las palabras del guardia de Les Tourelles habían hecho clic en mi mente: había vuelto a fallar a mi hijo. Había enviado a Jean-Luc lejos de París, temiendo lo que pudieran hacer los alemanes si lo encontraban, ya que era un soldado francés en fugado. Mi mente había pensado en la cárcel, en el reclutamiento forzoso en el ejército alemán, incluso en la ejecución. Entonces creía que había hecho lo correcto.

El guardia me había contado que le habían enviado de vuelta desde Gran Bretaña tras la evacuación de Dunkerque. Pensó que lo iban a enviar a luchar de nuevo, pero lo en su lugar lo desmovilizaron y lo enviaron a casa con su familia. Consiguió un trabajo y ahora estaba tan seguro como se podía estar bajo el dominio nazi. Y sabía que mi hijo podría haber tenido lo mismo. Una vez más, había hecho lo incorrecto por Jean-Luc. Y por mí.

Me armé de valor, me puse en pie y volví a poner con cuidado la lata en su sitio. No la había abierto, había resistido esa tentación.

Al principio, creí que el sonido era el eco de la caja en la estantería, pero ocurrió una segunda vez. Un golpe en la puerta.

Había dejado mi pistola en la mesa de la cocina y fui a recuperarla. En la puerta principal, miré por la mirilla, pero el rellano estaba a oscuras. Sosteniendo la pistola, abrí la puerta cuando percibí el aroma procedente del exterior. Era el perfume que había notado antes.

Abrí más la puerta. Desde mi pequeño pasillo, un triángulo de luz rápidamente se propagó hacia fuera, y arrojó su brillo sobre una figura que estaba de pie en el exterior, lo que hizo visibles sus rasgos. Se me cortó la respiración.

—¿Y bien, Eddie? ¿Vas a invitarme a entrar?

13

Últimamente todo el mundo tenía los ojos cansados.

Examiné con atención a mi casi inesperada visita. No solo por los años transcurridos, sino, también, porque la buena comida escaseaba, la vida normal estaba patas arriba, vivíamos en un presente imperfecto y nos aguardaba un futuro difícil. Y el miedo a que un día nuestros visitantes, totalmente predecibles, empezaran a volverse lentamente contra nosotros con mucha más virulencia de lo que lo habían hecho hasta ahora.

—¿Vas a ofrecerme un trago, Eddie?

Todavía tenía una voz infinitamente más adictiva que cualquier cosa que Fran pudiera vender. En realidad, si él pudiera meter esa voz en un paquetito, ya no sería ese hombre que pasaba sus días correteando por los callejones de Montparnasse en busca de su próxima gran oportunidad.

—¿Qué quieres? ¿Agua o agua?

Francamente, su perfume me tenía embriagado.

—Que sea agua entonces. —Me sonrió, una elegante mirada de pantera que seducía antes de abalanzarse.

Dominique.

Un amor que nunca me correspondió, un amor que en quince años no había visto. Entiende mis palabras como te apetezca.

Fui a la cocina para servirnos agua en mis dos vasos sucios más limpios y volví con parsimonia al salón. Estaba sentada en mi sillón bueno. Resultaba sorprendente que las pocas personas que venían a visitarme siempre se decantaran por ese. Me senté en el brazo del otro y la miré fijamente. Bebía agua del vaso turbio con la sofisticación de una anfitriona de círculo literario que sostiene una copa de champán. En el pasado había sido cantante, un faro que había iluminado los clubes más sórdidos y que una vez casi amenazó con iluminar mi vida. Pero esto también me las arreglé para arruinarlo. Además los dos estábamos casados con otras personas entonces.

Miró con curiosidad su vaso y lo dejó en la mesita llena de marcas de vasos anteriores.

—Eddie sin *whisky*. Nunca pensé que vería eso.

—Solo estabas de paso, ¿eh?

El cansancio había vuelto a sus ojos. Había algo más. Su mirada alternaba entre el interés fingido por mi mesita y una actitud distante fingida hacia mí.

—Has estado preguntando por mí, Eddie.

—¿Cómo lo sabes?

Me dedicó el tipo de sonrisa que se le dirigiría a un simple niño. Incluso eso me emocionó.

—Montmartre. Y el *jazz*. En esos dos ambientes todo el mundo se conoce, no creo que ese sea el caso en muchos más sitios. Por eso lo sé. Deberías acordarte. Dime, ¿por qué quieres verme después de todo este tiempo?

—Asuntos policiales.

Esta vez su sonrisa era de falsa decepción.

—La historia de mi vida.

—¿Estuviste con Fran en Longchamp el pasado fin de semana?

Por un momento volvió su sonrisa dulcemente burlona.

—Aún sigue con Longchamp, ¿no? Algunas cosas nunca cambian, ni siquiera con los alemanes por aquí.

—¿Qué quieres decir?

—Cuando Fran quería seducirte prometía llevarte a Longchamp. Un fin de semana de caballos, champán y juegos para atraerte a su dormitorio.

—¿Y le funcionó?

Me miró fijamente.

—Por un tiempo.

—¿Y el fin de semana pasado?

—No era yo, Eddie. Me imagino que era una de sus empleadas. Era uno de los requisitos para trabajar con Fran.

—Olí tu perfume en su club.

Negó lentamente con la cabeza.

—Tampoco era yo.

—Lo recordaba de antes, siempre llevabas ese perfume.

—Eso es muy halagador, Eddie. Pero me temo que no soy la única que lo utiliza. Fran se lo compra a todas sus conquistas, se lo da un amigo.

—¿También hace tantos años?

—No, tuvo la idea cuando vio que yo lo usaba. Ya conoces a Fran, se aprovecha de los demás.

—Pero todavía estabas con él hace unos meses. Alguien te ha reconocido.

—¿«Alguien te ha reconocido»? Dios, Eddie, ¿se puede hablar más como un poli? ¿O como un antiguo amante celoso?

Eso escoció. Bebí mi agua para ocultarlo y retrocedí. Mi mente me había llevado a esperar *whisky*. Eso escoció también.

—¿Quién me ha visto, entonces? —El aleteo juguetón en las comisuras de su boca había vuelto.

Dudé antes de responder.

—Joe.

Pareció sorprendida.

—¿Joe? ¿Has visto a Joe?

—Lo han encerrado.

—Lo sé. Solo que nunca pensé que tendrías el valor de volver a verlo. No después de lo que hiciste. ¿Te ha visto?

—Sí.

Tomó un sorbo de agua para recobrar la compostura.

—Dios, ojalá esto fuera *whisky*. Vale, sí, me vieron. Y por eso Fran dejó de verme cuando aparecieron los alemanes. No que creo que si le hubieran reconocido, como tú dices, en compañía de una mujer africana se sintiera muy cómodo. Me ahorró la molestia de decirle que se fuera a la mierda.

—Pero el otro día aún estabas en su club.

Sonrió.

—No caeré en la trampa, Eddie. Ya te lo he dicho, no era yo.

No vaciló, pero algo no encajaba. De alguna forma, estaba mintiendo, pero no sabía cómo.

—Entonces, si no estás aquí para confesar nada, y no creo que de repente hayas tenido el impulso de hacerme una visita de cortesía, ¿qué es lo que quieres de mí, Dominique?

—Sigues teniendo alma de policía., Eddie. —A pesar de su falta de seriedad, su voz delataba una emoción. Miedo. Pensé que el motivo iba a ser Julot, pero yo estaba en lo cierto: me había mentido. Aunque Julot no tenía nada que ver, ahí erré el tiro.

—Mi hijo. ¿Te acuerdas de él?

—¿Tu hijo? Sé que tenías uno. Nunca lo conocí, acuérdate. —Recordé que era un año más o menos mayor que Jean-Luc. Busqué en mi memoria un nombre, pero no lo encontré.

—Fabrice —me ayudó—. Ahora es soldado.

Sentí un momento de tristeza.

—¿No lo son todos?

Continuó como si no hubiera escuchado.

—Con los Tiradores Senegaleses. El 24.º Regimiento. Lo último que supe de él fue en abril —estaba destinado en la Línea Maginot—, pero sé por los padres de otros soldados que su regimiento luchó contra los alemanes en los alrededores del Somme después de eso, a principios de junio.

El Somme. Ecos del pasado.

—¿Por qué me cuentas esto?

—Ha desaparecido.

Sus ojos enrojecieron de repente, las lágrimas no estaban muy lejos, pero visiblemente se armó de valor. La Dominique que yo recordaba siempre tenía que mantener el control y la calma pasara lo que pasase. Pensé en mi propio hijo y en la necesidad de poner coto a la mente, de frenar los miedos, de no obsesionarme. Ahora veía lo mismo en ella.

—¿Lo han hecho prisionero?

—Han pasado tres meses, Eddie. Las autoridades alemanas han publicado los nombres de los prisioneros. El de Fabrice no está entre ellos.

—No habrán publicado todos los nombres. Sé cuánto lleva esto, lo confuso que es todo.

Me miró enfadada.

—Su nombre no está entre los capturados. No es un prisionero.

—¿Y qué quieres que haga al respecto? —Había otra opción obvia, pero no querría escuchar eso. También lo habría pensado. Muchos soldados muertos seguían desaparecidos.

—Quiero que averigües qué le pasó.

—No hay nada que pueda hacer, Dominique. Tienes que hablar con los militares.

—Crees que no lo he intentado.

—Solo soy un policía. No puedo hacer nada.

—¿No puedes o no quieres?

—Vamos, Dominique. Esto no tiene nada que ver conmigo. Es un soldado desaparecido. Uno de miles. Es otra víctima de la guerra.

Se levantó y repitió lo que había dicho gritando:

—¿Víctima de la guerra? Pensaba que tú eras la única víctima de la guerra, Eddie. No había más víctima que tú, siempre te has comportado así.

—Por favor, siéntate. Lo siento.

Se dirigió hacia la puerta.

—¿Lo sientes? Si fuera tu hijo harías algo.

Dio un portazo al salir. El eco resonó en mi cabeza y me quedé mirando el pasillo tras de sí.

—Tampoco puedo hacer nada por mi propio hijo —murmuré en el pasillo vacío.

14

—¿Te la dejaron encima del libro? —preguntó Boniface.

Estábamos sentados en mi despacho; entre nosotros, encima del escritorio, se encontraba la muñeca. La cogió de nuevo y la examinó. Ya había hecho que comprobaran las huellas dactilares. Estaba limpia. La giró una y otra vez en sus manos y la miró fijamente. Le había explicado lo que había averiguado sobre Capeluche y sobre la muñeca que me habían dejado. Volvió a dejarla en la mesa.

—El verdugo de la ciudad —repitió.

—El verdadero Capeluche sacó a los presos de la cárcel y los ejecutó, ¿tenemos a alguien haciendo eso mismo?

—Ya habíamos pensado en eso —me recordó—. Julot está muerto, no encontramos a Walter ni al prisionero de Montmartre que encerré. ¿Los han soltado para matarlos?

—Sigue sin tener mucho sentido. ¿Por qué tomarse tantas molestias para matarlos?

—O uno de ellos es el verdugo. Capeluche. Walter o cualquiera de los otros liberados. Y entonces mata a los demás. —Meneó la cabeza—. Pero eso sigue sin tener sentido.

Tuve que darle la razón.

—El problema es que ahora no sabemos si Walter está desaparecido porque es una víctima o un sospechoso. O por ninguna de las dos cosas.

Boniface inclinó la cabeza ante la lista mecanografiada de unos treinta nombres de prisioneros desaparecidos que habíamos elaborado.

—Eso se aplica a todos ellos. ¿Qué hacemos ahora?

—Vamos a Montparnasse —le dije.

—¿Por qué Montparnasse? Pensé que estábamos viendo esto como algo que afecta a todo París. No un asunto de bandas locales.

—Eso hacemos. Y sigo pensando que aquí ocurre algo mucho más allá de que hayan torturado y asesinado a Julot en un sórdido club de *jazz* de Montparnasse. Pero también creo que todo el asunto de Fresnes y los alemanes se ha convertido en una distracción. Nos impide prestar la suficiente atención a lo más importante. El asesinato y las desapariciones apestan a Montparnasse.

—En otras palabras, centrarse en lo más pequeño para contemplar la panorámica.

—Exacto. Y es improbable que veamos la panorámica si seguimos así. Tenemos que analizarlo todo y encontrar una grieta en la armadura.

—¿Y crees que Montparnasse nos dará eso?

—Hemos intentado buscar a Walter y a otros en Montmartre y no hemos conseguido nada. Yo digo que ahora lo intentemos en Montparnasse. Y con Calais Jacques. Mira los nombres de la lista. Tiene que haber un eslabón débil en alguna parte, y yo apostaría por Calais Jacques.

Ojeó por la ventana y volvió enseguida a mirarme. Vi que me había entendido.

—Calais Jacques es un chico de Montparnasse.

—Si está fuera de Fresnes, lo más probable es que haya vuelto a su antiguo territorio. Allí tiene amigos, allí opera. Sabemos a dónde suele ir. En Montparnasse no ocurre nada sin que Jacques lo sepa. Si lo encontramos, tendremos la oportunidad de averiguar qué es lo que está pasando en la ciudad.

—Tiene sentido.

—Sé que lo tiene. Ve a por tu coche.

Le dejé hablar y conducir. Estaba aprendiendo a no escuchar. Descubrí que podía ignorar su incesante parloteo mientras permanecía encerrado con él. Era muy parecido a la forma en que los parisinos veían a los alemanes. Porque no los veían. No los miraban. Por la ventanilla del coche, vi a una pareja de mediana edad pasar junto a tres oficiales de la Wehrmacht en la acera. Ignoraban totalmente a los soldados. Habrían prestado más atención a una rata muerta en el suelo que a esos tres hombres altos. Lo veía por todas partes. Era una especie de rechazo absurdo, como negando que habíamos perdido y la ciudad estaba ocupada por tropas extranjeras. Si no los mirabas, no estaban allí. Pero sí lo estaban.

Al desconectar del parloteo que resonaba, como si girase el dial de una radio, pude concentrarme en otras cosas. Curiosamente, el constante ruido de fondo, al atenuar el resto de los sonidos, me ayudó a concentrarme.

Calais Jacques. El nombre se debía a que era de Calais y se llamaba Jacques. Los bajos fondos no siempre conseguían dar con un pintoresco apodo. Rechoncho y fanfarrón, con los brazos más peludos que el queso de una cafetería de Montparnasse, Calais Jacques era un asesino a sueldo. Por un instante me pregunté si podría estar detrás de la muerte de Julot, pero descarté la idea enseguida. Un castigo tan imaginativo nunca se le habría ocurrido a nuestro Jacques: era el clásico villano de guantazo y cachiporra. Además, sus dedos rollizos nunca habrían sido capaces de enhebrar la aguja. Aunque podría haber sido uno de los miembros de la banda que ayudara a someter a Julot mientras otro lo hacía.

El zumbido se detuvo y con él el motor del coche. Comprobé dónde estábamos. Boniface había aparcado al oeste del cementerio, en la *rue* de la Gaité, cerca de la sala de música Bobino. Aquí había visto cantar a una jovencita, Édith Piaf, no mucho antes de que empezase la guerra. Era buena, podía entonar una canción con tanta fuerza como Josephine Baker. También Dominique. Me sorprendió que este último pensamiento cruzase mi cabeza. Parecía que había pasado toda una vida.

—Tú te encargas del norte del *boulevard* de Montparnasse —le dije a Boniface—. Yo de estas calles.

—¿Crees que es seguro separarnos?

Más seguro para mis oídos, pensé.

—Será más rápido —le dije.

Echó a andar por la calle, hogar de teatros y salas de variedades en los locos años veinte. Decidí probar suerte en la calle en que me encontraba y subir hasta el antiguo cruce de Vavin, donde se habían instalado los artistas y escritores en los años veinte y treinta. Ahora no estaban allí. Cocteau había dicho una vez que la pobreza era un lujo en Montparnasse. Cocteau era un optimista. La zona había decaído mucho desde aquellos días de euforia.

Sentí una presencia en cuanto perdí a Boniface de vista. Al escudriñar la calle a mi alrededor, me dirigí a la calle Delambre, ya que conocía algunos lugares donde normalmente se podía encontrar a Calais Jacques. Alguien me seguía, de eso estaba seguro, pero cada vez que me detenía o esperaba en un portal, no aparecía nadie. Pensé en Boniface y en su niebla. Me di cuenta de lo que había querido decir.

Inspeccioné con cautela a todas las personas que veía, por si aparecían más de una vez en mi visión periférica. Una fila de mujeres seguía haciendo cola ante una panadería en vano. Una pareja de ancianos estaba en medio de ellas, más delgados, más pequeños que el resto, producto de otra época de escasez. Dos colegiales en bicicleta recorrían la calle a toda velocidad, llegaban tarde a clase o salían del colegio.

Al final de la calle, pasó un coche patrulla alemán, con dos *feldwebels* en la parte trasera, como si fueran oficiales de baja graduación a los que se les dedicase un desfile por la ciudad. Los dos *gefreiters* que iban delante, unos mocosos recién salidos de la pubertad, tenían un aspecto aburrido y triste en el aire frío. No había coches franceses, ni siquiera los que llevaban en el techo el inestable sombrero de copa de las bombonas de gas, que cada vez se veían más por las calles desde que la gasolina se había vuelto tan escasa. Nos habíamos convertido en una ciudad de caminantes y ciclistas.

Oí cantar a un niño.

Eso me hizo detenerme. Era la canción que había escuchado en Montmartre. Miré a mi alrededor. Esperaba ver al niño cadavérico del otro día, pero no lo vi. Miré en todas las direcciones, describiendo un círculo perfecto para buscar el origen del canto, pero este retrocedía y se acercaba constantemente mientras yo giraba.

—¡Sal! —grité.

El canto cesó.

El silencio era peor. Si antes no tenía ni idea de dónde venía el sonido, ahora sabía aún menos. Al instante me sentí expuesto. Casi podía sentir un fusil apuntándome. Miré hacia arriba y a mi alrededor, pero no había nadie ni en las ventanas ni en las puertas.

Seguí hacia dónde me dirigía, pero en el momento en que llegué al final de la calle, el canto empezó de nuevo. Venía de mi derecha. Continué el camino, alrededor del muro del cementerio. La canción sonaba más fuerte. Podía distinguir las palabras con mayor claridad. Al avanzar, me di cuenta de que venía del otro lado del muro. El que cantaba estaba en el cementerio.

Apresurándome, llegué a la puerta principal y entré corriendo. Un silencio me golpeó, más poderoso y premonitorio que el interminable y horrible momento en las trincheras cuando la artillería se detenía y estaban a punto de dar la orden de carga. Me paralizó. Ante mí, entre las decoradas tumbas se extendían las avenidas y no tenía ni idea de qué dirección tomar.

Desenfundé la pistola y avancé por uno de los senderos que discurrían bajo los árboles entre las enormes islas rectangulares de tumbas y mausoleos, acercándome lentamente al lado este del cementerio. Un ruido a mi izquierda me sobresaltó y levanté la pistola. Un anciano estaba frente a mí, con un pequeño ramo de flores en la mano y lágrimas en los ojos. Parecía repentinamente asustado, mi gesto lo había sacado con brusquedad de su dolor.

—Lo siento —le dije.

Dejándolo atrás, seguí mi camino. Llegué al muro más lejano sin oír ningún ruido. Sin saber qué hacer, volví sobre mis pasos. Atajando por entre las lápidas, caminé a través de ellas; algunas eran más altas que yo y podían ocultar a cualquiera, pero no oí nada.

Me dirigí a la parte central del cementerio y a la estatua del Genio del Sueño Eterno. Cruzando el círculo de hierba, me situé en el centro y escudriñé las hileras de piedras y árboles mientras escuchaba.

Por fin la oí. La canción, llevada por una suave brisa.

Me llevaba cada vez más lejos de donde la había oído por primera vez, y era cada vez más fuerte. Empecé a trotar y luego a correr, moviendo la cabeza de un lado a otro para buscar su origen. Por fin la tenía frente a mí. Una piedra rozó un adoquín a mi derecha. Me giré hacia ella, pero otro sonido de ramitas que se rompían a la izquierda me hizo retroceder. Los árboles que me rodeaban se unieron al coro, gimiendo silenciosos mientras el viento se levantaba. Volví a girar sobre mis talones, incapaz de localizar un sonido que me indicara a quién o qué debía seguir y dónde.

Me detuve y respiré profundamente. El sudor me recorría la cara, la espalda y el pecho. Podía sentir el calor que se desprendía de mí.

—¿Dónde estás? —grité.

Me sentía fuera de lugar entre los muertos.

—¿Dónde estás? —repetí, esta vez en un susurro.

Delante de mí, en la distancia, empezó a sonar la canción. Corrí hacia ella y me encontré recorriendo velozmente por un camino sin salida hacia el muro donde se encontraba la *rue Émile Richard*. Con una sensación de triunfo, me di cuenta de que, si mi perseguidor estaba allí, él no tendría escapatoria. Aumenté la velocidad y alcancé el muro justo cuando la canción llegaba a su fin. Estaba junto al cenotafio de Baudelaire. Giré primero hacia un lado y luego hacia el otro, pero entre los muertos no había nadie, aparte de mí.

Ahora buscaba con más lentitud. El monumento al poeta se alzaba ante mí. El creador de *Las flores del mal* y traductor de Edgar Allan Poe tenía un cenotafio acorde con el hombre. Una inquietante momia de piedra sobre una tumba vacía que yacía a los pies de otra figura aún más inquietante situada en ángulo recto encima de la otra, casi cerniéndose sobre ella. Aparentando un pilar, la segunda figura parecía un alargado esqueleto demoníaco, con unas alas diabólicas plegadas a ambos lados, listas para volar. En la parte superior, la figura de un hombre emergía de la piedra y te miraba fijamente, con la barbilla apoyada en los puños cerrados y unos penetrantes ojos. El monumento siempre había sido controvertido. La sepultura estaba vacía, ya que Baudelaire fue enterrado en una parcela familiar al otro lado del cementerio, supuestamente en contra de sus deseos.

Me di cuenta de que las hojas que habían caído en el cenotafio se habían barrido de la momia pétrea. Estaban amontonadas a sus dos costados y a los pies de la momia. Concentrándome más en la figura yacente, vi un par de objetos colocados sobre el pecho de la momia a modo de ofrenda. Me acerqué con precaución, sin dejar de mirar a derecha e izquierda, y vi lo que habían dejado en el monumento. Se me cortó la respiración.

Una aguja grande y un cordel, como las empleadas para matar a Julot, estaban uno al lado del otro y brillaban con fuerza bajo el tenue sol.

El único cuervo que quedaba en París graznó desde un árbol cercano.

15

Creía que el cordel y la aguja significaban ya bastante, pero, al acercarme a la puerta de salida del cementerio, me sentía observado de nuevo. Durante un angustioso momento, creí oír otra vez la canción, pero solo era la brisa que corría entre los árboles a mi alrededor. Me detuve junto a la tumba de Saint-Saëns y escuché a conciencia, esforzándome por oír alguna voz entre el sonido de los árboles. Volví a darme la vuelta, como antes, pero no vi a nadie, solo la figura encorvada de una anciana que a lo lejos se abría paso entre las tumbas cuidadosamente.

Un Peugeot 202 con matrícula militar alemana estaba aparcado fuera del cementerio, a unos metros de la entrada. Al principio, el coche iba al ralentí, con el motor sin arrancar, pero las puertas permanecían cerradas. Lo observé con cautela. No esperaba que nuestros visitantes frecuentaran esa zona. A no ser que tuvieran un incontenible deseo de ver más tumbas francesas.

—Édouard, está usted pálido.

La voz me sorprendió y me sobresalté, a mi pesar. Sin darme cuenta, había estado tan concentrado en el coche que no había visto a Hochstetter sentado en un banco frente a la puerta.

—¿Así que ahora le gusta encontrarse conmigo en los bancos? —No pude evitar que la irritación tiñera mi voz.

Sonrió y palmeó el asiento de al lado.

—Parece que ha visto un fantasma.

Me detuve un momento y me senté. Me miré las manos en el regazo. Todavía temblaban ligeramente por mi misteriosa visita guiada por el cementerio. Las coloqué a ambos lados de los muslos para intentar que Hochstetter no se percatara.

—¿Cómo sabía que estaba aquí?

—Tengo gente que lo vigila. Ya lo sabe.

—¿Hay alguna razón en particular por la que me esté siguiendo?

—No. ¿Debería haberla? Y antes de que se oponga, es por su propia seguridad.

—¿Protegerme de quién?

—De usted mismo, principalmente.

—¿Quién es el gracioso ahora?

—Simplemente estoy siendo pragmático. Soy un hombre muy ocupado, no tengo tiempo para adiestrar a otro policía francés.

—¿Me cree bien adiestrado?

—¿Cree que no lo está?

Nos quedamos mirando en silencio unos instantes los pocos coches que pasaban. La ciudad se había llenado, pero los depósitos de combustible no. La gasolina escaseaba y, de todas formas, los ocupantes habían requisado muchos de los coches franceses.

—¿Otra vez el palo y la zanahoria? —le pregunté.

—Tan solo estoy aquí para velar por sus intereses. Así que, por favor, pida lo que quiera.

—Hay una cosa en la que puede ayudarme. Ha estado aquí sentado esperándome. ¿Ha visto a alguien salir del cementerio justo antes que yo?

Encendió un cigarrillo y apagó la cerilla antes de dejarla caer a un lado. Era meticuloso en cada movimiento, un recordatorio oportuno de que no dejaba nada al azar, de que no se le escapaba nada.

—Interesante. Pero no, me temo que no he visto a nadie.

No esperaba que lo hubiera hecho. Quienquiera que se hubiera burlado de mí posiblemente siguiera dentro del parque o, más probablemente, hubiera salido por otra entrada. Pasó un coche francés con una matrícula alemana nueva, lo que indicaba que había sido requisado, y los neumáticos silbaron entre las hojas caídas.

—¿Por qué está aquí en realidad?

Aspiró con lentitud su cigarrillo antes de expulsar delicadamente la ceniza sobre el suelo. De repente me irritó la forma en que lo utilizaba para retrasar la conversación, para hacerme esperar y preguntarme qué iba a decir. Era la muestra más absoluta de su superioridad.

—Evidentemente, usted recuerda nuestra pequeña discusión sobre el palo y la zanahoria. Y la necesidad de que trabaje conmigo. Mi presencia aquí es solo un pequeño recordatorio. Su arma, por ejemplo. A los policías franceses se les permite mantener esa potestad, pero en cantidad estrictamente regulada. Si perdieran ese derecho a tener un arma, su eficacia se vería muy limitada.

—¿Se refiere a nosotros, los policías en general, o a mí en particular?

—Oh, a usted en particular, Édouard. Si considero que el grado de cooperación que obtengo de su parte no es proporcional, está en mi mano privarle del derecho a llevar arma. Haría bien en recordarlo.

Aparté la mirada un momento para ocultar mi enfado.

—Entonces, ¿cuál de mis investigaciones es la que le interesa? Porque de eso se trata.

—Todas. Ninguna en particular, eso lo tiene que decidir usted. Recuerde que estoy aquí para ayudarlo. Su mariscal Pétain dijo que ambas naciones debíamos colaborar. Considérelo nuestra forma de colaborar.

Escogí mis palabras:

—Le diré todo lo que sé que ayudará a mis investigaciones.

—Muy bien, Édouard, está haciendo progresos. Haremos un Pétain de usted. Colaboración. —Paladeo la palabra en su lengua. Empezaba a repugnarme—. Un término curioso. Me temo que Vichy es una solución temporal. Una forma de aliviar la presión sobre nuestros propios recursos depositando nuestra confianza en un pueblo que hemos subyugado. Debido a nuestra falta de mano de obra, la colaboración es una necesidad. Pero siento curiosidad por hasta qué punto el pueblo subyugado aceptará eso. Por ejemplo, nuestra relación. Somos bastante cordiales, pero no es una relación sin roces. Por eso es imperativo conseguir su cooperación —que es, quizá, una palabra más agradable— para que sean lo bastante fuertes como para mantener el control sobre sus compatriotas, pero no tanto como para representar una amenaza.

Un hombre que caminaba hacia nosotros por la acera me evitó tener que responder. Llevaba dos cañas de pescar al hombro. Me puse nervioso, pero enseguida me relajé. Observé al hombre, un tipo delgado de mediana edad con pantalones y una rebeca gris que asomaba bajo un abrigo viejo, pero mantuvo el rostro apartado de nosotros. Hochstetter lo miró distraídamente mientras pasaba.

—Está muy lejos del Sena, ¿no cree? —me preguntó.

—Es un largo paseo —convine.

—He de decir que últimamente he visto algunos pescadores. Me parece bastante optimista intentar pescar peces que sean comestibles en su río de París.

Miré a Hochstetter mientras hablaba, pero no había ningún indicio de comprensión en sus ojos, solo una leve sonrisa ante la singularidad de los franceses. Pasando por delante de él, mi mirada siguió las dos cañas de pescar que se balanceaban mientras se alejaban en la distancia. Mi acompañante había perdido completamente el interés por ellas. Bajé la mirada y oculté una sonrisa, la primera que se me escapaba ese día. Dos cañas de pescar. Nuestra palabra para una caña era *gaule*. Dos cañas de pescar eran *deux gaules,* que sonaba mucho a De Gaulle. No eran pescadores yendo al río. Eran una protesta silenciosa, una muestra de apoyo a De Gaulle en Londres y sus llamamientos a resistir al ocupante. Burlándose de los alemanes delante de sus narices. Y a juzgar por la reacción de Hochstetter, aún no habían sospechado de qué se trataba.

—Trata de la libertad política.

Sus palabras me sorprendieron. ¿Lo había descubierto?

—¿El qué?

—*Fidelio.* La única ópera de Beethoven.

Noté una sensación de alivio al ver que no había entendido el significado de las cañas de pescar. Eso demostraba que no era infalible.

—O son ustedes los colonialistas menos conscientes de la historia, o alguien en la ópera tiene un sentido del humor muy oscuro.

Tiró la colilla a un charco, donde se apagó rápidamente.

—Y de los presos políticos.

Dejé que sus palabras calasen.

—Hay algo en lo que puede ayudarme —le dije—. Un americano, músico. Lo han encerrado.

—¿Y cómo cree que puedo ayudar?

—Moviendo algunos hilos. Consiga que lo liberen, para que pueda volver a casa.

Por un breve instante, imaginé a Joe queriendo volver a casa y estuve a punto de reírme. El Joe que yo conocía se habría unido al hombre de la caña de pescar. E incluso habría hecho más. Sobre todo, después de que lo hubieran encerrado.

—Entiendo que se trata de un músico de *jazz*. ¿Debo suponer, entonces, que también es un músico negro estadounidense? Porque si ese es el caso, realmente no perdería su tiempo o el mío tratando de ayudar. Dudo que ninguno de nosotros pueda hacer nada para remediar la situación.

—Es americano, son neutrales.

—Me temo que eso no es lo que ven nuestros amigos del Partido Nazi cuando lo miran. —Se levantó, su audiencia conmigo había acabado—. Vas a tener que aprender a elegir las batallas que pretendes librar, me parece.

—Yo no elijo mis batallas, ellas suelen elegirme a mí.

Se rio y comenzó a alejarse.

—Eso es muy previsiblemente cierto.

Desde el banco, vi a un agente de paisano salir y abrir la puerta del Peugeot para que Hochstetter entrara. Se alejó, dejando a su paso una estela otoñal de hojas que se arremolinaron en la carretera.

—Pero elijo cómo enfrentarlas —añadí.

16

Cuando volví a la *rue* de la Gaité, Boniface abrazaba a una mujer rubia y bajita con unos tacones que la hacían casi tan alta como él. Mientras los miraba, se dieron un gran beso en los labios antes de que él la dejase en el suelo. Ella se volvió para despedirse con la mano mientras se alejaba a toda prisa por la estrecha acera. Me acerqué a él por detrás y le di un toquecito en el hombro.

—¿A qué demonios viene eso?

Hizo ademán de guiñarme el ojo, pero se lo pensó mejor. Tenía la esperanza de que hubiera encontrado una cura. Aun así, no calmó mi enfado. Sin decir nada, me hizo una seña para que me acercara al coche y me indicó que subiera.

—Tengo noticias, Eddie —me dijo.

—¿Tienes una erección? —le pregunté—. ¿Has encontrado otra esposa? ¿A qué demonios crees que juegas? Se supone que deberías estar buscando a Calais Jacques.

—Trabajo policial. —Se tocó un lado de la nariz. Me dieron ganas de darle un golpecito ahí también, solo que un poco más fuerte.

—Creo que tu noción de trabajo policial difiere de la mía.

—Esa —dijo, señalando la calle en la misma dirección en la que había desaparecido la mujer—, era Mireille Gourdon, una de las exnovias de Calais Jacques.

—Eso no significa que tuvieras que besarla.

—Lo que haga falta, Eddie, lo que haga falta.

—Entonces, ¿cuál es la noticia?

—Dice que Jacques ha estado por el barrio. La diferencia es que ahora ha estado gastando mucho dinero. En los clubes, en ropa, en joyas. Una cantidad de dinero como nunca había tenido.

—¿De dónde dice ella que lo está sacando?

—De las drogas. De la venta de drogas, según ella. Las vende en los clubes que los *boches* han permitido que sigan abiertos.

—¿Drogas? Jacques no ha traficado con drogas en su vida. Es un asesino a sueldo. Puede que trabaje para traficantes de drogas, pero nunca las ha vendido.

—Pues eso es lo que ella dice, que ahora trafica. Parece que no anda solo, aunque no quiso decirme con quién trabaja. No creo que sepa quién es, pero no estoy seguro.

Otro con dinero que derrochar, pensé. Justo lo mismo que Sophie Scipone me había dicho sobre Walter le Ricaneur.

—Tenemos que saber de dónde viene todo este dinero recién adquirido.

—Ella cree que también ha reforzado su protección.

—Ese ya es el Jacques que conozco. ¿Te ha dicho de quién se protege?

Meneó la cabeza.

—No lo sabe o no quiere decirlo. Ahí es cuando la gente empieza a callarse. Quienquiera que sea tiene a la gente asustada.

Le dije que ya era hora de marcharse, pero sacudió la cabeza por segunda vez y continuó hablando:

—Tengo más noticias. Walter le Ricaneur tiene una exesposa. Aquí, en Montparnasse.

—¿La has encontrado?

—Todavía no la he buscado.

Su respuesta me irritó de nuevo.

—Claro que no, estabas demasiado ocupado comiéndole la boca a la exnovia de Jacques. En lugar de eso, ve a buscarla, a ver qué tiene que decir. Por el amor de Dios, Boniface, contrólate.

—Esa no es la noticia. La noticia es que fue ella quien dejó a Walter después de tener una aventura con otra persona. Con tu amigo Poquelin.

—¿Poquelin? —Pasó un rato antes de que me diera cuenta de que se refería a Fran. Otro donjuán con el que enfadarme.

—¿Aún quieres que busque a la exesposa de Walter?

—Sí, pero antes llévame al otro lado del cementerio. Iré a ver a Poquelin.

Se encogió de hombros y arrancó el coche.

—Claro, pero es bastante extraño que siempre parezcas querer interrogar tú solo a ese tal Poquelin.

Me calmé un momento antes de responder.

—Tú limítate a conducir y aprende a callarte.

—¿Por qué no me dijiste que tenías una aventura?

—Dios, Eddie—. Fran se sirvió un vaso de *whisky* sin etiqueta. No me ofreció uno. Debajo de su nariz, una delatora pizca de polvo blanco se aferraba al vello facial que se le había escapado al afeitarse—. No pensé que importara, ¿vale?

—¿Tuviste una aventura con la esposa de un criminal y no creíste que valiera la pena mencionarlo?

—Está muerto, no pensé que fuera importante.

—¿Qué quieres decir con que está muerto?

Pensé en la desaparición de Walter y mi mente se aceleró. También en Calais Jacques. Los dos estaban desaparecidos.

Fran parecía desconcertado.

—Sabes que está muerto. Lo encontraste.

Palmeó los brazos de su silla.

—Aquí, en esta silla.

Me quedé perplejo.

—¿Julot? ¿Tuviste una aventura con la mujer de Julot?

—¿No es eso a lo que te referías?

—Joder, Fran, me refería a Walter le Ricaneur. ¿A cuántas otras esposas de gánsteres te has tirado?

Bebió un largo trago de *whisky* y tosió.

—No es para tanto, Eddie. Soy dueño de un club de *jazz* y elijo a las mujeres que quiero. Así funcionan las cosas.

—¿Y qué tienen que decir sus maridos al respecto? Más en concreto, Julot. ¿Él también comprendía que así funcionan las cosas?

—Lo has entendido mal, Eddie. Tuve una aventura con la mujer de Julot hace años. Ni siquiera estaban juntos, él estaba en la cárcel.

—¿Por eso mataron a Julot? ¿Fue a por ti cuando salió de Fresnes?

—Un momento. —Volvió a palmear la silla—. Esto no tiene nada que ver conmigo. Sí, me acosté con su esposa, pero nunca conocí al tipo. Fue hace años, si él hubiera estado tan preocupado, habría venido a buscarme hace tiempo.

Estudié su rostro. Incluso a través de la bruma en sus ojos, parecía sincero. No hay nada como un mentiroso agraviado cuando lo acusan la única vez que dice la verdad.

—¿Y qué pasa con la mujer de Walter?

—¿Qué pasa con ella? Nos acostamos cuando su marido estaba en prisión. Si no quieres que tu mujer tenga una aventura, que no te pillen. Mira, de ahí puedes sacar una moraleja.

—Vaya, sacar una moraleja, qué bonito. ¿Ahora te las das de fabulista? Para eso suele venir bien tener principios. —Tenía que admitir que los años de resentimiento acumulado hacia Fran no habían desaparecido—. ¿Sabes cómo se llama alguna de esas mujeres?

—Tengo principios, Eddie. Por ejemplo, la muerte de Julot. Si alguna vez encuentro a quien lo hizo, no le cosería los labios. Le cosería las putas manos bien juntas para que pudieran rezar cuando les hiciese lo que le hicieron a ese tipo. Están arruinando lo que queda de mi negocio.

—Sí, supongo que tienes razón, Fran. Tienes principios, sí.

Comprendió el sarcasmo.

—No eres nadie para darme lecciones.

Me acerqué y bebí del vaso de Fran. Vi por qué no lo había hecho antes. Habría fundido el bigote de Adolf. Aunque sirvió para calmarnos a los dos, que era lo que yo quería.

—Entonces, ¿por qué crees que mataron a Julot, Fran? ¿Y no a ti? ¿Querían advertirte?

—Ya te dije que no lo sé.

—Sí, es verdad, pero no te creo. ¿A quién has molestado? ¿Por qué no te han permitido reabrir tu club? Aquí pasa algo más que no me cuentas.

La puerta del despacho se abrió de golpe y entró una mujer joven. Pareció sorprenderse cuando me vio.

—Hola, Jean —saludó a Fran—. ¿Quién es tu amigo?

—Este es Eddie, Paulette. Es un viejo amigo. —La miró fijamente—. Es policía.

—Encantada de conocerle, Eddie —dijo ella en un tono que decía lo contrario.

Su voz sonaba como si frotasen unos cantos contra una lija. Pero evidentemente eso no era lo que Fran buscaba en ella. Era alta y esbelta, con largas piernas enfundadas en un vestido azul ajustado y un rostro amable que no concordaba con los sonidos que emitía su boca. Podría estar con alguien mucho mejor.

Se sentó en el regazo de Fran y empezaron a besarse. A su lado, la escena de antes de Boniface con Mireille parecía la de un colegial dándole un besito a su venerable y puritana tía abuela. Los sonidos que salían de la boca de Paulette eran aún menos atractivos que su voz. Fran se apartó y me miró con lacivia.

—¿A que es una monada, Eddie? ¿Quieres participar?

Separó los muslos de Paulette. Ella me sonrió y me hizo una señal con un dedo de largas uñas.

—No, gracias —les dije.

Me levanté y los dejé con su festín.

Vi cómo las uñas rojas y brillantes de Paulette se clavaban en la mejilla de Fran.

Pero también noté otra cosa en ella. Algo de lo que me percaté en cuanto entró y, ante lo cual, todo lo demás que tuviese que ver con ella palidecía en importancia.

Ahora tenía que volver a hablar con otra persona.

17

Boniface y yo teníamos otro lugar que visitar en Montparnasse, pero eso fue la noche siguiente. Y este local casi hacía que el club de Fran pareciera el bar del Ritz.

—Me gusta lo que has hecho con el local, Luigi —le dije al dueño.

Con su rostro oculto tras un enorme bigote y una nariz que apuntaba en varias direcciones a la vez, Luigi había dejado su Nápoles natal después de meterse en problemas no solo con la policía de la ciudad, sino también con sus mafias. Decidió tomarse un respiro, así que llegó a París y continuó donde lo había dejado en casa, metiéndose en problemas con sus homólogos parisinos.

Con una mueca y advirtiéndome sombríamente que no provocara ningún daño, apartó la gruesa cortina negra que había detrás de la puerta y nos dejó entrar de mala gana.

—Este es Boniface —le dije—. Es un poco más educado que yo, pero no te dejes engañar por eso.

—Por favor, Eddie, te lo pido, no causes ningún problema. Es lo último que necesito.

El mundo que teníamos ante nosotros se abrió: era un tenebroso bar lleno de chulos, prostitutas, delincuentes y soldados alemanes. Dos *gefreiters* situados en la esquina se peleaban por algún desaire mientras otros los miraban y los animaban.

—¿Te preocupa que demos mala fama al local, Luigi?

Nos llevó a la barra lo más lejos posible de los demás clientes, y nos instaló en nuestro propio rincón, fuera de la vista de las malas compañías. No tenía por qué preocuparse. Todos sus clientes franceses nos conocían y se alejaron lo más sigilosamente posible.

—Vaya lugar —murmuró Boniface. Era su primera vez.

No había vuelto desde los primeros días de la ocupación. Los oficiales lo habían escogido entonces como lugar de encuentro, pero obviamente ya habían migrado a pastos más frescos. Ahora estaba claro que al Luigi's solo venían los rangos inferiores. En lugar de tener a los comandantes y *hauptmanns* discutiendo las sutilezas de *Lohengrin* y la *blitzkrieg* —también conocida como «guerra relámpago»—, los groseros *feldwebels* y los *stabsgefreiters* gallitos se mezclaban con la flor y nata de los bajos fondos de Montparnasse y se proveían de sexo superficial y otros placeres menos lícitos. No eran los soldados modelo que la ciudad veía en la calle durante el día.

Luigi pasó inútilmente un paño de cocina para quitar la suciedad del mostrador y nos sirvió a ambos un vino tinto. De la alacena buena, como yo había insistido, no ese brebaje de la ocupación, elaborado en los calderos de Satán. Tomé un trago. Casi valía la pena aguantar el entorno. Dejé el vaso y le hablé a Luigi.

—Ve a buscar a Pepe.

Parecía desconcertado.

—¿A Pepe? Hace meses que no lo veo. Ya no viene por aquí.

Clavé la mirada en un punto por encima de su nariz hecha un rompecabezas, entre sus oscuros ojos de bagatela.

—Ve y tráeme a Pepe. No te lo pediré una tercera vez.

Resoplando, se alejó y volvió unos minutos después. Estaba solo.

—Pepe pregunta si puedes verlo en la parte de atrás del bar. —Luigi se encogió de hombros tímidamente—. Le preocupa su reputación.

Miré a Boniface y cogimos nuestras copas. El trabajo policial era el trabajo policial, pero había que valorar el buen vino durante la ocupación. Caminamos entre unas cabezas de cera ladeadas hasta una sala en la parte trasera del bar.

—Gracias por recibirme aquí, Eddie.

—No hay problema, Pepe. Escuchar que te preocupas por tu reputación me ha levantado el ánimo por primera vez en todo el día.

Le hice sonreír. Hay gente que de verdad no lo entiende. Pepe era un tipo peleón y, aunque flacucho, desde luego no le había llenado la comida racionada. En cualquier caso, yo no creía que prestase mucha atención a eso de los cupones de racionamiento y los panaderos asignados. Seguía vistiendo el mismo uniforme, probablemente sin lavar: camisa con cuello pajarita y corbata negra sobre pantalones de un tosco tejido de obrero. Solía llevar una gorra cuidadosamente inclinada, pero se la había quitado para la reunión social de la noche. Debajo relucía su calva, creo que antes nunca me había dado cuenta. Vigilante de los jugadores callejeros, estaba en los límites de los bajos fondos de la ciudad, pero de vez en cuando conseguía buena información que me vendía a cambio de unos pocos francos y de que no lo arrestaran.

Le presenté a Boniface.

—Es un cabrón desagradable, no es dulce y candoroso como yo, así que ten cuidado con lo que haces con él.

Metiéndose en el papel, Boniface puso su cara de asesino hastiado.

—¿Qué quieres saber, Eddie? No sé mucho.

—Estoy al tanto, Pepe, pero eres todo lo que tengo. Calais Jacques.

Parecía como si lo hubieran pinchado con una picana.

—No lo he visto.

Moví la cabeza de un lado a otro.

—Verás, has dicho eso demasiado rápido. Así que dejemos de lado esa parte tan desagradable en la que lo niegas todo y te digo que voy a arrestarte, y después lo niegas un poco más y te amenazo con violencia, y luego lo niegas aún un poco más, por lo que me ofrezco a arrancarte las pelotas, y, entonces, llegamos al punto en el que me dices qué es lo que quiero saber y podemos disfrutar del resto de esta agradable velada. ¿Qué dices?

—No ha estado aquí, Eddie. No lo he visto.

Me acerqué un paso más.

—Verás, Pepe, nos han dicho que Jacques ha estado gastando mucho dinero. Y por una u otra razón, seguro que te has cruzado con él en las últimas semanas. Así que vamos a intentarlo otra vez. ¿Dónde está Calais Jacques?

Con Pepe, siempre se notaba cuando andaba buscando una respuesta fácil para evitar darte una más difícil. Era como un pequeño zumbido que se dejaba oír fuera de su cabeza.

—Ha estado aquí. Pero no desde hace un par de semanas, por lo menos. Tenía mucho dinero.

—Eso te lo acabo de decir. Dame algo más.

Sus ojos iban de un lado a otro y de repente pareció asustado.

—Por favor, no me preguntes, Eddie. Solo sé lo que te acabo de decir.

Cogí el extremo de su fina corbata y tiré de ella. Se apretó alrededor de su garganta. Su rostro demacrado empezó a enrojecerse y sus ojos se abrieron con creciente pánico.

—Intenta saber un poco más.

—Ha estado vendiendo drogas para alguien. No sé para quién, Eddie, lo juro, pero es algo grande.

Le aflojé un poco la corbata y dejó que el aire entrase en sus pulmones.

—¿Es otra banda? ¿Alguien más se está mudando a Montparnasse?

Por una vez, parecía pensativo.

—Sí, pero no. No he oído que ninguna banda de otras partes de la ciudad se haya hecho más fuerte. O de nuevas bandas. No sé qué es, tienes que creerme. Y no solo pasa aquí, es lo mismo en todas partes. Belleville, Montmartre, Ménilmontant. Es algo grande, Eddie, más grande que cualquier cosa que haya visto.

Le aflojé la corbata por completo y la arreglé. Mirando con nostalgia el buen vino en mi copa, se la entregué.

—Lo has hecho bien, Pepe. Pero necesitaré saber más. Mantén los ojos y los oídos abiertos. ¿Sabes algo sobre el asesinato de Julot?

Me devolvió el vino sin olerlo.

—No, Eddie, no preguntes. De verdad que no sé nada de eso. Tiene a todo el mundo asustado, nadie sabe qué pasa.

—¿Alguna vez has oído hablar de un asesino que cose los labios de sus víctimas?

—Nunca.

Asentí con la cabeza. Yo tampoco.

—Si oyes algo, ya sabes lo que tienes que hacer.

Un par de suboficiales alemanes se acercaron para interrumpirnos.

—Ya pueden irse —nos dijo el más corpulento de los dos—. Necesitamos este lugar.

Me planté delante de él.

—Estamos terminando. ¿Para qué lo necesitan? Quizá pueda ayudar.

Se rio y me mostró lo que parecía un cartucho de escopeta. Quitó la tapa para mostrar unos discos redondos en su interior.

—Tal vez quiera comprar.

—Yo no —le dije.

Su amigo le dio un golpecito en el hombro y le indicó que se tenían que ir.

—Venga a verme si cambia de opinión —me dijo el primero antes de marcharse.

Vi a la pareja acercarse a un grupo de tres proxenetas en una mesa y me volví hacia Pepe.

—¿De qué iba eso? ¿Qué había en el tubo?

—Vitaminas, creo.

—¿Vitaminas? De acuerdo.

—Eso es lo que me han dicho.

Le hice un gesto con el dedo.

—Ya sabes qué hacer si oyes algo, Pepe. ¿Entendido?

Asintió y Boniface y yo volvimos a nuestro lugar en la barra para terminar nuestras bebidas. El lugar estaba vacío, como si lo hubiéramos contaminado y nadie quisiera quedarse allí. Boniface se quedó en silencio por una vez. Me volví hacia él.

—Sé que me voy a arrepentir de esto, pero ¿qué pasa?

—Nunca te había visto así. La forma en que te has comportado con el hombrecillo. Y con el alemán. En el Treinta y Seis siempre has tenido fama de ser tranquilo, alguien relajado. Incluso un poco pusilánime, según algunas personas. ¿Por qué, Eddie? ¿A qué se debe el cambio?

—Los alemanes han llegado a la ciudad. Las reglas han cambiado.

—Pues los policías más viejos no. Creen que no eras tan apacible como fingías ser.

—Te gusta hablar, ¿eh? Una vez fui un joven policía, entonces era enérgico. Luego me hice mayor, eso es todo.

—Y ahora, con los *boches* en la ciudad, has rejuvenecido.

—Algo así.

Aunque ese tampoco era el caso, tenía que admitirlo. Esta era una versión de mí mismo que siempre había estado ahí. Simplemente la había reprimido. En ocasiones me preocupaba que ese fuera mi verdadero yo, no el viejo y tranquilo Eddie que la mayoría de la gente creía conocer, sino una creación imprevisible, incluso para mí mismo. Me había forjado en la última guerra. En las trincheras y en un campo de prisioneros alemán. Moldeado por los extremos políticos y las sólidas respuestas a ellos de los años treinta y por las decisiones que había tomado y que habían hecho daño a otros casi tanto como a mí. Y ahora, para sobrevivir a Hochstetter, a la Gestapo y a la ocupación, tenía que volver a dar rienda suelta a mi vieja versión. No me gustaba, pero no veía alternativa.

—Bebe —le dije—. Estoy harto de este sitio.

Al día siguiente, fui a llamar a la Gestapo. A veces algunas ideas resultan no ser tan buenas como creías.

Y ya que hablamos de este tema, no me cabe duda de que Hochstetter me habría corregido cuando dije Gestapo. Para ellos, eran el SD o el SiPo o la RSHA o la Gestapo o cualquier nombre y sigla que les viniera en gana. Pero para nosotros, para los franceses que teníamos que aguantarlos, todos eran la Gestapo. A fin de cuentas, un matón con una esvástica se parece mucho a cualquier otro matón con una esvástica.

La última vez que tuve trato con ellos, estaban en el Hotel du Louvre. Se suponía que no debían estar allí. Ni siquiera debían estar en París, ya que Adolf había escuchado a la Wehrmacht y les había prohibido asistir a la fiesta, pero se habían colado en un par de *jeeps* y habían encontrado un lugar donde quedarse. Y se quedaron.

Ahora, habían encontrado un lugar aún más lujoso que el Hotel du Louvre donde aparcar sus culos arios en la *avenue* Foch. Bueno, en realidad no era la Gestapo, sino el SD. Como he dicho, todos me parecían iguales. Y como la dirección que obtuve de la Gestapo estaba en la *rue* des Saussaies, allí fui.

—Policía francesa —me anuncié en la puerta—. En coordinación con las autoridades alemanas.

Funcionó y me dejaron entrar. Casi deseé que no fuera así, pero si vas a menear el árbol, prepárate para que te caigan encima un par de ramas.

Había dos hombres en la entrada hablando cuando me hicieron pasar. Por los brillos de sus uniformes y la deferencia que les brindó el oficial que me había invitado a entrar, era evidente que estaban en la cumbre, meando sobre los de abajo. Por instinto, me dirigí al mayor de los dos, un hombre de aspecto poderoso de unos cincuenta años, sobre todo porque era a él a quien se acercó mi anfitrión.

—¿De qué se trata? —me preguntó. No avanzamos más allá del vestíbulo, lo cual fue un alivio.

—Vengo a pedir una lista de los presos franceses que han sido liberados de la cárcel de Fresnes.

Parecía desconcertado.

—Eso es asunto de su policía francesa. O de un juez francés. Pregúnteles a ellos.

—Me refiero a los prisioneros que se han liberado antes de tiempo, sin nuestra participación.

El más joven, también alto y bien parecido, con el pelo peinado hacia atrás desde la frente y las sienes, y una dura línea por boca, se nos unió. Supuse que podría obtener más de él; acerté, como enseguida pude comprobar.

—¿Qué prisioneros? —preguntó.

—Los prisioneros cuya liberación anticipada autorizó la Gestapo. Mis superiores me han enviado aquí para obtener una lista completa de los liberados.

Meneó la cabeza con incredulidad y miró inquisitivamente al primer hombre.

—Ya he dicho que no tenemos ni idea de qué se trata —repitió el de más edad.

—Le sugiero que traslade este asunto a sus superiores —añadió el joven.

—Pero ¿puede confirmar que se ha liberado a los prisioneros por orden suya? —insistí.

—¿Cómo se llama? —preguntó el de más edad. Me tendió la mano para pedirme la identificación, así que no tuve más remedio que entregársela—. Inspector Giral —leyó. Hizo un gesto con la cabeza al oficial de la puerta, quien anotó mi nombre.

—Está usted muy equivocado, inspector Giral —me dijo el joven. Sin volver a mirarme, empezó a caminar hacia la escalera y se dirigió al agente que me había abierto la puerta—. Deshágase de él.

No es lo que uno quiere oír de la Gestapo. Pero únicamente se refería a que me echaran, por lo que, respiré aliviado por segunda vez en pocos minutos.

Fuera, caminé rápidamente hasta el final de la calle y me detuve.

Me apoyé en una pared y sentí un escalofrío. Sabía cuándo había que tener miedo, y esos dos hombres uniformados que había en el pasillo me hicieron sentir casi tanto miedo como el que me habían producido un trozo de cordel y una aguja. Me recompuse y continué adelante para recuperar mi coche.

—Ya lo has hecho —me dije—. Solo queda ver cómo reaccionan.

Como ya he dicho, cuando las piensas detenidamente, algunas ideas no son tan buenas como creíste al principio.

18

Probablemente la única buena idea que tuve ese día fue no mencionar mi visita a la Gestapo a Dax. No creo que lo hubiera entendido: yo mismo todavía intentaba comprender por qué lo había hecho.

Estábamos sentados a la pequeña mesa de comedor de su apartamento en la margen derecha. Era un piso bastante más lujoso que el mío. Aún me preguntaba si era enteramente el fruto de una carrera honesta. Sobre la mesa había una botella de *whisky* y dos vasos, otro regalo de Hochstetter. Cuando Dax fue a mear, levanté la botella para mirar la etiqueta. Era un buen *whisky*. Un sello en la esquina inferior derecha de la etiqueta con el águila imperial y algún otro símbolo abstracto me decía que era propiedad de una empresa alemana semioficial. Todas lo eran. La ciudad se había visto inundada de negocios llegados de allende el Rin, impulsados por la marea del éxito militar, para saquearnos de una forma distinta. Las oficinas centrales de compras oficiales y semioficiales se apoderaron de todo lo que teníamos que ofrecer, a precio de saldo. Y todo esto acababa en el Reich. Todo el dinero y todos los productos que ya no podíamos encontrar por nosotros mismos o nos prohibían tener. Los alemanes habían fijado un tipo de cambio de un *reichsmark* por veinte francos, lo que significaba que no solo las autoridades nazis, sino también los soldados y comerciantes alemanes podían comprar de todo a bajo precio y enviarlo a casa, mientras nosotros nos quedábamos sin nada. Y si te preguntabas por qué habían fijado el tipo de cambio tan alto, la respuesta es que esperaban que pagásemos los costes que acumulaban al ocuparnos. En una suma de veinte millones de *reichsmarks* al día. Llámame quisquilloso si quieres, pero eso no me parecía correcto.

Dejé la botella. En ese momento me pareció que, lo peor de todo era que en esa sala había un policía que ni siquiera esta consiguiendo *whisky* gratis. Me pregunté qué estaba haciendo Dax que yo no hiciera. Bastante, probablemente. El hombre volvió a entrar en la sala y se sentó frente a mí. Intenté comentarle la idea que Boniface y yo habíamos tenido sobre una banda de bandas, posiblemente con la connivencia de los nazis, pero se limitó a rechazarla y a dar otro largo sorbo a su bebida.

—No me interesa, Eddie. No hay necesidad de ver conspiraciones donde no las hay.

Mi frustración se desbordó.

—¿Qué te pasa?

Parecía sorprendido.

—¿Qué quieres decir?

—Venga ya. —Golpeé la botella—. Todo esto. La que guardas en tu escritorio en el Treinta y Seis. La estás cagando demasiado, un día estás al tanto de todo, y al siguiente estás demasiado borracho en el desayuno para que te importe.

—Son tiempos difíciles. Tengo a los *boches* constantemente encima.

—Yo también, Dax. Como todos. Necesitamos que seas fuerte.

Se sentó y miró fijamente su vaso con una expresión melancólica.

—Matamos a alguien, Eddie. Tú y yo.

—¿Qué? Aquello fue hace mucho. —Me cogió por sorpresa. Mi reacción inmediata de desconcierto a su comentario fue sustituida de forma extraña e instantánea por una fría calma. Por primera vez desde que me presenté sin avisar, mi voz se volvió más suave, más considerada—. Fue hace quince años. Un error.

—¿Nunca piensas en ello? Me pregunto qué pasó con la familia de ese hombre.

—Pienso en ello todos los días, pero no podemos cambiarlo. ¿Por qué lo mencionas ahora? Los dos lo hemos compensado con creces.

A pesar de mis palabras, sabía lo que quería decir. Cuando los alemanes llegaron por primera vez, se abrieron en mí viejas cicatrices. Había tenido mi propia crisis sobre lo que habíamos hecho. La lata en la estantería de casa era testigo de ello. Dax y yo nunca habíamos sido amigos, pero nos había unido una sola acción. Habíamos disparado accidentalmente a un hombre inocente una noche, cuando ambos éramos jóvenes policías. Un error. Pero uno que habíamos encubierto, convirtiéndonos para siempre en cómplices, cada uno dependiente del otro. Miré a Dax. No pensaba calmarse.

—Nosotros lo matamos.

—Tú lo mataste. —Mi voz se tornó más firme.

—Y tú me ayudaste a encubrirlo. Cada uno es tan culpable como el otro. Siempre lo hemos admitido, al menos ante nosotros mismos.

Ahora me tocó a mí mirar la botella. La cogió y nos sirvió a los dos otro trago.

—Y eso es lo que nos tiene que dar fuerza —le dije—. Sabemos que hicimos algo malo, pero todo terminó ahí. Lo expiamos, lo expiamos todos los días en nuestro trabajo. Esto no va a cambiar nada y solo puede empeorar las cosas.

Con un suspiro, asintió.

—Tienes razón. Sigue sin gustarme, pero tienes razón.

—Tampoco me gusta a mí.

Y yo tenía una cruz extra que cargar, pensé, una culpa más de la que Dax no sabía nada. Como había sido capaz de hacer durante tantos años, lo archivé en los recovecos de mi mente. No necesitaba que Dax lo sacase a relucir ahora.

Pareció que se animaba.

—Tienes razón sobre el trabajo, Eddie. Algunos días es demasiado.

—Pero, ¿volverás a ponerte al día?

—Lo haré. —Sus ojos brillaron a través de las gafas—. De nuevo encima de todo, vigilándote.

—Oh, genial.

Volvió a rellenar nuestros vasos: él no tenía que racionar.

—¿Oíste las noticias? ¿Sobre Vichy?

Solté un gruñido. Otro aspecto en el que él y yo conveníamos en discrepar. Desde que el mariscal Pétain había establecido el gobierno títere de Vichy en virtud de los términos del armisticio, el país había encontrado dos bandos más en los que dividirse. Los que pensaban que había hecho lo correcto y que el gobierno de Vichy resolvería el problema de la ocupación, y los que tenían más de dos neuronas. Como he dicho, no éramos amigos, simplemente estábamos unidos por un solo acto que había determinado gran parte de nuestras vidas.

—¿Qué han hecho ahora?

—Un estatuto para los judíos. Se ha prohibido a todos los judíos ejercer altos cargos públicos. Creen que esto solo acaba de empezar.

—¿Lo han hecho los nazis o Vichy?

—Vichy. Lo han hecho ellos mismos.

—¿Y tú estás de acuerdo?

Negó con la cabeza, en un gesto casi entristecido.

—Pero estoy de acuerdo con Pétain. Hizo lo correcto para Francia, era el único camino que el país podía tomar entonces. Y, de todos modos, creo que tiene un plan. En realidad, no ha capitulado. Es un viejo zorro astuto ese mariscal, tiene algo en mente.

—Y perseguir a los judíos para apaciguar a los nazis es parte del plan, ¿no?

—No, de ninguna manera. Es solo hacerles el trabajo a los nazis.

—Por fin estamos de acuerdo en algo —dije, vaciando mi vaso—. Pétain no tiene un plan. Nos ha vendido, nos ha regalado al matón del barrio. Estamos jodidos. Todos nosotros, especialmente los judíos. Y ese estatuto es solo el comienzo.

—Pétain sabe lo que hace, al final saldrá bien.

—Así que todos los judíos que huyeron a la zona desocupada se encuentran ahora con los mismos problemas que los de aquí. ¿Te parece que las cosas están saliendo bien?

—De todos modos, no pueden volver aquí. Los *boches* les prohibieron volver a la zona ocupada.

—¿Y quién demonios querría hacerlo?

Fuera del apartamento de Dax, aunque ya eran las nueve, me sorprendió ver las calles relativamente concurridas. Hacía apenas un mes, habrían estado desiertas. Pero, hacía apenas un mes, el toque de queda habría empezado una hora antes. A finales de septiembre, los alemanes lo habían ampliado una hora, hasta la medianoche. Caminé junto al río, mirando a la gente que me rodeaba. Era como asistir a tu propio funeral o al juicio en que se decidía tu ejecución. Tenía la sensación de estar adormecido, de que todos nosotros lo estábamos. Preparados para un mal que se gestaba en Berlín y en el Hotel Majestic, donde el Alto Mando alemán se había instalado en nuestro lujo. La gente se iba acostumbrando a esta ocupación, ese era el peligro. Me pareció casi tan inquietante como lo que antes había sentido al entrar en el cuartel general de la Gestapo.

Entre la multitud, pasé junto a un cartel que anunciaba la nueva temporada de ópera y pensé en el club de *jazz*. Y en lo absurdo de los conciertos en medio de la guerra y la ocupación. No tenía sentido y tenía todo el sentido. Ningún sentido en el sentido de que nadie en su sano juicio querría ir a sentarse en un teatro, rodeado de uniformes grises, cuando había miles de jóvenes muertos y desaparecidos. Y todo el sentido en el uso que los ocupantes hicieron de él para controlar a la gente. Ópera para la élite, teatro y cine para las masas. Cerveza y circo. Tocar el violín mientras París arde lentamente, todo ello diseñado para asegurarse de que hiciéramos la vista gorda. Mirando a los parisinos a mi alrededor, vi que no era diferente de ellos. Si nos invitaban a nuestro propio funeral, más valía aprovechar el velatorio.

Por impulso, bajé las escaleras del metro y me subí a un tren. Me llevó a Montmartre. Al final del trayecto, me llené de inquietud al pasear por calles que antes conocía bien, pero que ahora, en medio del apagón, eran como manchas borrosas. Los puntos de referencia que deberían haberme resultado familiares adquirían un matiz desconocido, una sensación de extravío en un falso recuerdo. Por todas partes había ruidos que no me eran familiares, susurros extraños en las sombras, el sonido de carroñeros que llevaban allí mucho más tiempo que nosotros y nos sobrevivirían. Era un mundo en tiempo prestado.

Y debajo de todo eso, el miedo. Ese que había sentido la última vez que había venido a Montmartre. El sonido de un niño cantando. Oí ruidos y voces, sonidos que resonaban y luchaban por hacerse entender. Me detuve en una esquina poco antes del lugar cobijado que buscaba. No había ningún niño cantando. Estaba en mi cabeza, donde yacía el miedo.

Stéphane me saludó con un cálido apretón de manos. Iba vestido para la noche con esmoquin negro y pajarita, de impecable corte y confección, diseñado para impresionar. De repente me sentí pobre con mi traje de policía, raído, mal ajustado y deshilachado en los bordes. Había sido un día largo. Últimamente todos los días lo eran.

—Me alegro de verte, Eddie.

Me dio una palmada en la espalda y me llevó a una mesa. La compartiría con una joven pareja que bebía champán. Nunca dejaba de parecerme extraño que, incluso en los tiempos más difíciles, hubiera gente que pareciese estar por encima de todo. Eran los carroñeros que sobrevivían al resto. Al otro lado, y más cerca de lo que hubiera querido, había una mesa de oficiales alemanes. Ahora iban allí las clases dirigentes, no los Luigis de la ciudad. Casi se respiraba el aire del París que conocí en su día, si se pudieran olvidar los uniformes grises y las voces guturales.

Stéphane me pidió mi bebida. Vino, esta vez.

—Creo que esta noche te llevarás una agradable sorpresa —concluyó antes de irse. Me pregunté a qué se refería.

Miré a la clientela a mi alrededor y esperé que estuviese en lo cierto. Solo entonces me di cuenta de que era la primera vez que volvía al club por la noche después de haber dejado mi trabajo como portero hacía casi quince años. Todo estaba justo en el mismo lugar, pero era completamente distinto. El escenario estaba donde siempre; el bar, también; las mesas y las sillas, dispuestas en el mismo semicírculo frente al escenario; el balcón que daba al piso de abajo, tal como estaba. Pero lo encontré cambiado. Incluso con los uniformes de la ocupación y los buitres que habían descendido para alimentarse de ella, no tenía el aire de sordidez y decadencia de mi época. Lo encontré vagamente deprimente. Quizá había una razón por la que habíamos perdido la guerra. Tal vez llevábamos años perdiendo, pero no lo sabíamos.

Sentí un toquecito en el hombro. Era uno de los oficiales alemanes. Me preparé para pelear, ya que huir habría sido inútil en una multitud como esta, pero simplemente hizo un gesto para pedirme fuego para su cigarrillo. Le hablé en alemán, traicionándome a mí mismo.

—Me temo que no fumo.

Parecía sorprendido.

—Es extraño encontrar a un francés que hable nuestro idioma.

Tenía una voz cortés. Con un movimiento fluido, devolvió su cigarrillo a la cajetilla y lo dejó sobre la mesa. Se parecía a todos los oficiales que había conocido, pero con un aire de compasión que latía por debajo de su confianza en sí mismo. Su gorra estaba sobre la mesa y pude ver que tenía el pelo ligeramente más largo que sus compañeros; sus ojos eran azules; sus rasgos, finos y perfectamente definidos debido a su pulcro afeitado. Podría haber aparecido en cualquier cartel de reclutamiento de la Wehrmacht.

—Pasé la última guerra en un campo de prisioneros en Alemania —le expliqué.

—Ah, le pido disculpas. Esperemos que todo eso haya quedado atrás.

Intenté no mirarlo fijamente. De verdad sentía lo que acababa de decir. Me desconcertó. Por fortuna, no tuve que responder, pues sonaron los primeros compases de la música en el escenario y las luces se atenuaron. Le eché una última mirada furtiva. Sus ojos brillaban a la espera de la primera canción. De no ser por la edad y el destino, alguna vez podría haberme encontrado en una situación similar. Un soldado en una tierra ocupada. Francia había ocupado el Ruhr en los años veinte después de la última guerra. Nuestro comportamiento allí no siempre fue como debería haber sido. A causa de esa guerra, cambié la vida y el camino que había trazado para mí, hacerme cargo de la librería de mis padres. Tal vez eso no fuera malo, pero no había sido mi elección. Me pregunté qué habría sido de mi acompañante si los nazis no hubieran llegado al poder.

Me concentré en la música. Los compases se asentaron en «De temps en temps», una canción de Josephine Baker que me había encandilado desde el primer momento en que vi cómo la cantaba en un escenario. Casi me sentí molesto, no quería escuchar a otra persona interpretarla. En el instante en que me preguntaba quién la cantaría y si estaría a la altura de Josephine, la sorpresa que me había prometido Stéphane se hizo patente. Dominique salió al escenario y la sala quedó encantada con la textura de su voz. Durante cinco minutos la guerra desapareció. También los últimos quince años.

Al final, noté un pequeño alboroto en la mesa de los alemanes que estaban a mi lado. El que estaba junto a mí intentó calmarlo.

—Voy a quejarme —oí decir a uno de los oficiales.

Con un chasquido de dedos, llamó a Stéphane y le habló en un francés con mucho acento.

—Esta mujer tiene prohibido cantar aquí. Denunciaré a este club al Alto Mando si no la sacan del escenario.

Hay que reconocer que Stéphane mantuvo la calma y el control.

—No lo tiene prohibido, está en su derecho a actuar aquí.

—Los negros americanos tienen prohibido actuar, debería saberlo.

—No es americana, es ciudadana francesa. De Senegal. Le está permitido cantar.

Mi compañero se dirigió a su amigo en alemán.

—Por favor, Heinrich, no montes un escándalo. Déjala cantar, tiene una hermosa voz.

Heinrich no se dejó convencer.

—No está bien.

—Pero tampoco está mal. Pediré otra botella de champán si te tranquilizas y disfrutas del espectáculo.

A nuestro Heinrich le pareció bien. Se calmó y se giró para hablar con los oficiales que estaban a su lado, olvidando su indignación. Mi compañero me guiñó un ojo con un encanto que Boniface nunca hubiera podido lograr.

—Por cierto, me llamo Peter —se presentó, y se giró para estrecharme la mano.

—Eddie.

—Siento todo esto.

Habló en voz baja para no contrariar a Heinrich. Los miré a ambos y no pude evitar verlos como un símbolo del lento pero inexorable cambio de comportamiento que en general estábamos presenciando. Peter era el soldado alemán rubio y cortés al que nos habíamos acostumbrado en las primeras semanas de la ocupación, el pacificador que allanaba el camino. Heinrich era la cara nueva, fanática y vengativa, que se iba dejando ver cada vez más, exigiendo imponer un nuevo orden, nos gustase o no. Por desgracia, sabía cuál de los dos ganaría.

—Creía que el *jazz* era degenerado —le dije.

—Solo para quienes no lo aman.

—¿Pero eso no lo pone en desacuerdo con los nazis?

Sonrió y se encogió de hombros.

—Usted luchó en la última guerra. ¿Significa eso que está de acuerdo con todo lo que hizo su gobierno? Soy un soldado, sirvo a mi país. Usted hizo lo mismo.

Respondí con mi propia sonrisa.

—Sí, lo hice. Y probablemente volveré a hacerlo.

Se rio.

—Que no le oiga decir eso.

No pude evitar unirme a él. Hay pocas cosas tan frustrantes como que te caiga bien tu enemigo.

—Entonces, ¿por qué cierran algunos clubes? —le pregunté—. Si uno es degenerado, seguramente todos lo sean. —Seguía queriendo saber qué era lo que distinguía al local de Fran.

Peter se inclinó hacia mí para que sus compañeros no le oyesen.

—La coherencia no suele ser el distintivo de los gobiernos autoritarios.

—Mejor que sus amigos no le oigan decir eso.

Estaba a punto de responder cuando Stéphane se acercó a hablar conmigo.

—¿Puedes acompañarme, Eddie?

Mientras nos alejábamos de mi mesa, me dijo que pensó que tal vez estaba deseando que me rescataran.

—No, ha sido extrañamente agradable —le dije. Es curioso cómo nos aferramos a la bondad en medio de la oscuridad—. Por cierto, ¿tiene Dominique permitido cantar?

—Ni idea, espero que sí. Por eso solo me atrevo a dejarla cantar una canción.

Me llevó a uno de los camerinos detrás del escenario. Recordé el laberinto de pasillos de mi época aquí. Dominique me esperaba sentada frente a un antiguo tocador. Estaba sola en la habitación.

—Quería verte —le dije después de que Stéphane nos dejara solos.

—Y yo quería verte a ti. ¿Vas a buscar a Fabrice?

Me senté en el borde de un sillón de cretona descolorido. Ninguno de los muebles de la habitación combinaba con los demás.

—No.

—Entonces puedes irte —me dijo, con una mirada de furia incontenible en su rostro.

—Me temo que no puedo, Dominique. Quiero saber por qué me has mentido.

—¿Te he mentido?

—Sobre el perfume. He conocido a la última amiga de Fran, su perfume era completamente distinto al tuyo. —Lo noté de nuevo ahora, como lo había hecho en el momento en que Stéphane había abierto la puerta—. Tú eras la que estaba en su club el día que fui allí.

Me miró como si estuviera decidiendo qué decir.

—Vale, sí, estuve allí.

—Entonces, ¿por qué mentiste? ¿Y por qué te escondiste de mí ese día?

Encendió un cigarrillo. Al principio me sorprendió, pero luego recordé que una vez me había dicho que fumaba por su voz, para darle un timbre particular. Expulsó una bocanada de humo hacia su reflejo en el espejo.

—¿Esconderme de ti? Ese es el Eddie arrogante y egocéntrico que recuerdo. No me escondí de ti, tan solo me fui sin verte. Estoy en mi derecho, ¿no crees?

—Entonces, ¿por qué mentir?

—Porque no quería tener que explicar por qué estaba viéndome con Fran. Lo de haber tenido una relación con él. No tienes derecho a saberlo todo sobre mi vida privada.

—¿Crees que me importaría? ¿Sigues teniendo una relación con él? ¿Por eso estabas allí?

—¿Ves lo que quiero decir? No, no la tengo. Solo fui a pedirle ayuda para buscar a Fabrice. Me fue tan útil como tú.

—¿Por qué Fran?

—Porque ya lo había intentado con el resto.

—Y después lo intentaste conmigo. Como último recurso.

—Dios, Eddie, no es por eso. No te había visto ni sabido de ti en años. Hace tiempo que saliste de mi vida. ¿Por qué iba a pedirte ayuda?

—¿Por qué lo hiciste?

—Porque he oído que has estado preguntando por mí. Estoy desesperada y pensé que valía la pena intentarlo. Evidentemente me equivoqué.

—¿Desesperada?

Ladeó la cabeza.

—No se te da muy bien lo de ayudar, ¿no, Eddie? Que le pregunten a Joe. Bien, ahora que sabes la verdad, ¿vas a ayudarme a encontrar a mi hijo?

—Dímelo tú. —Me arrepentí al instante de mi respuesta, nacida de la ira por su comentario sobre Joe. Dejé escapar un profundo suspiro—. No puedo, Dominique. Aunque quisiera, es un asunto militar alemán. No puedo hacer nada al respecto.

—¿Aunque quisieras? Eso lo dice todo, Eddie. —Escribió algo en un trozo de papel en el tocador y me hizo un gesto para que lo cogiese—. Mi dirección. Para que, cuando decidas unirte a la raza humana, sepas dónde encontrarme. Ahora vete.

Cogí el papel y me fui. Ella ya me había dado la espalda cuando cerré la puerta.

En lugar de girar a la izquierda y volver a la sala principal, me dirigí a la derecha, hacia la puerta que daba al callejón detrás del edificio. En el pasado, me quedé aquí infinidad de veces a hablar con Dominique entre sus actuaciones. Fumaba, como acababa de hacer, con la cremallera del vestido bajada unos centímetros para que el aire fresco le llegase a la espalda. Ni antes ni después había deseado tanto estar con alguien.

Fuera estaba más oscuro de lo que recordaba. El apagón sumía la angosta callejuela en una sombra impenetrable. Cerré la puerta a mi espalda, me apoyé en la pared y sentí que una enorme tristeza me invadía. Nunca había querido discutir con Dominique. Recordé su insinuación sobre Joe, esa insinuación de que yo no era de fiar. La tristeza dio paso a la ira. Una ira que había aprendido a contener y con la que ahora estaba luchando.

Escuché un sonido a mi lado: un clic. Al girarme, vi que alguien había cerrado la puerta desde dentro. No tenía picaporte por fuera, así que no había forma de volver a entrar. Golpeé la puerta y grité, pero nadie abrió.

Musitando una maldición, avancé a tientas en la oscuridad hacia el final del callejón. Saldría a la calle junto al club y solo tendría que tomar la primera calle y luego la segunda a la izquierda, y entonces estaría de vuelta en la entrada principal. Eso era más fácil de decir que de hacer en medio del apagón.

Oí sonidos a mi alrededor, ruidos de algo que se arrastraba y de arañazos. Ratas, o eso pensé.

De repente, una linterna me iluminó la cara y sentí que unas manos me agarraban los brazos por detrás y me los clavaban en los costados.

—Las manos juntas, Eddie —dijo una voz detrás de mí. La reconocí como la de Calais Jacques. Incluso cuando me ató fuertemente las muñecas, me sorprendí. No era habitual que un delincuente de Montparnasse estuviera en Montmartre al anochecer.

—¿Lo tienes? —preguntó otra voz. Walter. Un gánster de la zona que trabajaba con uno de fuera. Por un extraño momento me sentí triunfante, ya que nuestra teoría de una banda de bandas había demostrado ser cierta.

Pero entonces me pusieron en la cabeza una tosca bolsa de arpillera, cuyo interior olía a sudor y a tabaco, y me sumí en una oscuridad aún mayor.

19

La peste del sudor y el olor a tabaco del saco que me cubría la cabeza eran abrumadores, pero lo que me hizo temblar fue preguntarme a cuántos otros les habrían hecho llevar ese saco. A Julot, tal vez. El día que había muerto.

Tenía los brazos sujetos detrás de la espalda, con los músculos doloridos por el antinatural ángulo. Estaba en una silla de respaldo recto, con las manos atadas a la madera. Intenté mover las piernas, pero estaban bien amarradas. Quien me había inmovilizado sabía lo que hacía. Recordé la imagen de Julot en la lujosa silla venida a menos. Mi último lugar de descanso era evidentemente mucho menos suntuoso.

Oí pasos detrás de mí y me preparé para un golpe, pero no llegó ninguno. En cambio, me quitaron bruscamente el saco de la cabeza y los pasos se alejaron. Pensé que mis ojos no estaban acostumbrados a la luz, pero me di cuenta de que estaba envuelto en la oscuridad. Se oía el ruido del tráfico. No muy intenso, pero lo bastante como para sorprenderme, teniendo en cuenta los pocos vehículos que había en la carretera. Parecían furgones y me pregunté si serían militares. Pero entonces los sonidos cesaron y en el exterior los furgones ya no aceleraban sus motores. Aparte de eso, no oí nada. La pata de una mesa rozó en alguna parte, lo que me hizo dar un respingo, pero luego volvió el silencio.

La idea de la mesa me daba más miedo que cualquier otro sonido. Daba la sensación de oficina, de burocracia, de un departamento dedicado al miedo y al terror. Recordé las dos caras de los hombres de la Gestapo que había visto el día anterior y pensé que había meneado el árbol equivocado. O que había sacudido demasiado el árbol correcto: una banda de bandas, con el respaldo de la Gestapo.

Una luz se encendió y me cegó por un instante. Cerré los ojos y los abrí con lentitud para acostumbrarme.

Esa fue otra de una retahíla de malas decisiones.

En lugar de la habitación bañada en luz, como esperaba, solo brillaba un rayo sobre una mesa situada un metro por delante de mí y a mi derecha, y lo hacía desde lo que aparentaba ser un falso techo. Mis ojos se adaptaron lentamente, aunque no tanto como hubiera querido, descubrí.

Sobre la mesa había dos objetos.

Una aguja y un cordel.

A mi pesar, luché, con la esperanza de volcar la silla por si podía deslizar las ataduras de los tobillos. Sentí que la piel de mis manos y piernas se desgarraba. Me recorrió una oleada de dolor y desesperación. Me di cuenta de que no me sujetaban con una cuerda, sino con más cordeles. Recordé que así habían atado a Julot y dejé de forcejear. Nunca me quitaría el cordel, y la silla pesaba demasiado para volcarla. No podía hacer otra cosa que esperar. Y tener la esperanza de encontrar una oportunidad de hacer algo para escapar de mi destino cuando llegase el momento.

Con la cabeza colgando mientras recuperaba el aliento, oí voces. Alcé la vista y traté de escudriñar la oscuridad fuera del círculo de luz de la mesa. No vi nada ni a nadie. Escuché con más atención y me di cuenta de algo que no había captado. Me sorprendió.

Las voces hablaban en francés, pero yo esperaba oír alemán. Mientras intentaba distinguir las palabras exactas, una de las voces habló por fin alto y claro. Me di cuenta de que se dirigía a mí.

—Deberías haber hecho caso de la advertencia.

Oí más ruidos. Una puerta se abrió de golpe, y su sonido resultó ensordecedor en la habitación en que me encontraba. Tenía que ser una especie de almacén o enorme cobertizo. Son extraños los pensamientos que se te ocurren en esos instantes. Se oyeron más voces y, de pronto, me volvieron a colocar el saco sobre la cabeza. Aguardé mi destino. Al menos no sería la aguja y el cordel, o eso esperaba.

En cambio, se oyeron voces apresuradas en la lejanía, obviamente en los rincones más distantes de la habitación. No pude distinguir palabras ni tonos concretos. Después de un rato, volvieron los pasos. Moví la cabeza de un lado a otro, esta vez con la esperanza de que la bolsa no se cayera. Pero, en lugar de eso, sentí que un cuchillo me pinchaba la mano izquierda mientras una hoja cortaba la cuerda que me sujetaba. Lo mismo hizo con mis piernas y dejé que mis pies se extendieran frente a mí. Si había esperado dar un salto y dominar a los atacantes, esa idea se desvaneció pronto. Era todo lo que podía hacer para mitigar el dolor de mis extremidades y devolverles la vida. Antes de que pudiese hacerlo, me volvieron a poner las manos a la espalda y me las ataron una vez más. Otras manos me agarraron del brazo y me llevaron lejos. No tenía ni idea de lo que ocurría ni de adónde me llevaban.

Y lo que es más importante, no tenía ni idea de lo que acababa de suceder. Alguien había entrado, eso ya lo sabía. Y, si me acompañaba la suerte, ese alguien había puesto fin al asunto del cordel y la aguja. Fuera quien fuese, podría haberle dado un beso. La cuestión era qué iba a pasarme ahora. Me quedaba la duda.

Sentí que me empujaban al asiento trasero de un coche. Alguien empezó a hablar en francés, pero otra voz le dijo enseguida que se callara. No eran voces que reconociese. Solo sabía que la de Calais Jacques y la de Walter no estaban entre ellas. Me pregunté por el papel que iban a desempeñar.

Después de lo que me pareció una eternidad de giros y vueltas en la parte trasera del coche, incapaz de sostenerme con las manos atadas a la espalda, el coche se detuvo. Y con él, mi miedo volvió.

Oí cómo se cerraba la puerta delantera del coche, y luego el aire me golpeó cuando la puerta trasera se abrió bruscamente. Unas manos me arrastraron por el asiento trasero y me sacaron del vehículo. Me quedé de pie en el aire frío, esperando lo que me iba a pasar. Oí cómo se abría y se cerraba la puerta del coche. Esperé a que quien se había bajado se acercase a mí, pero nadie vino. En cambio, el motor aceleró y arrancó de nuevo, y yo me quedé en la oscuridad, con el saco en la cabeza y las manos atadas con cordeles.

Aguardé, esperando un golpe o un disparo, o que alguien viniera a por mí, pero no ocurrió nada. Escuché con atención. Ningún sonido de motores, ninguna voz, solo un silencio tan negro como la oscuridad dentro del saco. Finalmente, el olor a tabaco empezó a agobiarme. Fue casi un alivio: eso era lo único que me tenía que preocupar, no una aguja y un trozo de cordel.

Bueno, más allá de que estaba en un lugar desconocido y tenía las manos atadas y un saco en la cabeza. La situación cambiaba por momentos. Hablé en voz alta por si había alguien cerca, pero nadie vino. No tenía ni idea de la hora que era. Calculé que sería medianoche, en pleno toque de queda.

Moviéndome con mucho cuidado, me encontré contra un muro de piedra. Un edificio. Tanteando a lo largo de él con las manos a la espalda, localicé una rejilla metálica. Parecía una puerta de entrada. Avanzando a lo largo de la pared, llegué a la esquina. La suerte seguía de mi lado. Estaba al final de la calle. Apoyado en la pared, comencé a frotar el cordel contra el borde de piedra. Pensé que tardaría una eternidad en desgastarse, pero se rompió con sorprendente rapidez. Casi demasiado rápido. Todavía estaba intentado pensar en lo que haría una vez que por fin me liberase.

Sacudí las manos, me arranqué el saco de la cabeza y escupí el sabor del tabaco de mi boca. Parpadeé al ver mi entorno. Me llevó un momento acostumbrarme a la oscuridad y a mi sorpresa. Me arrodillé en la esquina del bloque y me apoyé en la pared.

Estaba fuera del edificio donde vivía, a pocos metros de la puerta de mi casa. Podría haberme echado a llorar. Nunca me había sentido tan en casa como en ese momento.

Estaba hambriento, pero a la vez no. Mi hambre solo estaba allí para ocupar mi mente, para intentar borrar el olor a tabaco del saco y la visión de una aguja y un cordel que ocupaban el centro del escenario bajo un foco en una pequeña mesa.

Mientras se freía el tocino, corté la *baguette* que por fin había conseguido comprar esa mañana. Lo más fina que se pudiera, como todos habíamos aprendido, para que durase lo máximo posible. La rebanada mostraba un perfil irregular donde mi mano había temblado al cortarla. La textura era muy diferente al pan que solíamos tener, era más bien una colección de migas reunidas, con la esperanza de que permanecieran juntas.

El aroma del tocino casi me dio asco. Sabía que simplemente estaba desviando mi atención. Consulté mi reloj, eran poco menos de las dos de la madrugada. No hacía más de una hora que había tenido el saco en mi cabeza. Había subido las escaleras desde la calle hasta mi apartamento, aunque ahora no recordaba haberlo hecho, y había ido directamente al cuarto de baño, donde había vomitado. Al mirar mi reflejo en el espejo, recordé que no había comido desde la hora del almuerzo y al momento empecé a morirme de hambre. Pero no era cierto, mi mente me estaba distrayendo por su propio bien.

Puse la comida en el plato, la miré y la dejé ahí, donde se quedaría hasta el desayuno. No podía permitirme desperdiciarla. Pasé al salón: había algo que no debía hacer, pero que sabía que tenía que hacer.

Alcancé la lata en la estantería, la bajé y me senté con ella en mi sillón. Levanté la tapa, por primera vez en meses. Dentro, entre viejas cartas y postales, estaban los primeros zapatos de mi hijo. Los sostuve, eran tan pequeños que podría haber llorado. Recordé que se los había mostrado a Jean-Luc aquel verano. Al principio se mostró reacio, pero finalmente los cogió y compartió una breve sonrisa conmigo antes de devolvérmelos.

Los volví a colocar en su sitio. Lamentablemente, no eran la razón por la que había abierto la lata. La razón era una bala; desgastada y dañada, era como una maligna bellota, dispuesta de nuevo para la siembra. Respiré profundamente y la saqué. Volví a sentir su pequeña hendidura.

Rápidamente, sin pensarlo, fui al baño y saqué una vieja Luger alemana de su escondite detrás de los azulejos sobre el lavabo. De vuelta a mi sillón, la reuní con su bala. Habían llegado a mi vida como una pareja. De hecho, habían estado a punto de unirse para causar el fin de mi vida cuando un oficial alemán de la última guerra me había apuntado a la cabeza y había apretado el gatillo. El arma se había atascado y yo había matado al alemán en lugar de que él me matase a mí.

Cogí la bala. Nunca supe si la hendidura que tenía la había causado el fallo de disparo del arma o si el propio disparo fallido había deformado la bala. Fue uno de esos momentos de causa y efecto sobre los que no tienes control pero que determinan un momento que a su vez determina una vida. Recordé que Dominique me acusaba de pensar que yo era la única víctima de la guerra. Por supuesto que no lo era. Pero sí era una víctima. Y eso me había dejado tan dañado y herido como la bala, y había alterado mi norte desde entonces.

Metí la bala en el cargador y amartillé la pistola. Mirando por el cañón, pensé en mi hijo. No tenía ni idea de si seguía vivo. Si lo estaba, tenía algo por lo que vivir. Sentí el frío metal de la pistola contra mi frente y volví a ver la aguja y el cordel sobre la mesa. Durante años, había tenido miedo de vivir. Mi brújula había desaparecido, y las decisiones que había tomado habían distorsionado y deformado mi vida desde entonces. Ahora, sin embargo, sabía que tenía más miedo a morir.

Bajé el arma. Mientras hubiera dudas, tenía a mi hijo. Había alguien que me necesitaba, aunque no fuera consciente de ello. También vi a Dominique, su expresión cuando me dijo por primera vez que su hijo había desaparecido.

Apreté el gatillo por última vez. Apunté lejos de mí, inofensivamente. Hizo clic. Hacía clic, eso siempre lo supe. Todo lo que había demostrado era que no tenía miedo de fingir mi muerte. Esta noche me había demostrado que tenía miedo de morir de verdad.

Me levanté, apagué la lámpara de la habitación y me dirigí a las ventanas dobles que daban a un pequeño balcón, poco más que una cornisa con una barandilla. Aparté la pesada cortina opaca y me asomé. Extraje el cargador de la pistola, saqué la bala y la palpé en la oscuridad, mientras mis dedos buscaban la hendidura y su reconfortante frialdad. Decidí que sería la última vez. Mirando hacia la calle de mi izquierda, con el *boulevard* Saint-Germain al final, lancé la bala lo más lejos que pude, intentando llegar al cruce. En la oscuridad, oí cómo caía al suelo. No tenía ni idea de dónde. Había desaparecido. Respiré el aire de la noche, era fresco.

De vuelta al interior, encendí de nuevo la lámpara y recogí la lata. Los patucos de mi hijo eran ahora lo más importante que había allí. Siempre debieron serlo. La cerré y la volví a colocar en la estantería.

No sentí más que alivio. Y resignación.

20

Tenía los ojos cerrados y la cabeza entre las manos e intentaba apartar de ellos el cansancio. La lluvia repiqueteaba contra las ventanas de mi despacho en el Treinta y Seis. Siempre entraba una corriente de aire en los días ventosos, y yo me ajustaba la chaqueta y temblaba. Apenas había dormido. Si Fran entrara ahora con una bolsa llena de polvo blanco, no podría prometer que no haría alguna estupidez, solo para aguantar el día.

Mantuve a los elementos a raya cerrando bien los ojos. Mi cabeza revivía la noche pasada en la oscura habitación. Los sonidos de las voces que hablaban en francés, las indistintas palabras que pronunciaban.

Abrí los ojos. Sobre el escritorio, frente a mí, había un cruel eco de esa noche. Uno al lado del otro estaban la aguja y el cordel del cementerio de Montparnasse. Hice una mueca de dolor al verlas. Su imagen se había arremolinado en mis sueños en los escasos momentos en que había podido dormir la noche anterior.

A pesar de la sorpresa que me produjo encontrar los dos objetos en el cenotafio de Baudelaire, me había acordado de llevarlos conmigo. Esta mañana acababa de enterarme de que era una especie de cordel utilizado por los pescadores. Volví a cerrar los ojos. Recordé cuando estaba sentado en el banco con Hochstetter y el hombre de las dos cañas pasó por delante. Me esforcé por evocar sus rasgos. Podía verlo pasar, pero mi memoria, al igual que mis pensamientos entonces, se centraba implacablemente en las dos cañas que se balanceaban sobre sus hombros, no en su rostro. La razón me decía que, si fuera alguien conocido, eso al menos me habría hecho reconocerlo en esa ocasión. Que no lo conociese no significaba nada. Ni siquiera sabía si tenía algo que ver con la bromita que me gastaron en el cementerio. El cordel de pescar no era algo raro, incluso ahora, en el París racionado.

Abrí el cajón de mi escritorio para guardarlos y me quedé boquiabierto al ver la muñeca que había en su interior. Con todo lo que había pasado, se me había olvidado. Al reparar en sus ojos incapaces de ver y sus labios cosidos, cerré de golpe el cajón y me levanté. Necesitaba alejarme.

Como antes, tomé la misma línea de metro hacia Les Tourelles, sin saber qué esperaba conseguir una vez allí. Solo sabía que tenía que hacer algo. El mismo guardia que me había hablado de Dunkerque me llevó a la sala donde había visto a Joe la última vez.

—Verás que ha cambiado —me advirtió—. Se está deteriorando.

—Debería haber traído algo de comida. —Me enfadé conmigo mismo por no haberlo pensado, pero el guardia negó con la cabeza.

—Es lo que menos debe preocuparle. Es de los que están en la lista de traslados. Tenemos que entregarlo a los alemanes.

—¿Por qué?

Se encogió de hombros.

—Órdenes. Eso es todo lo que nos han dicho.

—¿Cuándo?

—Un mes como mucho. Si tiene suerte, estará muerto para entonces.

No pude quitarme sus palabras de la cabeza cuando trajeron a Joe. Se había deteriorado, más de lo que había pensado. No reaccionó al verme, ni siquiera con rabia o decepción.

—¿Qué pasa, Eddie?

—He venido a verte, Joe.

Me miró fijamente desde el otro lado de la mesa, con los ojos hundidos. Podía oír un traqueteo en su pecho y recoloqué mi propia chaqueta para protegerme de la humedad. Su expresión cambiaba cuanto más se prolongaba el silencio. Me miró inquisitivamente. No tenía ni idea de qué decirle.

—¿Tienes alguna noticia para mí, Eddie? —No oí ninguna esperanza o expectativa en su voz—. ¿Va a ayudarme la policía?

Desesperado, recordé haber hablado con Hochstetter sobre él.

—He pedido ayuda a los alemanes.

—¿Y?

Busqué algo que decir. Sabía que había cometido un error al venir.

—Son tiempos difíciles, Joe.

—No has hecho nada, ¿verdad?

Miró al guardia y le indicó que deseaba irse. Intenté encontrar las palabras mientras se alejaba lentamente de mí hacia la puerta.

—Lo estoy intentando, Joe.

Se detuvo y se volvió hacia mí.

—Esto es peor que no hacer nada, Eddie. No esperaba mucho de ti, pero esta falsa esperanza es lo peor que podrías haber hecho.

Se dio la vuelta otra vez. Ni siquiera parecía enfadado o sorprendido. Se detuvo una vez más en la puerta y volvió a hablar:

—Por favor, no vuelvas.

Me senté en la sala de Les Tourelles antes de sacar fuerzas para irme. A pesar de mi miedo a estar encerrado, podría haberme quedado solo en aquella habitación, escondido de todo lo que me esperaba fuera. La fría aceptación de mi inutilidad por parte de Joe me había herido en lo más profundo. Me sentía aletargado, reacio a irme cuando el guardia vino a buscarme.

Fuera, bajo la persistente llovizna, permanecí con los ojos cerrados y dejé que el agua de la lluvia me calase. No tengo ni idea de cuánto tiempo estuve allí, pero estaba completamente empapado. Por fin, abrí los ojos. A pesar del gris y la humedad, los colores que me rodeaban parecían más intensos y volvía a sentirme vivo. Más vivo que nunca desde que alguien me había puesto un saco en la cabeza y me había amenazado con una aguja y un cordel. Tomé una decisión. Al coger el metro, mi estado de ánimo mejoró, me sentí más fuerte. Ni siquiera la oscuridad de los túneles podía perturbar mi propósito. Volvería al Treinta y Seis, pero antes había algo que debía probar.

Fui al Hotel Bristol. Allí es donde el personal de la embajada estadounidense y los periodistas se habían instalado cuando los alemanes llegaron por primera vez a París. Los periodistas aún estaban allí, los diplomáticos se habían ido.

—¿Dónde puedo encontrarlos? —le pregunté a un periodista en el bar del hotel, con voz más segura. Delgado como el tocino de las raciones, tenía unas gruesas gafas con montura de carey y una calvicie cada vez más pronunciada. Podía oler el vino tinto del hotel en su copa. Era mejor que el que nos llegaba a nosotros.

—¿Por qué quiere saberlo?

—Periodistas y policías. Los unos el doble de curiosos que los otros, y la mitad de honestos. Dejaré que usted decida cuál es cuál.

Se rio y me invitó a una copa de vino. Comprobé mi reloj y dije que sí. Había desayunado cosas peores.

—Normalmente no bebo tan temprano —me dijo—, pero son tiempos difíciles. Se ven cosas que uno no quiere ver.

—Lo entiendo.

Bebí un trago de vino. Lo bebería a cualquier hora del día, casi me desmayo de placer con el sabor. Él esperó y le hablé de Joe. Esperaba que viera una historia en ello y me ayudase a sacar al músico. No lo hizo.

—¿Dices que es un negro americano? —Se volvió hacia la barra—. Buena suerte, amigo. Los consulados no han sido muy útiles con sus casos.

—Por eso Joe se quedó aquí después de la última guerra.

—Château de Candé. Es donde está parte del personal de la embajada. Pruebe allí.

Otro periodista estadounidense sentado cerca se aproximó a nosotros.

—No, se han ido. Se fueron el mes pasado. Tienes que probar en la embajada de Vichy.

Era más joven y enérgico. Tenía un pelo ondulado sobre un rostro anguloso y un bigote a lo Clark Gable. Todo el mundo quería parecerse a otra persona. Esperaba que al menos fuera de ayuda, pero no fue el caso.

—Lo siento, pero tengo un número de teléfono si lo quieres.

Lo cogí; era lo máximo que iba a obtener.

—Buena suerte —me dijo el primer periodista cuando me fui—. La vas a necesitar.

Volví a la Treinta y Seis y subí las escaleras hasta el tercer piso. Como estaba concentrado en mi deseo de ayudar a Joe, ni siquiera me sobresalté cuando una fregona y un cubo que un limpiador había dejado en el rellano se volcaron al pasar.

Una llamada telefónica más tarde pude comprobar que los dos periodistas tenían razón. Sentado en mi mesa del Treinta y Seis, me habían pasado de un teléfono a otro hasta que acabé con un joven oficial que, por su voz, no se había afeitado más de un par de veces en su vida. Lo compensaba con un nivel de prepotencia por el que habría matado un oficial francés.

—¿Dice que es músico de *jazz?* Un negro, ¿me equivoco?

—Americano —añadí en su beneficio—. Como usted.

—Debería haberse marchado antes del país.

Colgó. Intenté volver a llamar, pero no me lo cogieron.

Evidentemente, la flor y nata de nuestros dos países se había abierto camino hasta Vichy. Al final colgué el teléfono y lo miré fijamente en su soporte. Recordé la mirada de Joe y sus palabras, y supe que tendría que encontrar otra manera.

Fui a mear y al regresar a mi despacho me topé con Boniface, que caminaba delante de mí. Pasé junto a él y encontré la muñeca sobre mi escritorio.

—Por el amor de Dios, Boniface, deja las cosas en mi cajón.

Parecía sorprendido.

—No he abierto tu cajón, Eddie.

—Entonces, ¿quién ha sacado esto?

Cogí la muñeca con la punta de los dedos, sin querer tocarla. Sus ojos ciegos y sus labios cosidos me repugnaban. Necesitaba quitarla de mi vista, así que abrí el cajón de un tirón para esconderla dentro tan rápido como pude.

Solo que allí ya había una muñeca. Lancé la nueva sobre mi escritorio y me dejé caer en la silla.

—¿Qué pasa, Eddie?

Saqué la muñeca original y la puse al lado de la nueva. Eran idénticas, hasta los tres puntos de la boca.

—¿Has visto a alguien en mi despacho? —le pregunté.

—A nadie.

Me quedé mirando consternado a las dos muñecas. Alguien había estado en mi despacho. Me levanté de un salto y fui a la sala de detectives.

—¿Ha estado alguien en mi despacho? —grité.

Todas las cabezas se volvieron, y todas ofrecieron una negativa.

—¿Has visto a alguien, Barthe?

—A nadie, Eddie. Llevo aquí toda la mañana.

—Solo he estado fuera cinco minutos. Alguien debe haber visto algo.

Los detectives se miraron. Sus expresiones eran medio incrédulas, medio avergonzadas.

—Nada, Eddie —respondió otro.

Volví a mi despacho y me senté. Boniface ocupó el asiento de enfrente. Cogió mi teléfono y llamó a la recepción para preguntar si había alguien en el edificio. Colgó.

—Nada, Eddie.

Sin decir una palabra, cogí las dos muñecas y las guardé en mi cajón. Reflexioné un momento antes de mirar a Boniface.

—¿Qué querías? —le pregunté.

—Un hijo que no tiene relación con su padre.

Una frase muy escueta para haber salido de su boca. Mis pensamientos se dirigieron inmediatamente a Jean-Luc.

—¿Cómo?

—He descubierto algo muy interesante.

—¿Has encontrado a la exmujer de Walter le Ricaneur?

Sabía que lo estaba entreteniendo mientras pensaba en una respuesta que lo disuadiera. La idea me horrorizaba casi tanto como las muñecas. Si Boniface sabía lo de Jean-Luc, todo el Treinta y Seis lo sabría ya. Y solo Dios sabía quién más.

—Es sobre Walter. Tiene un hijo con el que no tiene relación.

Tuve una extraña sensación, como la que sentí cuando la persona entró en la habitación la pasada noche e impidió que mi torturador me diera una lección de costura. Otro indulto.

Asentí con la cabeza para ocultar mi alivio.

—¿De verdad?

—Walter abandonó a su mujer y a su hijo hace años. Imagínate. ¿Qué clase de hombre le hace eso a su propio hijo?

—¿Y cómo puede eso ayudarnos?

—El niño no es un niño, tiene veinte años. Se llama Dédé Malin, el apellido de su madre, no el de su padre. Y acaba de salir de Fresnes.

Eso me hizo incorporarme.

—¿En serio? ¿Te refieres a que ha salido de Fresnes porque ha cumplido su condena? ¿O lo han sacado de Fresnes como a los demás prisioneros desaparecidos?

—No, Eddie, esto es verdad. Me lo dijo la encantadora Mathilde, la secretaria del juez Clément. Iba a ser puesto en libertad. Salió ayer.

—¿Así que él y Walter estuvieron en Fresnes al mismo tiempo? Joder, debe haber habido algunos momentos incómodos en las duchas.

Boniface agitó el dedo para insistir en su argumento.

—No, he hecho algunas preguntas. Por lo que he podido averiguar, Walter no sabe quién es. Se fue antes de que Dédé naciera, así que nunca lo conoció. La madre de Dédé se mudó a Montparnasse cuando aún estaba embarazada.

—Para alejarse de Walter, sin duda. ¿Sabe Dédé quién es Walter?

—Sí. Y lo odia.

—Y si hay alguien dispuesto a hablar de cómo Walter salió de Fresnes antes de tiempo, ese alguien es un hijo que lo odia.

—Exacto.

—¿Qué tiene que decir el chico, entonces?

—Ese es el problema, Eddie. Ha desaparecido.

21

Le dije a Boniface que intentara encontrar a la exmujer de Walter para ver si sabía dónde estaba Dédé y me preparé para salir yo mismo. La experiencia de anoche había obrado algunos cambios en mí, y ahora tenía que ir a ver a alguien.

Miré por la ventana. El cielo estaba nublado, pero no llovía, por una vez. Abajo, en la acera de enfrente, vi un Peugeot 202. Por instinto, supe que era el vehículo de la Abwehr de Hochstetter; el mismo coche del otro día, que me estaba siguiendo.

—Me gusta saber que te importo —dije.

Mirando a la derecha y a la izquierda, vi un Citroën Traction Avant aparcado a poca distancia, casi junto al *pont* Saint-Michel. Sentí un temblor de inmediato. El Traction Avant era el coche preferido de la Gestapo.

—Lástima que a ti también —añadí.

Bajé las escaleras y salí a la calle. Al dirigirme a mi coche, vi que el de la Gestapo empezaba a avanzar lentamente. Me detuve un momento antes de acelerar el paso. Por desgracia, el Traction Avant hizo lo mismo. Pronto se hizo evidente que me alcanzaría antes de que yo llegara a la seguridad de mi propio y humilde Citroën.

Tomé una decisión y cambié de rumbo. Abrí la puerta de atrás del Peugeot 202 y me senté en el asiento trasero. El pasajero se giró para mirarme.

—Al Lutétia, por favor —le dije—. Tan rápido como guste.

—Esto no es un taxi, inspector Giral.

—No querrá entonces propina.

—No le llevamos al Lutétia.

Señalé mi propio coche. El Gestapomóvil se había detenido unos metros detrás de nosotros.

—Ese es mi coche, como sabe. Estoy a punto de ir al Lutétia a ver al comandante Hochstetter. Si no me lleva, tendrá que seguirme. Y todos acabaremos en el Lutétia de todos modos. Lo que propongo es mucho más fácil.

El pasajero y el conductor mantuvieron una breve discusión mientras yo vigilaba con recelo a los hombres de negro. Los dos hombres de la Abwehr también miraban en su dirección de vez en cuando. Al final, aceptaron mi idea.

—Bien hecho, chicos —les dije—. Hoy en día es difícil conseguir gasolina.

Me recosté en el asiento y disfruté del viaje. La persona a la que quería ver tendría que esperar un poco. Mirando hacia atrás, me di cuenta de que el Traction Avant no me había seguido. No había de que preocuparse, ya volverían.

Mis chóferes me dejaron frente a la entrada del Hotel Lutétia. Hacía tiempo que no me convocaban en ese lugar, pero siempre que venía, los balcones ondulantes de la fachada me hacían sentir que el edificio me arqueaba, como reprobándome. Por una vez, me sentí bien al venir aquí por mi propia voluntad.

—Édouard, amigo mío, ¿en qué puedo ayudarle?

—A ver si es verdad que esta vez puede ayudarme.

Ni siquiera la descortesía inquietó a nuestro comandante Hochstetter. Me habría sentido mal por ello, pero sentaba demasiado bien. En una lujosa habitación convertida en oficina, esperé mientras él hacía cosas de oficial y daba un montón de órdenes a un joven asistente.

—Y traiga café para los dos, por favor —le dijo el comandante al joven oficial—. Estoy seguro de que el inspector Giral lo agradecerá. Parece bastante desmejorado.

«Siéntase libre de hablar de mí», pensé. Me senté. Tuve un repentino temblor de miedo. Iba cargado de adrenalina, pero los acontecimientos de la noche anterior habían dejado su huella. Hice lo posible por ocultárselo a Hochstetter.

—¿Cómo puedo ayudarle? —me preguntó cuando nos quedamos solos.

¿Por dónde empezar?

—Mi investigación. —Parecía un lugar tan bueno como cualquier otro—. Usted me ofreció ayuda.

—Si está en mi mano.

—La Gestapo. ¿Cree que podrían estar involucrados en la muerte de Julot le Bavard, el hombre asesinado en el club de *jazz* de Montparnasse?

Parecía ligeramente sorprendido por mi pregunta, pero no se sentía incómodo. Por algo era Hochstetter.

—Estoy de acuerdo en que nuestros amigos de la Gestapo son bastante imaginativos en su crueldad, pero diría que lo que le ocurrió a ese delincuente no lleva su firma. Si hubieran tenido algo que preguntarle, simplemente lo habrían llevado a la *rue* des Saussaies. Lo habrían hecho oficialmente, por así decirlo, en la medida en que todo lo que hacen se hace siempre oficialmente. Solo por esa razón, me sorprendería que estuvieran involucrados en este asunto. A menos que haya algo más que no me haya usted revelado.

—Hay una cosa. Algunos prisioneros han desaparecido de la prisión de Fresnes.

—Lo sé, me preguntaba cuándo iba por fin a mencionarlo.

Me reprendí a mí mismo. Debería haber sabido que lo sabría.

—Creo que solo las autoridades alemanas tendrían el poder de liberar a los prisioneros de una prisión francesa como esta.

—¿Y por qué iban a hacerlo?

—Eso es lo que no sé. Pero pienso que ha de estar relacionado con la muerte de Julot.

Llegó el café y el asistente nos sirvió una taza a cada uno. Estuve diez segundos aspirando el aroma y dejando que mi adrenalina se calmase.

—Tal vez debería decirme lo que sabe.

Di un largo trago antes de aventurarme a dar el paso. Con la Gestapo encima, sabía que necesitaba ayuda, aunque viniera de aquí.

—Unos treinta prisioneros han desaparecido de Fresnes. No todos son de la misma banda, ni siquiera son todos miembros de una banda. Todos ellos son de diferentes partes de la ciudad. Todos estaban en prisión por diferentes de delitos, aunque la mayoría estaban allí por delitos graves. Todos son delincuentes profesionales.

—Interesante. Continúe.

—La justicia francesa recibió presiones para ponerlos en libertad. Sus expedientes también han desaparecido tanto de la prisión como de los tribunales. Sabemos que fue un francés quien se llevó los expedientes judiciales, pero tenía autorización de las autoridades alemanas. Suponemos que es una de las agencias de los suyos, peleándose por ver quién es el jefe.

Paré. Pensé que lo que acababa de decirle a Hochstetter era prácticamente todo lo que él ya podía saber por sí mismo. Cualquier omisión o mentira sería inútil, ya que la captaría al instante.

—¿Sabe quién es el francés?

—No, y nadie está dispuesto a hablar. Entre la gente a la que preguntamos hay un miedo generalizado.

—Y deduzco que usted cree la Gestapo es la institución alemana involucrada. Como digo, no estoy convencido de la participación de la Gestapo en la muerte del ladrón, y, en cuanto a su participación en la liberación de prisioneros, no veo qué pueden ganar con ello. Aunque diré que con la guerra —y la ocupación— surgen extraños compañeros de cama. En cualquier caso, Édouard, le aconsejo que no los acuse de nada.

—Llega usted un poco tarde. Fui a verlos a la *rue* des Saussaies.

—¿Por qué?

—Para ver cuál era su reacción a mis preguntas.

—¿Sabe, Édouard? En la Abwehr estábamos hablando hace poco de la apatía de la población francesa. Parecen ustedes un pueblo derrotado. Lo son, por supuesto, pero se han tomado la derrota muy a pecho. Es una lástima que usted, en particular, parezca incapaz de adoptar el mismo nivel de apatía. Haría su vida mucho más fácil. Y la mía, si es que ha venido a pedirme ayuda para calmar los ánimos con la Gestapo. Por curiosidad, ¿cuál ha sido su reacción?

Le conté que me habían secuestrado la noche anterior. Y lo de la aguja y el cordel. Y la pequeña aventura de esta mañana con el servicio de taxis de la Abwehr.

—¿Y cree que el incidente de anoche fue la Gestapo?

Tuve que admitir que no lo sabía.

—Quien me secuestró hablaba en francés. No oí nada de alemán, pero todo apunta a ellos. Y me llevaron poco después de ir a verlos.

Eso merecía un cigarrillo. Aparté la mirada mientras lo encendía.

—Esto es muy misterioso, y terriblemente estúpido por su parte. Me temo que una vez que la Gestapo se interesa por un asunto, es muy poco lo que se puede hacer para disuadirla.

—¿Puede usted averiguar si está involucrada?

—Puedo intentarlo. Déjemelo a mí, veré lo que puedo encontrar. —Dio una profunda calada a su cigarrillo, cuyas hojas crepitaron bajo el resplandor—. Deduzco que también ha venido a buscar mi protección contra nuestros amigos de los abrigos negros.

—Sí.

—Y confío en que sea consciente del precio de eso.

Me terminé el café.

—Absolutamente.

22

Aún tenía que ver a alguien, pero tendría que esperar hasta que terminara de aclararme la boca con una copa de vino en una cafetería cercana.

Mientras estaba en el mostrador, dos *gefreiters* estudiaban los papeles de una joven. Seguro que era una coincidencia que fuese atractiva y estuviera sola. Les mostré mi carné de policía.

—Está conmigo —les dije—. Me está ayudando.

El más alto de los dos me miró, evaluándome.

—Esto no es de su incumbencia.

—Sí, lo es.

—Déjalo —le murmuró su compañero.

Pude ver cómo luchaba contra una inclinación natural por querer seguir la discusión. Sus duros ojos azules pasaron de los míos, marrones, a la cicatriz rosa de mi labio superior. Por alguna razón, esos pocos centímetros de piel fruncida a menudo disuadían a los matones de probar suerte.

—Es policía —añadió su amigo.

Sonreí ampliamente al soldado alto. Este dudó un momento antes de retroceder, aunque no creo que fuera mi rudo encanto lo que le convenció, sino las órdenes que, sin duda, había recibido de ganarse los corazones y las mentes de los parisinos. No le habría ido nada mal un repaso. Con una mirada hosca, le devolvió los papeles a la mujer. Ella los guardó sin levantar la vista de la mesa, ni siquiera para ver a los dos soldados salir de la cafetería en un silencio tan frío como el café de su taza.

Cuando se fueron, me miró y le sonreí. Ella se limitó a devolverme la mirada.

—Piérdase, policía.

Yo también me fui sin decir nada. Me pregunté cómo reaccionaría yo ante mí si no fuera policía, si estuviera en su lugar. Otra alegría que había traído la ocupación.

Boniface me esperaba fuera, en su coche. Le había llamado a la Treinta y Seis desde el teléfono de la cafetería nada más llegar para que viniera a recogerme. No me apetecía andar por las calles con la Gestapo queriendo saludarme.

—He encontrado a la exmujer de Walter —me dijo—. Tiene una mercería no muy lejos del Jazz Chaud. Voy a verla ahora. ¿Vienes?

Miré mi reloj. El siguiente punto de mi lista tendría que esperar.

Encontramos a Madeleine, la ex de Walter, cerrando la tienda para comer. Una mercería por la que no pasaba el tiempo, con cajones de madera oscura desde el suelo hasta el techo y un mostrador repleto de bandejas con bobinas de algodón, hilos de colores y cintas brillantes; era algo incongruente en una calle de cafeterías sórdidas y comercio carnal, que permanecía escondido durante el día. Al reconocerme, nos dejó entrar a los dos antes de cerrar la puerta tras de sí y dar la vuelta al cartel de CERRADO. Delgada, como todo el mundo en estos días, tenía el pelo largo y prematuramente cano enrollado en una trenza en la cabeza, y arrugas alrededor de los ojos y la boca.

—No me importa dónde esté ese cabrón inútil —le dijo a Boniface cuando preguntó por Walter—. Es mi hijo quien me preocupa.

—¿Dédé? —le pregunté.

—Sabe perfectamente que acaba de salir de Fresnes, y todo lo que hace es acosarlo.

—¿Por qué está preocupada por él, entonces?

Dobló un trozo de tela con una irritación que hizo que el tejido hiciera un ruido como el chasquido de un látigo. Por un momento, pensé que iba a ignorarnos, pero de repente se abrió. Como una compuerta.

—No sé dónde está. —Boniface y yo intercambiamos una mirada. Ella dejó la tela en el suelo y se apoyó pesadamente en el mostrador. Contuvo las lágrimas mientras hablaba—. ¿Saben que Dédé estuvo en la cárcel al mismo tiempo que Walter? Yo estaba aterrorizada todo el tiempo de que fuera a hacerle algo. Me refiero a Dédé. Es muy protector conmigo, y siempre ha odiado a su padre por lo que hizo.

—¿Abandonarla? —preguntó Boniface.

—Y más cosas—le dijo ella con amargura—. Por eso, cuando oí los rumores de que Walter había salido, sentí un gran alivio. Pero ahora Dédé también esta fuera y debería alegrarme, pero casi desearía que volviera a la cárcel. Ha estado hablando, ¿entiende? De su padre.

—¿De qué exactamente? —le pregunté.

—Sobre cómo le dejaron salir de Fresnes. Y de todos los demás.

Traté de ocultar mi entusiasmo. La gente solo ayuda a la policía cuando cree que no nos hace falta.

—¿Qué ha estado diciendo?

—Oh, en realidad no dijo lo que pasó. Solo que sabía lo que era, y que amenazaba con contarlo. Y luego pasó lo de Julot le Bavard y Dédé desapareció, y me aterra lo que pueda sucederle.

—¿No tiene ni idea de lo que él sabe? —le preguntó Boniface. Ella se limitó a mirarlo molesta.

—¿Tiene idea de dónde puede estar? —le pregunté.

—No, no se me ocurre ningún sitio.

—Nos aseguraremos de que esté bien —prometió Boniface.

En lugar de responderle, se dirigió a mí, y su voz adoptó un tono de enfado que sustituyó a la preocupación.

—Oh, se asegurará de que esté bien, Eddie Giral, se lo prometo.

—Lo encontraremos —dijo Boniface.

—Cumplirá esa promesa —me advirtió—. O si no…

Nos echó de la tienda y cerró para subir rápidamente a preparar la comida.

—Encuéntrelo, Eddie —dijo ella cuando nos despedimos, con la preocupación de nuevo en su voz.

Le dije a Boniface que cruzase el río y se dirigiera a Montmartre. Después de conocer a la madre de Dédé, mi deber parecía más urgente que antes.

—¿Y luego?

—Luego volvemos a Montparnasse para encontrar a Dédé. Y espero que lo hagamos antes que su padre. Pero primero, hay algo que tengo que hacer.

Volví a consultar el papel que llevaba en la cartera y le indiqué una dirección cerca de la cima de la colina. Aparcó al pie de una empinada escalinata e hizo ademán de bajarse del coche conmigo, pero le dije que no se moviera.

—Espérame aquí. Y si oyes a un niño cantando, arresta a ese cabroncete.

Empecé a subir los escalones. Muy bonitos, pero un coñazo cuando quieres llegar a algún sitio a toda prisa. En el segundo tramo, ya estaba cantando las alabanzas de mi precioso apartamento en el v Distrito.

—Ya han inventado el ascensor, por el amor de Dios —dije en el tercero.

El inmueble que quería estaba en el rellano entre el tercer y el cuarto tramo. Me detuve a recuperar el aliento y me giré para contemplar la ciudad. La vista explicaba por qué alguien querría vivir allí. Incluso en la penumbra de un día de otoño bajo dominio extranjero, la vieja París parecía una ciudad de luz. Por un breve momento, recordé la emoción que había sentido al venir a vivir aquí después de la última guerra, al perderme en el hermoso anonimato de todo. Me giré para entrar.

Dentro había más escaleras. Al menos, la persona a la que quería ver estaba allí, de pie en la entrada, con los brazos cruzados, negándose rotundamente a invitarme a pasar.

—¿Qué quieres? —me preguntó Dominique.

Un anciano apareció arrastrando los pies por las escaleras. La saludó amablemente al pasar. En mi edificio, solo conocía bien a uno de mis vecinos e intentaba evitarlo a toda costa por el bien de mi salud mental.

—¿Puedo entrar, Dominique? Tengo que decirte algo.

—Ya nos dijimos todo lo que teníamos que decir el otro día, Eddie.

La miré. Su expresión era implacable, su esbelta figura parecía llenar la entrada de su casa como la más dura de las barreras. Miré las escaleras que acababa de subir. Mi viaje no iba a ser en vano.

—Haré lo que pueda para encontrar a Fabrice —le dije.

Pareció sorprendida y me pidió que le repitiera lo que había dicho.

—¿Por qué has cambiado de opinión? —Su voz seguía siendo áspera. No me perdonaba.

Busqué una razón que darle. Decidí que la verdad tendría que ser suficiente.

—Pensé que iba a morir anoche. Creo que lo habría hecho de no ser porque alguien lo impidió. Y pensé en mi hijo y en lo que le pasaría.

Sus brazos permanecieron cruzados.

—¿Y qué tiene que ver eso con Fabrice?

No sabía muy bien qué decir.

—Supongo que tengo que encontrarlo. No puedo encontrar a mi propio hijo ahora, así que necesito encontrar al tuyo. No puedo explicar por qué.

—Yo sí puedo, Eddie. Por tu bien, no por el mío, como siempre.

—Déjame ayudarte, Dominique. Lo haré de todos modos, no importa lo que digas.

Sus brazos se relajaron lentamente y juntó las manos con suavidad frente a ella. Su voz continuaba siendo fría:

—Está bien. Gracias.

Sin nada más que decir, asentí una vez con la cabeza y bajé las escaleras. En el primer giro de la escalera, escuché su voz:

—Por favor, no me falles, Eddie.

—Me alegra inspirar tanta confianza —murmuré, aunque esperé a estar abajo para decirlo.

—¿Ha habido suerte? —le pregunté a Boniface, pero su cara me dio la respuesta.

—¿Alguien tiene los ojos abiertos cuando se pasea por esta ciudad? —preguntó con una expresión de disgusto—. Nadie sabe nada, nadie ve nada.

Habíamos pasado unas cuantas horas recorriendo las calles de Montparnasse, cada uno por separado, preguntando a todos los contactos que conocíamos, pero, obviamente, él había encontrado la misma reacción que yo. La misma reacción que habíamos recibido desde que Julot se sentó en una silla. Un cartel de Cerrado más grande que el de la tienda de Madeleine.

Pero una cosa sí había aprendido.

—Vamos —le dije—. Tengo un regalo para ti.

—¿Bailarinas? ¿Champán frío?

—Mejor que eso. ¿No tenías tantas ganas de ver a nuestro amigo Fr..., a Poquelin, a nuestro amigo Poquelin? Pues ahora es tu oportunidad. —Le miré rápidamente para ver si se había dado cuenta de mi error.

—¿Quieres decir que no te lo guardas para ti por una vez?

Fran no estaba en su club cuando llegamos. Fue Paulette quien nos abrió la puerta. Un olor a lejía cortó el aire e hizo que se me humedecieran los ojos.

—Así que es verdad —le dije—. El club va a reabrir.

Ella asintió.

—Se ha enterado hoy. Los *boches* han permitido que el alcalde de distrito le conceda la licencia. Ahora está fuera celebrándolo.

Mientras hablaba con ella, eché un vistazo al local. Habían adecentado el escenario, los atriles y la batería estaban relucientes, y el bar parecía haber recibido una buena limpieza. Solo quedaban por limpiar las mesas y las sillas que estaban frente al escenario. Parecían aún más sucias en contraste con el brillo del resto del lugar.

—¿No está con él celebrándolo?

Se detuvo y me miró. Una risa amarga salió de sus labios, un sonido como el de las uñas en una pizarra.

—Ya no le hago falta. Se entera de que va a reabrir y me dice que no estoy a la altura del nuevo club. Así que me voy.

—Pero ¿sigue aquí?

—Me tiene haciendo la limpieza. Si no lo hago, no me va a pagar el dinero que me debe, el muy cabrón.

—¿Cuándo volverá?

—A saber. Se ha ido con uno de sus amigos de los bajos fondos. No volverán hasta que esté hasta el culo de droga y quiera follarme por última vez.

—¿No está resentida, entonces?

Esperando entre bastidores, Boniface encendió toda la potencia de su encanto para ella.

—Nadie debería tratar así a una dama tan encantadora —le dijo.

—Joder, tienes toda la razón —respondió ella. El cielo sonrió cuando estos dos se conocieron—. Tan pronto como tenga mi dinero, me iré de aquí.

—¿Dónde está él ahora?

—En Luigi's. ¿Lo conoces? —Su voz adquirió un tono aún más áspero—. Y dice que no tengo suficiente clase. Será gilipollas.

Encontró un fajo de billetes en un cajón debajo de la barra y se apresuró a guardárselos, esperando que no los hubiéramos visto. Supe que, en el momento en que nos fuéramos, tanto ella como los billetes también lo harían. No la culpaba.

—Supongo que has encontrado el dinero que te debe —le dije.

—Dos veces en una semana, Eddie. Esto es un honor.

—Cállate, Luigi. Y tráenos dos vinos tintos. De los buenos.

Un tipo al piano estaba tocando «De temps en temps». La verdad es que no debería haberlo hecho, parecía que acababa de descubrir que tenía manos y estaba aporreando el teclado con ellas para ver qué podía hacer. Recordé a Dominique cantando esa canción. Me sorprendió darme cuenta de que eso había sido anoche. El piano era lo que quedaba de los intentos de Luigi de pasarse a la alta cultura cuando los alemanes llegaron a la ciudad. Claro que aquello implicaba una mujer desnudándose mientras cantaba, así que supongo que tenía una idea distorsionada de lo que era la cultura, como si alguien se lo hubiera explicado alguna vez mientras no escuchaba.

—Busco a Jean Poquelin —le dije cuando nos sirvió—. Me han dicho que está aquí esta noche.

—No quiero problemas, Eddie.

—Entonces deberías haber entrado en el seminario, como te dijo tu madre. ¿Dónde está?

Agachó la cabeza con resignación antes de señalar sutilmente hacia la parte trasera, donde habíamos encontrado a Pepe el otro día. Era en la trastienda de Luigi donde ocurría todo.

Boniface y yo vaciamos nuestras copas y fuimos en su búsqueda. Lo encontramos, y no estaba solo.

—Calais Jacques —murmuró Boniface con incredulidad.

Los dos hombres nos miraron y enseguida se guardaron algo en los bolsillos de sus chaquetas.

—Eso sí que no parecía sospechoso —les dije.

Estaban con dos soldados alemanes, un *stabsgefreiter* y un *gefreiter* —un cabo y un soldado raso— con el mismo aspecto que uno veía en todo el mundo. Dos ladrones de poca monta atrapados en una guerra y un uniforme, que veían la oportunidad de continuar donde lo habían dejado. Traficaban con algo y Fran y Jacques les estaban comprando. El *stabsgefreiter* se levantó y se acercó a mí, con la arrogancia que había visto un millón de veces. Me dio un empujoncito con el índice.

—Somos soldados del Tercer Reich —dijo en un francés vacilante. Olí la cerveza barata en su aliento.

Me incliné hacia delante y le susurré en alemán:

—Y yo estoy al servicio de la Gestapo. Trabajo en el número 11 de la *rue* des Saussaies. ¿Cuánto tiempo más quiere seguir con esto?

Por un momento, vi el poder que otorgaba ese nombre y tuve un breve destello de comprensión de lo que ese poder podía hacerte. Al instante se apartó de mí y le hizo una señal al *gefreiter* para que se fueran de allí, casi tropezando con una mesa. En su estupor, se despidió con uno de los alegres saludos de Adolf.

—¿Es por algo que hemos dicho? —pregunté a los dos hombres que quedaban en la habitación con nosotros.

Boniface cerró la puerta y yo me situé junto a Fran y Jacques. Este último intentó levantarse, pero lo contuve, aprovechando mi altura y el hecho de que yo estaba de pie para detenerlo. Sabía que, si Calais Jacques se levantaba, era un rival más que digno para Boniface y para mí en una pelea, especialmente con Fran cerca.

—No tienes nada contra nosotros, Eddie —me dijo Fran.

—Ay, Fran. Solo hemos venido a felicitarte por la reapertura del club. Y a preguntar qué tuviste que hacer para que eso ocurriera.

—Está todo en regla, Eddie.

—En efecto. Al igual que la compañía que tienes. —Me dirigí a Calais Jacques—. Cuánto tiempo sin verte, Jacques.

—No puedes tocarme, Giral —respondió—. No te atreves.

—Bueno, ¿qué hiciste anoche?

Me sonrió con una sonrisa maligna y mellada.

—Te gustaría saberlo, ¿verdad?

—¿Quién estaba en el almacén? —No pude evitar sentir un deje de ira en mi voz. Nacía del miedo que había experimentado la noche anterior—. ¿Y tú, Fran? ¿También estuviste allí?

—No tengo ni idea de lo que hablas, Eddie. Estuve con Paulette anoche, puedes preguntarle a ella.

—Me encantaría, pero se ha ido. Y se ha llevado su dinero.

Por un momento, vi en su cara que había entendido.

—Esa pequeña zorra.

—No tengo nada contra ti, Fran, así que puedes irte. Pero tú, Jacques, me temo que vendrás con nosotros.

—¿Por qué?

—Fuga de Fresnes. Agresión. Secuestro. Ser un montón de mierda. Cualquier otra cosa que se me ocurra.

Se rio.

—Puedes intentarlo, Giral, pero no llegarás muy lejos.

Desde su asiento, hizo la mímica que había hecho Walter, fingiendo que se cosía los labios, con los ojos puestos en mí todo el tiempo.

—Esta vez no va a funcionar —le dije.

Se detuvo y volvió a reírse, una carcajada maligna, con la boca abierta y los ojos cerrados.

Y fue entonces cuando le golpeé.

23

—Pierdes el tiempo, Giral. Saldré para la hora de comer.

Calais Jacques estaba sentado en el banco de su calabozo del Treinta y Seis. Sin camisa y despojado de su chaleco de hilo a pesar del frío, parecía un mono al que a duras penas alguien hubiera metido en una bolsa de la compra. Tenía la mandíbula roja e hinchada donde le había golpeado. Eso ya estaba mejor.

—Iba a preguntarte qué sabías, pero imagino que sería una pérdida de tiempo. Debes estar en la posición más baja.

—Buen intento, *poulet,* pero no va a funcionar. Puedo ser grande, pero no soy tan tonto como parezco.

—Te has dejado atrapar, Jacques. A mí me parece bastante tonto. Cuéntame lo que está pasando y puede que le hable bien de ti al juez.

—Ya te lo he dicho, Giral, habré salido a la hora de comer. Ahora vete a ver si encuentras a alguien que me traiga el desayuno antes de que tenga que irme.

No estaba consiguiendo nada. Fuera de la celda, le dije al sargento bretón que me avisara si venía alguien con una orden para soltar a Jacques. Sentía que probablemente estaba en lo cierto sobre lo de que estaría fuera para la hora de comer, eso tenía que admitirlo.

—No le dejes salir hasta que me hayas visto —le advertí.

Empecé a subir los tres pisos hasta mi oficina, sumido en mis pensamientos. Este no era el Calais Jacques que yo conocía. El de antes era un profesional, un veterano maleante que se tomaba la detención y el encarcelamiento con calma. Todo era parte del trabajo para él. Su actitud, su pose de estar por encima del bien y el mal, todo esto era nuevo. Nunca me había contestado así, ni siquiera imaginaba que tuviera el vocabulario para hacerlo.

Alguien había venido a verme. Mi primer instinto fue que se trataba de Hochstetter, que había vuelto a las andadas, pero parece que prefirió sentarse en un banco cualquiera de la ciudad y renunció a una visita a la Treinta y Seis. Además, estos visitantes llevaban un uniforme distinto. Al abrir mi puerta, me encontré con dos uniformes verdes que infestaban mi despacho como si fueran moho. No reconocí a ninguno de los dos, pero supe lo que eran.

—Sicherheitsdienst —me dijo uno de ellos. Estaba sentado en mi escritorio, abriendo y cerrando los cajones con indiferencia.

—Siéntase como en casa —le dije.

Dejé la puerta abierta detrás de mí y entré. Ya había reprimido el impulso de dar media vuelta y salir corriendo, así que pensé que lo mejor era dejar una vía de escape.

Entré con cautela en mi propio despacho, observando cómo me observaban. El Sicherheitsdienst. El SD. Nunca estuve seguro de qué grupo encajaba en cada lugar, pero sí sabía que el SD era el servicio de inteligencia del Partido Nazi y, como tal, daban más miedo que una mesa llena de hilo de pescar. Por lo que pude averiguar, el SD y la Gestapo eran organizaciones hermanas de la RSHA, la Oficina Central de Seguridad del Reich. Y si necesitas saber algo más que eso, es que no estás prestando atención. También sabía que, como servicio de inteligencia del Partido, el SD era un rival de la Abwehr de Hochstetter, el equivalente para la Wehrmacht. Una especie de Caín para su Abel.

—Le hemos estado buscando —continuó el que estaba detrás del escritorio.

Ambos llevaban un parche en forma de rombo y las siglas SD en la manga y una calavera como distintivo en la gorra. Realmente, alguien tenía que decírselo. El que habló tenía tres flores cuadradas en un lado del cuello de la camisa. El otro tuvo que conformarse con dos. Pienso que esa flor de más marcaba la diferencia. Lo mismo pensó el hombre que estaba detrás del escritorio. Hasta ahora, él había sido el único que había hablado. Cerró el cajón.

—Bueno, no me encontrará ahí. —Otra cosa que había aprendido era que hablaba demasiado cuando tenía miedo.

Creo que, con el miedo que tenía entonces, podría incluso ganarle a Boniface.

Se puso en pie de repente y se acercó a la parte delantera del escritorio, donde yo estaba. Delgado y anguloso, con una nariz larga y una boca pequeña que juntas parecían un signo de exclamación, se movía con unos ademanes erráticos y agresivos que resultaban inquietantes. Mi cuerpo se tensó instintivamente para encajar un puñetazo, en caso de que se produjera.

—Queremos que venga con nosotros.

—¿A dónde?

—A la sede del SD.

—Lo siento, ya he estado allí. Espero visitar Corfú este año.

Mi repuesta pareció desconcertarlo, pero se repuso.

—Vendrá con nosotros.

Hizo un gesto con la cabeza a su compañero y salió de la habitación con su extraño andar nervioso. Tan alto y robusto como yo, pero con una cicatriz en su mejilla derecha, —a diferencia de la mía, que estaba en el labio superior—, el de las dos flores me miró impasible y me indicó con las manos extendidas que saliera de la habitación. Acepté la invitación.

En el exterior, me llevaron a través del Sena y por los Campos Elíseos, que ahora son solo una triste carretera llena de hojas en una ciudad que se ha vuelto gris. Esperaba que girasen a la derecha en los jardines de la *avenue* de Marigny, que es por donde yo habría ido a la *rue* Saussaies, pero en lugar de eso continuaron adelante. Al principio me asusté, incluso me pregunté si alguien les había dicho que me había hecho pasar por un agente de la Gestapo la noche anterior, pero al final giraron a la izquierda por la *avenue* Foch y me di cuenta de mi error. Me había confundido entre el SD y la Gestapo. Todo lo que sabía era que el SD pensaba y la Gestapo golpeaba. Como estos eran SD, mi esperanza era no recibir una paliza. Entonces me acordé del cordel en la mesa y empecé a tener miedo otra vez. Nos detuvimos frente a uno de los lujosos edificios de la *avenue* Foch y me hicieron una señal para que me bajara.

—Ustedes no son de los que lo pasan mal, ¿verdad? —Ya os he dicho que tenía miedo.

Me hicieron esperar en un pasillo del color de la ictericia y me dejaron al cuidado de dos chicos uniformados con fusiles y un empleado en un mostrador. Hacer esperar a la gente es un viejo truco, pero funciona. Mi imaginación sobre lo que el SD podría querer de mí vagaba por el interior de mi cráneo como una pesadilla en busca de hogar.

Me llamaron a una oficina antes de que estuviera listo. Sentado detrás de un gran escritorio en una habitación del tamaño de la sala de detectives del Treinta y Seis, estaba el más joven de los dos hombres con los que había hablado en la sede de la Gestapo. Parecía un burócrata con uniforme y pistola. La pesadilla había encontrado su hogar.

—Inspector Giral —me saludó.

—¿Y usted es?

—No le importa por el momento. Por favor, siéntese.

Me senté frente a él y me ofreció un cigarrillo de una caja de madera sobre el escritorio, que rechacé.

—¿Por qué me ha traído aquí?

—Por su solicitud de una lista de presos liberados de la cárcel de Fresnes. ¿Qué sabe usted de este asunto?

Su tono era frío, pero cortés. Me cogió por sorpresa, pero me hizo desconfiar. Tuve la sensación de que lo mejor que podía hacer era mantenerme lo más cerca posible de la verdad, pero no del todo.

—Se han liberado a varios presos de la prisión antes de que terminaran sus condenas, solo eso. Parece que las autoridades alemanas tomaron esta decisión.

—¿Y usted cómo sabe eso?

—Por el director de la prisión. —No mencioné al juez Clément. Si iba a meter a alguien en esto, sería a Ducousset, el director, de quien aún sospechaba que nos había tendido una trampa a Boniface y a mí.

Escribió algo y me miró cuando terminó.

—Me temo que no tenemos constancia de nada de esto, inspector Giral. ¿Le aconsejó alguien que nos pidiera esta información?

Difícilmente. Antes de que pudiera pensar en una respuesta, siguió hablando:

—¿El comandante Hochstetter de la Abwehr, quizá? Sé que trabaja estrechamente con él.

—No, nadie me lo ha aconsejado. Soy inspector de policía, mi trabajo es seguir todas las vías posibles. Esta es solo una de ellas.

Me observó atentamente durante un largo e incómodo momento.

—Déjeme esto a mí, inspector. Pero le pido que, si se entera de algún acontecimiento, o de alguna acción de la Abwehr, se lo comunique al SD. Me temo que tendré que insistir en ello.

—Le aseguro que lo haré. En cuanto sepa lo que está haciendo el comandante Hochstetter, usted será el primero en saberlo.

Era un juego peligroso. Divididos en sus facciones y oficinas y departamentos, los alemanes a menudo parecían incluso más fraccionados que nosotros. Mi error sería pensar que eso los debilitaba. En todo caso, la rivalidad entre ellos, y el uso que harían de mí para librar esa guerra interna, me hacía más vulnerable, no menos. Hochstetter era imprevisible, pero empezaba a saber cómo manejarlo, en la medida en que eso fuera posible con alguien como él. Pero si añadíamos a la mezcla al SD, a la Gestapo y a todos los demás, y la imprevisibilidad inherente a cada uno de ellos y a su relación con el resto, me daba la sensación de que al final sería yo quien pagase los platos rotos.

—Puede irse —me dijo.

Me senté y esperé a que alzara la vista para ver por qué no me iba. Finalmente lo hizo.

—Capeluche.

Su cara estaba inexpresiva.

—¿Cómo dice?

—Capeluche.

—¿Es la persona que le aconsejó que pidiera información a la Gestapo?

—Lo siento, pensé que eran parte de su organización.

—Ha pensado mal.

Me fui y respiré una gran bocanada de aire otoñal de París una vez estuve de vuelta en la avenida. El nombre no le había sonado, pero eso no quería decir que aquello no me hubiera servido para nada.

Mientras caminaba sumido en mis pensamientos entre los bellos edificios de la *avenue* Foch, muchos de los cuales se rendían inexorablemente al peso del régimen nazi, recordé de repente que Calais Jacques estaba en los calabozos del Treinta y Seis. Con una renovada determinación, aceleré el paso.

Llegué demasiado tarde. El sargento bretón me pidió disculpas.

—Se ha ido, Eddie, lo siento. Fui a buscarte, pero nadie sabía dónde estabas.

Oculté mi frustración.

—¿Quién ha venido a por él?

—El abogado, con una orden del juez. Estaba todo en regla, Eddie, no podía hacer nada.

—¿Había alguien más con el abogado? ¿Algún soldado alemán?

Negó con la cabeza, así que me marché y subí las escaleras, donde me esperaba otra visita, una mujer. Llevaba un grueso abrigo marrón y su pelo corto se erizaba en mechones. Tardé un momento en ubicarla.

—La conserje del Jazz Chaud —le dije. No sabía su nombre—. ¿Viene por Jean Poquelin?

—No exactamente. ¿Puedo quitarme el abrigo y sentarme?

—Por supuesto. —Cerré la puerta de mi despacho y le acerqué la silla. Esperé a que se quitara el abrigo y lo doblara cuidadosamente en la silla de al lado, e intentara sin éxito alisarse el pelo. Una vez que se acomodó con delicadeza en el borde del duro asiento, me acerqué al escritorio y me senté. Me pregunté qué era lo que quería.

—¿En qué puedo ayudarla?

—Creo que me ha estado buscando.

—¿Lo he hecho?

—Sí, solo que probablemente no soy lo que espera.

24

—Le reconozco, Eddie, que por lo menos no se ha reído de mí.

Me miró con intensidad. Había desaparecido la mujer de mediana edad con un abrigo raído, el pelo revuelto y los modales tímidos. En su lugar había una mujer dueña de sí misma, con una expresión segura pero fría y una voz suave pero firme.

—¿La envía Capeluche?

Chasqueó la lengua y me miró teatralmente.

—Oh, querido, acaba de perder el reconocimiento que se había ganado. Yo soy Capeluche.

Negué con la cabeza, pero un vistazo más minucioso a sus ojos me hizo detenerme lentamente.

—¿Por qué debería creerla?

—¿Por qué no?

Dejó la pregunta en el aire, retándome a responder. No lo hice. Intentaba conciliar a la persona de aspecto afable que tenía delante con la visión de Julot forcejeando en una silla mientras ella le cosía los labios y le sujetaba la nariz.

—Me preparó usted un café. Tiene un gato. —Probablemente fueron los comentarios más tontos que pude haber hecho. En mi defensa, solo estaba ganando tiempo mientras decidía qué hacer. La creía, pero sabía que si llamaba a alguno de los detectives de la sala exterior mientras la arrestaba, serían ellos los que se reirían en mi cara.

—No es mi gato, me temo que es un gato callejero. Lo recogí el día que encontró usted al pobre Julot, porque nunca sospecharía de una mujer de mediana edad con un gato carey.

Cada palabra que dijo me acertó de lleno. Cada palabra era cierta.

—¿Por qué estaba usted allí ese día?

—Quería ver a qué me enfrentaba. Son ustedes buenos. Los dos, usted y el otro tipo; los dos son mejores de lo que creen. He oído hablar de usted, Eddie. He oído cómo era en el pasado y cómo es ahora.

—Por favor, no diga que le intrigo.

—No, pero me provoca interés. Aunque, en cierto sentido, me decepciona.

—¿Y eso?

—No me ha visto. Quiero decir, verme de verdad. Vio a una mujer, y no una mujer joven, y ni siquiera tuvo que descartarme. Con eso quiero decir que ni siquiera me consideró. Para descartarme como su asesina, hubiera debido considerarme sospechosa en primer lugar, y no lo hizo. ¿Por qué? Admítalo. En ningún momento se le ocurrió interrogarme, por lo que yo era.

—¿Es esta su razón para matar a Julot, entonces?

Se rio y me sorprendió. Era una risa alegre, sin ningún rastro de crueldad o amargura. Era la risa de alguien que alguna vez tuvo el don de la risa, pero que lo perdió hace mucho tiempo.

Sacudió la cabeza. Su pelo continuaba erizado en algunas partes, pero ya no parecía descuidado. Parecía genuino, único. Me enfadé conmigo mismo por fijarme en eso.

—Mis jefes son la razón por la que maté a Julot.

—¿Así que lo mató?

—Por favor, Eddie, no vaya a darse una palmadita en la espalda pensando que me ha engañado para que confiese. He venido aquí hoy para decirle que maté a Julot. Esa no es la cuestión.

—¿Quiénes son sus jefes?

—Eso es algo que no tengo permitido decirle. Y si tiene sentido común, no insistirá en tratar de averiguarlo. Verá, me han enviado aquí para pedirle que deje su investigación. Puede seguir fingiendo que está investigando si lo desea, pero eso es todo lo que hará. Le recomiendo que acepte la solicitud de mis jefes. Ya ha visto de lo que son capaces, de lo que soy capaz.

—¿Quiere que sabotee mi propia investigación sobre la muerte de Julot?

—No, su investigación sobre los prisioneros a los que han liberado de Fresnes.

—¿Y si no lo hago?

Se encogió de hombros.

—Es su elección. No es la que yo le recomendaría.

—Ha intentado matarme una vez y ha fallado. Anoche. La aguja y el cordel en el almacén.

—No fallé. Las órdenes que me dieron cambiaron en el último minuto. Es usted un hombre con suerte, Eddie. Lo han indultado, hasta nueva orden. Yo no lo desperdiciaría si fuera usted. La gente para la que trabajo lo apagaría como a una vela. Ya lo ha visto.

—¿Por qué mataron a Julot?

—Para dar ejemplo, hablaba demasiado. Personalmente, creo que lo soltaron con la intención de que yo lo matara. Para animar a sus otros empleados a no desviarse ni lo más mínimo. Así de serios son.

—¿A cuánta gente emplean?

—¿Cuántos prisioneros ha contado que han desaparecido? Réstele solo uno.

—¿Había una razón para que fuera en el Jazz Chaud?

—También fue para dar un ejemplo. Si Poquelin quería reabrir su club, tenía que entender las reglas.

—Entonces, si sus jefes consiguieron que su club se abriera, estamos hablando de las autoridades alemanas.

Negó con la cabeza y sonrió con pesar.

—Buen intento. Pero no, hay más de una forma de convencer a un alcalde de distrito. Así que, a menos que tenga alguna otra pregunta, me voy.

—¿No se olvida de algo? Soy policía. Está en una comisaría de policía, ya sabe lo que eso significa. La arrestaré.

Recogió el bolso a sus pies y empezó a rebuscar dentro.

—Tiene razón, hay algo que se me olvidaba.

Sacó un papel y se inclinó hacia delante. Al darle la vuelta, lo dejó flotar hasta el escritorio, donde aterrizó frente a mí. Era una fotografía, la calidad de la imagen era clara. No pude evitar un jadeo.

—Los Pirineos —dijo Capeluche—. Un pequeño pueblo cerca de la frontera con España. Pero, por desgracia, en el lado equivocado de la frontera desde su punto de vista. Por eso el lugar está plagado de la Gestapo.

—¿Cómo ha conseguido esto?

Le dio la vuelta a la foto para mirarla.

—Y ese es su hijo, Jean-Luc. Está bien, según me cuentan.

Volví a coger la foto y la giré para poder verla. Efectivamente, era una foto de Jean-Luc. Tomada recientemente, ya que tenía puesta la chaqueta que había llevado el día que salió de París. Absorto, examiné la fotografía con atención. Hablaba con otro hombre que no reconocí, detrás de ellos vi unas montañas. La miré inquisitivamente.

—¿Dónde está?

—Me temo que no puedo decírselo. Si quiere, quédesela. Tengo más.

Me costó controlarme para no abalanzarme sobre el escritorio y estrangularla hasta que me dijera dónde estaba mi hijo.

—¿Qué quiere?

—Su hijo está esperando que lo lleven al otro lado de la frontera. Que eso ocurra o no, que se encuentre en una celda de la Gestapo o no, depende ahora de usted. —Pude ver cómo me miraba mientras yo apretaba los puños—. Yo que usted no trataría de descargar su ira conmigo. Por un lado, no llegaría muy lejos. Por otro, las personas a las que su hijo ha pagado para que lo lleven a la frontera esperan noticias mías. Cuando lo hagan, su hijo seguirá a salvo. Por el momento.

Miré tras ella para ver lo que ocurría fuera de mi despacho. A través del cristal de la puerta cerrada, vi que el mundo seguí como siempre ahí fuera. Boniface estaba hablando con un grupo de policías. Nada había cambiado, al menos, no fuera de esta habitación.

—¿Qué puedo hacer para garantizar su seguridad?

—Ya se lo he dicho. Detenga su investigación sobre los prisioneros desaparecidos. Sin embargo, le dejaré que escoja. Si no hace lo que le pido, puedo decírselo a mis jefes, que a su vez informarán a la Gestapo, o puedo decírselo a su comandante Hochstetter. La decisión es suya.

Se levantó y se puso el abrigo. En un instante, volvió a ser la mujer de mediana edad que había encontrado esperándome en mi despacho.

—No tengo otra opción, ¿verdad? —le dije.

Se detuvo a mirarme antes de abrir la puerta.

—Siempre hay otra opción.

25

Todavía discutía con el panadero, todavía le decía a Boniface que se callara y todavía hacía cola para comprar carne.

—No se puede conseguir buen cordero o ternera en ningún sitio, Eddie —me dijo Albert, mi carnicero—. Mientras los *boches* tienen sus hocicos ocupados en el abrevadero, no hay carne de cerdo para la gente como nosotros. —Se rio de su propia broma.

Asentí con la cabeza y recogí mi paquete, cambiándolo por mi cupón y un puñado de francos. Miré la endeble hoja de sellos de colores que tenía en la mano. Parecían insulsos y desazonadores, como si nuestra existencia se hubiera reducido a unos cuadraditos de papel de anodinos colores.

—¿Estás bien, Eddie? —continuó—. No has sido tú mismo estos días. Es por el hambre. Cualquier cosa que valga la pena, los *boches* nos la quitan sin miramientos y la envían a su país. A una fracción del precio que se espera que paguemos. Las sobras que dejan, para nosotros. Cabrones.

—Adiós, Albert.

Me llevé el paquete a casa y lo dejé en la caja fría que había frente a la ventana de mi cocina. Ya no me importaba la molestia de hacer cola temprano para comprar comida antes de ir a trabajar. La foto de Jean-Luc que me había regalado Capeluche estaba en mi estantería, tan lejos de la lata como pude colocarla. La miré antes de volver a salir. Resultaba extrañamente reconfortante, era la única foto que tenía de él.

—Atraco a un banco —me dijo Dax cuando llegué a la Treinta y Seis—. Han asaltado la sucursal del banco a punta de pistola, golpearon brutalmente al cajero, se llevaron la recaudación y los salarios de todo el vecindario.

Dax al menos había encontrado una nueva motivación, parecía que estos días nos estuviéramos turnando. Intenté que no se me notara mi falta de ella.

—Yo me ocupo —le dije.

—Llévate a Boniface.

Me encogí de hombros y fui a buscar al parlanchín. Dejé que nos llevara al *boulevard* Voltaire, en el xx Distrito. Era una calle amplia y arbolada, más o menos a medio camino entre la *place* des Vosges y el cementerio del Père Lachaise, pero de ninguna manera una zona rica de la ciudad. Hacía unos días, este hecho me habría enfadado, pero ahora no sentía nada. Boniface habló todo el camino y ni siquiera eso me molestó. Excepto por un comentario que hizo cuando aparcamos fuera del banco. Salió del coche y miró las refinadas puertas de madera que daban acceso al edificio.

—Como si las cosas no fueran ya bastante malas sin que nuestros propios delincuentes las empeoren.

Me molestó porque yo debería haber dicho eso. Antes de que Capeluche viniera con una foto de mi hijo, lo hubiera dicho. Pero ahora descubrí que no podía.

—Habla con el otro cajero —le dije en su lugar—. Voy a hablar con el director.

Pero antes de llegar al despacho del director, un policía uniformado me hizo señas para que me acercara y señaló a una mujer sentada en una silla en el interior. Por un momento, pensé que era Capeluche. Mi corazón se aceleró por un breve segundo hasta que me di cuenta de que no era ella.

—Ha visto bien a uno de los ladrones —me dijo el policía.

Acerqué una silla y me senté. Era una clienta, que casualmente estaba en el banco en el momento del atraco.

—Había dos —me dijo—. No vi al que lo hizo, los dos llevaban pañuelos en la cara y el suyo no se cayó. Pero sí vi la cara del otro hombre. Solo por un segundo, pero la vi.

—¿Puede describirlo?

—Era horrible. Como si estuviera sonriendo solo en un lado de su cara.

Rápidamente miré a mi alrededor para asegurarme de que Boniface no estaba cerca, y le dije al policía uniformado que se fuera y se quedase junto a la puerta.

—¿Oyó algún nombre?

Sacudió la cabeza en señal de disculpa.

—Pero era grande, musculoso. Y esa cara… era el lado izquierdo, como si estuviera pegada. Me daba escalofríos.

Estaba describiendo a Walter le Ricaneur.

—Está bien, ahora váyase a casa —le dije—. Y vendré a verla si necesitamos algo más. No hable con nadie más de lo que ha visto.

Asintiendo, recogió su compra y salió a toda prisa del banco. La vi salir y continué hasta el despacho del director. Estaba junto a una caja fuerte, con la puerta abierta y vaciada de contenido.

—Me obligaron a abrirla —me dijo con voz temblorosa—. Golpearon a Guy, uno de mis cajeros, con una pistola hasta que la abrí.

De pelo rubio y cara redonda, era naturalmente pálido, pero empalidecido aún más por la experiencia. Le pregunté si quería sentarse, pero estaba demasiado nervioso.

—¿Ha visto a alguno de los dos hombres? —le pregunté.

—No. —Oculté mi alivio—. Pero dejaron caer esto. No lo entiendo, estaba en mi mesa.

Me tendió un papel y lo cogí. Casi se me cae de entre los dedos: era la foto de mi hijo en los Pirineos. Media foto, al menos. El otro hombre estaba en ella, pero habían cortado la parte en que aparecía Jean-Luc. Sabía que era un mensaje de Capeluche. Una advertencia para que mirase a otro lado. Esto era un trabajo de la gente para la que trabajaba.

—¿Le ha mostrado esto a alguien más?

—No, estaba demasiado afectado por lo que ha pasado. Me acabo de dar cuenta ahora.

—¿Y está seguro de que lo dejaron los ladrones? —Yo sí lo estaba.

—No lo sé, deben de haber sido ellos.

Metí la fotografía en el bolsillo de mi chaqueta.

—Probablemente no sea nada.

Me giré y vi a Boniface en la puerta. Me miraba con atención.

—¿Has terminado de interrogar a los testigos? —le pregunté.

—Dos veces en una semana, Édouard, es un honor.

Otro oficial salía del despacho de Hochstetter cuando llegué. Llevaba los mismos pitos y flautas en su uniforme que Hochstetter, así que supuse que también era comandante.

—Gracias, comandante Kraus, seguiremos con esto más tarde. —En efecto, lo era.

Volviendo su atención hacia mí, Hochstetter pidió al asistente café para los dos y se volvió hacia el alto ventanal de su despacho. Antaño, solo el café habría valido la pena la incomodidad de visitar la Abwehr en casa. Antaño fue hace tres días.

Cuando hablé, tuve que gritar por encima del estruendo de un disco de gramófono que Hochstetter escuchaba. Un trino pesado que parecía fascinarle. Se quedó en la ventana con los ojos cerrados.

—¿Ha oído algo? —grité. No estaba de humor para sus maniobras de costumbre—. ¿Sobre la Gestapo?

Se volvió hacia mí.

—*Fidelio.*

—¿Qué?

—En el gramófono. Esto es *Fidelio.* Preciosa, ¿no cree?

—La Gestapo —le recordé.

Se volvió hacia la ventana. La música había cambiado.

—Es la historia de Leonora, que se disfraza de hombre: Fidelio. Así puede hacerse pasar por un guardia para conseguir la liberación de Florestán, su marido, un preso político. —Su cabeza se balanceaba suavemente al ritmo del canto coral—. Esta escena es el *oro de los prisioneros.* Los prisioneros han salido de sus celdas porque creen que los van a liberar. Por un momento, la música está llena de ánimo, pero un instante después se frustran sus esperanzas.

Con rabia, levanté la aguja del disco y la aparté.

—¿Qué ha descubierto sobre la Gestapo?

Le sorprendió mi brusquedad. Su voz era fría:

—Supongo que se refiere a su implicación en la desaparición de los prisioneros. Me temo que hasta ahora no he podido descubrir ninguna conspiración que los involucre. Pero eso no significa necesariamente nada. Unas personas tan expertas en conseguir la información que quieren de los demás siempre serán las más difíciles a la hora de entregar la suya propia.

—Ya lo sé. Necesito que me diga algo que yo no sepa.

Me observó con detenimiento, incómodo.

—Debo decir que parece haber cierta urgencia en su pregunta, ¿a qué se debe?

No pude evitar moverme mientras hablaba.

—La Gestapo vino a verme. O, mejor dicho, me llevaron a su cuartel general y me preguntaron por los prisioneros. Dijeron que no sabían nada. También querían saber cuánto sabía usted de lo que estaba pasando.

El asistente entró con el café y Hochstetter me invitó a sentarme. Él se sentó frente a mí.

—¿Qué les dijo?

—Les dije que usted no sabía nada.

—Por favor, que siga siendo así. Le pido también que no arme ningún alboroto sobre el asunto hasta que tenga más noticias para usted. O para no atraer la atención de la Gestapo. —Revolvió su café pensativo—. ¿Así que ha vuelto a la *rue* des Saussaies?

—No. A la *avenue* Foch.

Parecía desconcertado.

—A ver si lo entiendo. Lo llevaron a la *avenue* Foch para interrogarlo. En ese caso, no habría sido la Gestapo. Fue el SD, el Sicherheitsdienst.

—Son la misma cosa. Uno trabaja para el otro.

Se rio.

—No exactamente. De forma muy burda, el SD es el servicio de recogida de información, la Gestapo es el poder ejecutivo, más bien como su policía.

—Completamente diferente a nuestra policía —comenté. Aún me quedaba algo de ímpetu.

—Quizá. Aunque la Gestapo no siempre confía en sus amigos del SD para obtener información. Prefieren adquirirla de primera mano, como ha podido comprobar. De todos modos, tiene razón en que ambos forman parte de la RSHA, la principal oficina de seguridad, pero dentro de ella sus funciones están bastante definidas.

»No se trata en absoluto de la enemistad que existe entre ambos y la Abwehr, pero eso no quiere decir que no haya todavía cierta rivalidad interna entre el SD y la Gestapo. Aunque ellos afirmen lo contrario, no siempre se puede dar por sentado que, si el SD sabe algo, la Gestapo también. Por decirlo de una manera que se pueda entender, el SD se considera a sí mismo como la *grand opéra,* mientras que ve a la Gestapo como el *jazz,* su inferior. La Gestapo, a su vez, suele ver al SD como algo elitista. En pocas palabras, tenemos que ver no solo a la Gestapo, sino también al SD como entidades separadas en esto.

—¿Qué ha oído? ¿Cree que alguno de los dos está involucrado?

—Vaya, vaya, hoy estamos irritables. —Me miró por encima de la nube de vapor que emergía de su taza—. Sé que el otro día dije que no creía que la Gestapo o el SD actuaran así, pero la evidencia de su interés en hablar con usted parece contradecirlo. He intentado averiguar lo que he podido, pero, como ya sabe, existe cierta rivalidad entre la Abwehr y la RSHA, por lo que me estoy encontrando con un muro de silencio similar al que usted encuentra.

Removí lentamente mi café y negué con la cabeza.

—¿Alguno de ustedes se lleva de verdad bien?

Se rio por segunda vez.

—Ni siquiera me cae bien la gente de la habitación de al lado.

26

—He encontrado a Walter le Ricaneur.

—¿Qué?

Media hora después de regresar a la Treinta y Seis después de ver a Hochstetter en el Lutétia, sonó el teléfono de mi escritorio. Era Boniface, que llamaba desde una cafetería de Montparnasse. Su voz sonaba apagada, como si intentara que nadie le escuchase donde estaba.

—Walter le Ricaneur. Está aquí, tomando una copa.

Mi mente se aceleró, tratando de recordar si Boniface había escuchado algo de mi interrogatorio con la testigo del robo al banco. Lo recordé mirándome con curiosidad después de que me metiera la fotografía rota en el bolsillo. No tenía ni idea de si me había visto hacerlo.

—¿Qué hacías buscando a Walter?

—No buscaba a Walter, sino a Dédé. Me había quedado en blanco, pero luego Mireille Gourdon, la exnovia de Calais Jacques, me dio una pista. Me dijo que Walter le Ricaneur suele frecuentar este sitio. Supuse que, si él venía aquí, Dédé también podría venir, si le guarda rencor a su padre.

Boniface había hecho un buen trabajo. Podría haberlo abrazado hasta el estrangulamiento.

—¿Te ha visto?

—No, está en la trastienda. Pero creo que el chico también anda por aquí. Hay un joven enfrente, cerca de la puerta, que coincide con la descripción de Dédé.

Tuve que pensar rápidamente qué hacer. No podía decirle a Boniface que se olvidara de Walter, pero tampoco podía enemistarme con Capeluche yendo a por él. Existía el riesgo de que saliera a la luz su implicación en el asunto del banco. Y mi encubrimiento. Razoné que era más importante para nosotros localizar a Dédé, pero tenía que asegurarme de que Walter no se enterara de lo que estaba pasando e informase a Capeluche.

—Vuelve a salir del café, Boniface. No te acerques a ninguno de ellos. Si se van, quédate con Dédé. Estaré allí tan rápido como pueda.

—Estaré fuera, en mi coche. ¿Qué hacemos con Walter?

—Déjalo, no nos interesa por ahora.

Colgué y salí corriendo del despacho. Cogí mi coche, sería más rápido que el metro. Nunca pensé que viviría para decir eso de París. Aparqué detrás del coche de Boniface —otra novedad en la ciudad— y me subí, junto a él.

—Los dos siguen ahí —me dijo—. Ahora que estás aquí, podemos coger uno cada uno. ¿A por cuál quieres que vaya? ¿Walter o Dédé?

Estudié la fachada de la cafetería. A través del gran ventanal situado a la izquierda de la puerta, pude ver a un joven con una chaqueta de cuero marrón sentado allí. Como había dicho Boniface, se parecía a la descripción que teníamos del hijo de Walter.

—Es a Dédé a quien queremos. No me gustaría perderlo, nos encargaremos los dos de él.

—¿Y dejar ir a Walter? No es necesario. Ve a hablar con Dédé, yo seguiré a Walter.

Intenté que no se me notara la frustración.

—Ya hemos tenido a Walter bajo custodia y no hemos conseguido nada de él. Es inútil, si lo arrestamos de nuevo, saldrá en el transcurso del día. Vamos a por Dédé.

Pasaron otros diez minutos antes de que hubiera algún movimiento. Ninguno de los dos nos habíamos atrevido a entrar en la cafetería por si Walter nos veía y nos reconocía. La puerta se abrió y salió el propio Walter; tuve que poner la mano en el brazo de Boniface para evitar que abriera la puerta antes de tiempo.

—Si Dédé está aquí para hacer algo con Walter —le dije—, lo seguirá fuera en unos momentos. Ahí es cuando entraremos en acción. Tenemos que atrapar a Dédé antes de que alcance a Walter en la primera esquina. Pero también tenemos que dejar que Walter desaparezca antes de que podamos hacer algo.

Asintió con la cabeza. Menos de un minuto después, el joven de la ventana se dirigió a la barra para pagar y luego salió.

Boniface y yo bajamos del coche y corrimos hacia él. Lo alcanzamos cuando estaba a pocos metros de la esquina y Walter ya había desaparecido.

—Dédé —dije en voz baja.

Boniface se puso delante de él, impidiéndole correr.

—¿Qué quieren? Estoy limpio.

—Soy el inspector Giral.

—Sé quién es, poli. Y también este: lo vi en el café.

Le hicimos retroceder hacia el coche de Boniface, lejos de la esquina de la calle.

—Tu madre está preocupada por ti, Dédé. Nos ha pedido que te busquemos.

La mirada hosca de su delgado rostro se desvaneció en un momento y dejó ver el niño que aún era.

—¿Mamá? ¿Está bien?

—Como he dicho, está preocupada por ti. ¿Por qué no vienes con nosotros y te llevamos con ella?

Miró con recelo el coche.

—No voy a subirme ahí, no con ustedes.

—Ven con nosotros a la comisaría. Allí estarás a salvo.

—No, de eso nada. —Miró a su alrededor con pánico—. Me matarán.

—¿Quién?

—Ya sabe quién.

—No, no lo sabemos, Dédé —intervino Boniface—. Necesitamos tu ayuda, tu madre dijo que tenías información sobre lo que estaba pasando.

—No soy un soplón.

—Está bien —le dije—. Si te parece bien que tu padre se salga con la suya, no nos digas nada.

—Me matarán.

—Por lo que he oído, Dédé, te van a matar de todos modos si no nos dejas detenerlos.

Tragó saliva, y la prominente nuez de su estrecho cuello se movió arriba y abajo como una diana en un parque de atracciones.

—Habla con nosotros, Dédé —le dijo Boniface.

El chico miró a su alrededor, inseguro.

—¿Podemos ir a otro sitio? ¿Por aquí cerca? ¿A un lugar que conozco?

Dejamos que nos llevara a una cafetería situada a unas calles de distancia. El dueño y un par de clientes le saludaron cordialmente por su nombre. La clientela era joven, más o menos de la edad de Dédé. Las dos personas que estaban detrás de la barra eran una madre y su hijo, el chico era de una edad similar a la de Dédé. Vi por qué se sentía más seguro aquí. Nos sentamos en una mesa y la madre nos trajo un café a cada uno.

—Entiendo que no sabrás mucho —le dije cuando ella se fue—, pero cualquier cosa que puedas contarnos será útil.

—Sé mucho. —Tenía la chulería propia de su edad. Yo ya contaba con ello. La chaqueta de cuero que llevaba puesta era un poco demasiado grande para él. Me figuré que era prestada, de segunda mano o robada. Le hacía parecer aún más niño.

Boniface se recostó y se cruzó de brazos, con la mirada desafiante. Maldita sea, era un buen policía.

—¿Como qué?

—Sé quién fue el que los liberó.

—¿Quién fue?

—Un tipo francés, un delincuente.

—¿Francés?

—Ya les he dicho que sé mucho. Se paseó por Fresnes, señalando a la gente que quería liberar. Y el gobernador se lo permitió.

—¿Quién era, Dédé? ¿Cómo se llama? —le preguntó Boniface.

De repente pareció asustado.

—¿Había algún alemán con él? —le pregunté.

Asintió con la cabeza.

—Uno, pero no lo vi. Solo sé que había un *boche* con él.

—¿Sabes quién era el francés?

Nos miró, primero a mí y luego a Boniface, y entonces asintió lentamente. Parecía aterrorizado.

—Necesito mear.

Desde luego, no lo hubiera puesto en duda. Le sonreí con suavidad.

—Ve a mear, Dédé. Nosotros estaremos aquí.

Se levantó, pero, en lugar de dirigirse a la parte trasera del café, salió corriendo por la puerta principal. Vi que uno de los empleados la había abierto para él y, cuando Boniface y yo nos levantamos para seguirle, ya habían cerrado la puerta y estaban en pie frente a ella.

—Apártense —les grité, pero no se movieron. A través de la ventana, vi cómo Dédé desaparecía por una calle que se desviaba de la nuestra. Me aguanté las ganas de golpear al chico que tenía más cerca—. Bien hecho —les dije—. Probablemente acaban de hacer que lo maten.

27

Sonaron las primeras notas de «J'attendrai» y el público las ahogó en aplausos con ojos llorosos. La canción me gustó. Normalmente no es mi tipo de canción y se le había adherido una especie de patriotismo sentimental, pero sigue siendo una buena canción. Curiosamente, a los soldados alemanes del público les gustó. También había una versión alemana, con el nombre de «Zurück», y apelaba a la misma añoranza. Observé las cabezas, tanto de civiles como de militares, moviéndose al ritmo de la melodía y deseé que nuestras similitudes fueran mayores que nuestras diferencias. Entre las luces, capté el destello de una esvástica en un brazo y una doble S dentada en un cuello de camisa y supe que nunca lo harían.

Me alejé del escenario y observé con atención la sala. Por deformación profesional de cuando trabajaba en el club de *jazz* de Montmartre, hubo cosas que no pude evitar hacer: inspeccionar la sala en busca de problemas, fijarme en acciones sospechosas, asegurarme de que todo el mundo hiciera lo que debía hacer. No era diferente del trabajo policial durante la ocupación.

Aquella era la gran noche de reapertura del club de Fran. El hombre en cuestión, o Poquelin, como tuve que acordarme de llamarle, estaba en pie junto a la barra, con el champán del mercado negro en una mano y la sustituta de Paulette en la otra, ambos productos básicos para él por los que nunca pagaría su precio completo. Al mirar a mi alrededor, vi que en el local había unos cuantos delincuentes autóctonos y no pocos alemanes —algunos oficiales, otros de rango inferior—, pero me sorprendió ver el lugar bien surtido de lo que pasaba por un público de *jazz* en estos días. Mi prejuicio cuando Fran me había pedido que viniera a la primera noche había sido asumir que sería poco mejor que Luigi's con una banda.

La canción terminó y Fran me hizo un gesto para que me acercase. Vino hacia mí, y nos encontramos a mitad de camino. Aún se aferraba a sus dos posesiones temporales.

—Eddie, Cosette. Cosette, Eddie —me presentó a su nueva «amiguita». De pronto, recordé cuando, hacía ya casi una vida, Boniface había usado ese término, citando las palabras de quien ahora yo sabía que era Capeluche. Fran soltó a Cosette y le dio una palmada en el culo, empujándola en dirección a la barra—. Vete. —Observó cómo su trasero recién azotado se balanceaba entre la multitud.

—Qué elegancia, Fran.

—¿No es un encanto?

—Me refería a ti.

Levantó su copa hacia mí.

—Gracias, Eddie.

Levanté mi propia copa de vino sin sonreír.

—Tengo que hablar contigo.

El único problema era que Fran había estado disfrutando de otras sustancias además de la de su copa de champán y no estaba en disposición de escuchar.

—Tengo que agradecerte esto, Eddie. —Agitó su copa, salpicando su bebida sobre un par de amantes del *jazz* que estaban cerca. Se rieron con indulgencia—. Gracias a ti los *boches* me permitieron la reapertura. Me estaba hundiendo, Eddie, no me importa decírtelo.

Hizo tres intentos para pronunciar las palabras que no le importaba decir.

—No fue nada. —Recordé el comentario de Capeluche sobre la reapertura del club. Estaba diciendo la verdad, no tenía nada que ver conmigo.

Me dio una palmadita en el pecho.

—Gracias, Eddie.

—No hay de qué, Fran. Tal vez puedas hacer algo por mí algún día.

—Lo que quieras.

—Pero, ahora mismo, quiero hablar contigo.

Miró con desconfianza y señaló su despacho, pero, antes de que pudiéramos acercarnos, un par de oficiales alemanes se aproximaron y comenzaron a hablar con él. Querían que la banda volviese a tocar «Zurück».

—Lo siento, Eddie —dijo, llevándolos al escenario.

—Nos vemos luego —le dije.

Y así fue. Pero solo después de que la banda tocase «J'attendrai» dos veces más.

—¿Has visto a Jean? —le pregunté a Cosette, recordando a tiempo el nombre actual de Fran.

—Está en el despacho —respondió sin mirarme. Llamé a la puerta en silencio y entré antes de que pudiera tener la oportunidad de detenerme. Estaba sentado en su escritorio. Se había despejado un poco. Aunque me sorprendieron los dos soldados alemanes —suboficiales— en los dos sofás junto a la puerta. Levantaron la vista cuando entré, pero perdieron de inmediato el interés por mí.

—Siento lo de la otra noche —me dijo—. No sabía que buscabas a Calais Jacques. Te habría dicho dónde estaba si me hubieras preguntado.

—Por supuesto que lo habrías hecho. —Señalé con la cabeza a los alemanes—. ¿De qué se trata?

Se dio unos toquecitos en una aleta de la nariz.

—Negocios. —Señaló dos tubos en su escritorio. En Luigi's, había visto a los alemanes traficar con unos idénticos. Recordé lo que Pepe había pensado que eran.

—¿Vitaminas, Fran?

Se rio y asintió durante un rato demasiado largo. Se había despejado, pero no mucho.

—En cierto modo son vitaminas.

Cogió una y me la entregó. Era un cilindro de color marrón rojizo del tamaño de un cartucho de escopeta y tenía la palabra *Pervitina* en el lateral en azul sobre una etiqueta blanca. Le quité el tapón, saqué una pastilla redonda y plana y la coloqué en la palma de la mano.

—Prueba una —dijo Fran, mirándome fijamente. Negué con la cabeza, más por mi bien que por el suyo.

—¿Qué es?

—Pervitina. Los nazis la desarrollaron para sus soldados o para los pilotos, algo así. Es metanfetamina. Toma una de esas bellezas y no se te irá el efecto en días. Justo lo que necesitas para seguir adelante en tiempos difíciles, ¿eh, Eddie?

Volví a meter la pastilla en el tubo y lo dejé caer sobre su escritorio.

—No, gracias. —Señalé con la cabeza a los dos alemanes—. Supongo que son tus proveedores.

Me dedicó una sonrisa de oreja a oreja.

—Tengo un suministro inagotable, cortesía del ejército alemán. Esos dos trabajan en el almacén de la intendencia.

—¿Y no crees que haya nada malo en ello?

—¿En qué? ¿En trapichear con drogas o en hacerlo con los alemanes? Sobre lo primero, nunca te oí quejarte en todos esos años. En cuanto a lo segundo, soy un hombre de negocios, todos tenemos que ganarnos la vida.

Miré a los alemanes y luego a él.

—Genial.

—No me digas que no harías lo mismo. Trabajar con los alemanes si fuera necesario.

—¿Tienes los registros de tus empleados, Fran? Necesito echarles un vistazo.

—¿De qué hablas? ¿Los registros de los empleados? —se rio—. ¿Qué clase de persona crees que soy?

—De verdad que no quieres saberlo. Tu conserje. ¿Cómo se llama? —De nuevo tuve la visión de Capeluche en esta misma sala, sirviéndonos el café, a sus cosas, escuchando.

—Te has rendido con Dominique, ¿eh? Ahora apuntas un poco más abajo, ¿no es así?

—Dame su nombre, eso es todo.

Se encogió de hombros.

—No lo sé. Es la conserje, se encarga de cuidar el local.

Volví a pensar en lo inteligente que era Capeluche.

—¿Cómo la llamas cuando hablas con ella? Debe tener un nombre.

Se quedó pensativo un momento.

—No hablo con ella, simplemente está ahí. Además, no es mi tipo. —Aquello le pareció divertido. Dejé que su entusiasmo decayera.

—¿Y supongo que no sabrás dónde vive? —Su mirada lo confirmó—. ¿Cuánto tiempo lleva trabajando para ti?

—No trabaja para mí. Apareció un día, y ya está. Dijo que trabajaba para el propietario y que venía a cuidar el lugar.

—¿Y no pensaste en comprobarlo?

—Dios, Eddie, no tengo tiempo para esa mierda, en absoluto. Tengo un club que llevar. De todos modos, ¿por qué estás tan interesado en la conserje? Puedo conseguirte la mujer que quieras.

—Sí, porque así es como funciona, ¿no, Fran?

Mirándome, sacó una botella de buen *whisky* de su cajón y nos sirvió un vaso a los dos. Chocó mi vaso con el suyo y bebió un sorbo. Recordé el alijo secreto de Dax. Para ser algo que el gobierno de Vichy había prohibido, un número sorprendente de personas podía conseguirlo. Dudé un momento, pero luego bebí del vaso. Miré fijamente a Fran y recordé su comentario de hacía un momento sobre la colaboración con los alemanes. Me deprimió pensar que en realidad no éramos tan diferentes.

—Escucha —me dijo, en un tono conciliador—. Para demostrar que no hay rencores, te presentaré a mis dos amigos de allí. Hace un rato me dijeron algo que podría interesarte.

Miré a la pareja. Se parecían a cualquier delincuente parisino que había arrestado cada sábado noche durante una década, solo que con uniforme. No inspiraban mucha confianza, así que no podía imaginar que tuvieran nada interesante que decir.

—No lo creo, Fran.

—Vamos, Eddie. Hablo en serio.

Dejé que me guiase hasta los sofás y nos sentamos. Me presentó en un francés pronunciado con la mayor claridad posible y les dijo que me contaran lo que le habían dicho. El primero empezó en un francés titubeante, que iba a tardar una eternidad, así que les dije que me lo contasen en alemán. Parecieron aliviados.

Balbuceantes por las drogas, me hablaron de los combates en Francia, desde la frontera belga hasta París. Habían seguido a la primera línea y fueron testigos de las consecuencias de la marcha sobre la ciudad.

—¡Corred, francesitos, corred! —dijo uno de ellos. Imitó a alguien que corría presa del pánico y estalló en carcajadas. Iba peor que su compañero, pero era una competición muy reñida.

Miré a Fran, irritado, y me dispuse a levantarme e irme.

—¿En serio?

—Tienes que escuchar esto, Eddie.

—Estábamos pasando la noche en algún pueblo —retomó la historia el otro—, cuando algunos de los veteranos empezaron a contarnos una historia.

—Negros —intervino el primero.

—¿A qué te refieres?

—Soldados negros —continuó el primero. Había tenido una educación mínimamente mejor que la su compañero—. Había soldados africanos luchando con los franceses.

—¿Dónde fue eso?

—El *bois* algo. El *bois* d'Eraine.

—¿Dónde está eso? —le pregunté a Fran.

—Justo al sur del Somme —me dijo.

Tardé un rato en registrar el nombre. Somme era el lugar donde Dominique había tenido noticias por última vez de que Fabrice, su hijo, había estado luchando con un regimiento senegalés.

—¿Qué pasó? —pregunté al más coherente de los soldados alemanes.

—Cuando los franceses se rindieron…

—… no quedaba un soldado negro —terminó su amigo, con una risa aguda.

Me costó todo mi esfuerzo no acercarme y darle un puñetazo en su boca aguda.

—¿Qué quieres decir? ¿Qué pasó? —pregunté.

—Los separaron de los soldados blancos franceses y se los llevaron —explicó el segundo.

—¿Adónde los llevaron?

—No lo sé. Lejos.

—¿Adónde? —repetí. Quise agarrarlo por el cuello para insistir, pero no me atreví.

Su amigo empezó a reírse de nuevo, la droga le empañaba los ojos.

—No quedaba un soldado negro —repitió. Lo dijo sin parar, una y otra vez, hasta que estalló en carcajadas—. ¡No quedaba un soldado negro!

28

Estaba sentado frente a mi cuarto oficial de la mañana. Este, al menos, daba señales de vida, aunque no de interés. Un tal *hauptmann* Schnabel, de la administración militar alemana, estaba ocupado hablando por teléfono con alguien en otro lugar del mismo edificio mientras yo esperaba pacientemente una respuesta. Creo que era el rango más alto al que los otros tres se habían atrevido a pasarme.

Había llegado al Hotel Majestic a primera hora de la mañana después de una noche de sueño agitado. En lo único que podía pensar mientras esperaba era en la tentación de tomar un poco de la pervitina de Fran para mantenerme despierto. La historia que me contaron los dos suboficiales alemanes había rondado mi cerebro toda la noche, privándome del sueño. Soldados africanos. En el *bois* d'Eraine, al sur del Somme.

Por eso me encontraba escuchando al *hauptmann* acosar a la persona al otro lado de la línea. Tenía uno de esos cortes de pelo militares, como si alguien le hubiera puesto un cuenco en la cabeza y hubiera cortado alrededor de él, y una vena que sobresalía alarmantemente en el cuello mientras hablaba. Me habían pasado de un despacho a otro y aún no estaba seguro de estar en el lugar correcto.

—Busco información sobre un soldado desaparecido que se llama Fabrice Mendy —repetí por cuarta vez al *hauptmann*—. Quiero saber si lo han hecho prisionero o si es una baja.

Hasta ahí, bien.

—Estaba con el 24.º Regimiento de los Tiradores Senegaleses. Desapareció en el Somme.

Pero ahora ya no.

—Me temo que no tengo esa información —me había dicho.

—La familia necesita saberlo. Quieren tener la seguridad de que está vivo, aunque esté prisionero en Alemania.

Fue entonces cuando el joven Schnabel se puso al teléfono. Por su reacción, entendí que estaba sorprendido por lo que había oído. Colgó y ordenó unos papeles en su escritorio.

—Parece que los soldados coloniales franceses fueron separados—me dijo.

—¿Fueron separados? ¿Por qué? —Me sentí temblar.

—Solo sé que no se los ha enviado a campos de prisioneros en Alemania como a los demás prisioneros franceses.

—¿Pero han sido hechos prisioneros?

—Sí, efectivamente. Se lo puedo asegurar.

—¿Dónde se les ha enviado si no es a Alemania, entonces?

—Me temo que no dispongo de información precisa sobre prisioneros concretos. La administración es diferente a la de los prisioneros enviados a Alemania. Si a su Fabrice Mendy se le hubiera enviado allí, habría podido verificar su paradero e informar a la familia.

— Si hubiera resultado muerto, ¿se habría informado a su familia?

—Sí, ya se habría informado a sus familiares cercanos.

—Si, entonces, no es ese el caso, ¿es posible que sea un prisionero?

—Muy probablemente, sí.

—Pero que me quede claro. ¿Como es un prisionero africano, no se le envió a Alemania? ¿Pero no sabe dónde se le ha encarcelado?

Tuvo la decencia de parecer avergonzado.

—Parece que ese es el caso, sí.

—¿Cuándo lo sabrá? Para poder decírselo a la familia.

—Estoy seguro de que esa información se dará a conocer a la familia a su debido tiempo.

—¿A su debido tiempo?

Salí del hotel, no del todo satisfecho. Tenía la esperanza de que, dado que Schnabel me había dicho que la familia ya estaría informada si hubieran matado a Fabrice, eso significaba que lo habían hecho prisionero. Pero si era un prisionero, tenía la sensación de que eso significaba que tendría que golpearme la cabeza contra la burocracia nazi para obtener alguna respuesta sobre el lugar exacto en que estaba retenido.

Al menos, ahora tenía algo que contarle a Dominique, aunque no fuera aún su paradero exacto. Pensar en ello otra vez me hizo pensar en mi propio hijo. Y en mi notoria prevaricación para protegerlo en el caso del banco, después de encontrar la fotografía rota. Capeluche me había dicho que dejara de investigar a los presos desaparecidos en Fresnes. No había dejado de hacerlo, no podía. Aunque Dax no estaba convencido de la necesidad de investigar, si lo dejaba de repente, daría lugar a preguntas. Y yo quería saber qué estaba pasando. Pero la verdad es que tal vez no había inspeccionado con tanta diligencia como lo habría hecho si no.

En mi agotamiento, un borrón en la esquina de mi visión al pasar por un edificio me sobresaltó. Un destello azul a mi derecha. Pero no era por el cansancio.

Giré a la izquierda antes de llegar a mi coche, me detuve en un portal y esperé. Un hombre con un abrigo azul pasó lentamente. Salí detrás de él y le toqué el hombro. Parecía asustado, pero se recuperó enseguida. No trató de correr ni de golpearme. Era bajito y musculoso, con la cara llena de marcas de viruela, como si alguien hubiera metido un melón demasiado maduro en un condón.

—¿Puedo ayudarle en algo? —le pregunté.

Por un momento, pareció que iba a intentar escaparse, pero cambió de opinión.

—Solo hago mi trabajo.

—¿Para quién?

Me miró con simpatía, como si fuera la pregunta más simple que podría haber hecho. Probablemente lo era. Consideré los posibles candidatos. Había demasiados: el SD, Hochstetter, la Gestapo, los jefes de Capeluche —como ella los llamaba—, nuestra propia policía, cualquiera de los otros organismos alemanes de la ciudad o cualquiera de los innumerables grupos de los que aún no había oído hablar. Todos utilizaban informantes. Era la única industria en auge de la ciudad. En estos días, había más tipos de mala hierba en las calles que en el *bois* de Boulogne. En cuanto a decidirme por cuál de todos prefería que prestara atención a lo que yo estaba haciendo, ninguno me atraía.

—Si yo fuera usted, no intentaría averiguarlo —me dijo. Señaló un Peugeot 202 negro al otro lado de la carretera—. Es usted un chico popular.

—¿Lo soy? Podría arrestarlo si no me lo dice. —Esas fueron mis palabras, pero no puse el corazón en ellas.

—Seguro que podría. Pero ¿hasta dónde cree que llegaría con ello? —De ahí mi falta de entusiasmo.

—¿Le envía Hochstetter?

Se rio, pero esa fue su única reacción. Esperaba que hubiera sido Hochstetter, ya que era la opción que menos miedo daba. Y eso dice mucho del ambiente de la ciudad en estos días. Al menos en mi parte de la ciudad. A fin de cuentas, no tenía ni idea de para quién trabajaba ni ninguna forma realista de averiguarlo, a no ser que lo golpease, y estaba demasiado cansado para intentarlo. Era demasiado grande para mí con mi dieta actual. Así que lo dejé ir.

—No permita que lo vuelva a ver —le advertí.

—No lo haré. Pero eso no significa que no vaya a estar ahí.

Lo vi marcharse y pensé en Pepe, mi principal informante, quejándose cada vez que le hacía una pregunta. Desde luego, iba a tener que conseguir un chivato mejor si quería sobrevivir a la nueva realidad.

Había pensado en ir a ver a Dominique para contarle lo que había descubierto, pero decidí no hacerlo ahora. Con media ciudad persiguiéndome, consideré que seguramente era mejor no llamar la atención sobre ella.

Diez minutos con Dax y deseé haberlo hecho. También deseé no haberlo puesto al corriente de la situación el otro día en su apartamento. Hay veces que tus acciones se vuelven contra ti y te muerden el culo. Esta era una de ellas.

—El caso del *boulevard* Voltaire —me había dicho en cuanto entré en el Treinta y Seis. Tuve que luchar contra la absurda idea de decirle que sería un gran nombre para una banda de jazz. Le dije que estaba cansado—. ¿En qué punto estás?

Hasta ahí todo salió bien, luego empezó a ir cuesta abajo.

—Investigando —le dije. Fui convenientemente ambiguo.

—Boniface me dijo que había una testigo que vio a uno de los ladrones, ¿hablaste con ella?

Recordé la descripción que la testigo hizo de Walter le Ricaneur.

—Solo lo vio vagamente. Podría ser cualquiera.

—Hablad con ella de nuevo. Estaría afectada y confusa cuando la interrogaste. Ya lo sabes.

—Lo haré.

—No, envía a Boniface a hablar con ella.

—No es necesario —argumenté—. Iré a verla yo. Pero no sacaremos mucho más de ella.

Abrió la puerta de su despacho y llamó a Boniface. Intenté poner en marcha mi mente somnolienta.

—Cualquiera menos Boniface —insistí—. Habla demasiado.

Dax se volvió hacia mí.

—No te pases con Boniface. Es buen policía, hace bien su trabajo. Vas a hacer que pierda el interés. No te lo volveré a repetir.

Boniface entró y Dax le dijo lo que quería que hiciera antes de volverse hacia mí.

—¿Y el director? ¿Qué te ha contado?

—Estaba demasiado alterado. Solo dijo que se vio obligado a abrir la caja fuerte porque los ladrones estaban atacando a uno de sus empleados.

—¿Ha visto al miembro del personal que fue atacado? ¿Dónde está?

—En el hospital.

—Y bien, ¿cuándo pensabas verlo? ¿A qué juegas, Eddie? No veo que esto avance.

—Ocurrió ayer.

—Oh, lo siento mucho, Eddie, ¿se suponía que tenía que pedir una cita para que pudieras hacer tu trabajo? ¿Qué quieres decir con que ocurrió ayer? Por el amor de Dios. Boniface, investiga al director. Eddie visitará al cajero herido cuando pueda dedicarnos un momento.

—¿El director? —dije. Recordé la foto rota que me había dado y que había mantenido en secreto—. Ese es mi trabajo. Hablé con él en el lugar de los hechos, sé lo que hay.

Parecía enfadado, pero se calmó ligeramente.

—Está bien, pero quiero que Boniface hable con la testigo.

Por un momento, Boniface pareció estar a punto de decir algo, aunque por una vez mantuvo la boca cerrada. Era más desconcertante que su parloteo. Me miró de forma extraña y luego volvió a mirar a Dax inexpresivamente.

Por fin Dax nos dijo que podíamos irnos y Boniface me siguió hasta mi despacho.

—¿Tienes la dirección de la testigo, Eddie? Iré a verla ahora.

—No irás a ver a nadie hasta que yo te lo diga. Estoy a cargo de esta investigación.

—Entonces, ¿qué quieres que haga en esta investigación?

Pensé un momento. No podía decirle que no hiciera nada.

—Ve a ver cómo está el cajero del hospital. Averigua lo que sabe. —Tenía que esperar que no hubiera visto demasiado.

Me fui después de que él lo hiciera. Dax me acorraló de nuevo cuando me marchaba.

—Esto es prioritario, Eddie. Quiero algunas respuestas hoy.

«Yo también», pensé. Pero no las que Dax quería.

Aquella mañana parecía que estuviera buscando al hijo de todo el mundo, excepto el mío.

Aparqué en Montparnasse, a un paso de la mercería donde trabajaba Madeleine, la madre de Dédé. Entré y esperé mientras ella terminaba de atender a una clienta.

—Encontré a Dédé, pero huyó —le dije—. Por lo que sé, continúa a salvo, pero no puedo ayudarle si no me deja.

—Lo sé, vino a verme. Le hice entrar en razón y dice que está dispuesto a hablar con usted. Pero solo con usted.

—¿No le ha dicho lo que sabe? Necesito un nombre.

—No me lo dirá. Solo a usted. Ese otro policía, Boniface, vino antes, pero Dédé solo hablará con usted. Necesito que vele por él, Eddie, que se asegure de que está a salvo.

—Lo veré, pero dígale que no me la juegue como la otra vez. Esta es mi única oferta.

La campanilla de la puerta sonó cuando alguien la abrió. Madeleine alzó la vista brevemente y luego volvió a mirarme.

—Me aseguraré de que venga a verle. —Luego, se dirigió a la clienta—. ¿En qué puedo ayudarla?

Una mujer con un abrigo marrón y el pelo de punta se acercó y se puso junto a mí en el mostrador. Casi me quedo con la boca abierta. Era Capeluche. Me sonrió a mí y a Madeleine.

—No quisiera colarme delante del señor —dijo. Su voz tenía el mismo tono tímido que adoptó como conserje de Fran.

—No es el caso —le aseguró Madeleine.

—Gracias, me pregunto si puede ayudarme. Estoy buscando una aguja, tiene que ser muy resistente. Verá, el material que tiene que atravesar es bastante grueso y no muy flexible.

Madeleine se dio la vuelta para buscar en los delgados cajones de madera de la pared detrás del mostrador mientras Capeluche giraba la cabeza para mirarme. Me dedicó una gran sonrisa y se volvió, recomponiendo su rostro a tiempo para responder a la madre de Dédé.

Madeleine le mostró un surtido de agujas. Capeluche cogió una larga y probó la punta.

—Oh, esta es perfecta. También busco hilo, ¿tendría?

Me alejé mientras ellas estaban a sus cosas, y tuve que contener una ira en mí que me aterrorizaba tanto como la inocente acción de Capeluche. Compró los dos artículos que quería y se dio la vuelta para marcharse. Antes de hacerlo, se dirigió a mí:

—Muchas gracias. Espero poder devolverle su amabilidad algún día.

Esperé a que cerrara la puerta antes de volver al mostrador. Madeleine estaba impaciente por hacerme su pregunta.

—¿Cuándo podrá ver a Dédé?

Con el eco de la campanilla de la puerta aún sonando, negué con la cabeza. Capeluche había desaparecido de mi vista, pero no de mis visiones.

—No puedo, Madeleine.

Su expresión era de incredulidad.

—¿Qué quiere decir?

—Quiero decir que no puedo. No es seguro que vea a Dédé.

—Dijo que lo protegería, lo prometió hace tan solo un momento. Solo ha salido de su escondite porque le dije que usted se aseguraría de que estuviera a salvo.

Me di la vuelta para marcharme.

—Lo siento, Madeleine, no puedo.

—¡Es usted una vergüenza, Eddie Giral! —gritó tras de mí.

—Es por su propia seguridad —intenté convencerla desde la puerta abierta.

—¡Una vergüenza! Nunca se lo perdonaré.

Rompió a llorar. Estuve a punto de volver a entrar para intentar decir algo que la tranquilizase, pero sabía que no podía ofrecerle nada. Afuera, casi esperaba que Capeluche estuviera esperando para hablar conmigo, pero no la veía por ningún lado. Oí los sollozos de Madeleine desde el otro lado de la puerta y maldije a Capeluche y su fotografía rota de mi hijo. Al llegar hasta mi coche, consideré mis opciones. No tenía intención de ver al director del banco Voltaire ni de volver al Treinta y Seis. No tenía nada que decirle a Dominique y no quería volver a su casa. Me di cuenta de que tampoco quería estar en París, así que tomé una decisión sin pensarlo.

Tras comprobar todo a mi alrededor, me alejé lentamente y tomé la carretera que salía de la ciudad hacia el sur antes de girar hacia el este y luego hacia el norte. Me quedaba poca gasolina, pero no vi otra opción. También vi que nadie me seguía. Aceleré y me puse en marcha por la carretera de Lille, y sentí un gran alivio al dejar atrás París. Era casi una sensación de euforia, como la que me producían las sustancias que vendía Fran. Y al igual que las sustancias que vendía Fran, no duró mucho. Cuanto más atrás dejaba París, más me cuestionaba lo que estaba haciendo. Las dudas empezaron a revolotear por mi cerebro. Mi velocidad se redujo sin que me diese cuenta. Había actuado totalmente por impulso, por el deseo de salir de la ciudad y alejarme del escrutinio de la gente que me seguía y de la presión por aparentar. Me aparté de la carretera junto a una hilera de árboles y vomité en una zanja, con la bilis ácida y asquerosa en la boca. Había poco que vomitar.

—Espera a que racionen eso —me dije, con la garganta dolorida. Por alguna absurda razón, ese pensamiento me hizo reír. Fuerte y con dureza, como lo haría un amigo fingido, hasta que las lágrimas hicieron acto de presencia. Ahora, en silencio y tragando bocanadas de aire, me senté en el suelo de espaldas al coche y contemplé un campo yermo, cuya cosecha habían recolectado o destruido. Consideré lo que estaba haciendo, mientras la serenidad de haberme liberado de la ciudad ordenaba mis ideas. Cuando me levanté de nuevo y me puse al volante, mis pensamientos estaban más claros.

No obstante, en lugar de dar la vuelta, seguí mi camino. Dejando París cada vez más lejos, mi velocidad era ahora tan firme y constante como mi determinación. Ni siquiera una patrulla alemana, en las afueras de Senlis, pudo disuadirme.

Un nervioso *stabsgefreiter* con acné y gorra de campaña examinó detenidamente mi identificación policial, pero al fin me hizo señas para que pasara. Era el roce con la realidad que necesitaba.

Al comprobar mis alrededores después de la patrulla, me di cuenta de que tenía que ir con cuidado a partir de aquí para asegurarme de que no me desviaba demasiado hacia el norte. Los alemanes habían establecido una zona prohibida que se extendía en arco desde la frontera suiza hasta el Somme —la llamaron la Línea Noreste— y no quería acercarme demasiado y llamar la atención. Dudaba que mi identificación policial sirviera para evitarme problemas si la cruzaba. Últimamente estaba cruzando demasiadas líneas. Empecé a buscar señales: no había ninguna. Supongo que esperaba un enorme y acogedor cartel que me dijese que estaba en la carretera correcta. No tenía ni idea de lo que debía buscar. Tuve que buscarlo la noche anterior en mi viejo atlas escolar. No fue muy útil, era como si fuese un secreto que había que guardar.

Me decidí por una carretera que parecía que me llevaría a donde quería ir, me desvié de la carretera principal y me encontré en un pequeño lugar del tamaño de una pequeña calle de París que se llamaba Bailleul-le-Soc. Al menos había árboles.

Supuse que tenía que ser el *bois* d'Eraine.

29

Había vivido demasiado tiempo en París. Estaba rodeado de granjas y no tenía ni idea de lo que cultivaban ni de qué tipo de cosas harían en esta época del año. Destacaba como un proxeneta en un salón parroquial. Para empezar, mis manos estaban limpias. Si no metafóricamente, al menos sí literalmente.

Dos casas se encontraban juntas en su propia y diminuta hilera, separadas de cualquier otro edificio. No vi ninguna razón para que estuvieran allí. Llamé a la puerta de la casa de la derecha. Me abrió un tipo viejo y enjuto, sin dientes y con la cara curtida como una silla vieja. Pero estábamos en el campo y probablemente era más joven que yo.

—¿Esto es el *bois* d'Eraine? —le pregunté.

Escupió en el suelo frente a la puerta de su casa y asintió con la cabeza. Cambié de posición por si acaso.

—¿Hay una guarnición alemana cerca de aquí? —pregunté de nuevo. Era mejor aclarar eso primero.

Eso me valió otro escupitajo en el suelo, esta vez más rotundo.

—¿Quién quiere saberlo? —me preguntó. Me encanta la gente del campo y sus sencillas preguntas.

—Yo.

—¿Es un *flic*? ¿O un alemán?

—¿Parezco un alemán?

—Parece un *flic*. ¿Qué quiere saber?

Aquí es donde tuve que empezar a ir con cuidado.

—¿Estaba aquí cuando empezaron los combates?

—¿Dónde más podría haber estado? He vivido aquí toda mi vida. Ahora no me muevo, ni por los *boches* ni por el Ministerio.

Por la forma en que lo dijo, obviamente veía al Ministerio, cualquiera que fuese, como el mayor enemigo. Escogí mis palabras:

—¿Hubo aquí tropas africanas? ¿En mayo o junio?

Escupió una tercera vez. Me estaba cansando, añoraba a los rufianes y matones de París.

—El joven Fernand es quien te podrá ayudar. Por ese camino, son dos kilómetros. La granja de cerdos con el techo rojo. —Habló como si escupiera, una especie de erupción en aspersor.

Volví a mi coche con la sensación de tener sus ojos puestos en mí. La puerta de otra casa se cerró de golpe cuando pasé por su lado. Las cortinas de otra se movieron.

Encontré al joven Fernand sin problemas. Después de todo, era una granja de cerdos. Vi los tejados rojos al final de un largo camino mucho después de que el olor viniera a abrazarme.

El joven Fernand abrió la puerta antes de que yo saliera del coche. «Joven» era evidentemente un término relativo en estos lugares. Me observó impasible mientras recorría con cautela los montones humeantes de su patio. La peste era abrumadora. Me aposté a que la probabilidad de que se me estropearan los zapatos era directamente proporcional a que el calzado fuera lo siguiente en ser racionado.

Me saludó con un gesto con la cabeza propio del campo. Se saludaba así a la gente, en vez de con lujos inútiles, como las palabras. Una simple inclinación de cabeza hacia arriba, eso era lo mío.

—¿Es del Ministerio? —me preguntó.

—Soy policía. —Le mostré mi identificación—. Supongo que el Ministerio no es popular por aquí —Y aún me preguntaba qué ministerio en concreto quitaba el sueño a esta gente.

—Se podría decir que sí.

—¿Puedo entrar? —Intentaba hablar sin abrir la boca para evitar que entrase aún más olor.

En respuesta, se giró y dejó la puerta abierta tras de sí. Lo seguí hasta la cocina. El calor de la estufa me recordó el frío que hacía fuera ese día. Me quedé junto a ella, calentándome las manos. Al lado de los fogones, había un plato sobre el fregadero con una loncha de jamón por el que habría tardado cinco horas en hacer cola en París. Nunca me había sentido tan tentado, ni siquiera por la cocaína de Fran en su tiempo.

—Ya ha dejado de llover —me dijo—. Todo este mes ha habido un tiempo de mierda.

Se sentó en la mesa. Las piezas de una escopeta yacían sobre un paño frente a él, con aceite y trapos para limpiarlas. Llevaba unos pantalones de trabajo azules con una camisa de cuadros encima. Una chaqueta azul colgaba de un gancho en la puerta trasera. Su tripa estaba sujeta por gruesos tirantes para mantener los pantalones subidos. Estaba sin afeitar, con las mejillas y la barbilla de un azul más oscuro que su ropa.

Me uní a él en la mesa.

—Ha estado mal por aquí, ¿verdad?

—Ya se lo he dicho, ha sido una mierda todo el mes. —Estaba bien quitarse eso de encima—. Pregunta usted por los *boches*.

A través de la ventana trasera, pude ver las pocilgas donde supuse que vivían los cerdos. Más allá, los árboles se alineaban como un ejército en formación, amenazando con invadir la granja. El sol ya se hundía detrás de ellos. El joven Fernand cogió un trapo y una pieza del arma y empezó a pulirla.

—Supongo que estaba aquí cuando se produjo el combate. —Asintió con la cabeza—. ¿Y nuestro ejército? ¿Qué recuerda de ellos?

—¿A qué se refiere? Hubo combates y nuestros chicos perdieron.

—¿Recuerda alguna tropa africana por aquí?

—Alguna.

—¿Sabe lo que les pasó después de que perdiéramos? Los separaron y los hicieron prisioneros. ¿Sabe a dónde los llevaron?

Esperó antes de responder, concentrándose en limpiar el pasador de seguridad de la escopeta. Por un momento pensé que no iba a decir nada. Vi un parpadeo en sus ojos.

—¿Es eso lo que ha oído?

—¿Qué quiere decir?

El problema fue que lo siguiente que ambos oímos fue un golpe en la puerta de su casa. Se levantó de un salto, sobresaltado; su rápido movimiento no concordaba con su porte. En el mismo momento, dos soldados alemanes aparecieron en la puerta trasera. Golpearon la puerta y nos exigieron que abriéramos. El granjero me miró con enfado y fue a abrir la puerta principal. Dejé pasar a los dos soldados de la puerta trasera. Me apuntaron con sus rifles y me hicieron retroceder.

Fernand reapareció en la cocina, seguido de un *gefreiter* y un oficial, un *hauptmann*. Los tres soldados miraron por la cocina y examinaron las piezas de la escopeta que había sobre la mesa. El *hauptmann,* de baja estatura y con gafas, con aire de bibliotecario de ciudad, me miró de modo inquisitivo. Por mi ropa, era obvio que no era un granjero.

—La documentación —ordenó.

Le entregué mi identificación de policía, lo que le pilló por sorpresa.

—Un policía de París. Está usted muy lejos de su casa. ¿Qué hace aquí?

—Busco a un prisionero fugado de París. Nos informaron de que lo habían visto aquí.

—¿En esta granja?

—No, en la zona. Simplemente estoy preguntando a los residentes de la zona si han visto a alguien sospechoso merodeando por aquí o si han notado que han robado algo últimamente.

El *hauptmann* se volvió hacia Fernand.

—¿Ha visto o notado usted algo?

El granjero palideció.

—No. Ya se lo he dicho.

—Se vendrá con nosotros. —Eso lo dijo en mi dirección.

Me llevaron en su coche mientras uno de los *gefreiters* conducía detrás en el mío. Me senté en la parte trasera del gran Horch junto al *hauptmann,* quien me dijo que se llamaba Prochnow. Era uno de esos trabajos que te hacían sentir como un niño con un jersey demasiado grande. La sensación era igual de asfixiante. Un hilillo de sudor me recorría la espalda. Miré a los árboles oscureciéndose en el crepúsculo, mi estado de ánimo coincidía con la creciente oscuridad.

—¿A dónde me llevan?

—A Compiègne.

En la guarnición de la Wehrmacht, me sentaron en un pasillo gris frente al despacho de Prochnow y me dejaron allí esperando hasta que un *gefreiter* me hizo pasar y me sentó frente a Prochnow. Sin mediar palabra, cogió mi documento de identidad de su mesa y lo observó con atención. No tenía ni idea de qué esperaba encontrar en él que no hubiera descubierto ya.

—Soy un policía francés —le recordé—. Exijo que me dejen volver a París. —Me sentía mucho menos seguro de lo que parecía.

Hizo caso omiso de mi petición y dejó el documento de identidad sobre su escritorio con movimientos deliberados.

—¿Dice que busca a un prisionero desaparecido?

Me reprendí por haber utilizado la palabra «prisionero». No podía cambiarla ahora.

—Sí, estaba en nuestras celdas esperando el juicio y se escapó cuando lo llevaban al tribunal. Es peligroso, así que me han enviado a buscarlo. Como comprenderá, hoy en día es difícil coordinarse con los policías locales.

Llamó a un empleado y le dijo que buscase el número de teléfono de la comisaría de París.

—Puedo dárselo —le dije.

Sonrió.

—Prefiero que lo busquemos nosotros.

Al cabo de unos minutos, el teléfono de su mesa sonó para indicarle que la llamada estaba en curso. Al final se puso en contacto con una persona con autoridad y preguntó con quién estaba hablando. Ya estaba pensando en mis explicaciones para salir del paso, preparándome para cuando quienquiera que fuese el interlocutor le dijera a Prochnow que yo no debía estar allí.

—Detective Boniface —repitió el comisario.

Maldije en silencio. Prochnow explicó con mucho cuidado que estaba en Compiègne y preguntó si estaba allí para atrapar a un prisionero desaparecido. Esperé en vilo, deseando que la llamada no terminase para tener tiempo de idear algo.

Terminó casi inmediatamente. Boniface, por una vez, no habló tanto como podría haber hablado. Prochnow parecía satisfecho.

—Bueno, inspector Giral, parece que todo está en orden.

—¿Lo está?

—Sí, su detective Boniface fue de gran ayuda. Me ha informado de que, efectivamente, lo han enviado a buscar a un criminal desaparecido. Le pido disculpas por las molestias.

Solo pude mirarlo fijamente. De nuevo, Boniface había logrado sorprenderme.

—Si eso es todo, ¿puedo irme ahora? Son dos horas de viaje a París.

Me dejaron irme después de otra media hora de anotar mis datos y archivarlos en un antiguo archivador de madera.

—La próxima vez que venga aquí, informe primero a las autoridades alemanas. Se ahorrará muchos problemas.

—Lo haré —prometí.

Uno de los soldados de la granja me acompañó a mi coche. Subí bajo su mirada y arranqué, intentando que una acción apresurada pareciera natural y despreocupada. Esperaba que un soldado saliera corriendo del edificio para arrastrarme antes de que tuviera la oportunidad de escapar.

En las afueras de Compiègne, me detuve y me quedé sentado en el coche unos instantes, sumido en mis pensamientos sobre el joven Fernand y los árboles que había más allá de su granja. A pesar del frío, sentí que el sudor me recorría la espalda. Había caído la noche, pero, si la carretera estaba despejada, llegaría a tiempo a París antes del toque de queda. No me preocupaba por París, pero no quería estar en la carretera a deshoras.

De mi bolsillo interior, saqué la loncha de jamón de la cocina del joven Fernand. La había tenido allí desde que se la quité del plato antes de que llegaran los alemanes. Le limpié las pelusas y me la empecé a comer lentamente. Su sabor no se parecía a nada de lo que había probado en al menos un año.

30

Debería haberme preocupado por París.

No por París como tal. La ciudad es lo bastante grande como para cuidar de sí misma, al menos la mayor parte del tiempo. Me refería a ese trocito de París en que yo me encontraba. Especialmente porque parecía que todos los demás estaban también excesivamente preocupados por ese trocito.

Pillé a mi primer perseguidor cuando crucé el Sena y me dirigía a mi casa por las calles del v Distrito. Era un Peugeot, así que supuse que eran las hadas madrinas de Hochstetter que se aseguraban de que no me convirtiera en una calabaza. Las ignoré. Aún faltaban dos horas para el toque de queda, pero tenía hambre y quería llegar a casa y era poco probable que me detuvieran. El viaje de vuelta a la ciudad desde el *bois* d'Eraine había sido lento y, afortunadamente, sin incidentes, pero el jamón que le había cogido al joven Fernand solo había evitado las punzadas de hambre por unos cincuenta kilómetros, y ahora estaba hambriento. Tenía media *baguette* en la bolsa de lino de la puerta de la cocina y un trozo de tocino en la nevera, así que no iba a dejar que el pequeño asunto de que me siguiera la inteligencia militar alemana me impidiese cenar. Mi estómago rugió al recordar el sabor del jamón en los bosques de las afueras de Compiègne y mi pie pisó involuntariamente con más fuerza el acelerador.

Fue entonces cuando pillé a mi segundo guardia de honor. Un Traction Avant. Esta vez no eran hadas madrinas. Me estaba esperando en mi calle, así que seguí conduciendo, calculando mi próximo movimiento y calmando mi hambre. El conductor de la Gestapo se colocó delante del Peugeot, así que se situó justo detrás de mí, y la Abwehr se puso a la cola a regañadientes. Formábamos una buena caravana. Mi estómago gruñó ruidosamente. Ahora mismo necesitaba un caravasar. Miré por el retrovisor los pesados coches que circulaban detrás de mí y me compadecí de mi pequeña calle. No era lo suficientemente grande para tres coches a la vez. Me preocupaba que se hundiera bajo su peso.

Giré por el *boulevard* Saint-Germain y me contuve. Instintivamente, estuve a punto de dirigirme a la *rue* Saint-Séverin y al estrecho carril que conducía a la calle detrás de mi bloque de apartamentos, pero me detuve a tiempo. Era mi lugar de aparcamiento secreto, algo que había aprendido a hacer bastante rápido tras el inicio de la ocupación. No quería delatar ese pequeño escondite, y casi les había llevado directamente a él.

Detrás de mí, el Traction Avant estaba lo bastante cerca como para imaginar que podía oír la respiración de sus ocupantes. Comprobé el retrovisor. Me pareció que estaba lleno del acné rugoso de un hombre duro empeñado en alcanzarme. Reduje la velocidad en un cruce y chocó ligeramente contra mí.

—Tócame el culo otra vez y gritaré —le dije al conductor por el retrovisor. Por suerte, no creo que supiera leer los labios en francés.

Giré a la derecha y me adentré en las estrechas calles detrás de la Sorbona. Cada vez estaba más lejos de casa. Unos cuantos giros más a la derecha y a la izquierda y ya estaba en la cuesta que lleva al Panteón. No estaba seguro de que eso fuera lo que pretendía. Bajé una marcha. No podía permitirme más gasolina. Eso y mi propia necesidad de comida empezaban a molestarme.

Otro vehículo apareció por delante de mí desde una carretera secundaria y se detuvo. No lo había visto venir y tuve que frenar bruscamente para evitar chocar con él. Era un coche patrulla alemán. Me detuve y miré por el retrovisor, esperando que mi séquito saliera y viniese hacia mí. En cambio, esperaron pacientemente detrás de mí en sus coches. Un *feldwebel* salió del coche patrulla y me hizo una señal. Un *stabsgefreiter* en el asiento del conductor mantuvo el motor en marcha. Entonces me di cuenta de que era una patrulla rutinaria que me detenía al azar, nada que ver con mis variados y devotos perseguidores.

—Bueno, no voy a ir a ninguna parte contigo de por medio, ¿verdad, rayo de sol? —le dije mientras todavía no podía oírme.

Se acercó a mí y exigió ver mis papeles. Se los entregué a través de la ventana abierta y los miró detenidamente. Tenía el estrabismo miope de un hombre demasiado vanidoso como para llevar gafas, y una mandíbula afilada como para cortar jamón.

—¿Es policía? —preguntó—. ¿Qué está haciendo?

—Voy a ver al comandante Hochstetter de la Abwehr. —Eso pareció impresionarlo. Señalé subrepticiamente los coches que había detrás de mí—. Tal vez quiera comprobar cómo están esos dos. Me han seguido desde mi reunión con el SD.

Después de pensarlo un momento, asintió con la cabeza y examinó por segunda vez mi identificación antes de hacer unas señas al coche patrulla. El *stabsgefreiter* le hizo moverse a un lado para quitarlo de mi camino. El *feldwebel* me devolvió la documentación y me dijo que siguiera adelante. Sin creérmelo del todo, me puse en marcha hacia el Panteón. Al pasar, vi que el coche patrulla daba marcha atrás y se interponía en el camino del coche de la Gestapo. Con toda la calma que pude, aceleré y giré por la primera calle a la derecha que encontré. Antes de girar, volví a mirar al Traction Avant que estaba parado y sonreí. No saludé. Ni siquiera yo soy tan arrogante.

Aceleré y me apresuré a atravesar las pequeñas calles hasta llegar a la carretera principal. En cuanto la patrulla se diese cuenta de que los hombres del coche eran de la Gestapo, se apartarían de su camino más rápido de lo que yo podía comer jamón robado, así que sabía que no tenía mucho tiempo para poner distancia entre ellos y yo. Me aseguré de que así fuera, atravesando a toda velocidad los cruces y atajando por los callejones más estrechos en que cabía el coche. No era la primera vez que agradecía la falta de coches en las calles de la ciudad.

Pero ahora estaba más lejos de casa que nunca. Atravesando Montparnasse, me di cuenta de que los que me perseguían volverían a esperarme en mi edificio, así que era inútil intentar adelantarme. Y si de verdad querían verme, llamarían a la puerta de todos modos. Ni siquiera la perspectiva de un mísero trozo de tocino y pan del día anterior iba a compensar eso.

—Necesito comer algo —me dije. Y por alguna razón, principalmente porque estaba cerca, aparqué en la calle cerca de Luigi's y me dirigí hacia allí a pie. Todavía me quedaba tiempo antes del toque de queda. De todos modos, podía estar fuera después de la medianoche, debido a mi identificación policial, pero aún prefería mantenerme tan alejado como pudiese del foco de atención que suponía estar en la calle durante el apagón.

—No queremos problemas —me dijo Luigi a través de su bigote después de apartar la cortina negra que cubría la puerta.

—Quiero comida —le dije—. Podemos dejar los problemas para otro día.

No entendió lo que quería decir, pero me dejó entrar.

—No servimos comida —me dijo desde detrás de la barra.

Había hecho lo de siempre, ponerme lejos de sus clientes habituales. No me importó. Miré a mi alrededor. No era el caravasar que esperaba, pero tendría que bastar. Los dos soldados alemanes que me habían hablado del *bois* d'Eraine —los que conocí en el club de Fran— estaban vendiendo su pervitina a un par de escuálidos chulos franceses. En otra mesa, un grupo de soldados con una sola estrella en la manga jugaban a las cartas, sus voces sonaban estridentes por el alcohol barato de Luigi. La estrella decía que eran *oberschützes,* soldados rasos que no eran lo bastante buenos para convertirse en *gefreiters.* Estaba claro que este lugar atraía a los mejores y más brillantes. Y aquí estaba yo.

—Buena gente esta noche —le dije a Luigi—. Comida.

—No sirvo comida, Eddie, ya lo sabes.

—No me importa lo que tengas, Luigi. Un poco de jamón, un poco de queso, pan, lo que sea.

Dejó caer el paño sobre el mostrador, exasperado.

—Ya te lo he dicho, Eddie, aquí no hay comida.

—Tienes que comer, ¿no, Luigi? Cuando estás aquí trabajando.

Pareció dudar.

—Sí.

—No hay problema, entonces. Tomaré un poco de eso. —Me miró consternado—. Bueno, venga. Y también tomaré un poco de *whisky.*

—No puedo servir *whisky.* Son las reglas de Vichy.

—Tráeme el bueno.

Le sostuve la mirada hasta que por fin cedió y desapareció tras la cortina del fondo del bar. Volvió a salir dos minutos después con un pequeño plato con una loncha de jamón y una loncha de queso. El pan era transparente, pero parecía tan tentador como todo lo que había comido en el último año.

—Esa era mi cena —me dijo Luigi.

Me terminé lo que quedaba de jamón y limpié las migas del plato con el pan.

—Entonces vas a tener mucha hambre por la mañana, ¿no?

—No le creí ni por un segundo.

Retiró el plato con un gruñido y colocó sobre el mostrador un vaso opaco con *whisky*. Aspiré el aroma. No era bueno, pero era todo lo bueno que se podía conseguir cuando se suponía que no había que tomarlo. Se rumoreaba que había almacenes ilegales que lo vendían a los alemanes a precios más bajos de lo habitual. O a gente como Luigi, dispuesta a hacer la vista gorda con el contenido y su procedencia. Tomé un sorbo. Me dolió, pero en el buen sentido.

—He oído que has estado buscando a Dédé Malin —me dijo una voz por encima del hombro.

Casi escupí el líquido, estupefacto. Me giré para ver el rostro de comadreja de Pepe acercándose a mí. Con más pánico del que hubiera admitido, miré por encima de su cabeza para asegurarme de que Capeluche no estaba a la vista. Sabía que no estaría, este no era su tipo de lugar, pero Calais Jacques podría andar cerca y escucharnos. Recorrí la sala y me sentí aliviado de no verlo por ninguna parte. Recordé a Capeluche mientras compraba aguja e hilo a la madre de Dédé ese mismo día y oculté un escalofrío. Me volví hacia la barra y me tranquilicé.

—Has oído mal —le dije.

—Lástima, porque sé dónde puedes encontrarlo.

Me quedé mirando el fondo del vaso, mi mente trabajaba rápidamente para averiguar por qué me contaba aquello.

—Yo también.

Se acercó.

—¿Seguro? Puedo decírtelo.

Con eso me quedó todo claro. Pepe estaba demasiado ansioso por darme una información que yo no había pedido y me giré hacia él.

—Lo que pasa es que no necesito saberlo, Pepe.

Su mirada se tiñó instantáneamente de decepción.

—Creía que sí.

Le sonreí. Eso debería haberle advertido.

—Ya lo veo. —Me acerqué y tiré de su corbata, arrastrándolo aún más cerca. Su cara estaba a centímetros de la mía—. Pero lo que me gustaría saber es quién te ha dicho que vengas a decirme que tienes información sobre Dédé.

Apreté mi mano y su cara se puso más roja.

—Solo intentaba ayudar, Eddie.

—Sí, pero ¿a quién?

A través de su cara roja, asustada y jadeante, pude ver un miedo aún mayor. Negó con la cabeza, pero no abrió la boca. Luigi se acercó y trató de agarrarme del brazo, pero lo aparté con la otra mano.

—Dímelo, Pepe, y dejaré que te vayas.

—No puedo.

Lo solté y le ayudé a quitarse el polvo y a recuperar el aliento.

—Bien hecho, Pepe, acabas de hacerlo.

Su expresión de miedo de antes no era nada comparada con la mirada de pavor de ahora. Casi sentí pena por él. Casi. Me bebí el *whisky* y puse algo de dinero sobre el mostrador para Luigi.

—Supongo que no querrás ningún cupón de racionamiento —le dije y me fui.

Caminando por las oscuras y casi desiertas calles hasta mi coche, me pregunté qué era lo que acababa de ocurrir. Un gato maulló enrabietado en algún lugar de la oscuridad y la idea me llegó de improviso: había sido una prueba. Capeluche me ponía a prueba para ver si mordía el anzuelo de desafiarla y buscar a Dédé.

—Eso debería satisfacerte —dije en voz baja. Me preguntaba si lo haría.

Me acerqué a casa en mi coche y descubrí que una tercera hada madrina se había unido a la fiesta. Un segundo Traction Avant. Me pregunté si era el SD. A eso se sumaba el hombre que estaba parado en la puerta frente a mi apartamento; las colillas de cigarrillos a sus pies lo delataban. Otro clavo en el ataúd de las razones para fumar. En cualquier caso, suspiré con fuerza e inicié el segundo convoy de la noche por las calles del v Distrito. Esta noche no iba a volver a casa. Hice un recorrido similar, esta vez por las estrechas calzadas del vecino vi Distrito.

—Nunca hay una patrulla alemana cuando se la necesita —murmuré.

Lo que sí encontré fueron un par de furgones alemanes que avanzaban lentamente por el *boulevard* Saint-Germain. Me puse en fila detrás de ellos, preguntándome cómo podría utilizarlos. Mis tres damas de honor se colocaron perfectamente detrás de mí, cada una a una distancia respetable. Avanzamos hacia el este unas cuantas manzanas en una tensa y perfecta fila. Estuve tentado de escabullirme por alguna de las estrechas calles que salían de la carretera principal, pero sabía que los otros no tendrían ningún problema en venir detrás de mí.

De repente, vi que el primero de los furgones estaba girando hacia la *rue* Bonaparte, con laboriosos movimientos, debido a su tamaño. Sin vacilar, aceleré el motor y me puse delante de los dos furgones y los adelanté para entrar en la carretera secundaria antes que ellos. Oí el chirrido de los frenos detrás de mí cuando el primer furgón se tambaleó para reducir la velocidad, pero lo ignoré y me coloqué justo delante. Lo dejé atrás por los pelos y aceleré por la carretera. A mi espalda, vi que nadie me seguía en mi ocurrencia. Los furgones estaban detrás de mí, alejándose rápidamente en la distancia, y ninguno de los tres coches estaba a la vista, bloqueados por los furgones en la estrecha calle. Dejé escapar el aliento con una sibilante alegría. No me había dado cuenta de que me lo había estado aguantando. «La *rue* Bonaparte», pensé. Qué apropiado que una calle de libreros fuera la que me salvase. Me desvié de inmediato y zigzagueé por las calles, cruzando el río para poner la mayor distancia posible entre mis perseguidores y yo.

A poca distancia del Treinta y Seis, me detuve y apagué el motor. No podía seguir conduciendo por la ciudad de noche. Sería demasiado fácil encontrarme. Me quedé sentado en el coche y consideré mis opciones. No me llevó mucho tiempo. No estaba tan lejos de donde vivía Dax, pero sabía que no quería meterlo en todo esto. Haría demasiadas preguntas. Pensé en Boniface, pero no sabía dónde vivía y hablaría demasiado para mi estado de ánimo. Fran no era una opción. Tendría una cosa más que usar contra mí. Con un toque de tristeza, me di cuenta de que la única persona con la que podría haber contado una vez, mucho tiempo atrás, era Joe.

Salí del coche y miré el reloj. El metro seguiría funcionando, pero solo durante media hora, hasta que empezase el toque de queda. Me apresuré a llegar a la estación más cercana y subí al primer tren que pasó. El vagón estaba vacío, excepto por cuatro juerguistas que volvían a casa después de una noche de fiesta. La idea me impactó. Me pregunté con un leve enfado si alguien les había dicho que la ciudad estaba ocupada.

Salí y subí por las calles. El final del trayecto fue lo que me remató. Me dolían las pantorrillas y el hambre que había mitigado la ligera cena de Luigi había vuelto. Encontré el edificio que buscaba y subí las escaleras. Tras dudar unos instantes en la puerta del apartamento, finalmente llamé. Nadie respondió. Volví a llamar, esta vez más fuerte, y oí unos pies arrastrándose en el interior, pero nadie abrió la puerta. Llamé por tercera vez. De nuevo más suave, sin fuerza, pero no hubo respuesta. Acerqué mi boca a la puerta y hablé en voz baja.

—Soy Eddie.

Otra vez hubo silencio, pero finalmente oí cómo se deslizaba la cadena de la puerta y se abría el cerrojo.

—Dios, Eddie, me has asustado.

Al principio parecía preocupada, pero pude ver que la ira sustituía esa preocupación rápidamente. Se ajustó la chaqueta de punto sobre el pecho.

—Lo siento, Dominique. No tenía otro lugar donde ir.

31

Había un periódico de hacía una semana en la mesilla de noche. Lo cogí y ojeé la primera página. Por lo visto, todos estábamos muy contentos bajo el dominio alemán y la economía iba viento en popa. Tres hurras por ello.

En medio de la propaganda, me encontré con una noticia de la que estaba al tanto, pero que no había visto. Las inundaciones en Perpiñán, mi ciudad natal. Todo el país, no solo el joven Fernand en el *bois* d'Eraine, había sufrido lluvias torrenciales y tormentas intermitentes durante todo el mes. Las del sur fueron peores de lo que yo había imaginado. Un centenar de personas habían muerto en un deslizamiento de tierra en los Pirineos. Como los periódicos y la radio se empeñaban en decirnos lo bien que estábamos todos, las noticias reales eran, en el mejor de los casos, escasas. Como resultado, me di cuenta de que desconectaba de gran parte de lo que nos decían.

Volví a dejar el periódico sobre la mesa. Es extraño, pero con todas las cosas debidas a la mano del hombre que nos rodean, me sorprendió por alguna razón que siguieran ocurriendo desastres naturales. Imagino que esperaba que la naturaleza se comportara mientras los humanos hacíamos todo lo posible por destruir todo lo demás.

Pensé en mis padres. Tenía que imaginar que estaban bien, ya que la zona inundada no estaba cerca de donde vivían. Podía escribirles, ahora que el correo llegaba de alguna manera, pero no tenía forma de llamarlos por teléfono. Solían tener un teléfono en la librería, pero, desde que se habían jubilado, no tenían ninguno en casa. La librería. De la que se suponía que debía haberme hecho cargo, a pesar de que había querido ir a la universidad para seguir a mi hermano Charles y su destino frustrado de ser profesor. Nada de eso había sucedido. La última vez que peleamos con los vecinos quedó patente. Enterramos a Charles en el Somme y yo volví a casa destrozado y con la idea de ser policía para ver si podía arreglarlo todo, incluido a mí mismo. «Ha funcionado», pensé con ironía. Hice un rápido cálculo: hacía dos años que no sabía nada de mis padres. El abismo se ensancha cuando no dejas de mirarlo.

Recostado, sentí que mi cabeza se hundía en la comodidad desconocida de la suave almohada. La luz era diferente, caía en finas franjas por la pared de mi izquierda, con el negativo de la sombra que proyectaban las persianas. Las grietas del techo seguían otro patrón. El tacto de las sábanas, el olor del aire de la habitación, todo era nuevo.

Y supe que estaba evadiendo el problema. Las sábanas, la almohada, la cama. El papel, las inundaciones, mis padres. Todo era una distracción para esconderme de los pensamientos que deberían rondar mi cabeza.

La puerta se abrió y la distracción terminó. Dominique entró. Llevaba una bata de seda. «Ropa de antes de la guerra», decidió mi mente al instante; eran extraños los pensamientos que nacían de la sorpresa de encontrarme en esta situación. Y eran también otra distracción.

Volvió a meterse en la cama a mi lado, con la bata aún puesta. Sentí que ella sentía la misma vergüenza y sorpresa que yo. Pero, al mismo tiempo, me pareció algo natural, algo que debería haber ocurrido muchos años antes. Aunque ninguno de los dos sabía qué decir. Nos quedamos tumbados uno al lado del otro en silencio. Intenté pensar en la cosa menos trillada que pudiera pronunciar y me rendí.

—Supongo que querrás lavarte —dijo finalmente, y añadió avergonzada—: Después del día que tuviste ayer.

—Cierto.

Fue un alivio. Solo que yo estaba desnudo en su cama. Se dio cuenta y salió de la cama de nuevo.

—Te dejo con ello, estaré en la cocina.

Me lavé, me vestí a toda prisa y fui al salón.

—El desayuno —canturreó Dominique desde la cocina—. Estoy preparando el café.

Había puesto la mesita con dos platos de pan cortado en rebanadas muy finas y mermelada. «La economía del deseo bajo la ocupación», pensé. Si pasabas la noche con alguien, tú o esa persona teníais que renunciar a parte del desayuno por el que habías hecho cola durante horas para comprar a precios que no podías pagar.

—No es café de verdad —volvió a decir desde la cocina.

—Estará bien.

Mientras la esperaba, eché un vistazo a la habitación. No había libros en las estanterías, pero sí un gramófono con una fila de discos de *jazz*. Intenté averiguar cómo me hacía sentir eso. No tenía ni idea de cómo me hacía sentir nada de todo aquello. Salvo una sorprendente sensación de calma que rara vez había sentido en años, mezclada con una cálida emoción que probablemente nunca había conocido. Volví a mirar los discos y tuve una repentina y extraña visión de que eran un complemento de mis libros, no un sustituto de ellos.

Entró llevando una bandeja con dos tazas de café. El vapor salía de ellas en finas volutas. La observé mientras añadía cuidadosamente las tazas a la comida que ya esperaba en la mesa. Se concentraba en no derramar el café y de inmediato me sentí culpable. Esto no era deseo. Me perdí por un momento en los contornos de su rostro, la oscuridad de sus ojos, la esbeltez de su cuello y tuve que apartar la vista. Ella no sabía que la estaba mirando y me sentí como un intruso.

—Me temo que no es mucho —se disculpó, irrumpiendo en mis pensamientos.

—Es un verdadero banquete —le dije.

Sonrió y me indicó que me sentara. Nos sentamos en ángulo recto y se creó una intimidad que la confrontación del uno con el otro nunca habría producido. Me pareció que llevábamos años sentados así. Pero no era el caso.

—Esto es todo el pan —dijo ella.

—Es difícil de conseguir —coincidí.

—No hay mantequilla, lo siento.

—Es un buen café.

—Puedo poner un disco.

Negué con la cabeza.

—No hace falta.

Era el parloteo insulso de dos personas que tienen demasiado que decirse.

En vez de hacerlo, nos sentamos y comimos en silencio. Me sorprendió mirándola y volvió a sonreír. Esa forma que los dos teníamos de mirarnos había sobrevivido al paso del tiempo, nos proporcionaba una intimidad más grande que la que podrían darnos las palabras. Puso un poco de mermelada en una rebanada de pan y me la dio. La cogí y mis dedos tocaron los suyos.

Me di cuenta de que era demasiado pronto para las palabras. Pero ella, no.

—Habría dejado a mi marido por ti —confesó de repente—. Hace muchos años.

Le di un mordisco al pan para no tener que responder. Sus palabras me sorprendieron. No el sentimiento, sino el hecho. Era incómodo, ese debería haber sido mi papel en esto, pero yo era torpe y mi silencio se prolongó demasiado entonces. Ella me miró expectante, esperando que hablara.

—Intentaré hablar con la policía local —le dije finalmente—. La próxima vez que vuelva al *bois* d'Eraine.

Mi brusco cambio en la conversación la sorprendió. Vi un ligero resplandor de ira en sus ojos.

—¿Has oído lo que he dicho?

—Y volveré a intentarlo con las autoridades alemanas.

Desvió la mirada.

—¿Has oído lo que te acabo de decir, Eddie?

—Lo que pasa es que no puedo hacer nada oficialmente.

Se giró para mirarme de nuevo.

—¿Qué es lo que no puedes hacer oficialmente? —preguntó.

—Buscar a Fabrice.

Jugueteé con la rebanada de pan que tenía en el plato. Por suerte, mis palabras parecieron molestarla más que mi silencio ante su revelación. Lo único que sentí fue alivio. Cogió el último trozo de pan y le untó con rabia una fina capa de mermelada. Esta vez no me la dio.

—¿Qué pasa con Jean-Luc? Dijiste que tampoco habías podido averiguar nada sobre su paradero. ¿Lo has vuelto a intentar?

Le di un mordisco al pan. Estaba en un terreno más seguro, a pesar de su creciente enfado conmigo.

—Debo tener cuidado, Dominique. Muy poca gente en el trabajo sabe que tengo un hijo. Y no quiero que los alemanes se enteren. —Le expliqué quién era Hochstetter y mi relación con él.

—¿Por qué no le has preguntado por Fabrice? Eso no sería revelar nada sobre Jean-Luc.

—No lo sé, no es tan sencillo como parece. No quiero revelar demasiado a Hochstetter. Lo usaría para tener más control sobre mí.

—Es mi hijo. —Se ciñó la bata con fuerza en una brusca expresión de rechazo—. ¿Qué pasa con Joe, Eddie? ¿Has hecho algo para ayudarlo?

—Lo intento, Dominique.

Ella dio un sorbo a su café, su rabia hervía a fuego lento al mismo tiempo que su bebida.

—Así eres tú, Eddie, de pies a cabeza. Te olvidas de las personas con demasiada facilidad cuando no están cerca. Nadie existe para ti si no lo ves. Joe, Fabrice, tu propio hijo, yo. Apuesto a que apenas has pensado en ninguno de nosotros.

—Lo he hecho.

Lo había hecho, sabía que lo había hecho. Pero quizá no lo suficiente, no de forma consistente. Pensé en Capeluche y Hochstetter e intenté darme una justificación que no podía compartir con ella. Pero sabía que ella tenía razón, al menos en parte. Siempre había sido capaz de apartar a la gente sin pensármelo dos veces. En el pasado lo había considerado como algo positivo, una capacidad para avanzar en un momento en que no me atrevía a mirar atrás. Pero, para los demás, pude ver que era un arma de doble filo. Era un egocentrismo nacido del odio a mí mismo.

Solo que me di cuenta de que Dominique también me odiaba. Me bebí el café mientras nos separaba un abismo como el de una fotografía partida en dos.

—Dejé a mi mujer —dije de repente.

—¿Por mí? —Mi silencio dijo demasiado y ella se levantó—. Tal vez deberías irte, Eddie.

Me levanté y la miré, pero ella evitaba mi mirada. Nunca había sentido tantas ganas de hacer lo correcto. Pero no sabía lo que era eso. Queriendo decir algo, pero sin poder hacerlo, me puse la chaqueta; ella me siguió hasta la puerta de su casa.

—¿Volveré a verte? —le pregunté.

Estudió mi rostro. Nunca me había sentido tan solo.

—Sí, pero no ahora.

Cerró la puerta. Me quedé mirando la madera oscura durante un segundo o dos, esperando que la abriera. No lo hizo y me di la vuelta.

Exhausto, bajé las escaleras de su edificio y noté que algo en el bolsillo lateral de mi chaqueta chocaba suavemente contra mi cadera. Era un bolsillo que nunca utilizaba. Al meter la mano, encontré un tubo. Lo saqué y vi que era un paquete de pervitina, la metanfetamina que Fran había estado vendiendo en su club.

—Serás cabrón, Fran —murmuré.

Sabía que lo había dejado allí para tentarme, un camino hacia la adicción que él me había causado en mis días de juventud. Miré el tubo un momento más de lo debido y lo volví a meter en el bolsillo.

32

Había más problemas a los que enfrentarse. Sabía que no podía aplazarlos mucho más. Tomé el metro hasta el Treinta y Seis, miré a mi alrededor y entré. Parecía estar a salvo de los perseguidores por el momento, aunque «a salvo» era un término relativo, ya que ni el interior ni el exterior de la comisaría ofrecían grandes medidas de seguridad. Por una vez, me sentí aliviado al ver que Boniface se dirigía a mí antes de que Dax me viera.

—He hablado con la testigo —me dijo—. La del caso del *boulevard* Voltaire.

—Se suponía que solo ibas a hablar con el cajero.

—Pensé que te ahorraría algo de tiempo.

Ocultando mi pánico, le conduje a mi despacho.

—¿Qué te ha dicho? Creo recordar que estaba muy disgustada. No sé cuánto podemos confiar en lo que crea haber visto.

—Estoy de acuerdo. —Tomó asiento, de modo que no vio la expresión de alivio que, estaba convencido, debió cruzar mi rostro—. Dice que ahora cree que el ladrón tenía bigote y era extranjero. He hablado con el uniformado que habló con ella primero, y dice que le contó algo sobre una sonrisa.

Fingí irritación.

—Ya me lo imaginaba.

—¿Qué te dijo cuando hablaste con ella?

Pensé en las opciones.

—Afeitado, francés y serio. —Lo bastante diferente como para desacreditar su relato, pero no tan diferente como para que Boniface lo cuestionara.

—De vuelta al punto de partida, entonces. Tenías razón.

—¿Dónde está Dax? —le pregunté.

—Está fuera. Creo que tiene una reunión con los alemanes. Debería volver pronto. —Se giró para mirar con preocupación fuera de la sala de detectives—. Entonces, ¿te atraparon?

—¿Cómo dices?

—Los alemanes. En el Oise.

Recordé a Prochnow, el oficial alemán, hablando con Boniface por teléfono la noche anterior. Habían pasado tantas cosas desde entonces que se me había olvidado. Me puso en un aprieto. No podía informarle de mi investigación sobre el hijo desaparecido de Dominique, pero, con Capeluche a mis espaldas, tampoco podía engañarle con la historia que les había contado a los alemanes de que había estado investigando a los prisioneros desaparecidos. No podía dejar que se supiera que seguía con ese caso, sobre todo cuando no lo había hecho.

Así las cosas, tomó las riendas de la conversación.

—Dijeron que ibas detrás de uno de los prisioneros desaparecidos. Así que les seguí el juego. Pensé que sería mejor decirles a los alemanes lo que querían oír.

Sabía que debía agradecérselo, pero estaba demasiado nervioso.

—No se trataba de los prisioneros de Fresnes. La descripción que me dio la testigo del *boulevard* Voltaire me hizo pensar en uno de los prisioneros de Montmartre que arresté una vez.

—¿Qué hacía en Compiègne?

—Mi soplón, Pepe, lo conociste, me dijo que lo habían visto allí.

—¿Quién es? Podría ver si me entero de algo.

—No hace falta. Es una búsqueda inútil, no pudo haber sido él.

—¿Quién fue, entonces?

Estaba exhausto. No hay nada más agotador que estar pendiente de las mentiras que dices para encubrir otras.

—Olvídalo, Boniface. Te dije que no era nada.

Levantó las manos para aplacarme.

—De acuerdo, de acuerdo, pillo el mensaje.

—¿Eso es todo?

Esperaba que captase la indirecta y se fuera. Pero era Boniface.

—Dédé. Está dispuesto a hablar. —Recordé que Madeleine me dijo que Boniface había ido a verla.

—Lo sé, he visto a su madre.

—Bien, ¿y cuándo vamos a verlo?

—No vamos a verlo, solo hablará conmigo.

—¿Cuándo vas a verlo, entonces?

—Dios, Boniface, ¿no tienes nada mejor que hacer que cargarme la cabeza? Lo veré si creo que es seguro. No tiene sentido poner en peligro su vida por un nombre.

Una extraña mirada recorrió sus facciones, una que no había visto antes. No me creía. A pesar de mi enfado y de la irritación que despertaba en mí, me di cuenta de algo: no me gustaba Boniface, pero era buen policía. No quería que pensara que yo no lo era. Se levantó para irse.

—Claro, Eddie. ¿Qué quieres que diga la próxima vez que llamen los alemanes?

Salí del Treinta y Seis para ir a mi coche. También quería estar fuera cuando Dax volviese.

Observé todo lo que me rodeaba mientras recorría las calles de la Île de la Cité para llegar a mi Citroën. No podía evitar sentirme nervioso, pero, extrañamente, los perseguidores tan interesados en saber lo que hacía anoche parecían haber perdido el interés. O simplemente no pude verlos, eso era más probable.

Con la mente ocupada, solo vi la figura apoyada en mi coche cuando ya estaba casi sobre él. Con su abrigo marrón y su bufanda, parecía cualquier otra compradora cansada al volver de la cola de la mañana para comprar comida.

—Buenos días, Eddie —me saludó Capeluche. Había desaparecido la voz de conserje. En su lugar estaba la tranquila autoridad que había escuchado en mi despacho, pero con más energía.

—¿Qué quiere?

Me coloqué frente a ella; la doblaba en tamaño. Levantando su peso de mi coche y acercándose a mí, elevó la mano y me acarició la mejilla.

—Oh, Eddie, parece cansado.

Tuve la extraña sensación de que algo bloqueaba la visión de mi ojo izquierdo. Volví a enfocar y vi que algo delgado y puntiagudo estaba a escasos centímetros de mi cara. La mano de Capeluche se posó en mi mejilla. La apartó lentamente y vi que sostenía un estilete, un arma asesina, cerca de mi ojo.

—Estoy impresionado.

—Como debe ser.

—¿Eso es todo?

—Usted me cae bien, ¿sabe? —Retiró la mano, pero permaneció cerca de mí. Observó con atención mi cara, mientras su mirada iba y venía entre mis ojos. Fue una de las experiencias más desconcertantes que había vivido—. No, en realidad, tengo un par de peticiones para usted. Su amigo Poquelin, o Fran, como lo llame. Nos gustaría que pasara usted menos tiempo en su club ahora que ha reabierto. Es malo para el negocio. Creemos que él es más de nuestra incumbencia, especialmente desde que usted sabe que es inocente de cualquier implicación en la muerte de Julot.

—¿Lo sé?

—Por supuesto que sí. Ya se lo dije, la única implicación de Poquelin fue que sabía que, si quería que su club volviera a abrir, tenía que hacer lo que le habían dicho e irse el fin de semana.

—Pero entiendo que es parte de su pequeño montaje.

—No, por Dios. Incluso mis jefes trazan una línea en alguna parte. No por su moralidad, sino por su capacidad. No, su hombre Poquelin nos tiene tanto miedo como el resto. Acabamos de reabrir su club para que pueda pagarnos para que no lo cerremos de nuevo. O algo peor. Un club no es bueno para mis jefes si los nazis no permiten que se abra, no les hace ganar dinero. Así que no hay necesidad de que se pelee con él. Pero tampoco es necesario que lo persiga más.

—¿Para eso ha venido a verme?

Todo el tiempo, se mantuvo cerca de mí. Aunque hubiera pensado en intentar dominarla, no habría tenido ninguna posibilidad. Sabía que cuanto más corta fuera la distancia entre nosotros, mayor sería la amenaza que ella y su estilete representaban para mí. Me sorprendió el contraste entre el peligro que suponían y la mujer de mediana edad con un abrigo de color rojizo que mostraba al mundo. Me intimidaba un metro cincuenta de invisibilidad. Esa era su fuerza.

—Me temo que no, Eddie. Estoy un poco decepcionada con usted. Le pedí que no siguiera con su investigación sobre prisioneros.

—No he seguido.

—Creo que no estamos de acuerdo en eso. Lo cual es una pena para su hijo, ¿no cree? Nunca ha podido confiar en usted, ¿verdad?

Mis manos se cerraron en un puño a mis costados, pero mantuve la calma.

—Si se fija bien, no estoy investigando. Finjo hacer mi trabajo porque, si no, mis jefes querrían saber qué está pasando. Sé que el caso del *boulevard* Voltaire fue cosa suya y miré para otro lado. Si hiciera lo mismo con los prisioneros, me enfrentaría a demasiadas preguntas.

Se mordió el labio.

—Quiero creerle, Eddie, de verdad.

—Estoy armando un gran alboroto con los prisioneros sin llegar a nada. De esta forma, puedo esconder el caso del banco bajo la alfombra mientras hago ver que me centro en el problema de Fresnes. Si de verdad estoy investigando, ¿qué progresos me ha visto hacer?

—Oh, Eddie, sé que intenta hablar con ese chico, Dédé.

Sacudí la cabeza.

—Si quisiera hablar con él, ya lo habría hecho. Usted lo sabe. El hecho de que supuestamente siga buscándolo cuando sé a la perfección cómo localizarlo demuestra que no tengo ninguna intención de verlo.

—Habla bien, tengo que admitirlo. De acuerdo, le daré un poco más de tiempo. Pero no se olvide de su hijo. Puedo hablarles de él a mis jefes cuando quiera.

—¿No lo saben?

Se rio. Era un sonido que parecía demasiado suave para transmitir una fría crueldad.

—No soy propiedad de mis jefes, tengo otros temas entre manos. Uno de ellos es su hijo: todo ese asunto no tiene nada que ver con ellos.

Tuve que preguntar a pesar de mi orgullo.

—¿Qué sabe de Jean-Luc?

Extrañamente, pareció ablandarse por una fracción de segundo.

—Está a salvo. Por ahora. Intenta cruzar los Pirineos hacia España. Verá, yo también trabajo con gente que se dedica a eso, a sacar del país a fugitivos y refugiados. Por dinero, claro, pero tal vez es un servicio más noble que mi otro trabajo. Todos nos trazamos nuestras líneas.

—Me gustaría poder creer eso.

—Haría bien en creerlo. —Un coche se acercó por el otro lado de la carretera, un Citroën Traction Avant, el vehículo preferido de la Gestapo en París. Y de muchísima más gente, como algunos de los criminales organizados más acaudalados de la ciudad. Miró hacia él. Se acercó a mí y habló en voz baja.

—No me haga venir a verlo otra vez.

Acto II

Noviembre de 1940

33

—Si no vienes a verme, supongo que tendré que venir yo.

Dominique estaba en mi puerta. Di un paso atrás.

—Será mejor que entres.

Me dedicó una sonrisa irónica y se adentró en mi pequeño vestíbulo. Cerré los ojos cuando su perfume dejó una tentadora estela al pasar. Cuando la seguí, ya estaba sentada en mi sillón bueno. Dio unas palmaditas en el otro sillón y me senté.

—¿En qué quedamos, Eddie? He tenido que ser yo quien viniera a verte. ¿Por qué?

Busqué lo que debía decir.

—¿Te gustaría ir a dar un paseo? ¿Por los jardines? No llueve.

Su mirada se detuvo en mí y asintió levemente.

Fuera no había llovido en todo el día. Por primera vez en muchos días, vi parejas paseando por los Jardines de Luxemburgo. O quizá solo las veía ahora. Aspiré el aire; el perfume de Dominique potenciaba el aroma de la hierba y los árboles.

—¿Eres un buen policía, Eddie? —me preguntó—. Porque eres un caso perdido con las mujeres.

—No con todas las mujeres.

Se rio. Era un cálido sonido que hizo del otoño verano.

—Eres un completo desastre.

Otra pareja pasó junto a nosotros, cogidos de la mano, como si la ciudad no estuviera a pocas horas del toque de queda que nos había impuesto un ejército invasor. Me irritaron, pero quizá también porque no podía coger la mano de Dominique.

—¿Quieres que me quede esta noche? —me preguntó de repente mientras caminábamos por los Jardines de Luxemburgo.

—Sí.

—Ya está. No ha sido tan difícil, ¿verdad?

Pasamos por el quiosco de música. Un cuarteto tocaba «J'attendrai» para una pequeña multitud de civiles franceses y soldados alemanes. Dominique empezó a cantar, casi en voz baja, pero pude escuchar la extraordinaria belleza de su voz, la profundidad que ponía en cada palabra. Recordé otra voz de hacia mucho tiempo, una muy diferente.

—¿Quieres un café? —sugerí—. Podríamos ir a algún sitio.

Hacía calor dentro de la pequeña cafetería frente a los jardines a la que solía venir a tomar un café los domingos. No había notado que el aire se volvía frío fuera. En una mesa de cuatro personas, dos hombres y dos mujeres, oí que hablaban en voz baja sobre el nuevo Estatuto de Vichy para los judíos. Mostraban un sentimiento de incredulidad que había notado en otros desde que se conoció la noticia, una perplejidad ante lo que nuestros supuestos representantes hacían en nuestro nombre. Compartían el mismo horror que yo. Les sonreí, pero dejaron de hablar en cuanto me vieron. La desconfianza se extendía como una enfermedad.

Recordé el cantó de Dominique y el de otra voz.

—No sé qué hacer con Joe —le dije.

Ella dio un sorbo a su café. No podías disfrutarlo, no era café de verdad.

—¿Qué has intentado?

Le conté que había hablado con Hochstetter y con la embajada de Estados Unidos y que no había conseguido nada.

—Y lo van a trasladar. Lo van a entregar a los alemanes.

—Tienes que hacer algo, Eddie.

—Lo sé, pero no sé el qué. Debería ir a verlo, pero no tengo nada nuevo que decirle.

—No puedes decepcionarlo otra vez. —Sus palabras quedaron suspendidas entre nosotros y cambié de tema.

—Voy a volver al *bois* d'Eraine. Hablaré con los alemanes para saber dónde están Fabrice y los otros soldados senegaleses.

—Quiero ir contigo.

Negué con la cabeza.

—No puedes, es demasiado arriesgado. Ya es bastante malo que un policía de París ande por allí haciendo preguntas.

—Como para que encima una mujer africana le acompañe en el viaje, ¿no?

—No, claro, estoy seguro de que los nazis harían todo lo posible por ayudar.

Soltó una de las risas más melancólicas que jamás había escuchado.

—Vamos a casa —dijo.

—¿A casa de quién?

—A la tuya.

Salió mientras yo pagaba las dos bebidas. Cuando dejé el engañoso calor del bar, la vi esperándome en la esquina, a unos diez metros de donde yo estaba. Empecé a acercarme a ella y entonces vi que una figura se acercaba por detrás. Una mujer con un abrigo marrón sobre unos pantalones oscuros, con el pelo en mechones que le salían disparados de la cabeza.

Mientras yo observaba con horror, acelerando el paso, Capeluche dejó de caminar y esperó lejos de Dominique. Me miró expectante. Pasé junto a Dominique sin decir nada, evitando el contacto visual, como si no la conociera. Al pasar, hice un gesto con la cabeza lo más imperceptiblemente que pude, pero lo único que vi en ella fue una mirada de incomprensión a la que sucedía una de enfado. Recé para que no dijera nada.

—Buenas noches, Eddie —dijo Capeluche cuando ya estaba casi encima de ella.

Me detuve, intentando ver cuál era la reacción de Dominique, pero no pude girarme con bastante inocencia para mirarla. Capeluche soltó de repente una pequeña carcajada.

—Se ha ido —dijo—. Su amiga. Le gusta crearse problemas, ¿verdad? Ver a una mujer senegalesa bajo el dominio nazi, tal vez no es la más sabia de las decisiones. Pero así es el amor. O la atracción o como quiera llamarlo.

Quería decirle que se callara. Me sorprendió darme cuenta de que quería matarla. Me giré para ver a Dominique desaparecer al doblar la esquina en el extremo opuesto de la calle. Al tratar de no delatarla ante Capeluche y de mantenerla fuera de peligro, lo único que había conseguido era disgustarla. Y todo para nada.

—¿Hay algo de mí que no sepa? —le pregunté.

—Sé que le gustaría matarme ahora mismo. —Se paró frente a mí—. Pero seguramente no sea una buena idea.

Sentí un pinchazo en el estómago. Se retiró y vi que tenía el estilete en la mano. No tenía ni idea de cómo se las había arreglado para volver a sacarlo sin que yo lo viera. Me palpé el estómago bajo la camisa. Simplemente había perforado la piel, una pequeña herida que dejó de sangrar en cuanto puse el dedo sobre ella.

—Estoy impresionado. Otra vez.

—Como debe ser. Otra vez.

Con su mano izquierda, empujó el estilete hacia atrás en su manga derecha. Se inclinó y lo sacó de nuevo, y la empuñadura se posó en su mano derecha, con la fina hoja bajo mi garganta. Tenía un resorte en el brazo, que se liberaba con un movimiento de la muñeca. En el pasado, había visto a un chulo de Pigalle guardar una *derringer* en un artilugio similar. Había medido la distancia a la perfección, la punta lamía mi piel sin perforarla. Otro hábil movimiento y el cuchillo había desaparecido.

—Sé que es un poco ostentoso —dijo—, pero creo que ya me he explicado. ¿Quiere venir conmigo? Hay alguien a quien quiero que vea.

—No. Aquí puede decirme lo que quiera.

—Me temo que mi invitación a venir conmigo no era una invitación. ¿Ve esos dos coches de ahí? —Señaló un par de Citroën Traction Avant aparcados junto a los jardines y le hizo una señal a uno de ellos, que se marchó—. Ese está siguiendo a su amiga, así que le sugiero que haga lo que le pido.

Sin más remedio, dejé que me guiara hasta el segundo de los coches, y nos subimos.

—¿Adónde vamos?

—Quiero que entienda un poco sobre mí, Eddie.

Nos dirigimos en silencio a una estrecha calle del barrio de Folie-Méricourt. Por una vez, no se oía el agudo ruido de los metales siendo cortados en los pequeños talleres de hierro; era fin de semana, y permanecían cerrados y silenciosos. Entramos en un bloque de apartamentos, pero, en lugar de subir las escaleras, como yo esperaba, nos dirigimos a la parte trasera de la planta baja, donde abrió una puerta que daba a lo que yo creía que era un taller metalúrgico. Me puse en tensión, sin saber qué esperar.

—Hervé —dijo en voz alta—. Estoy en casa, tengo una visita.

Cada vez más desconcertado, dejé que me hiciera pasar a lo que habría sido un apartamento cómodamente amueblado en un antiguo local comercial, si hubiera tenido paredes. En cambio, la gran habitación estaba dividida por los muebles en las diferentes zonas de una casa: una cocina, un salón y un dormitorio, todas en una misma gran sala. La única pared interior estaba en el extremo más alejado, probablemente el baño. Mientras observaba el entorno, oí el ruido de algo que raspaba el suelo de baldosas y apareció un hombre de mi edad en silla de ruedas. Capeluche se acercó a él y lo besó.

—Este es Eddie —le dijo—. Quería que le conociera.

Su voz volvía a ser diferente, más suave que la de la asesina, pero más segura que la de la conserje. Le dio la vuelta a la silla y lo empujó a la zona del salón, con dos sillones desparejados uno frente al otro y un espacio en medio donde imaginé que normalmente estaría la silla de ruedas. Lo aparcó donde yo pensaba y me indicó que me sentase en uno de los sillones. Nos situábamos en forma de herradura alrededor de una mesa baja.

Hervé no tenía piernas, pero eso no fue lo que vi. Era su rostro, su expresión. Le miré fijamente a los ojos y él me devolvió la mirada. Se volvió una vez hacia Capeluche para tranquilizarse y luego hacia mí.

—¿Entiende? —me dijo.

—Neurosis de guerra —respondí en voz baja.

—Hola, Eddie —me dijo el hombre, con una pequeña sonrisa en el rostro.

—Hola, Hervé.

Miré primero a uno y luego al otro, sin saber qué debía hacer. Mis ojos volvían una y otra vez al hombre. Neurosis de guerra. Sabía lo que era eso, era lo que me había llevado por primera vez a París en 1915, a un centro del v Distrito. Allí conocí a una enfermera llamada Sylvie, la madre de Jean-Luc, y me enamoré de ella antes de que me enviaran de vuelta al frente, considerado apto para enfrentarme a más proyectiles.

Capeluche volvió a besarlo y se sentó en el otro sillón. Le miró durante unos instantes en silencio. Su expresión era amable, su pelo en punta era algo más suave, sus manos ya no eran las de una asesina.

—¿Por qué me ha traído aquí? —le pregunté.

Pareció que apartaba su mirada de Hervé y se volvió hacia mí.

—Le presté al gobierno a mi apuesto y divertido marido para que participase en esa guerra que tanto querían. Y así me lo devolvieron. Sin dinero, sin indemnización y con una pensión de la que no podría vivir ni un ratón.

—Lo siento, pero no veo qué justifica eso.

Me miró con franqueza.

—¿Sabe lo que me dijeron que hiciera para llegar a fin de mes? Que me dedicase a la costura. Eso es lo que me dijeron, que me dedicase a la costura. «Es una mujer, puede dedicarse a la costura».

Se volvió hacia Hervé, con un rostro lleno de una furia latente que era casi tan impactante como la frialdad que había visto antes en sus ojos. Al ver que marido y mujer se miraban sin comprenderse, volví a ver la boca de Julot y comprendí de dónde venía. Cerré los ojos y suspiré. ¿Qué decir ante una rabia y una pena incontenibles como esas? Sobre todo, cuando yo también la había sentido.

—¿Por qué se unió a los criminales?

—¿De verdad necesita preguntarlo? Todos son criminales. Los gobernantes que le hicieron esto a Hervé eran todos criminales. —Hizo una pausa—. Todos y cada uno de ellos.

—Entonces, ¿por qué unirse a ellos?

—Porque a veces, para sobrevivir, lo único que le queda a una es unirse a ellos. Basta con elegir la banda de criminales que cree que va a ganar.

—Tiene otras opciones.

—¿Usted las tiene? Puede que sí, pero yo no las tuve. Pero ahora usted sí tiene una.

—¿Cuál?

—Únase a mí. Su policía no va a ir a ninguna parte, no con los nazis en el poder.

—No estarán en el poder para siempre.

—¿Cómo sabe eso? ¿Y entonces qué va a hacer? Le conozco, Eddie. Sé de lo que es capaz. Lo veo en usted.

—¿De qué soy capaz?

—De lo mismo que yo.

—No.

Señaló a Hervé, ladeó la cabeza y preguntó:

—¿Está seguro de eso? ¿Cómo de bien le va últimamente? ¿Con su sueldo de policía? ¿A las órdenes de los *boches*? Únase a mí y no tendrá que volver a hacer nada de eso. Únase a mí y no volverá a pasar hambre.

—Soy policía.

—¿Y? ¿De qué le está sirviendo? Tiene que elegir qué camino tomar en esta guerra. La elección es suya.

—¿Lo es?

Nos sentamos en silencio por un momento, con todas las palabras dichas. Lo rompió el sonido de Hervé tarareando suavemente una melodía que solíamos cantar en las trincheras.

—¿Cuál es su verdadero nombre? —le pregunté.

Negó con la cabeza.

—El único nombre que necesita saber es Capeluche.

—Un verdugo.

—Buen trabajo, Eddie, ha hecho los deberes. Pensé que un hombre de letras como usted llegaría al fondo del asunto.

—¿Qué pasó con él? ¿El verdadero?

—Lideró una revuelta. —Se rio, la primera vez que escuché una nota amarga bajo la rabia de su voz—. Fracasó.

—¿No cree que eso es un mal presagio?

Negó con la cabeza.

—Era un revolucionario, siempre acaban mal. Yo soy pragmática. Le recomiendo lo mismo.

—Créame, lo soy.

—Lo recordaré. Tengo otro nombre para usted: Henri Lafont.

Me quedé perplejo. No era un nombre que conociera.

—¿Quién es?

—Eso lo tiene que averiguar usted.

Hervé dejó de tararear un momento y emitió un ruidito desde el fondo de la garganta. Ella se acercó para acariciarle la cabeza con un afecto que era doloroso de ver. Él empezó a tararear de nuevo. Ella le sonrió y tuve que apartar la mirada.

—Tengo que irme.

Señaló la puerta.

—Es libre de irse cuando quiera, Eddie.

—Hay una cosa que no entiendo. Usted mata a cualquiera que amenace con decir algo sobre quién está detrás de esto, pero aquí está, contándomelo todo.

—Contándole casi todo —me corrigió. Calmó a Hervé mientras su tarareo se volvía más agitado—. Ahí es donde ha perdido su capacidad de elección, Eddie. Ahora lo sabe, o se une a mí o le mato.

34

—Es la primera vez que lo oigo.

Me volví hacia Boniface y le pregunté si había oído hablar de un delincuente que se llamaba Henri Lafont, pero él tampoco sabía nada, solo que tardó más que Dax en decirlo.

—¿Qué pasa con él? —quiso saber Dax.

—El robo del *boulevard* Voltaire. —«Bueno, de una forma muy indirecta», argumenté para mí mismo.

—Me alegra ver que haces algún progreso en esto —refunfuñó Dax.

—¿A que sí?

También intenté preguntarles a Barthe y Tavernier, ya que eran los veteranos, y a Mayer, ya que sabía de lo que hablaba. Incluso probé con el resto de los detectives y llamé por teléfono al juez Clément. Ninguno de ellos había oído hablar del nombre que Capeluche me había dado el día anterior. Comprobé los registros que teníamos desde que los nazis llegaron a la ciudad y nuestros jefes hicieron flotar todos los papeles por el Sena en una barcaza. Los habíamos recuperado, más o menos, pero estaban dispersos. No obtuve nada de ninguna parte.

Esperé a que Boniface abandonara la sala de detectives para decirle a Dax que estaría todo el día trabajando en el robo del *boulevard* Voltaire.

—Llévate a Boniface contigo —me dijo.

—Lo haré. —No lo iba a hacer.

Mi primer trabajo fue hacer otra visita a la biblioteca de la Sorbona. Suponía que, si Capeluche era una referencia a la historia de la ciudad, Henri Lafont también podría serlo. Pero no. La misma bibliotecaria del otro día me trajo la gran y antigua historia de París donde había encontrado a Capeluche. Ni un Henri Lafont a la vista. Le pregunté a la bibliotecaria si el nombre le sonaba, pero se quedó tan perpleja como todos a los que les había preguntado. Cerrando suavemente el gran tomo, maldije a Capeluche y su críptica «ayuda».

Me habían seguido los hombres de Hochstetter en el camino del Treinta y Seis a la Sorbona, lo que no me había preocupado, pero no tenía intención de contar con su compañía en la segunda parte del día. Fuera de la biblioteca, cogí el coche y por fin perdí al Peugeot 202 que me seguía con la vieja treta de salir frente a un furgón alemán en un cruce. Era solo cuestión de tiempo que un furgón alemán me parase o me aplastara bajo sus ruedas, pero ahora volvió a funcionar. Comprobando detrás de mí, tomé un atajo hacia la carretera que salía de la ciudad hacia el norte y pisé a fondo.

El *hauptmann* Prochnow volvió a revisar mi identificación y la comparó con el registro que guardaba en el gran armario viejo de la esquina de la habitación.

—No hay cambios desde la última vez que la miró —le dije.

Me dio las gracias. El día que los alemanes entiendan mi sarcasmo, estaré de *scheisse* hasta el cuello. Pasé el mismo control en Senlis y aparqué tan cerca de la guarnición de la Wehrmacht en Compiègne como me permitieron. Un empleado de uniforme me había hecho esperar en el mismo pasillo donde había esperado la última vez, antes de que Prochnow me invitase a pasar a su despacho. Esta vez había decidido hacer las cosas oficialmente. Siempre y cuando su definición de oficialidad significara no decirle a Dax dónde estaba y mentirle al ejército alemán.

—¿Cuál es su propósito al venir aquí? —me preguntó después de devolverme mi identificación—. ¿Está relacionado con el prisionero que buscaba el otro día?

Me reprendí a mí mismo por haber utilizado esa razón.

—Sí, tenemos más información. El delincuente que buscamos tiene un hermano que estuvo en el ejército francés. Creemos que al hermano se le hizo prisionero en los combates de mayo y está en un campo de prisioneros en algún lugar cerca de aquí. Pensamos que nuestro prisionero desaparecido estará tratando de ponerse en contacto con su hermano, o incluso intentará liberarlo de la prisión. Queremos detenerlo antes de que pueda hacerlo.

Había ideado esa historia durante mi viaje desde París hasta Compiègne. Tal vez debería haberme dedicado al teatro.

Prochnow se limitó a poner cara de desconcierto.

—Aquí no hay prisioneros franceses. A todos los cautivos se los envió a campos en Alemania.

—Eso es extraño, nos habían informado de que el hermano estaba en prisión aquí. —No era verdad, pero valía la pena intentarlo—. Sirvió en el 24.º Regimiento de Tiradores Senegaleses.

Pareció que un bicho hubiera picado a Prochnow.

—¿Un regimiento colonial?

—En el ejército francés.

Prochnow no puso la mirada incómoda que tenía el *hauptmann* Schnabel en París.

—Esa es una propuesta diferente.

—¿Por qué?

Ni siquiera esa pregunta le desconcertó.

—¿Está seguro de que al hermano de este hombre se lo hizo prisionero?

—Desde luego, el nombre del hermano es Fabrice Mendy.

—¿Y le dijeron que estaba prisionero aquí en Compiègne?

—Puede que haya interpretado mal esa información, pero es lo que entendí. ¿Sabe usted dónde podría estar?

—¿Y así podrá detener al criminal de París?

—Exactamente. —Casi había olvidado esa parte de la mentira.

—Me temo que solo está parcialmente bien informado. El tratamiento dado a los soldados coloniales era diferente al de sus homólogos blancos. Estaban separados de los demás.

—¿En qué sentido?

—A los cautivos africanos y árabes no se les ha enviado a campos de prisioneros en Alemania como a los demás prisioneros franceses.

—¿A dónde se los ha enviado?

—Están aquí, en Francia. Se dio la orden de mantenerlos en Francia.

—¿Así que debería ser capaz de encontrar a este prisionero?

Negó con la cabeza.

—Eso no quiere decir que estos soldados estén en Compiègne.

—Entonces, ¿dónde están?

—Están en *frontstalags* por toda la zona ocupada. Pero me temo que no tengo acceso a información precisa sobre los individuos. La administración es diferente a la de los prisioneros enviados a Alemania. Si hubieran enviado a su Fabrice Mendy a Alemania, yo habría podido comprobar su paradero y decirle dónde estaba.

Sacudí la cabeza y me pregunté a dónde ir después con mis preguntas.

—¿Por qué los han retenido en Francia?

Me miró desafiante.

—Para evitar la propagación de enfermedades tropicales a Alemania.

—¿Cómo dice?

—Aunque la razón más importante para mantener a estas personas aquí es evitar la profanación racial de las mujeres en Alemania.

Me encerraron en una celda.

Solo que no era una celda, sino una habitación con dos soldados fuera con subfusiles Mauser, así que estas cuatro paredes funcionaban en efecto como una prisión.

Me metieron aquí porque puede que me hubiera lanzado al cuello de Prochnow a través de su escritorio. Al escuchar sus palabras, tuve la visión de Dominique. No había intentado ir a verla después del encuentro de anoche con Capeluche. Tampoco me había llamado y no tenía teléfono en casa, así que aquello parecía un punto muerto por ahora. Pensé en sus temores por su hijo, perdí mi habitual sensatez y sentido común y decidí que intentaría meter la cabeza de Prochnow en el viejo archivador de madera.

Ahora yo oía como si estuviera bajo el agua. Un par de soldados habían entrado en medio de la conmoción antes de que pudiera llegar hasta Prochnow, y uno de ellos me había propinado un golpe en la oreja que todavía me zumbaba una hora después. A través de la bruma del océano, oí abrirse la puerta y me giré para ver entrar a Prochnow. Estaba flanqueado por los gemelos Mauser.

—Tiene mucha suerte de no haber conseguido agredirme —me dijo—. Si no, se enfrentaría a un tribunal militar alemán. Pero como es usted policía, le concederé el beneficio de la duda. Ahora volverá a París.

Me entregó mi identificación policial y les dijo a los soldados que me acompañaran a mi coche.

—Como soy policía, seguiré con mi investigación.

Se paró a centímetros de mi cara.

—No lo entiende. Volverá a París ahora.

Me siguieron hasta el puesto de control de Senlis. Musitando palabras indecorosas en voz baja, conduje hasta que pasé el control y me detuve en un cruce. Giré a la derecha. Me dediqué a buscar los caminos más pequeños que pudiera encontrar. Y en buscar un camino de vuelta al *bois* d'Eraine que no me llevase a ninguna parte cerca de Senlis o Compiègne.

—Volveré a París —dije de viva voz, mientras buscaba algún lugar donde refugiarme fuera de la carretera y esperar a que llegara el anochecer—, cuando esté preparado.

35

Recordando mi ruta del otro día, conduje en la oscuridad hasta Bailleul-le-Soc y encontré el largo sendero que llevaba a la granja de cerdos del joven Fernand. El aroma habría guiado mi camino incluso en la más brumosa de las noches, con faros o sin ellos. El granjero no parecía muy contento de verme.

—No quiero problemas con los *boches* —me dijo.

Se había aflojado los tirantes y ahora no rodeaban sus hombros, sino que le colgaban alrededor del trasero. Sus pantalones se sostenían solo por la gravedad.

—No los tendrá —le aseguré.

Gruñó y me dejó entrar. Lo seguí hasta la cocina, donde una puerta abierta daba a la despensa. La cerró rápidamente, pero no antes de que viera colgados dentro lomos de cerdo y jamón tan lujosos como una mansión de la *avenue* Foch. Se me hizo la boca agua al verlos y olerlos mientras mi mente intentaba conciliar cómo un hedor como el de fuera podía formar parte del proceso para producir un aroma como el que acababa de arrebatarme.

Se sentó a la mesa, cogió el último trozo de jamón de su plato y se lo llevó a la boca. Mirándome, lo masticó ruidosamente.

—¿Le sobra un poco de eso? —le pregunté.

—No.

Señalé con la cabeza la despensa.

—Parecía que sí.

—Si lo quiere, lo compra.

—¿Cuánto?

Dijo un precio.

—Quiero un poco de jamón —le dije—, no a su primogénito.

—Lo toma o lo deja.

Eructó; tendría que contentarme con eso.

—La última vez nos interrumpieron —le dije—. Estaba a punto de decirme algo.

Negó con la cabeza.

—No puedo ayudarle.

Me incliné con complicidad hacia él sobre la mesa.

—Se estaba quejando del Ministerio. Tengo un amigo allí, puedo hablarle bien de usted.

—¿En serio?

—Por supuesto que no. Pero si no me dice lo que sabe, me aseguraré de conseguir un amigo allí y haré que le persigan con todo lo que puedan. Impuestos, mercado negro, permisos, peste porcina, lo que sea.

—No haría eso. —Su voz era insegura.

—Póngame a prueba.

Se levantó, cortó otra loncha de un jamón que había en el fregadero y se sentó con ella. «Este es el soborno que quiero», pensé, pero el joven Fernand me miró a los ojos y se lo comió lentamente.

—A los soldados africanos se los separó de los franceses.

Lo miré fijamente.

—Eso ya lo sé. —Mi frustración se hizo patente mientras le escuchaba masticar el jamón—. ¿Qué más sabe?

—Eso es todo.

Luchando contra el deseo de arrebatarle el jamón y devorarlo todo, tuve que darme la vuelta. Miré al exterior, hacia un lugar iluminado, una grieta en el apagón, y pensé en el bosque que se extendía más allá de la oscuridad de la granja.

—El bosque. ¿Ve muchas idas y venidas por allí?

—Algunas. Son sobre todo alemanes.

—¿Qué hacen?

—No lo sé, la mayoría de los lugareños ahora no vamos allí. No con ellos por aquí.

Instintivamente, volví a mirar la grieta en el apagón y pensé en Prochnow y sus *frontstalags,* en los campos de prisioneros donde estaban los soldados africanos. ¿Cabría allí uno? De ser así, ¿podrían mantenerlo en secreto? En cuanto al motivo, era obvio. Los nazis, obviamente, no tenían intención de que todos sus cautivos gozaran los lujos de los prisioneros de guerra.

—¿Tiene una linterna? —le pregunté.

La luz de la linterna de Fernand era débil, lo que no era una sorpresa, pero probablemente sí una bendición. Solo me la había prestado porque el cristal estaba roto. Al menos no sería un faro que delatase mi posición cuando saliera hacia el bosque. El joven Fernand me había dicho que sería mejor entrar en la línea de árboles unos kilómetros más al oeste, ya que era donde había visto más actividad. Seguí su consejo, me alejé de su granja y aparqué fuera de la carretera. Dejé mi Citroën lo más protegido posible por un pequeño grupo de árboles y me adentré a pie en el bosque. Con una precaria linterna y el sonido de los animales y de quién sabe qué más correteando entre la maleza, el bosque daba más miedo que un callejón de Pigalle en día de paga.

—¿Tiene una pala que también me pueda prestar? —le pregunté antes de salir.

—No.

—Ya me lo imaginaba.

Ahora hubiera querido tener una. No para desenterrar lo que pudiera encontrar, sino como arma. El campo y yo no estábamos hechos el uno para el otro, había demasiados sonidos. Para apoyar ese argumento, un grito desolador rasgó la noche. Era una lechuza. Se me cayó la linterna y tuve que rebuscar en la oscuridad para encontrarla de nuevo. La caída la había apagado. La encontré y la encendí tan rápido como me lo permitieron mis dedos entumecidos.

El joven Fernand me había indicado los posibles lugares en que debía buscar, pero en esa oscuridad y con esa niebla, no pude poner en práctica su teoría. El simple hecho de volver sobre mis pasos hasta el lugar donde había dejado el coche iba a ser reto suficiente. Mientras tanto, tenía que sostener la linterna en una mano y agitar la otra de lado a lado delante de mí para evitar chocar con un árbol. De vez en cuando me encontraba con un claro, y, gracias a la ausencia de árboles, por un momento olvidaba mi temor de chocarme con un tronco y quedarme inconsciente.

Eran estas zonas abiertas las que el granjero me había dicho que serían el lugar lógico para ubicar cualquier campamento. Debía comprobar cada claro uno a uno y, tras asegurarme, incluso en esta niebla oscura, de que no había ningún campamento, seguir adelante para tratar de encontrar el siguiente. Pero era un proceso lento y al ser de noche podía pasar completamente por alto algunos claros. Sabiendo que iba a ser una tarea imposible, empecé a preguntarme si me atrevería a volver por la mañana y buscar a plena luz del día. No tenía ni idea de la frecuencia con que los alemanes patrullaban los bosques, sobre todo si tenían algo que esconder en ellos.

Mientras consideraba mis opciones, vi un destello a mi derecha. Me detuve y apagué la linterna. La oscuridad que se cerraba sobre mí casi me hizo volver a encenderla, pero sabía que eso sería aún más peligroso que el miedo a la noche.

Lo vi por segunda vez y, esta vez, también oí voces. Se detuvieron. Al esforzarme por oírlas de nuevo, capté el sonido de algo pesado cayendo, esta vez frente a mí. Por encima del ruido de las ramas rompiéndose y las hojas crujiendo, oí una sola palabra. Una palabrota, en alemán.

Otra luz brilló en algún lugar delante de mí, cerca de desde donde había llegado el sonido de las palabrotas. Se oyó en voz baja una orden en alemán, indicando no hacer ruido. Estaba mucho más cerca de mí que la primera voz y me quedé paralizado. Solo me quedaba esperar que el reflejo de la niebla en sus luces los cegase tanto como a mí.

Una luz me pilló: solo fue un instante, pero me había iluminado. Salté a un lado y me tiré al suelo, viendo cómo el haz de luz volvía al lugar donde había estado hace un momento. Oí un grito en alemán y otro haz de luz comenzó a buscar en el claro donde me encontraba.

Arrastrándome por el suelo hacia los árboles, pensé que la única ruta abierta para mí era la de mi izquierda. No había oído ningún ruido en esa dirección. Una tercera luz brilló en la zona entre los árboles y me arriesgué. Me puse en pie y corrí hacia un camino entre dos árboles que había divisado en el breve instante en que una de las linternas iluminó la zona. No tenía ni idea de lo que había más allá del muro de niebla que proyectaba la linterna tras los árboles, pero era mi única oportunidad.

Oí más gritos mientras me abría paso entre los árboles, el ruido que yo hacía resultaba más espantoso a mis oídos que el de la lechuza. Uno de los soldados me gritó que me detuviera y sonó un disparo. No se acercó ninguna bala, fue un disparo de advertencia. Tuve el presentimiento de que la segunda ronda de disparos no lo sería.

Con un brazo protegiéndome la cara, corrí. Me topé con un árbol y choqué con él, pero pude seguir corriendo. Se produjo otro disparo. Lo oí resonar entre los árboles de mi derecha. Creo que debió de dispararlo el hombre que estaba detrás de mí, pero lo había hecho con más esperanza que confianza. Eso me ayudó a acelerar el paso, ayudado por la falta de árboles cuando llegué a otro claro.

De repente, mi pie cedió, tropecé y me caí. Me levanté con cautela, pues sentía un fuerte dolor en el tobillo. Mi pie se hundió ligeramente en la tierra, que era más blanda donde había tropezado. Me mordí la lengua para aguantar el dolor y busqué un terreno más firme. Había una zona considerable de tierra blanda, pero al fin encontré un punto de apoyo sólido y pude sostener mi peso. Había perdido tiempo, pero el perseguidor que iba detrás de mí parecía haberse extraviado entre los árboles que precedían al claro y vi el haz de luz de la linterna brillar a mi derecha.

Giré a la izquierda y atravesé cojeando el bosque. Otra lechuza graznó y uno de los alemanes disparó por reflejo. Otro les gritó enfadado que dejasen de perder el tiempo. Esperaba que no fuera cosa de mi imaginación, pero el sonido de la persecución parecía haber disminuido ligeramente. Otro haz atravesó la niebla a duras penas, esta vez era débil y casi no podía verlo. A pesar del dolor, estaba tan cerca de la alegría como nunca lo hubiera estado: mis perseguidores me perdían. Tal vez, engañados por la lechuza y la confusión de la niebla, habían tomado un camino que los alejaba de mí.

Siempre sin dejar de escuchar, aminoré la marcha para asegurarme de no caerme de nuevo y hacerme más daño en el tobillo. Al detenerme un momento, hice rotar el pie. Giró completamente, aunque con algo de dolor, pero no parecía roto. El sonido de los pasos entre las ramas y la hojarasca disminuyó. Noté que ya no tenían grandes esperanzas. Deseé que pensaran que era un cazador furtivo en medio de la noche. Igualmente, esperaba que no encontrasen mi coche. Desde luego, sabía que yo no tenía ninguna posibilidad de encontrarlo.

Caminando con lentitud, pero sin atreverme a encender la linterna, llegué a otro claro que parecía más grande que el resto. La niebla se estaba ahora arremolinando y, en un momento de ligera mayor claridad, percibí un cambio en las sombras delante de mí. Algo que rompía el horizonte entre los árboles.

Más cauteloso que nunca, me acerqué a él. Mis ojos iban de un lado a otro, mirando a mis espaldas y a mi frente. De nada sirvió, entonces se podía ver muy poco. Lo único que podía distinguir y que me atraía hacia ella era la forma que tenía delante. Ahora vi que era un edificio. Una casa, por su tamaño.

Estaba completamente a oscuras, y no se filtraba una luz a través de las opacas cortinas o bajo el marco de una puerta o ventana. De pie, inmóvil en el porche de piedra, me volví hacia el bosque, esperé y observé en la oscuridad. No vi ninguna luz de las linternas, no oí voz alguna y no sentí ningún movimiento. Al volverme hacia la casa, tuve la misma sensación. Ninguna casa que estuviera ocupada —por prisioneros o simplemente por una familia— estaba tan oscura, ni siquiera en el apagón.

La puerta estaba cerrada con llave. Intentando hacer el menor ruido posible, la golpeé con el hombro hasta que sentí que cedía. Como no quería dar una patada por el ruido que haría, empujé con más fuerza hasta que pude romper la cerradura. Comprobando de nuevo el sonido, la abrí de un empujón y entré. Tenía razón, olía a ausencia. Aquí no vivía nadie. Encendí la linterna unos breves instantes, dibujé la habitación en mi mente y la volví a apagar. A mi lado, había visto una pesada cómoda, que aparté de la pared y empujé delante de la puerta para entorpecer a cualquier perseguidor. Supuse que habría una puerta trasera si necesitaba escapar. Una lechuza graznó en la noche. El dolor de mi tobillo me hizo inmune.

—Buen intento, imbécil —musité.

La poca luz que había fuera entraba por un par de pequeñas ventanas. Me apresuré a cerrar bien las cortinas. Buscando en el interior de la casa, descubrí que solo había dos habitaciones en la planta baja: una sala de estar y una cocina, cada una del mismo tamaño que la otra. Cerré las cortinas de la cocina y comprobé que la puerta trasera estaba cerrada con llave, luego subí las escaleras. Solo había dos habitaciones. Cerré las cortinas de ambas y encendí la linterna un segundo para comprobar lo que había. Ese breve momento de tenue iluminación, en el que tenía que ver todo el contenido de la habitación y al que seguía la más negra oscuridad, me aterraba más que no tener luz en absoluto. La cama del dormitorio más grande estaba hecha y tenía un aspecto terriblemente acogedor, pero sabía que no me atrevería a quedarme dormido aquí, por si los alemanes decidían registrar la zona por la noche o a primera hora de la mañana.

Bajé cojeando las escaleras, volví a la cocina y me senté en la mesa. Al iluminar mi pie con la linterna, vi que estaba hinchado, pero había acertado en que no había nada roto. Dejando la linterna encendida por un momento, comprobé que las cortinas estuvieran bien cerradas y encontré unas sábanas en un armario; tenía la intención de colocarlas alrededor de la puerta y los marcos de las ventanas. La oscuridad me estaba afectando y quería poder ver. Colgando de un gancho, vi una lámpara de queroseno. Comprobé que no había interruptores de luz en las paredes: la casa no tenía electricidad. Encontré cerillas en un cajón, eché queroseno en la lámpara, la encendí y volví a comprobar que las puertas y ventanas no tuviese ninguna abertura.

Con la lámpara sobre la mesa, me senté y cerré los ojos. La cama de arriba me estaba llamando, pero sabía que dormir era demasiado peligroso. Miré el reloj. Calculé que faltaban unas cuatro horas para que saliera el sol. Tendría que quedarme aquí hasta esa hora y luego ir a buscar mi coche, con la esperanza de que los alemanes no lo hubiesen encontrado mientras tanto. O esta casa.

Me levanté para evitar el sueño y fui en busca de comida. No había nada: la casa había estado habitada hasta hace poco, pero quien hubiese vivido aquí se había ido. Tenía sentido. Lo más probable es que se hubieran marchado con la marea de refugiados cuando el país cayó en manos de los alemanes en primavera y aún no hubieran regresado. Me pregunté dónde estarían y quiénes eran. Los espacios en la pared mostraban dónde habían estado colgadas las fotos. Fotos de familia, supuse; eran posesiones demasiado valiosas para dejarlas atrás. Me sentí extraordinariamente triste.

Mis ojos aletearon y me percaté de que me había quedado frito. Miré el reloj y vi que solo habían pasado unos minutos, pero no me atreví a dejar que se repitiera.

Me acordé de algo. En el bolsillo de mi chaqueta, encontré el tubo que Fran había colocado allí sin que yo lo supiera. Pervitina. La metanfetamina que los alemanes habían dado a sus tropas para que siguieran adelante. Incluso con todos los tropiezos y carreras por el bosque, no se me había caído. Al bostezar tanto que mi mandíbula hizo un ruido seco, supe que tenía que tomar una decisión. Abrí el tubo y saqué una de las pastillas blancas. Respiré profundamente, me la metí en la boca, la tragué y esperé.

Contemplando la sencillez de la cocina que me rodeaba, me sorprendió encontrar que mis pensamientos volvían al apartamento de Dax en la margen derecha. Era un mundo aparte de esto. También era un mundo alejado de las casas de otros policías. Sabía que él hacía la vista gorda. Esa era nuestra póliza de seguro mutuo, la teníamos el uno para el otro. Pero él siempre juraba y perjuraba que no aceptaba sobornos. Mientras la metanfetamina hacía efecto y los pensamientos de mi cabeza se volvían más alocados e inconexos, volví a imaginarme la relativa opulencia de su piso y oí a Boniface diciéndome que Dax tenía una reunión con los alemanes. Oí al propio Dax decirme innumerables veces que no quería que perdiera el tiempo con los prisioneros desaparecidos. Y oí a Capeluche hablar de sus jefes, del poder que ejercían y de la información que tenían sobre mí.

Fue entonces cuando los pensamientos de mi cabeza empezaron a tropezarse entre sí y su lucidez y caótico desorden adquirieron un ritmo que recordaba haber experimentado hacía casi una eternidad. Al igual que entonces, sentí en mi cerebro un carrusel de emociones y miedos que creía haber dejado atrás. Mis ojos se abrieron como un resorte. Deseé que el carrusel de pensamientos se desvaneciera en la oscuridad que se extendía más allá de la habitación abandonada.

36

Encontré mi coche después de dos horas. Estaba a menos de un kilómetro de la casa donde había pasado la noche, pero me había equivocado de dirección con las primeras luces del día y lo encontré después de recorrer el bosque de un lado a otro buscando el grupo de árboles junto a la carretera donde lo había dejado. La pervitina bullía en mí y anulaba el dolor de mi tobillo. Me sentía bien, pero, incluso bajo su influencia, sabía por épocas pasadas que era algo falso, que la liberación sería un descenso mayor de lo que había sido el ascenso. Por eso volvías a ello.

En lo que a mí respecta, volví a París. Esta vez, tuve que sortear una patrulla alemana casi inmediatamente después de encontrar la carretera de Lille. Estaba demasiado cerca de Compiègne. Mi pierna derecha se movía de forma incontrolable mientras esperaba en mi coche a que un *feldwebel* echara un minucioso vistazo a mi identificación policial. Se la llevó a un pequeño cobertizo y anotó mis datos en un papel. Maldije y luego recé para que no llamara a la guarnición de Compiègne. Si lo hacía, el *hauptmann* Prochnow seguramente exigiría que me arrestaran. El *feldwebel* regresó y me entregó mis papeles con una escueta orden de seguir mi camino. Casi pisé con fuerza el acelerador en señal de alivio, pero conseguí controlarme y conducir tranquilamente.

En París no podía escapar de Dax. A pesar de la tentación de irme directamente a casa y dejar que se me pasara el efecto de la pervitina, tenía que enfrentarme a él. Me llamó en el momento en que subí a la tercera planta.

—*Boulevard* Voltaire, Eddie. Por Dios, ¿qué pasa? ¿Dónde demonios has estado?

La droga me dio una confianza que en realidad no debería tener.

—Estoy más interesado en los prisioneros desaparecidos, comisario. He estado con eso.

—Tú y esos prisioneros. Por el amor de Dios, Giral, ¿a qué juegas? Te dije que no quiero que pierdas el tiempo con ellos.

—¿Y eso por qué, Dax?

—Porque lo estarán haciendo los alemanes por la puta razón que quieran, Eddie, por eso. Ellos son los únicos con autoridad para liberar a los prisioneros de Fresnes. Cuanto antes entiendas eso y lo dejes estar, mejor para todos nosotros.

—Tenemos una entrevista con el director del banco —dijo Boniface—. Eddie y yo.

Lo vi por primera vez, no tenía ni idea de que estaba en la habitación. Sus palabras aplacaron a Dax.

—Bien, contadme lo que descubráis. —Dax tenía unas últimas palabras para mí—: Te lo advierto, Eddie. Quiero resultados en este robo. Olvídate de los prisioneros desaparecidos, no podemos hacer nada al respecto.

Estaba a punto de responder, pero Boniface casi me sacó físicamente del despacho. Bajamos las escaleras para buscar su coche, pero Boniface se detuvo en cuanto estuvimos fuera.

—Vete a casa, Eddie. No sé qué has tomado, pero si te quedas aquí, vas a hacer algo de lo que te arrepentirás. No puedo seguir salvándote el pellejo mucho más tiempo.

—¿Qué quieres decir?

—Que te vayas a casa.

Lo vi entrar en su coche. La droga no mostraba signos de ir a menos, pero sabía que tenía razón. Necesitaba estar donde no pudiera hacer daño, sobre todo a mí mismo. Me acordé de que debía aparcar en la calle de detrás de mi bloque y no tenía ningún deseo de comprobar si los posibles informantes me estaban buscando, así que me limité a entrar por el edificio de la *rue* de la Parcheminerie, en ángulo recto con mi propia calle y oculto a la vista, y crucé de un tejado a otro. Era una vía de escape que había aprendido hacía años, cuando me mudé a mi apartamento. Con la pervitina fluyendo dentro de mí, incluso subí rápidamente las escaleras del primer edificio y salté el bajo muro que había entre los dos tejados. Eso sí que era nuevo.

Me sentí extraño en mi pequeño apartamento. Había pasado una noche fuera y mi mente acelerada tardó un tiempo en acostumbrarse de nuevo a su topografía. Moví mi sillón para acercarlo a la ventana y me senté en él, mirando hacia fuera. Nunca había hecho eso en los quince años que llevaba viviendo aquí. El sillón había estado donde estaba ahora desde el momento en que alquilé el apartamento tras dejar a Jean-Luc y a su madre.

Volví a dar un brinco. Me sentí mal y tuve que volver a colocarlo donde estaba. Consulté mi reloj después de lo que me parecieron cinco minutos y vi que había pasado más de dos horas ajustando el sillón para encontrar su posición original. Estaba hambriento. Fui a la cocina, cociné los restos del tocino y me terminé toda la *baguette* de la bolsa que estaba detrás de la puerta. En un breve momento de iluminación, me di cuenta de que tener una adicción a las drogas en estos días de racionamiento sería calamitoso. Por alguna razón, la idea me hizo reír.

Como necesitaba ruido, encendí la radio. Un hombre me dijo que Laval había sido nombrado ministro de Asuntos Exteriores de Vichy. La semana anterior, en pocos días, tanto Laval como el mariscal Pétain, jefe del gobierno de Vichy, se habían reunido con Hitler en Montoire, cerca de Tours, en una muestra inequívoca de nuestra decadencia.

—Ministro de Asuntos Exteriores —le dije a la radio—. Si eso no nos hace ganar amigos, no sé qué lo hará.

Laval, un canalla falso con corbata blanca, era un proalemán derechista y muchos de nosotros lo considerábamos uno de los artífices de la desaparición de la Tercera República. Era un abogado y político que había abandonado el barco más veces que un corsario, y presumía de sus orígenes campesinos mientras restregaba por la cara del país la enorme riqueza que había acumulado.

Para colmo, Pétain había estrechado la mano de Hitler. En Montoire. Había estrechado la mano del monstruo y había hablado de colaboración, tal y como Hochstetter había dicho burlándose de mí. En mi frenética bruma, incluso llamé al Treinta y Seis y pedí que me pusieran con Dax. Iba a preguntarle si aún pensaba que Pétain era el viejo zorro astuto que esperaba su momento antes de darle un giro completo a la situación con Adolf. O si no era más que otro político dispuesto a aliarse con el diablo para salvar su propia carrera. El oficial que contestó no me puso en contacto con él. Me sentí decepcionado y estuve a punto de volver a intentarlo, pero un hambre repentina se apoderó de mí y dejé el teléfono fuera de su soporte. El hombre de la radio seguía hablando.

—¡Qué época! —le grité.

En uno de esos momentos de lucidez en los que empiezas a bajar de un subidón artificial, lancé un insulto tras otro a la propaganda que vomitaba la radio. Un régimen autoritario que había eliminado muchas de las políticas liberales por las que habíamos luchado tanto y durante tanto tiempo, bajo los poderes dictatoriales otorgados a Pétain, «Vichy era poco más que el fascismo nazi», le dije al hombre. Incluso habían tomado nuestro viejo lema revolucionario de «Libertad, Igualdad, Fraternidad» y lo habían sustituido por «Trabajo, Familia, Patria». Era la corrupción de un ideal.

—¿Qué somos? ¿Nazis de comedor social? ¿Sucedáneos del sueño de Adolf? —grité.

Devoré mi pan y mi tocino mientras gritaba. Las migas y la ternilla salpicaron la radio, pero no me importó. Recogí los trozos con los dedos y me los llevé a la boca por segunda vez.

Al igual que Laval, muchos de los nombramientos de Vichy no tenían nada que ver con la capacidad o la integridad. Estábamos gobernados por una camarilla de incompetentes y aduladores que buscaban sacar lo que pudieran y estaban dispuestos a seguir cualquier línea para su propio beneficio personal. Y mientras tanto, los demás estábamos indefensos.

Otra palabra apareció de improviso en mi mente. Una que iba ganando terreno lentamente, un susurro en la esquina de un café, una palabra secreta entre amigos bajo un árbol del parque. Una que De Gaulle dijo una vez y que siempre se pronunciaba desde entonces, pero que nunca se escribía. Al menos yo no lo he visto. La palabra era «resistencia». No tenía ni idea de lo que significaba, no en términos reales, estoy seguro de que nadie lo sabía del todo, pero se la grité al hombre de la radio, que parecía inmune a mis argumentos.

Estaba en mi sillón. No había dormido, pero tampoco había estado despierto. Afuera todavía estaba oscuro y yo estaba junto a la ventana. La radio continuaba encendida, pero ahora sonaba música. Ópera. Un barítono. Me levanté de un salto y la apagué, era demasiado doloroso. Me senté de nuevo y pensé en otro barítono de hace mucho tiempo. No de ópera, sino de *jazz:* Joe.

Era baterista, pero también cantaba. Un contrapunto reverberante a la perfección lírica de Dominique. Lo recuerdo cantando «Avalon» hace muchos años, su voz profunda y retumbante con una dolorosa sensibilidad, como un soldado que lleva unas flores a la tumba de su amigo.

Hasta hace quince años. Cuando le puse fin y terminé nuestra amistad.

Él y Dominique me habían suplicado, pero yo no los había escuchado, tenía demasiada droga en las venas para preocuparme por lo que decían. Joe había estado pagando dinero a cambio de protección a una banda corsa que operaba en Montmartre. Acababa de enterarme. Gran parte de lo poco que ganaba iba a parar a ellos y me enfadé cuando lo supe. Me pidió que no me involucrara, que dejase las cosas como estaban, pero no lo hice y fui a por la banda. Le dije que lo protegería. Me dijo que no podía. Dominique pensaba como él. Ambos estaban en lo cierto y los corsos se desquitaron con Joe.

Le clavaron un tubo de metal en la garganta y eso le dañó las cuerdas vocales para siempre. Acabaron con su canto para siempre.

Y con nuestra amistad, pero de eso me encargué yo.

Estaba en mi silla, pero esta volvió a su lugar en el centro de la sala. Observé con fascinación cómo la pervitina hacía que mis dedos se sacudieran sin control. Enfocando más allá de mi mano, vi la mesa baja frente a mí. Me sorprendió ver la Luger sobre ella. El ritual, ese donde fingía dispararme. No recordaba haberlo recreado.

Entonces recordé que ya no tenía la bala defectuosa.

37

Boniface me estaba hablando. Hacía más de treinta y seis horas que había tomado la pervitina y sus efectos continuaban. Había pasado una segunda noche sin dormir y no me lo parecía. Me había rendido con el sillón y lo había acercado a la ventana. Con las luces apagadas y la cortina abierta, había estado sentado durante horas, mirando los edificios de enfrente y el cielo nocturno. Por fin había sentido una calma que no había tenido en días. Ese era el peligro, lo sabía. La tentación de la droga que podía arrastrarme de nuevo.

Palpé en mi bolsillo, en mi oficina del Treinta y Seis. No me había deshecho del tubo, aunque sabía que debía hacerlo. Era por la tarde, había perdido casi todo el día, y le dije a Dax que había estado yendo tras los testigos del robo del banco. No era verdad, me había pasado la mañana buscando la mejor posición para mi sillón y experimenté una absurda sensación de triunfo cuando por fin lo conseguí.

—Voy a ver a Madeleine —decía Boniface—. Tengo que pedirle que consiga que Dédé acepte reunirse conmigo.

Volví a sentir el pinchazo en el estómago del estilete. Los temores por mi hijo. Y ahora por Dominique. Asentí con la cabeza.

—Dile que me reuniré con él. Y que averigüe si sabe quién es Henri Lafont.

Pareció ligeramente sorprendido.

—¿Cómo te sientes ahora?

—Estoy bien, fue algo que comí. O que dejé de comer. —Se dio la vuelta para irse, pero lo llamé de nuevo—: Boniface. Gracias.

—Bien.

Fui a ver a Dax de nuevo.

—Sobre el caso del *boulevard* Voltaire. Creo que Walter le Ricaneur estuvo involucrado. La descripción de la testigo parece encajar con él.

Dax parecía resignado. Se quitó las gafas y se frotó los ojos.

—¿Walter le Ricaneur? En ese caso, no hay mucho que podamos hacer, ¿verdad? Quienquiera que esté detrás de su liberación de Fresnes se asegurará de que no esté en una celda mucho tiempo. Sigue adelante, Eddie. No pierdas tu tiempo, ni con esto ni con los prisioneros. Cada uno elige sus batallas.

Lo observé detenidamente mientras hablaba. Se había quitado las gafas y me miraba como miope, así que era imposible leer ninguna reacción en su rostro. No estaba más cerca de averiguar la verdad.

—Me ignoraste por completo, Eddie. ¿Por qué debería dejarte entrar?

Dominique no se dejaba convencer. No habíamos hablado desde el día en que Capeluche me llevó a conocer a Hervé en los Jardines de Luxemburgo. Parecía que había pasado una eternidad.

Después de hablar con Dax, había tomado más precauciones—aunque ahora eran como una segunda piel— y había seguido un tortuoso viaje en metro que había incluido cuatro líneas y otros tantos saltos para entrar y salir de los vagones mientras el tren salía de la estación, y una caminata para subir y bajar las cuestas y escaleras de Montmartre. A medida que los efectos de la pervitina empezaban a desaparecer, el dolor del tobillo se hacía más fuerte. Sentí que el tubo me llamaba desde el bolsillo y me esforcé por ignorarlo. En el rellano del edificio de Dominique, había observado con atención las calles por encima y por debajo de mí. No había ningún Traction Avant ni ningún Peugeot 202 a la vista. Esperaba que eso no significara que habían aprendido a seguirme.

—¿Podemos hablar?

—No, puedes venir conmigo.

Me dejó en la puerta mientras volvía a entrar en su piso para ponerse el abrigo y coger el bolso. Junto a la puerta que daba a las escaleras del edificio, pude ver cómo se armaba de valor. Me guio por las escaleras de piedra y giró a la izquierda, donde entramos en una pequeña tienda de comestibles.

—Esto que hace no es para usted, ¿verdad? —le dijo la tendera—. No puedo seguir con esto.

Dominique sacó tres o cuatro cupones de racionamiento.

—Tiene que hacerlo. Por favor, son solo un par de cosas.

Detrás del mostrador, la dueña no parecía contenta. No tenía ni idea de lo que pasaba o de por qué Dominique había venido tan tarde a comprar.

—Podría meterme en líos. No quiero problemas.

—No los tendrá, diré que mentí si alguien pregunta. Solo necesito unos huevos y un poco de harina.

—No hay harina. Puede llevarse dos huevos.

Dominique miró los cupones que tenía en la mano y suspiró.

—Está bien. ¿Tiene queso?

—No queda nada.

Vi a Dominique darse la vuelta, frustrada. Pagó y entregó los cupones correspondientes y llevamos su escaso botín de vuelta a su edificio.

—¿De qué iba todo eso? —le pregunté.

—Ya lo verás.

Subió a su piso y cogió una pequeña bolsa de harina y algo de leche. Cortó un trozo de queso por la mitad y lo puso todo en una cesta, antes de volver a salir al rellano. Llamó a la puerta de enfrente.

—Señora Goldstein, soy Dominique.

La puerta se abrió lentamente y una mujer menuda, de unos sesenta o setenta años, entreabrió mínimamente la puerta. Me vio y la cerró de golpe.

—No pasa nada, señora Goldstein, es un amigo. —Me miró con ironía y susurró—: Tal vez.

La anciana volvió a abrir la puerta, se asomó y me miró. Su gesto era inexpresivo, pero dio paso a una radiante sonrisa cuando dirigió su mirada a Dominique. Un hombre mayor se unió a ella, en pie detrás de la puerta. No se sostenía tan bien como la anciana. Dominique les entregó la cesta con la comida y les preguntó cómo estaban. Parecían intimidados.

—Estamos bien —dijo el hombre—. Gracias a ti.

—Lo siento, no es mucho. Lo intentaré de nuevo mañana.

Cerraron la puerta y Dominique me condujo por el estrecho rellano hasta su piso.

—¿De qué iba eso? —le pregunté.

—Los Goldstein han sido mis vecinos durante años. Pero tienen demasiado miedo a salir desde que llegaron los alemanes. Así que les hago la compra, con sus cupones de racionamiento. Aunque no sé por cuánto tiempo más, ya has visto a la tendera. Le preocupa meterse en problemas si me pillan haciendo la compra para ellos.

—Y tú les das tu propia comida.

—Ya has visto lo que quedaba allí. Los nazis han prohibido a los judíos comprar comida hasta las cuatro de la tarde. A esa hora ya no queda nada, se morirían de hambre.

La seguí por el pasillo hasta su salón. No tenía muchos más muebles que yo, pero su apartamento tenía mejor aspecto. Tenía una mesa con un paño rojo de ganchillo y cuatro robustas sillas a un lado de la habitación, un viejo pero cómodo sofá marrón y un sillón en torno a una mesa baja. Las plantas y los adornos llenaban la habitación y el aire era fresco. También olía mejor que mi casa. Me señaló el sillón y ella se sentó en el sofá, lo más lejos posible de mí, antes de mirarme expectante. Aún no me había perdonado, yo no sabía por dónde empezar.

—He vuelto al *bois* d'Eraine.

Se quedó en silencio. No sabía si era su resentimiento hacia mí o su preocupación por su hijo.

—No estoy segura de querer oírlo.

—Creo que está prisionero. Aquí, en Francia.

—¿En Francia?

Asentí con la cabeza. No pude decirle las razones que me dio Prochnow.

—Pero estoy teniendo problemas para averiguar dónde exactamente. Los alemanes no dan la información fácilmente.

—¿Podrás conseguirla?

—Creo que sí, no me voy a dar por vencido.

Se quedó mirando a la nada durante un rato.

—Gracias, Eddie. —Hizo ademán de levantarse, como si fuera a acompañarme a la salida.

—¿Podemos hablar ahora? —le pregunté—. ¿Sobre el otro día?

Se apoyó otra vez en el respaldo de su sofá.

—¿De qué? ¿De cuando te dio vergüenza que te vieran conmigo?

—No me daba vergüenza que me vieran contigo. Esa no era la razón.

—Y si no fue por vergüenza, ¿por qué fue, entonces?

—Por tu seguridad.

Se apartó aún más de mí.

—¿Por qué?

—No puedo decírtelo. —Ella se rio. En cuanto se lo dije, me di cuenta de que lo haría. Si estuviera en su lugar, también me habría reído—. No puedo explicarlo, Dominique, es asunto de la policía, pero ese día, en los jardines, me estaban siguiendo. Están pasando cosas, cosas que involucran a los alemanes, que me han puesto en su punto de mira.

—No tenías ningún problema mientras paseábamos por los jardines, ni cuando nos tomamos un café.

—A eso me refiero. Si hubiera estado avergonzado o cohibido, ¿crees que habría hecho algo de eso? Pero cuando salí de la cafetería vi a los coches siguiéndome. Sabía que, si me hubieran visto hablando contigo, te habrían puesto en su foco. Por eso tuve que fingir que no te conocía.

—¿Por mi seguridad?

—En serio. —Intenté pensar las palabras que debía decir. Había pasado mucho tiempo. Sabía cómo hablar con Hochstetter, los policías y los criminales, pero ya no manejaba los términos implicados en cualquier otro tipo de relación. Tampoco tenía la habilidad necesaria—. Debes creerme.

Creo que lo endeble de mi último comentario fue lo que le hizo cambiar. Si hubiera mentido, habría sonado mejor, pero la ingenuidad de mi alegato pareció convencerla. Nos sentamos en silencio algunos minutos, cada uno con sus pensamientos.

—¿Es algo a lo que voy a tener que acostumbrarme? —preguntó después de un rato.

Pensé en que los nazis tenían el país en su poder y me sentí irremediablemente triste.

—Creo que sí. Lo siento. ¿Quieres que me vaya?

Volvió a reírse, esta vez con más alegría, con picardía.

—Oh, Eddie, no seas más idiota de lo necesario.

—Me han llamado cosas peores.

—Quédate y lo serás.

Me sentí aliviado, más o menos. Se levantó y me dio un beso en la cabeza antes de salir de la habitación y volver unos instantes después con sendos vasos de *whisky*. Me dio uno y se sentó en el extremo del sofá más cercano a mi sillón. Chocamos los vasos y bebimos. Sabía bien.

—He estado guardando esto desde antes de que llegaran los alemanes —explicó—. Tienes suerte de que no haya tenido ninguna otra razón para beberlo.

Uno sabe que lo han perdonado cuando le dan un beso en la cabeza y un vaso de un *whisky* guardado para las ocasiones especiales. Esa era la moneda en curso durante la ocupación.

Alcé mi vaso en señal de reconocimiento.

—No te lo tomes a mal, pero me alegro de que tu vida sea tan triste y vacía como la mía. Necesito el *whisky*.

Me miró con lástima, y me dijo algo que solo era broma a medias.

—Eddie, mi vida nunca podría ser tan triste y vacía como la tuya.

Se rio suavemente, pero tuve que apartar la mirada, con mis pensamientos en el *bois* d'Eraine. Otros pensamientos se apresuraron a golpearme mientras estaba de bajón. Boniface, Capeluche, eludir a Dax y Hochstetter, enfrentarme a la Gestapo y al SD… y Jean-Luc.

—Estoy harto. Harto de la ocupación, de caminar con pies de plomo todo el día.

Se acercó y puso su mano sobre la mía, entrelazando sus dedos con los míos. El contraste del color de nuestra piel era tan armonioso y bello como las teclas del piano de Ray Ventura. De repente, me sentí en calma por un momento. Ella me sonrió.

—Ahora imagina que encima tienes que lidiar con esto. —Señaló la puerta de su casa—. Y lo que los Goldstein tienen que soportar.

Retiré la mano con timidez.

—Lo siento.

—Sabes, no eres un mal hombre, Eddie. Solo que a veces te olvidas de ser bueno.

Boniface me esperaba en el Treinta y Seis con un mensaje.

—Dédé te verá esta noche, pero solo a ti. Madeleine dice que no hablará con nadie más. Tienes que encontrarte con él en el lugar donde nos dio esquinazo la última vez.

—¿A qué hora?

—A las ocho.

También tenía un mensaje en mi escritorio que decía que Hochstetter había llamado por teléfono. Hice una bola con el papel y lo tiré a la papelera. Hochstetter podía esperar. Pero no lo hizo: me llamó apenas diez minutos después.

—¿Édouard? Tengo algo que quiero que vea.

—Tendrá que esperar a mañana, tengo trabajo que hacer.

—Me temo que no puede esperar hasta entonces, tiene que verlo ahora. Es por su bien.

—¿Ahora?

—He enviado un coche a recogerlo, llegará allí en breve. Espero que venga.

Consulté mi reloj. Tenía una hora y media antes de ver a Dédé.

—Puedo dedicarle media hora.

Estaba hablando con un zumbido. Había colgado. Me levanté y miré por la ventana. Su coche ya estaba abajo. Le dije a Boniface que tenía que ver a Hochstetter.

—Pero estaré en Montparnasse a tiempo para encontrarme con Dédé.

Asintió y bajé las escaleras, esperando que lo que fuera que Hochstetter quería que viera fuera rápido. Y que valiese la pena. Un soldado me abrió la puerta del coche oficial y subí. Se marchó y cruzó a la margen derecha.

—¿Qué ocurre? —le pregunté, pero no respondió.

Miré por la ventanilla y consulté mi reloj. El conductor se detuvo frente al Palais Garnier. Hochstetter me esperaba en la escalinata, con su uniforme pulcramente almidonado y planchado.

—¿Qué quiere que vea? —le pregunté impaciente.

Extendió los brazos con amplitud.

—*Fidelio.*

38

—Es la única ópera de Beethoven, Édouard. Y el hecho de que se represente es un símbolo de la unidad entre nuestros países.

—No tengo tiempo.

—Como he dicho, es un símbolo de nuestra unidad. Y una muestra de mi aprecio por usted. Haría bien en aceptarla.

Me quedé parado en los escalones de la ópera con frustración.

—Dijo que sería por mi bien.

—Lo es. Culturalmente. —Me agarró por el codo, con firmeza, y me guio escaleras arriba hacia la entrada—. De verdad, amigo mío, no toleraré ninguna objeción. Sea cual sea.

—Al menos déjeme llamar por teléfono.

Miró su reloj con un gesto teatral.

—Solo si es imprescindible.

Encontramos al director y nos hizo pasar a su despacho. Esperé, con el deseo de que Hochstetter me dejase hacer mi llamada en privado, pero se limitó a quedarse ahí, con las cejas arqueadas.

—Le sugiero que lo haga rápido —me dijo.

Llamé al Treinta y Seis y me sentí aliviado de que me pusieran con Boniface casi de inmediato. Consulté mi propio reloj, me quedaba poco tiempo. Boniface parecía sorprendido cuando le hablé.

—¿Dónde estás?

—En la ópera, pero eso no importa. Necesito tu colaboración en algo.

—Dios, Eddie, se supone que deberías estar en Montparnasse.

—Sí, así es. —Miré a Hochstetter. Estaba fingiendo interés en un cuadro al óleo cerca del escritorio—. Eso que te pedí que hicieras. Necesito que lo hagas esta noche.

—¿A qué demonios juegas? Pensé que te habías recuperado.

—Esa es. En la *rue* Madeleine. ¿Puedes ocuparte de ella, por favor?

—Dédé no quiere verme a mí, ya te lo he dicho. Tienes que estar allí. Por el amor de Dios, Eddie, no la cagues otra vez.

—Perfecto. Lo dejo en tus manos, entonces.

Colgué y miré a Hochstetter.

—Solo una más.

Levanté el auricular y hablé con la operadora. Pedí que me pusieran en contacto con la tienda de Madeleine. Madeleine contestó y me pregunté cómo iba a explicárselo en clave, pero Hochstetter se acercó y puso los dedos sobre el teléfono, cortando la llamada.

—Creo que es suficiente, Édouard. Puede prescindir de dos horas y media por el bien de su alma. No quiero llegar tarde.

—¿Dos horas y media? ¿Dos horas y media para que una mujer se vista de hombre y saque a su marido de la cárcel?

—Haría bien en frenar su habitual cinismo.

—¿Tiene alguna otra información que darme? —dije en voz más baja mientras nos acercábamos al auditorio—. Permítame sacar algo que valga la pena de la noche.

—Nada tangible, pero me atrevería a decir que nuestros amigos traman algo. Sospecho que las personas que están detrás de estas desapariciones de la cárcel de Fresnes, e imagino que también del asesinato del delincuente en el bar de *jazz,* son responsabilidad de las instituciones que esperábamos. Me parece que en esta ocasión el SD y la Gestapo trabajan en armonía. No es una buena noticia para ninguno de los dos.

—¿Trabajarían con delincuentes franceses?

—En momentos como este, todos tenemos que comprometernos. No todas las relaciones se basan en la confianza como la nuestra, Édouard.

Tomamos asiento en el palco. Hochstetter nunca hacía nada a medias. Sabía que, a falta de fingir una enfermedad, no tenía más remedio que permanecer lo más tranquilo posible y esperar que Dédé accediera a ver a Boniface. Sentado al otro lado de Hochstetter estaba el oficial de la Abwehr que había visto con él en el Lutétia, el comandante Kraus. Esperaba que entablasen conversación y me dejaran con mis propios pensamientos. Noté un toquecito en el hombro. Al girarme, vi una cara conocida en la fila de detrás de mí. Era Peter, el oficial de la Wehrmacht y amante del *jazz* que había conocido la noche en que Dominique cantó.

—¿También lo han convencido para venir a la ópera? —me preguntó, con un tono de conspiración.

—¿De verdad son dos horas y media? —le pregunté.

—Estoy seguro de que parecerá mucho más tiempo.

Sentí una enorme tristeza. Habría dado cualquier cosa por conocer a un alma gemela como Peter en cualquier otra circunstancia que no fuera esta. Y no me refería a la ópera, aunque eso también era bastante malo.

Un revuelo a nuestra izquierda nos distrajo. Un hombre de uniforme con un pequeño séquito se dirigía a su asiento, obligando a los demás melómanos a adoptar esa curiosa posición tan de teatro, medio agachados y haciéndose a un lado mientras él pasaba a toda prisa. Lo reconocí, y esperaba que no mirase en mi dirección. Era el oficial del SD que había venido a verme por preguntar sobre los prisioneros desaparecidos. En su séquito, vi al otro hombre, más mayor, que había estado con él el día que hice una visita de cortesía a la Gestapo.

—¿Sabe quién es? —le susurré a Peter, señalando con la cabeza al hombre mayor.

—Es Karl Bömelburg, el jefe de la Gestapo en París.

—¿Y el que está buscando su asiento?

Su voz se apagó un poco.

—Helmut Knochen. Es el jefe del SD en París. ¿Por qué lo pregunta? Realmente no son personas que le interese conocer.

—Lo tendré en cuenta. —«Ups».

—Aunque el SD y la Gestapo están muy controlados actualmente. Aquí en París, quiero decir. Eso es en gran parte gracias al general von Stülpnagel, el gobernador militar de Francia. Y porque el SD apenas tiene personal. Es decir, un problema, desde su punto de vista. Knochen considera que su papel consiste sobre todo en recopilar información en lugar del tipo de cosas que hemos llegado a esperar de ellos. —Hizo una pausa para mirar críticamente a Knochen antes de apartar la vista y bajar aún más la voz—. Esperemos que dure, por su bien y el nuestro.

—Entonces, ¿no es usted un apasionado del SD? ¿O de la Gestapo?

—Soy un apasionado de todos los aspectos del régimen nazi. Como estoy seguro de que usted lo es de todos los aspectos de la política francesa de los últimos veinte años.

Las luces se atenuaron y empezó la diversión. «Si al menos dejasen de chillar», pensé, ya que la música era maravillosa. La sinopsis de Hochstetter era precisa, una mujer vestida de hombre de forma poco convincente para liberar a un preso político. Me pregunté si había alguien trabajando en la ópera que hubiera decidido presionar al máximo para que se representara, y luego se sorprendiera de que las autoridades nazis accedieran a que se interpretase la ópera. Le invitaría a una copa, si no estuvieran racionadas.

El intermedió llegó y recuperé mis tímpanos. Intenté llamar de nuevo al Treinta y Seis y a Madeleine. Boniface se había ido, lo cual era bueno, pero no hubo respuesta de la tienda de Madeleine. Hochstetter permaneció en la habitación todo el tiempo.

—Tengo que ir a un sitio al que probablemente no querrá venir —le dije, dirigiéndome a los aseos.

Me refugié en uno de los cubículos y me senté a pensar. Me preguntaba qué estaría ocurriendo con Boniface y Dédé, pero mi mente estaba distraída con la ópera. Había una escena que, a regañadientes, tenía que admitir que me gustaba con un disfrute macabro. El «Coro de los prisioneros» que Hochstetter había escuchado en el gramófono del Lutétia. Todos los presos políticos salieron de sus celdas creyendo que se los iba a liberar. Se arremolinaron y cantaron mucho, la mayoría gratuitamente, hasta que sus sueños se rompieron de pronto y se los devolvió a sus celdas en una curiosa distorsión del caso que me robaba el sueño. No podía quitarme la imagen de la cabeza.

Estaba a punto de salir de mi cubículo cuando oí voces fuera. Al menos dos, y ambas me eran familiares. Escuché el sonido de alguien orinando y luego el agua que corrió en los lavabos.

—Veo que Hochstetter está aquí con su policía domesticado —dijo uno de ellos.

Todo encajó. La voz pertenecía al hombre que me había interrogado en la *avenue* Foch, el que ahora sabía que era Helmut Knochen, el jefe del SD, gracias a Peter. Y el otro era el jefe de la Gestapo, Karl Bömelburg. Ahora hablaba él:

—Hemos recibido un informe de la oficina de Compiègne. Un detective de la policía de París estuvo allí, preguntando por los prisioneros africanos. Era el hombre de Hochstetter.

—¿Prisioneros africanos? Creía que preguntaba por prisioneros franceses.

—Por ambos, al parecer. ¿Deberíamos abordarlo con más ímpetu?

En mi cubículo, no pude evitar negar con la cabeza.

—Manténgalo bajo vigilancia. Si cree que hay que ocuparse de él, hágalo. —Eso hizo que negara con la cabeza de nuevo, aunque con más insistencia—. Este asunto de la desaparición de prisioneros es bastante desconcertante.

Sentí mi pistola bajo la chaqueta. Hochstetter no me la había quitado cuando llegué. La saqué lentamente y puse la otra mano en el pomo de la puerta. Los dos estaban fuera, a una puerta de distancia. A dos balas de distancia. Dos problemas que desaparecen de un plumazo. Miré mi pistola y traté de encontrar una razón para no hacerlo.

La puerta exterior se abrió y los dos hombres dejaron de hablar por un breve instante. Fue Knochen quien se dirigió primero al recién llegado.

—Hochstetter, precisamente estábamos hablando de usted.

—No lo pongo en duda —respondió Hochstetter.

«Tres balas», pensé. ¿El policía domesticado de Hochstetter? Y una mierda. Oí a los otros dos hombres marcharse y la ocasión se esfumó. Guardé mi pistola.

—Ya puede salir, Édouard. No puede esconderse ahí para siempre.

Tiré de la cadena y salí para lavarme las manos.

—¿Ha oído algo interesante? —me preguntó.

—Dijeron que tenía usted mal aliento.

De vuelta al auditorio para la segunda parte, no pude evitar mirar a Knochen y Bömelburg. Por desgracia, capté la atención de Knochen y me miró fijamente antes de volverse hacia el oficial que estaba a su lado, que le devolvió la mirada y me estudió a su vez hasta que se apagaron las luces.

Resignado a esperar hasta el final antes de poder hacer nada, un momento del segundo acto me impactó. Gracias a la pretensión totalmente irreal de Leonora de ser un hombre, consiguió liberar a su marido. O lo habría hecho si un oficial no hubiese entrado en escena y terminado el trabajo por ellos.

Cuando por fin —y afortunadamente— dejaron de cantar, todos se aplaudieron a sí mismos y a los demás, y se encendieron las luces. Parpadeé para acostumbrarme y vi cómo los espectrales uniformes grises se levantaban lentamente de sus asientos y se alejaban a izquierda y derecha. A mi lado, Hochstetter se levantó y se dirigió al pasillo, sumido en una sensiblera conversación con Kraus. Me quedé sentado y reflexioné, cuando sentí otro golpecito en el hombro. Era Peter.

—¿Qué le ha parecido? —susurró.

—Realmente perverso.

Se rio.

—Habla como un auténtico músico de *jazz*.

Lo vi marcharse y me quedé sentado un rato más. No había bromeado. Era realmente perverso el aplauso entusiasta a una historia de libertad política por parte de la misma gente que la estaba suprimiendo deliberada y firmemente de todos los demás países de su entorno. Miré a Hochstetter, quien me hacía señas para que me uniera a él. Y la arrogancia cultural de gente como él, que consideraba que todo lo que hacían era mejor que todo lo que sustituían. Respiré hondo y abandoné mi asiento.

—¿Qué le ha parecido, Édouard? —me preguntó un eufórico Hochstetter cuando llegué hasta donde estaba—. Mucho más edificante que su *jazz,* ¿no cree?

—Estoy de acuerdo con usted. He aprendido una valiosa lección esta noche. Una que me acompañará siempre.

Me dedicó una media sonrisa.

—Progreso.

—Eso espero.

Me giré y vi a Knochen lanzar una última mirada en mi dirección.

Boniface me esperaba fuera. No podía ocultar una expresión de preocupación en su rostro. Le indiqué que no dijera nada, le di las gracias a Hochstetter y me excusé ante él.

—Un asunto policial —le dije.

Hochstetter me ofreció ayuda, pero la rechacé. Alejé a Boniface del edificio hacia su coche tan rápido como me permitía el tobillo y le pregunté qué había pasado. Vi a Knochen y a Bömelburg escudriñando a la multitud fuera de la ópera. Me pregunté si era por mí.

—Fui. Probé en la cafetería, pero estaba cerrada. Dédé no estaba allí.

—¿Y Madeleine?

—Ha salido a buscarlo.

39

Un Traction Avant, con su potente motor rugiendo en la noche, pasó a toda velocidad. Me agaché en el portal. Vi a Boniface hacer lo mismo en el lado opuesto de la estrecha calle. Me vio y sonrió. Realmente no tenía ni idea de lo que estaba pasando.

Cuando pasó el coche, intenté asomarme para ver si era la Gestapo o los jefes de Capeluche, pero estaba demasiado oscuro para saberlo. En cualquier caso, no importaba. Los dos estaban persiguiéndonos por los callejones de Montparnasse.

Boniface y yo habíamos conducido desde el Palais Garnier hasta el barrio para buscar a Dédé. Al salir de la ópera, vi a Knochen hablando con dos hombres en un Traction Avant, que rápidamente encendió el motor y salió tras nosotros.

—Será mejor que te muevas un poco —le dije a Boniface.

Miró por el retrovisor.

—Estoy en ello.

Los perdió en las estrechas calles al sur del Sena y llegamos a Montparnasse sin ningún otro coche a la vista. Teníamos el toque de queda casi encima. Éramos policías y se nos permitía estar fuera, pero si una patrulla alemana pillaba a Dédé o a Madeleine, los arrestarían. Y si era el grupo de Capeluche el que atrapaba a Dédé primero, la cosa iba a ser aún peor. Sabía quién era el que había pasado por Fresnes, eligiendo a los prisioneros para liberarlos improvisadamente. Suponía que era Henri Lafont, fuera quien fuera. Y quienquiera que fuese, tendría mucho interés en silenciar a Dédé para asegurarse de que no llegáramos a conocer su identidad.

Boniface y yo habíamos ido primero a la cafetería donde se suponía que había quedado con Dédé. Estaba a oscuras, como había dicho Boniface, pero habíamos golpeado la puerta hasta que la dueña había bajado a abrir. Estaba blanca como la leche racionada.

—Pensé que eran los *boches* —dijo, ajustándose la bata alrededor del pecho.

—¿Ha visto a Dédé? —le pregunté—. Se suponía que estaría aquí para verse conmigo.

—Imposible, estábamos cerrados.

De repente se quedó en silencio y miró por encima de nuestros hombros. Y fue entonces cuando nos volvimos para ver el primero de los Traction Avant, que se acercaba lentamente hacia nosotros. La ventanilla del pasajero se bajó y de ella surgió una mano con una pistola, como una película a cámara lenta.

—Vuelva adentro —le dije a la dueña—. Y no abra la puerta a nadie. ¿Dónde podemos encontrar a Dédé?

Rápidamente volvió a entrar, balbuceando sus palabras mientras avanzaba:

—Iba a ver a Julien.

—¿Adónde? —le pregunté, pero ya se había ido.

Boniface me agarró y me arrastró por el lateral del edificio. El primer disparo de la noche hizo que esquirlas de piedra de la pared de la cafetería traquetearan alrededor de nuestras cabezas y corrimos por el estrecho callejón de la izquierda. El coche no podría seguirnos por allí.

—¿Quién es Julien? —pregunté cuando tomamos aliento al final de la calle.

—¿Quién nos persigue? —Boniface también tenía una pregunta—. ¿La Gestapo o la gente de Fresnes?

—¿Importa?

—Si son delincuentes franceses, voy a disparar. Si es la Gestapo, no lo haré.

Solté un gruñido. Tenía razón, disparar a la Gestapo no era normalmente una buena idea. Teníamos que alejarnos de cualquier encantador grupo que nos siguiera, pero también teníamos que encontrar a Dédé. Y a Madeleine. Intenté hacerme una idea de dónde estábamos. Ella vivía encima de la mercería, que estaba a solo tres calles.

Fuimos juntos. Dos pares de ojos atentos a los perseguidores parecía una mejor apuesta que dividirnos y arriesgarnos a encontrar a Dédé o a su madre por separado. Cuando llegamos, ella no estaba. Intenté llamar a su puerta en silencio, lo suficiente para que abriera, pero no para que nadie más lo oyese. Dio igual, no estaba.

—¿Quién demonios es Julien? —volví a preguntar.

—La primera cafetería en la que encontramos a Dédé —dijo Boniface—. ¿Podría estar allí?

—Faltan unos minutos para el toque de queda. Lo intentaremos.

Pero, cuando nos acercábamos, un Traction Avant apareció en la esquina. Esta vez vi que había dos hombres de la Gestapo en los asientos delanteros.

Nos habían visto, así que volvimos corriendo por donde habíamos venido y atajamos por una calle lateral. Con un poco de suerte, los dos coches se encontrarían de frente.

—¿Lo viste en la cafetería? —le pregunté a Boniface. Negó con la cabeza.

Me empezaba a doler el tobillo. En mi bolsillo, palpé el tubo de pervitina. Cuando Boniface se apartó, lo saqué por un breve instante, tentado, pero lo volví a guardar sin abrirlo. Nos agachamos en un portal, donde escuchamos el sonido. El motor de un coche pasó a una calle de distancia y ambos nos encogimos instintivamente.

—Mireille Gourdon —dijo Boniface de repente—. La ex de Calais Jacques. Es amiga de Madeleine, puede que lo sepa.

—¿Sabes dónde vive?

Le sentí guiñar un ojo en la oscuridad.

—Tengo su dirección. —Le oí rebuscar en su chaqueta y sacar algo. En un breve instante, encendió su mechero y miró rápidamente un trozo de papel, antes de volver a apagar la llama—. Lo tengo.

Corrimos por las calles, de portal en portal. Pasó un coche patrulla de la Wehrmacht, sin duda atraído por todo el movimiento o por el disparo de antes.

—Lo que nos faltaba.

Boniface encontró el bloque de apartamentos y rompimos la cerradura de la planta baja para entrar. Me quedé abajo en el pasillo, vigilando, mientras Boniface subía las escaleras.

—Nada de besos —le dije—. No tenemos tiempo.

Vi su sonrisa blanca en la oscuridad de la escalera. Volvió a bajar con sorprendente rapidez.

—Su marido estaba dentro —explicó—. Madeleine estuvo aquí antes, Mireille me ha dicho dónde podría encontrarla.

Solo llevábamos diez segundos fuera del portal cuando otro disparo nos hizo correr para cubrirnos. No había visto de dónde venía, así que corrimos a ciegas hacia el refugio más cercano.

—Por aquí —me avisó Boniface junto a la entrada de un callejón—. Es aquí arriba.

Me giré, pero no pude ver de dónde había salido el disparo. Oí el ruido de un motor detrás de mí y aceleré el paso para alcanzarlo. Me dolía el tobillo, así que medio cojeé y medio corrí durante el último tramo. Boniface ya estaba en la puerta de un antiguo edificio y hablaba con una mujer que se encontraba dentro.

—¿Julien? —la oí susurrar cuando llegué—. Está muerto, murió hace años. Él y Dédé eran inseparables de pequeños.

—También le dijo a Boniface dónde podíamos encontrar a Madeleine—. Iba a la cafetería. —Nombró la primera a la que habíamos ido.

Solté un gruñido. Empezábamos a volver sobre nuestros pasos cuando se me ocurrió una idea.

—Vuelve a la cafetería a buscar a Madeleine —le dije a Boniface—. Creo que sé dónde estará Julien.

—Está muerto.

—Por eso mismo.

Seguimos por la misma calle durante un trecho, Boniface por el lado opuesto al mío, y nos agachamos cuando un Traction Avant pasó lentamente. Me separé de él al final de la calle y corrí tan rápido como mi tobillo me lo permitió hasta las oscuras puertas del cementerio de Montparnasse.

Habían forzado una de las pequeñas entradas laterales de la *rue* Émile Richard. Mirando a mi alrededor, la empujé y entré. Montparnasse podía estar a oscuras, pero esto era otro mundo. Los sonidos eran diferentes. El ruido de las peleas y los pies que se arrastraban entre los arbustos que bordeaban las estrechas avenidas de los muertos contrastaba con el silencio de las tumbas.

Saqué mi pistola y me acerqué con sigilo. El cementerio era enorme. No tenía ni idea de dónde estaría enterrado Julien, suponiendo que mi hipótesis fuera correcta, pero decidí que lo más probable era que estuviese en las parcelas periféricas, lejos de los ricos y famosos de los pasillos centrales.

El motor de un coche recorrió el sendero exterior y me quedé paralizado. Se retiró y seguí adelante, pisando con cautela entre las piedras. Me mantuve alejado de los senderos, ya que allí había menos lugares donde esconderse. Aunque no es que hubiera muchos entre las tumbas.

Por un breve instante vi un destello de luz delante de mí y a mi derecha. Me detuve de nuevo, fijando en mi mente dónde lo había visto. Mientras avanzaba, oí que el coche volvía. Esta vez se detuvo detrás de mí. Supuse que estaba cerca del acceso por el que yo había entrado. Debían de haber encontrado la puerta rota.

Haciendo el menor ruido posible, seguí adelante. Delante de mí, alguien había encendido una luz. Detrás de mí estaban los ocupantes del coche. Me desvié ligeramente hacia la izquierda, con la esperanza de alcanzar a la persona que iba delante, por un lado, sin que me viera.

Oí el roce de una piedra bajo unos pies. Esta vez se iluminó una linterna. Una voz gritó en alemán. Cuando la luz atravesó la noche, vi que era una patrulla de soldados uniformados. Con ellos había alguien de paisano. No me cabía duda de que era la Gestapo.

Oí de nuevo el roce de la piedra y seguí el sonido. La linterna de los soldados efectuó un barrido y alcancé a ver una figura agachada detrás de una lápida. La luz no la había iluminado directamente, por lo que el portador de la linterna no la habría visto. Solo la vi por la sombra que proyectaba la luz. Era de complexión liviana. Esperaba que fuera Dédé.

Los alemanes se alejaron, escudriñando con sus linternas entre las tumbas de mi derecha. Me acerqué a la tumba donde había visto la sombra. Oí un suspiro. Era de miedo.

—¿Dédé? —susurré.

—Me alegro de verte, Eddie —respondió una voz.

Pero no era la de Dédé.

—Calais Jacques —maldije.

—Ven y únete a nosotros, *poulet*. Mira lo que tengo aquí.

Se levantó, mientras sujetaba a un asustado Dédé. En su otra mano vi lo que parecía una pistola. Escondí la mía a mi costado y me dirigí con precaución hacia ellos. Cuando me acerqué, Jacques arrastró a Dédé hacia el sendero más cercano. A lo lejos, oí a los alemanes haciendo un barrido. Parecía que volvían hacia nosotros. Sus linternas empezaron a buscar en las tumbas cada vez más cerca de donde nos encontrábamos. Jacques miró hacia su origen. No parecía muy preocupado por su presencia.

En un destello de luz reflejada, vi que lo que Jacques sostenía era una porra de cuero, no una pistola. Me acerqué, con un ojo puesto en las luces que se acercaban, y levanté mi pistola.

—Suéltalo, Jacques.

Soltó una carcajada.

—Creo que estás en minoría, Eddie.

En el momento en que abrió la boca, Dédé aprovechó para golpear con su otro brazo el de Jacques y separarse. Jacques hizo ademán de seguirlo, pero yo di un paso adelante y amartillé mi pistola.

—No lo hagas, Jacques.

Ambos escuchamos cómo Dédé se escapaba a toda prisa entre las lápidas, alejándose de las luces que se acercaban. Por detrás, oí que los perseguidores que habían entrado por la misma puerta que yo se lanzaban a por él. Supuse que Dédé era su objetivo, no yo, fueran quienes fuesen. Solo había conseguido darle una mínima ventaja.

—Gran error, Eddie —me dijo Jacques.

—Muévete hacia el sendero. Hacia el centro.

—Parece que tenemos compañía. Será mejor que estés preparado.

—Lo estoy.

Me agaché detrás de una lápida, disparé hacia los alemanes que se acercaban y me alejé rápidamente. Las linternas se juntaron y enfocaron a Jacques, en medio de la avenida. La porra que tenía en la mano parecía una pistola. Se volvió hacia mí.

—Serás cabrón, Giral.

Me alejé un poco más en la oscuridad. Vi cómo intentaba soltar el arma, pero los soldados abrieron fuego y cayó bajo sus balas. Su rostro se llenó de odio y giró la cabeza para buscarme mientras caía, pero yo ya me estaba retirando entre las sombras.

40

Bouchard levantó sus gafas de pasta de media montura hasta la frente y me sonrió a modo de saludo. Dejé que la puerta se cerrara suavemente tras de mí.

—Estoy contigo en un momento, Eddie.

El olor de la morgue se me metió en las fosas nasales y en la boca, como sucias zarpas que lucharan contra el desinfectante para quitar las manchas. Sin pretenderlo, sacudí la cabeza para librarme de él. Era un lugar al que nunca me acostumbraría. Observé cómo el forense extraía algo de un cuerpo sobre la mesa de autopsias.

—¿Ese es el mío? —le pregunté.

Sin levantar la vista de lo que fuese que había captado su atención, me dijo:

—Vamos afuera. Esta pobre alma se está ahogando.

Lo dejó y se lavó las manos antes de reunirse conmigo. Un empleado llegó con un carrito y lo dejó junto a nosotros. Una sábana blanca seguía los contornos del cuerpo que había bajo ella. Con mi ayuda, Bouchard colocó el carrito como pretendía y fue a retirar la sábana. Me preparé para lo que iba a ver.

—A falta de más pruebas, he hecho lo que he podido —me dijo—. Pero las cosas siguen siendo lentas, trabajamos con un personal reducido desde que empezó la ocupación.

—Entiendo. Cuando puedas.

Retiró la sábana. Miré el rostro; lo reconocí y sacudí la cabeza con rabia.

—Ataque al corazón—dijo Bouchard—. Estoy más o menos seguro de que lo causó la metanfetamina. Sabré más cuando encuentre a alguien que le haga más pruebas. No aguantes la respiración.

Pero yo no hacía otra cosa en su querida morgue. Saqué el tubo de pervitina de mi bolsillo.

—¿Podría ser por esto?

Me lo quitó y lo examinó.

—Probablemente, no es la primera vez que lo veo. Los alemanes lo usaban para sus soldados, ya sabes.

—Lo sé.

—Escuché que uno de ellos la llamó la «sal del piloto». Se la dan a la Luftwaffe.

—¿Y crees que podría haber causado esta muerte?

—Es posible, Eddie. Ahora no podría afirmarlo. ¿De dónde has sacado esto?

—De un traficante de drogas. —Lo dije sin dudar un instante. Hizo ademán de devolvérmelo—. Quédatelo, puede que lo necesites para comparar.

Me miró fijamente a los ojos y colocó el tubo en el banco que tenía más cerca.

—Gracias. Puede que lo necesite.

—Sé que yo no —añadí.

Asintió lentamente y eché una última mirada al cuerpo que yacía en el carro. El rostro era suave, apacible.

—Era muy joven —comentó Bouchard.

—Sí, lo era.

Delante de mí estaba el cuerpo de Paulette, la joven a la que Fran había dejado cuando sintió que su club subía como la espuma. Fran, que suministraba pervitina.

Fran estaba besuqueándose con otra joven en su despacho cuando fui al Jazz Chaud. Sobre el escritorio había restos de varias rayas de cocaína. Además, una pirámide de esta se amontonaba en un papel al lado. Pensé que Paulette estaba en un carrito en el reino de Bouchard y tuve que contenerme para no meterle de golpe todo el polvo blanco a Fran en la garganta.

—¿Has visto a Paulette? —le pregunté.

—¿A quién?

Reuní la cocaína en un montón y, de un soplido, la esparcí por la habitación. Casi se desmaya ante el desperdicio.

—Paulette. Fue contigo a Longchamp.

Le dio un azote a su última víctima en el culo y me miró con lascivia.

—Vas a tener que ser un poco más preciso, Eddie.

—Paulette. Una buena chica, cara encantadora y voz ronca. La atiborraste de pervitina y ahora está mirando al techo desde una mesa de autopsias en el instituto forense.

—No tengo ni idea de lo que hablas.

Me acerqué a él y le aplasté el trozo de papel en la cara, pasándoselo por la nariz y la boca. Lo hice pedazos y se lo lancé.

—¿Te acuerdas ahora?

Balbuceó, medio tratando de limpiarse la cara, medio intentado meterse algo de polvo en la boca. Ojalá lo hubiera visto hace quince años. Nunca me habría enganchado.

—No tiene nada que ver conmigo, Eddie. Hace semanas que no la veo. ¿Es todo lo que querías? Porque yo también soy un hombre ocupado.

—Quiero un favor.

Se rio de mí.

—¿Quieres qué?

—Un favor, Fran. A cambio de no arrestarte y cerrarte el local de nuevo.

—¿Arrestarme por qué?

Señalé los restos de coca.

—Por eso.

—¿Seguro que quieres que un vínculo entre tú, yo y la nieve salga a la luz, Eddie? —Se lamió el dedo, lo pasó por el polvo y me lo ofreció—. Aún lo sientes, ¿no? Vamos, prueba un poco.

Lentamente, vacilante, alargué la mano sobre el escritorio y tomé su dedo. Sentí los finos granos en la punta y vi cómo se disolvía el polvo blanco mientras movía mi propio pulgar en él en un pequeño círculo. Suspirando, le doblé el dedo hacia atrás y me senté a ver cómo aullaba de dolor antes de soltarlo. Se lo acarició, mirándome agraviado.

—Tengo que traficar —dijo. Se sacudió el dolor del dedo—. Pensé que conseguiría que viniera más gente al club, pero no lo hacen. Es Julot. El lugar está mancillado, nadie quiere pasar una noche en un club donde ocurrió algo así.

—Si te metes en la cama con el diablo, Fran, no puedes ser tú quien acapare las mantas.

—Te digo que si alguna vez encuentro a quien lo hizo, le cosería las putas manos. —Abrió un cajón y sacó su antiguo revólver—. Antes de volarle los putos sesos.

En mi mente, vi el frío aplomo de Capeluche.

—De verdad que no te desearía que te metas en algo que no puedas manejar. De todos modos, ¿no crees que tiene más que ver con la forma en que diriges el lugar? No vas a atraer a los amantes del *jazz* si el club es poco más que un antro de drogadicción.

Se rio.

—¿Un antro de drogadicción? ¿Cuándo te hiciste viejo?

Lo miré fríamente.

—Cada vez que veo a una mujer joven tumbada en una mesa de autopsias. Quiero un favor, Fran. Yo moví los hilos para que pudieras reabrir. Me lo debes.

Eso me valió una sonrisa de desprecio.

—No has movido nada. Sé muy bien cómo se reabrió este lugar. Les estoy pagando bastante por ello.

—Ayúdame y cambiaré eso.

Se inclinó hacia delante sobre la mesa y me miró seriamente.

—No puedes cambiar nada. La gente que me protege es mucho más fuerte que tú o cualquiera de tus policías.

—¿Cómo de fuertes?

Se recostó triunfante.

—Tan fuerte como es posible en estos tiempos. Ahora, vete a la mierda y no dejes que la puerta te golpee en el culo al salir.

Su propia frase pareció gustarle tanto como su nieve.

—Igual es verdad que desciendes de Molière —le dije y le soplé los restos de la coca en la cara.

—Te dije que no vinieras, Eddie.

Joe ni siquiera se había sentado, se giró para pedirle al guardia que lo llevase de vuelta a su celda en cuanto me vio en la sala. Estaba más deteriorado que la última vez que lo vi.

—Escúchame, Joe. Tengo algo para ti.

Negó con la cabeza y se dio la vuelta para irse. Por suerte para mí, el guardia ya nos había dejado y había salido de la habitación, así que Joe no tenía muchas opciones. Lentamente, cruzó la pequeña habitación y se sentó. Supuse que, si no hubiera estado tan agotado, se habría quedado de pie donde estaba en lugar de sentarse frente a mí.

—Creo que he encontrado la forma de sacarte de aquí.

Se limitó a mirarme fijamente.

—¿Más promesas, Eddie? ¿Aún no has aprendido?

—Lo digo en serio. Solo dame unos días y te sacaré de aquí.

—¿Qué vas a hacer? ¿Enfrentarte a los nazis? ¿Crees que eso funcionará? ¿O me vas a sacar de aquí por arte de magia?

Miró de reojo para ver si el guardia volvía. Podía ver que estaba impaciente por irse.

—Lo prometo, Joe. —Vi su expresión—. Lo sé, lo sé. He prometido cosas en el pasado y no he cumplido, pero esta vez lo digo en serio. Te sacaré de aquí.

La puerta se abrió y el guardia entró subiéndose la bragueta.

—¿Puede llevarme ya de vuelta? —le preguntó Joe.

Se levantó y se alejó lentamente de mí. Sus movimientos eran vacilantes, endebles.

—Lo digo en serio, Joe.

Esperé hasta que el guardia volvió a por mí para acompañarme a la puerta de entrada.

—He oído lo que ha dicho —me dijo mientras nos acercábamos a la entrada principal—. Lo de sacarlo.

Me detuve a mirarlo.

—Supongo que puede guardar un secreto.

—Oh, sin duda, no es problema. Pero va a tener que darse prisa. Mañana se lo entregaremos a los alemanes.

41

—¿Habéis encontrado a mi hijo? —preguntó Madeleine por encima de las cabezas de dos ancianas que cuchicheaban sobre si comprar algodón. Había rabia en su voz.

—Esperábamos que tuviera usted noticias, Madeleine —le dijo Boniface, inclinándose sobre el mostrador hacia ella. Hice una mueca de disgusto ante su inusitada confianza.

Boniface y yo estábamos buscando a Dédé. Su rastro se había perdido durante un par de días desde la noche de la ópera. Habíamos vuelto al cementerio y habíamos encontrado la tumba de Julien, pero nada que nos diera una pista de adónde había ido Dédé desde allí. Solo unas manchas en la tierra donde habían matado a Calais Jacques. Las miré y no sentí nada. Recordé, en cambio, la noche en que Jacques me había entregado a Capeluche para que me cosieran los labios.

Madeleine miró con desdén a Boniface.

—Si quisiera hablar con el mono, lo haría. Yo hablo con el organillero. —Me miró a mí—. Aunque no es que usted sea mejor.

—¿Nadie ha dicho nada, Madeleine?

—¿Usted qué cree? Usted es el responsable, Eddie Giral. Encuentre a mi hijo.

—¿Dónde deberíamos buscarlo? —inquirí. No le gustó mi pregunta.

—Bueno, si no lo sabe, ¿qué hace siendo policía?

—Me refiero a si sabe de algún amigo con el que pueda estar.

—¿Cree que no les he preguntado?

Pensé en que había ido a la tumba de Julien cuando estaba en peligro.

—¿Hay algún otro lugar como la tumba de su amigo donde iría si estuviera asustado?

Finalmente se echó a llorar.

—Vendría a verme a mí. Si tuviera problemas o estuviera asustado, vendría a verme. ¿Dónde está, Eddie?

—Haré lo que pueda, Madeleine. —Más promesas que ya no sabía si podría cumplir.

La dejamos mientras las dos ancianas la consolaban y volvimos adonde Boniface había dejado su coche. Mi tobillo había mejorado desde la noche que habíamos pasado corriendo por estas calles, pero aún sentía punzadas.

Nos encontramos con un comité de bienvenida. Aunque no parecían demasiado cordiales y probablemente no sabrían deletrear comité. Media docena de los mínimos comunes denominadores del barrio bloqueaban nuestra salida de la angosta calle. Los había visto antes, pero no reconocía a ninguno que debiera estar en Fresnes.

—Buenos días, chicos. ¿Vais a la reunión de la abstinencia?

El autoproclamado líder, un hombre duro de la Ardèche, con el rostro demacrado por el sol y aficionado a sujetar la cabeza de la gente en una prensa hasta que pagaran sus deudas, se cruzó de brazos y habló:

—Queremos saber qué estáis haciendo por Calais Jacques.

—No podemos hacer mucho, ya que está muerto.

—¿Qué vais a hacer al respecto?

—Pienso tener unas palabras muy duras con la Gestapo, ya que ellos lo han matado. —Señalé al grupo de desaliñados que lo rodeaba—: A no ser que queráis hablar vosotros con ellos.

Eso hizo que se mirasen los pies avergonzados. La dureza se había redefinido desde que los nazis llegaron a la ciudad. Empezaron a separarse para dejarnos pasar, hasta que otro miembro del comité quiso decir una última palabra. No era alguien a quien yo asociara con Montparnasse y tuve que rebuscar en mi memoria para recordar de dónde lo conocía. Me vino a la mente Henri Chamberlin, un delincuente de poca monta que hacía que gente como Calais Jacques y Walter le Ricaneur parecieran de la realeza criminal.

—Calais Jacques es una gran pérdida —dijo.

—Siempre lo fue.

Boniface le sonrió mientras pasábamos entre ellos. Se me ocurrió otra cosa y me volví para mirarlos.

—Por cierto, decidle a Henri Lafont que he estado preguntando por él.

—Eso ha sido un poco arriesgado —dijo Boniface mientras cogíamos su coche.

—A veces hay que sacudir el árbol y atrapar las aceitunas en la red.

—Hablas como un auténtico sureño.

Me sorprendió que su comentario no me irritara. Regresamos al Treinta y Seis en relativo silencio. Me dio tiempo para pensar. Había muchas cosas que se disputaban la atención en mi cabeza, pero lo más importante era la noticia de que iban a entregar a Joe a los alemanes al día siguiente. Recordé la ópera: Leonora vistiéndose de Fidelio para liberar a su marido, Florestán. La historia seguía en mi mente desde entonces. Vi por la ventanilla que nos acercábamos a la Île de la Cité.

—Si te preguntara si eres capaz de conseguir el papel con el membrete que usan en los tribunales —le pregunté a Boniface—, ¿crees que podrías?

Pareció sorprendido por mi pregunta y luego esbozó una sonrisa pícara.

—Mathilde. La secretaria del juez Clément. Me dejaría coger alguno.

—¿Y un sello de caucho?

—¿De qué se trata, Eddie?

Aparcamos fuera del Treinta y Seis.

—Ven a tomar un café. Quiero preguntarte algo.

Elegimos una mesa en el Bon Asile lo más lejos posible de la barra. No había más policías a esa hora. Era demasiado tarde para desayunar y demasiado temprano para tomar un café de media mañana. Le hablé de Joe y de que lo iban a entregar a los alemanes al día siguiente.

—¿Para esto son el papel y el sello? —preguntó.

—Voy a falsificar unos papeles de liberación para él. Intentaré sacarlo antes de que lo entreguen.

Boniface silbó.

—Te gusta el riesgo, ¿eh, Eddie?

—El problema es que me conocen en la prisión. No puedo ser el que entregue los papeles y lo acompañe a la salida.

—¿Quieres que lo haga yo?

—Sé que es mucho pedir. —Y me sorprendía a mí mismo que se lo estuviera pidiendo, aunque una parte de mí no se extrañaba.

Boniface era un coñazo la mayor parte del tiempo, pero era un buen policía y había demostrado que se podía confiar en él.

Le dio un sorbo a su café y se quedó mirando la pared de detrás de mí.

—Qué demonios. Me apunto.

—Gracias.

—¿Qué vas a hacer luego? Una vez que lo hayas sacado.

—No tengo ni idea.

Se rio, la primera vez que lo vi reaccionar de forma espontánea.

—Me voy a ver a la encantadora Mathilde. —Se acomodó instintivamente el pelo, tomándose su tiempo en el tupé a lo Maurice Chevalier, y sonrió ante la idea—. Te veré en el Treinta y Seis.

Consulté mi reloj.

—Primero tengo que ir a un sitio. Te veré más tarde.

—Eh, Eddie. —Parecía un cachorro con una pelota nueva—. Hacemos un gran equipo.

—No te pases.

Un funeral. Yo, un sacerdote y un ataúd. El servicio terminó en minutos, un entierro en tiempos de guerra de los perdidos y desplazados, bajo una lluvia gris. El sacerdote, corpulento y paternal, con gruesas gafas y pelo canoso, había esperado a ver si aparecía alguien más, pero, al final, incluso él había tenido que admitir la derrota y había cumplido el formalismo con una devoción superficial.

Al ver que conducían en soledad el féretro al enorme cementerio del sur de París, el último y solitario hogar de los pobres y desconocidos de la ciudad, decidí acompañarlo. Mi tristeza, no por la persona, a la que apenas conocía, sino por su fallecimiento y lo poco que a nadie le había importado, se convirtió en una fría cólera.

Me enteré de que Paulette acababa de llegar de Alsacia, sin duda huyendo de los nazis, y que tenía pocos amigos en París. Ninguno, al menos, que considerara necesario acudir a su entierro. Y eso incluía a Fran, el hombre que probablemente le había vendido las drogas que la habían matado.

Vi cómo bajaban el barato ataúd al hoyo. Caía una ligera llovizna. Al lado de la tumba había un montón de tierra blanda.

42

La desesperación crea extraños compañeros de cama.

—Édouard, vamos a tener que reservarle un despacho aquí. Pasa más tiempo en el Lutétia que en su propia comisaría.

—¿Tiene café?

Lo necesitaba. Después del funeral de Paulette bajo la lluvia, había sentido un repentino agotamiento. Estaba cansado y sin cafeína, y me debatía sobre qué hacer a continuación. Tenía dos vías que se estaban convirtiendo rápidamente en callejones sin salida y debía decidir si estaba dispuesto a abrirme a Hochstetter para ver si él podía aportar soluciones. Lo había decidido: era el momento de que mi examen de conciencia diera paso a la venta de mi alma.

Él parecía divertido mientras un asistente me traía un café. En la mesa había un panecillo, seguramente del desayuno de Hochstetter. Estaba sin tocar, con su ligera corteza dorada a la luz que venía de su escritorio. Lo cogí, estaba hambriento.

—¿Puedo? —pregunté.

—Por favor. —Miró su reloj—. Tómese su tiempo, Édouard.

Yo también miré el mío. El reloj también corría para Joe. Pero ese no era ninguno de los dos callejones sin salida que me habían llevado a la puerta de Hochstetter. Ese, al menos, lo tenía controlado. Me pregunté cómo le iría a Boniface con su encantadora Mathilde.

—Necesito su ayuda. Ha surgido un nombre en relación con los prisioneros desaparecidos. Henri Lafont. No es alguien que conozcamos.

—¿Y ahora quiere mi ayuda? —Encendió un cigarrillo en su ritual de costumbre. Fue dolorosamente lento. Me había terminado el panecillo y había recogido las últimas migas con las puntas de los dedos antes de que él apagase la cerilla en el cenicero—. ¿Y qué ayuda necesita exactamente?

—Si pudiera usar sus contactos para averiguar más sobre este hombre…

—En otras palabras, que le haga el trabajo a la policía francesa por usted.

—Que ayude a la policía francesa. Pensé que ese era el objetivo de esta relación.

—Es usted más ingenuo de lo que creía, entonces. Pero sé que no lo es. Aunque no importa, déjemelo a mí y haré algunas averiguaciones.

—¿No quiere anotar el nombre?

—No es necesario, tengo buena memoria. —Otro punto para el hombre del uniforme.

—Hay otro asunto. Estoy buscando el paradero de un prisionero francés. Lo tienen en un *frontstalag* aquí en Francia, pero nadie me dice dónde.

—¿Tiene esto que ver con sus investigaciones sobre los prisioneros desaparecidos en Fresnes?

—No. —Tuve que sopesar lo que iba a decir. Quería mantener a Dominique a salvo de las antenas de Hochstetter—. Es un asunto aparte.

—Debo decir que no lo entiendo del todo. Tenía entendido que a los prisioneros de guerra franceses se los había enviado a Alemania.

—Es de un regimiento senegalés.

Hochstetter suspiró y dio una profunda calada a su cigarrillo.

—Oh, Édouard, como le gusta complicar las cosas. Sí, creo que los prisioneros coloniales están retenidos en Francia. Pero ¿qué piensa que puedo conseguir?

—Averiguar dónde está.

—No estoy seguro de poder hacerlo.

—¿No está seguro de poder hacerlo? ¿O no está seguro de querer hacerlo?

—Ambas cosas. Ese no es el tipo de ayuda que he venido a proporcionar.

—Pero si me proporciona esta ayuda, estaré más dispuesto a preguntarle sobre otros asuntos.

Se rio.

—Eso no es negociable. Lo siento, pero no puedo ayudarle. O no lo haré, si así lo prefiere. —Apagó su cigarro—. ¿Disfrutó del panecillo?

Salí del Lutétia con ganas de ver a Dominique. Necesitaba un momento de normalidad en medio de los sinsentidos y los subterfugios.

Tomé mi habitual atajo a Montmartre y a su piso, estaba cansado cuando me planté ante su puerta y llamé. Había agotado la energía que me había dado el panecillo de Hochstetter. Miré el reloj mientras esperaba y supe que no tenía tiempo para esto. Ni siquiera estaba seguro de por qué había venido.

Parecía agotada cuando finalmente abrió.

—Eddie, estaba dormida.

—¿Estás bien? —No me había invitado a entrar.

—Estoy bien, solo es un mal día. ¿Qué es lo que querías?

—Solo he venido a verte. —Me esforcé por encontrar una razón—. He pedido ayuda a Hochstetter para buscar a Fabrice. —No le dije cuál había sido su reacción.

—Gracias. Escucha, ¿puedes volver otro día? Alguien me ha robado los cupones de racionamiento de pan y azúcar esta mañana, y no me encuentro bien.

—¿Has visto quién ha sido?

—Por favor, deja de ser policía por dos segundos, Eddie. No sirve de nada, ya no los recuperaré, eso es todo.

—Te daré algunos de los míos.

—Estaré bien. Solo quiero echarme a dormir.

—¿Puedo pasar?

—Vuelve en otro momento. Por favor, Eddie.

Boniface no estaba en el Treinta y Seis cuando llegué. Sonaba un teléfono, era el de mi escritorio. Colgaron antes de que lo pudiera coger.

Volví a la sala principal para preguntar si Boniface estaba en el edificio. Quería saber cómo se las había arreglado para conseguir papel oficial del tribunal y un sello. Aunque eso significara escuchar su vida amorosa.

—Se ha ido —me dijo Tavernier—. Recibió una llamada y volvió a salir.

—¿De quién?

Se encogió de hombros.

—Ni idea.

Detrás de mí, mi teléfono empezó a sonar nuevamente. Esta vez lo cogí antes de que la persona que llamaba colgase. Había una voz alemana al otro lado.

—¿Inspector Giral? Tenemos un mensaje para usted. Lo espera abajo.

Después de vender parte de mi alma —al menos la parte que me quedaba— no estaba de humor para llamadas crípticas.

—¿Quién es?

—Vaya abajo. Afuera.

Colgó. Me levanté y me acerqué a la ventana para mirar la calle tres pisos más abajo. La nueva normalidad de las bicicletas y los peatones sustituía a los coches y los autobuses. Recorrí el *quai* des Orfèvres hasta donde me alcanzaba la vista, pero nada parecía fuera de lugar, más allá de un furgón del ejército alemán que pasaba a toda velocidad y se perdió de vista. A las autoridades de Berlín parecía gustarles transportar a sus soldados de aquí para allá por París. Me recordaba a las estúpidas tareas que nuestros oficiales nos hacían llevar a cabo en la última guerra para evitar que nos aburriéramos. O que pensáramos en exceso.

—Vayamos abajo —le susurré a mi reflejo en la ventana.

Había cruzado la calle y estaba en pie junto al muro bajo que me separaba del Sena, mirando hacia atrás, hacia el Treinta y Seis, cuando oí el rugido del motor de un coche sobrecargado. Desde la dirección del *pont* Neuf, apareció un Traction Avant.

—Oh, genial, la Gestapo otra vez —me oí decir en voz alta. Son extrañas las palabras que se te ocurren pronunciar cuando tienes miedo.

Si hubiera intentado volver a la seguridad del edificio, los cabrones me habrían acribillado sin dudarlo, así que retrocedí hasta el bajo muro de piedra y me preparé para pelear. Esperaba que los hombres de Hochstetter se unieran. En el lado derecho. El Citroën redujo la velocidad y la puerta trasera se abrió. Sin que el coche se frenara, arrojaron un pesado bulto desde el asiento trasero y el conductor aceleró. Con el aspecto de un paquete de ropa desordenado, este rodó por el suelo hacia mí.

Sorprendido, dejé escapar un suspiro de alivio y me giré para asegurarme de que el coche realmente desaparecía de mi vista. No me fiaba de que no regresasen a por mí.

Solo cuando volví a prestar atención al bulto y oí los gritos de un par de policías uniformados que salían corriendo del Treinta y Seis, comprendí cuál era el mensaje.

Era Boniface.

Con el rostro cubierto de sangre, yacía inmóvil en la cuneta a apenas un metro de donde yo estaba.

—He estado preocupada por usted, Eddie.

Capeluche me condujo por el pasillo hasta su extraño piso en la planta baja. Me dio la espalda sin mayor precaución. O bien sabía que me tenía atrapado o bien confiaba en su propia capacidad para protegerse. Dentro de su apartamento, cerró la puerta tras nosotros y me dedicó una extraña sonrisa, como si conociera mis pensamientos. Me irritó la vehemente admisión de vergüenza de mi rostro. Ya percibía el peligro de caer bajo el hechizo del mito de Capeluche que me había perseguido antes de conocerla, una creencia narcótica en los poderes fantasmagóricos que la canción de los golfillos callejeros parecía atribuirle. Era más poderoso que todo lo que Fran tenía a la venta.

Acababa de salir del hospital y aún estaba conmocionado. No quería que Capeluche lo notara. Había visto a Boniface tumbado en una cama, más pálido que las sábanas blancas y las fundas de almohada que parecían mantenerlo de una pieza. Había pasado una eternidad antes de poder hablar con alguien y solo podía estar de pie y observar su respiración, agitada y superficial, mientras yacía inconsciente.

—Es joven y fuerte —me dijo por fin un médico de pelo cano y delgadas mejillas que hacía que Bouchard pareciera un jovencito—. Se pondrá bien.

—¿Recuperará la conciencia?

—Ya se lo he dicho. Se pondrá bien.

—¿Cuándo?

—Cuando esté listo.

Tuve que conformarme con eso. En todo caso, me ayudó el cortante comportamiento del matasanos. Debía significar que Boniface no corría gran peligro. Sin embargo, después de salir del hospital, mi mente tuvo que ponerse a trabajar, a pesar de la culpa que sentía por la paliza que había recibido Boniface. Él había sido mi aliado en mi plan para Joe. Con Boniface fuera de juego, no tenía nada. Y el reloj corría. Busqué a Mayer en el Treinta y Seis, pero me dijeron que estaba fuera de servicio. Pensé en Dax, pero me di cuenta de que no podía confiar en su ayuda. Era extraño. Confiaba en Hochstetter para investigar el paradero de Fabrice, pero no en Dax para ayudarme a liberar a Joe. Por supuesto, eso podría deberse a que lo que planeaba era ligeramente ilegal.

Me paseé de un lado al otro por mi despacho, buscando una respuesta. Y ahí estaba yo. A pesar de la caminata interior, mi tobillo se iba curando, así que solo me dolía la conciencia. No era la primera vez. Me introduje, pues, en el inframundo del metro y crucé el Sena —o el Rubicón, como me gustaba llamarlo ahora— y aparecí en la puerta de Capeluche.

—Veo que su tobillo mejora —añadió.

—Me ha estado observando.

—Ya se lo he dicho, me preocupo por usted.

Hervé se balanceaba de lado a lado en su silla, tarareando la misma canción de la última guerra que la otra vez. Capeluche le lanzó una mirada de preocupación. Parecía tranquilo por el momento.

—¿Quiere café? —me preguntó. Por primera vez, noté el olor del café en la estufa. Era de verdad, su aroma era suficiente como para hacerme llorar. Capeluche notó mi deseo.

—Podría ser suyo.

Mientras ella se ocupaba de verterlo en las tazas, el tarareo de Hervé adquirió un tono más apremiante, y su balanceo amenazaba con volcar su silla de ruedas. Me levanté y me apresuré a acercarme a él. Me miró fijamente, sin comprender. La expresión de sus ojos me trajo recuerdos de mi propia oscuridad.

—Míreme, Hervé —le dije.

Sujetando su cara con ambas manos, bajé lentamente la cabeza y apoyé mi propia frente en la suya, sin dejar de emitir sonidos tranquilizadores. Su balanceo disminuyó, pero el tarareo persistió. Sentí que el movimiento comenzaba a reanudarse. Lo sostuve con más firmeza.

—Todo está en calma —le dije—. Escuche.

Echando la cabeza hacia atrás para que pudiera ver mis ojos, le puse un dedo en los labios. Sin sonreír, lo miré a los ojos, concentrándome en uno y luego en otro, manteniendo su atención.

—Huela el café, Hervé. Huélalo. Recuerde el sabor.

—Café —me dijo.

—Café —dijo Capeluche.

Nos trajo una taza a los dos y se arrodilló frente a su marido. Mientras yo tomaba un sorbo del mío, ella vertía un poco de su taza en la boca de él. Sus ojos no se apartaron de mí, y sus acciones al tragar la bebida caliente reflejaron las mías.

—¿Bien? —le pregunté.

—Bien —convino. El tarareo había cesado.

Capeluche le dio un poco más y yo volví a mi silla. Los observé a ambos, pero tuve que apartar la mirada. Pensé que yo también podría haber recibido esa devoción una vez, de la madre de Jean-Luc, pero había decidido no quererla. Solo que ahora la quería de Dominique. Y dársela yo a ella. Al menos creo que así lo deseaba.

—Bueno, Eddie —dijo Capeluche mientras se sentaba, con una mano apoyada en el brazo de Hervé para mantenerlo tranquilo—, la última vez que vino aquí, hablamos de su futuro. ¿Qué ha decidido?

—Necesito un favor.

43

—¿Es robado? —le pregunté a Capeluche.

Se rio.

—No, no lo es.

Me había recogido junto a los Jardines de Luxemburgo en un furgón militar alemán. Había quedado con ella en la esquina donde me obligó a ignorar a Dominique aquel domingo, en otra demostración de poder. Guardé el recuerdo. Había mirado el vehículo, todas las bocinas y botones estaban en alemán.

—¿Es real?

—Claro que es real. Acostúmbrese, Eddie. Ahora está con nosotros. Esta es la fuerza que tenemos.

Condujimos al noreste hacia Les Tourelles. Ella y yo estábamos solos en la parte trasera del furgón. Walter le Ricaneur y otro delincuente que conocía iban delante. Me había sorprendido ver al segundo tipo cuando nos habíamos encontrado, ya que no era uno de los que habían liberado de Fresnes. Con una expresión abatida —y un estado de ánimo a juego—, estaba ligeramente encorvado y tenía un pequeño lunar sobre el ojo izquierdo, como si una compañía de teatro aburrida hubiera pretendido con poco entusiasmo que representase al Jorobado de Notre Dame. Su verdadero nombre era Pierre Verzy, pero todo el mundo le llamaba Cuasi-Quasimodo. Solo que lo habían acortado a Cuasi-Quasi, en otra muestra de gratuita desidia. Walter conducía, Cuasi-Quasi iba de copiloto. Llevaban uniformes de la Wehrmacht. Ni siquiera me molesté en preguntar cómo los habían conseguido.

—Te he estado buscando —le dije a Walter cuando llegaron.

—Me has encontrado.

La ausencia no le había hecho mejorar. Seguía con esa sonrisa retorcida, como un político que sabe que no lo pueden tocar por su último escándalo. Hubo momentos en los que me hubiera gustado enderezársela.

—¿Has visto a tu hijo? —le pregunté.

—¿Qué hijo?

—Y pensaba que yo era un mal padre.

Avanzamos por el XI Distrito, no muy lejos de donde vivía Capeluche. En mi bolsillo, tenía presente un objeto que había traído de mi apartamento. Me aseguré de que no se viera, sin llamar la atención.

—¿Hablan alemán? —le pregunté a ella—. Apenas saben hablar francés.

Negó con la cabeza.

—Yo seré la que hable. Ellos mantendrán la boca cerrada.

—No podré entrar. El director me conoce.

—Hoy no está de servicio. No habrá nadie que lo conozca. —Me miró—. Así que puede participar. Una muestra de su compromiso.

Miré por la trampilla de atrás cuando se abrió momentáneamente por un bache. Desde lo alto pude ver cómo la gente de la calle apartaba la mirada al vernos.

—Si se puede sacar a un vigilante del servicio, ¿por qué no se puede sacar a Joe sin todo este jaleo?

Se rio.

—¿Dónde está la diversión en eso? De verdad, tenemos poder, pero no es infinito. Debemos hacerlo así.

Dentro de Les Tourelles, Walter y Cuasi-Quasi hicieron su papel y nos acompañaron a Capeluche y a mí a las fauces de la bestia. Ella habló con el subdirector. Al director lo habían convocado a una reunión. Capeluche me había dedicado una media sonrisa cuando nos lo contaron.

—Vengo a recoger un prisionero para las autoridades alemanas —le dijo a un oficial subalterno sin ganas de causar problemas, y menos con dos soldados alemanes presentes—. Se les informó de que vendríamos a recogerlo.

Le entregó un fajo de papeles oficiales, algunos de ellos con águilas y esvásticas alemanas estampadas por todas partes. Dejaban a mis papeles del tribunal y mi sello de caucho en ridículo. Por su parte, el joven comprobó los registros y vio que lo que ella decía era cierto. Sin embargo, se tomó su tiempo y no pude evitar mirar el reloj de la pared, esperando que termináramos antes de que los verdaderos alemanes viniesen a buscar a Joe.

—Parece que todo está en orden —dijo. Empezó a mirar otra carpeta.

Capeluche la cerró firmemente colocando un dedo sobre ella.

—Harían bien en no retrasarnos.

Él palideció y nos pidió que esperásemos mientras llamaba a un celador. Después de lo que me pareció una eternidad, pero el reloj me dijo que no eran más de diez minutos, la puerta se abrió. Tenía el corazón en un puño, pero Capeluche disfrutaba del espectáculo.

Hicieron entrar a Joe. Me vio y suspiró con rabia.

—¿Qué has hecho ahora? —preguntó, mirándome y luego a los dos soldados alemanes.

—Se viene con nosotros —le dijo Capeluche, con voz autoritaria.

Firmó uno de los papeles que había traído con nosotros y lo dejó sobre la mesa del oficial. Este se mostró inseguro, pero lo aceptó. Como colofón, ella le pidió que firmase otro y esperó a que lo hiciera. En ese momento, podría haberle cosido la boca a Capeluche.

Mientras conducíamos a Joe fuera del edificio, un furgón alemán se detuvo frente a la puerta. Un oficial bajó de la parte delantera, junto con media docena de soldados de la parte trasera de la bestia. Por el rabillo del ojo, vi a Walter y a Cuasi-Quasi levantar con nervios sus rifles y mirar a Capeluche en busca de una señal. Me acerqué a ellos y toqué el brazo de Walter para asegurarme de que no hiciera ninguna tontería. El oficial alemán miró con extrañeza a nuestro pequeño grupo y me hizo una seña para que me acercara.

—¿Qué está pasando aquí? —preguntó.

Le mostré mi identificación y se la quité antes de que pudiera leer mi nombre con demasiada atención.

—Un prisionero especial —respondí en alemán—. Hay que llevarlo a la *avenue* Foch. Estoy adscrito a esa oficina.

—Los papeles.

Le pedí a Capeluche los documentos oficiales que habíamos utilizado para liberar a Joe y esperaba que fueran útiles.

Mostrando una extraordinaria confianza, me los entregó y se los mostré al oficial. Los estudió minuciosamente. Al darme la vuelta, pude ver al subdirector detrás de nosotros, saliendo del edificio.

—Esto es muy raro —dijo el oficial. Releyó la primera página antes de doblarla y devolvérsela—. Pero parece estar en orden.

—Gracias.

Solté un pequeño carraspeo para ocultar mi alivio. Capeluche los guardó de nuevo con tranquilidad en su cartera y sonrió encantadoramente al alemán. Detrás de nosotros, el oficial subalterno casi nos había alcanzado. Asentí a Walter y los cinco nos pusimos en marcha con toda la rapidez que nos atrevimos hacia el furgón que nos esperaba. Mientras colocaban a Joe en la parte trasera del furgón, me giré para ver al oficial alemán hablando con el oficial francés. Esperaba que nuestro hombre se demorara lo suficiente como para que pudiésemos escapar. El oficial se volvió para mirarnos mientras los demás subíamos al furgón.

—Bien hecho, Eddie —me susurró Capeluche.

Me hizo sentarme delante con Walter mientras ella y Cuasi-Quasi se sentaban detrás con Joe. Después de la adrenalina al encontrarnos con el grupo que de verdad venía a llevarse a Joe y a los otros prisioneros, nunca me había sentido tan expuesto.

—Una muestra más de su lealtad —me dijo—. Y no queremos que su amigo le monte un escándalo hasta que estemos lejos de aquí.

—Arranca —le dije a Walter una vez que entramos en la cabina.

Hay que reconocerle que mantuvo la calma y condujo a una velocidad moderada. Incliné la cabeza para mirar por el retrovisor. El oficial y los soldados seguían hablando con el subdirector. La puerta se abrió y dejé escapar el aire en una larga exhalación.

Fuera de las instalaciones, Walter y yo aguardamos un momento antes de estallar en carcajadas. Lloramos de alegría mientras se alejaba de Les Tourelles trazando un sinuoso recorrido. Me sentí aliviado de no ser el único que lo hacía.

Sentimos una extraña camaradería y nos serenamos cuando nos condujo a lo largo del canal Saint-Martin. Este llevaba agua y mercancías al centro de la ciudad, pero había mucho menos bullicio de barcazas y barcos que antes de la guerra. Finalmente, nos detuvimos en la orilla del *bassin* de la Villette, entre el canal y una hilera de almacenes de ladrillo ennegrecidos.

—Aquí me bajo —me dijo Walter. Se detuvo en la puerta—. Gracias por mirar para otro lado con el caso del banco Voltaire. No pensé que lo harías.

—¿Tenía elección?

—Claro que la tenías. Y elegiste.

Él y Capeluche intercambiaron sus puestos. Ella subió a la cabina y Walter a la parte trasera del furgón. Suponía que Joe estaba bien ahí dentro.

—No falta mucho —me aseguró Capeluche.

Esperamos hasta que vimos a Walter y a Cuasi-Quasi, ya vestidos de paisano, salir del furgón y cruzar la carretera. Con los uniformes envueltos en bolsas de lona sobre los hombros, como marineros que regresan del mar, pasaron por una puerta entreabierta que daba a un patio de un almacén. Vi otro furgón alemán aparcado dentro. Guardé la ubicación exacta en mi memoria.

Cuando se fueron, Capeluche dio la vuelta al furgón y nos condujo a través de París hasta el *bois* de Boulogne, en el lado oeste de la ciudad. Curiosamente, parecía haber más patrullas alemanas aquí que en el centro, pero, con nuestro furgón, no llamábamos la atención.

—Esta parte no es para que la vea Walter —explicó.

—¿Qué va a pasar ahora? ¿Se llevarán a Joe a España por la misma ruta que a mi hijo?

—Cuanto menos sepa, mejor. —Pareció ceder—. Pero sí, eso sí puedo decírselo.

Finalmente se desvió de la carretera principal hacia los árboles y se detuvo. Un furgón estaba aparcado fuera de la calzada, frente a nosotros. Esta vez no era alemán, sino un vehículo francés que anunciaba un garaje en un lateral. En la sombra proyectada por los gruesos troncos y las ramas invernales, no pude ver el interior de la cabina.

Capeluche se bajó y se dirigió a la parte trasera del furgón. La seguí. Allí, bajó el portón y abrió la trampilla.

—Es seguro, Joe —dijo en voz baja en el oscuro interior—. Puede salir.

Él salió con cautela, con movimientos lentos y confusos. Bajó del furgón y recuperó el equilibrio en el suelo. Me quedé atrás, sin saber cuál sería su reacción ante mí.

—¿Qué está pasando? —preguntó, con voz insegura.

—Lo hemos sacado, Joe. Eddie le sacó. Es usted libre.

Sus palabras tardaron unos instantes en surtir efecto en él. Miró a los árboles y cerró los ojos. Comenzó a llorar lágrimas secas.

—Pensé que cuando vinieron a buscarme esta mañana, me iban a enviar a un campo alemán.

—Eso pensaban los alemanes —le dijo Capeluche.

Yo seguía sin poder hablar. Desde nuestro refugio bajo los árboles, oímos el ruido de un motor diésel, probablemente una patrulla alemana.

—¿Qué va a pasar ahora? —preguntó Joe—. No puedo quedarme en París. Me volverán a encerrar.

—Ahí es donde entran mis amigos —le dijo ella.

Nos condujo a la furgoneta que nos esperaba. Cuando nos acercamos, un hombre y una mujer salieron de la parte delantera y nos saludaron con cautela. Parecían nerviosos.

—Estos son Jean y Juliette —nos dijo Capeluche—. O así es como los conocerá. Le van a llevar al sur. Y, finalmente, a los Pirineos. Desde allí, le conduciremos al otro lado de la frontera con España tan pronto como sea seguro.

Joe parecía extrañamente asustado ante esa idea.

—¿Vienes conmigo, Eddie? —Era la primera vez que me hablaba.

—No, tengo que quedarme aquí.

—Estará a salvo —le aseguró Capeluche—. Hemos hecho esto muchas veces.

Joe parecía inseguro, pero se dio cuenta de que era la única solución que tenía. Me miró con ojos tristes.

—Siento que hayamos perdido el contacto, Eddie.

—Yo también lo siento, Joe.

—Tenemos que irnos —interrumpió Juliette.

—¿Puedo hablar dos minutos con Joe? —les pregunté.

Se miraron dubitativos, pero aceptaron. Nos dejaron y se dirigieron al otro lado de la furgoneta. Joe y yo nos miramos, inseguros. Un rastro de sonrisa se dibujó en su rostro.

—Siempre has sido un loco cabronazo, Eddie.

—Eso no siempre fue algo bueno, Joe. —Me sentí irremediablemente triste—. Lo siento. Por el daño que te hice.

—Esa canción ya ha terminado.

Nos abrazamos, de la forma en que solo los viejos amigos pueden hacerlo.

—Lo siento —repetí.

—Olvídalo.

Levanté la mirada para asegurarme de que los demás no nos estaban viendo.

—¿Puedo pedirte algo, Joe? —Saqué el objeto que había traído de casa y se lo mostré. Era uno de los zapatos de bebé de Jean-Luc, del par que guardaba en la lata. Le expliqué lo que era.

—Lo que sea —me dijo.

Le esbocé rápidamente lo que quería que hiciera y nos abrazamos de nuevo. Estaba escondiendo el zapato en un bolsillo justo cuando Capeluche y los otros dos salían de detrás de su vehículo.

—Tiene que irse —le dijo. Oímos pasar otro vehículo militar. Ella le hizo pasar a la parte trasera de la furgoneta—. Es un compartimento oculto, allí estará a salvo de las patrullas.

Vi cómo lo metían detrás de un panel. Me hizo un último saludo antes de que se cerrara, con su débil brazo. Sonrió, pero desapareció antes de que yo pudiera devolverle la sonrisa. Nos dimos la vuelta y la furgoneta desapareció antes de que Capeluche y yo regresáramos al furgón. Sentí calor en las mejillas a pesar del frescor del aire.

—¿Me dijo que esto no tenía nada que ver con sus jefes? —le pregunté.

Se rio. Me coloqué a su lado en la parte trasera del furgón mientras ella ataba la lona en su sitio y ponía el seguro en el portón trasero. Dentro pude distinguir grandes cajas de madera, con algún tipo de marca grabada en ellas. Era imposible verlas bien en la penumbra, pero algo de lo que vi me suscitó un recuerdo.

—Aún me queda un lado altruista. Más o menos como a usted. Si se busca bien, allí está. A mis jefes, en cambio, no. Formo parte de un grupo que ayuda a la gente a salir del país. Mis jefes no lo saben. —Terminó y se giró para mirarme fijamente—. Pero usted sí.

—¿Por qué no puede hacer simplemente esto?

—Ya ha visto por qué.

Condujo lentamente fuera del parque y de vuelta a la ciudad. Observé un rato en silencio cómo los árboles desaparecían poco a poco y los edificios ocupaban su lugar. La Torre Eiffel apareció al otro lado del río. Como tantas otras partes de la ciudad, estaba cerrada al público. Alguien había cortado los cables del ascensor antes de que los alemanes entraran en la ciudad, y los ocupantes aún no habían podido repararlos. Había días en los que eso me hacía sentir satisfecho, otros en los que me hacía sentir triste e inútil.

Me dejó en el mismo lugar donde me había recogido, junto a los Jardines de Luxemburgo.

—Ha tomado la decisión correcta, Eddie.

Observé cómo desaparecía el furgón y esperé hasta que lo perdí por completo de vista.

—¿Eso cree?

44

Una lechuza. Siempre una puñetera lechuza.

El eco de su graznido murió en la noche. Casi se llevó mi corazón con él. Y a mí.

—Cierra el pico, ¿quieres? —Siseé tan fuerte como me atreví a las oscuras copas de los árboles que me rodeaban.

La luna gibosa creciente que me había acompañado en el viaje hacia el norte había desaparecido, engullida por las nubes. La oscuridad era total y envolvente; era mi amiga, pero me asustaba. Aunque así son los amigos.

El sol se había puesto mucho antes de lo que lo había hecho la última vez que había estado por aquí. Había tenido una necesidad imperiosa de salir de París después de la liberación de Joe y la brusquedad de Dominique, me lo exigía mi propia libertad. Pero no estaba aquí por eso, sino porque había visto algo en el funeral de Paulette que había resonado en mí. Algo que no quería pensar. Me empezó a doler el tobillo. Había salido de París a tiempo para llegar al *bois* d'Eraine antes de que se hiciera noche cerrada, pero la oscuridad me había alcanzado antes de que estuviera listo. Eso significaba que había menos campesinos alrededor para notar mi presencia, pero, también, que debía encender los faros. Eran un arma de doble filo. Las rendijas de luz eran demasiado grandes para evitar que me sintiera expuesto, pero demasiado pequeñas para ver mucho más allá de la parte delantera de mi propio coche. Cualquier vehículo alemán que viniera en dirección contraria por el tortuoso sendero forestal se me echaría encima antes de que tuviese la oportunidad de reaccionar.

La puerta de la granja del joven Fernand estaba abierta de par en par, pero no había ninguna luz encendida. Con precaución, crucé el umbral y cerré la puerta tras de mí, asegurándome de correr la opaca cortina. Una vez que mis ojos se acostumbraron a la oscuridad, no vi a nadie en el pequeño salón, así que fui a la cocina. La estufa aún estaba caliente, un calor bienvenido tras el frío del exterior, pero la estancia estaba igual de vacía. Probé en las otras habitaciones, con el mismo resultado, antes de volver a la cocina y calentarme junto a la estufa. Tras comprobar que las cortinas estaban en su sitio, encendí la luz. Al menos tenía electricidad, así que no había que juguetear con mechas y cerillas. Rápidamente, salí al exterior para comprobar que ninguna luz se filtraba hacia la oscuridad para delatarme. Incluso en la oscuridad más absoluta, no se podía obviar que era una granja de cerdos.

De vuelta a la cocina, pude observar un poco más mi entorno. La pistola del joven Fernand estaba desmontada sobre la mesa. Obviamente la había estado limpiando, pero me pregunté qué le llevaría a dejar inacabada la tarea. Mi pie crujió sobre algo. Me arrodillé y encontré una vajilla rota; había una gran cantidad de fragmentos esparcidos por el suelo de piedra. Un cajón estaba parcialmente abierto y se veían algunos papeles diseminados por la cómoda. No tenía pruebas que lo corroborasen, pero supe instintivamente que era obra de una patrulla alemana. Habían venido a interrogarlo, o a detenerlo, por alguna razón, y se lo habían llevado. Me pregunté si tendría algo que ver conmigo. O si lo habrían pillado destilando alcohol ilegal o lo que fuera que hiciesen aquí para matar el aburrimiento.

—Alcohol ilegal —repetí en voz baja.

Recordé la despensa fría de la cocina que había visto la última vez. Al abrirla, no encontré ninguno de los lomos de cerdo que había visto entonces, pero colgando de ganchos en el techo había dos cerdos enteros. Horrorizado y hambriento a partes iguales, los rodeé, mientras pensaba en los pedazos de ternilla racionados a los que nos tenían acostumbrados en París. Tanteando, toqué uno de ellos, la piel fría y humana al tacto. Retrocedí con repulsión mientras pensaba. También sabía que era hora de seguir con lo que había venido a hacer aquí.

Apagué la luz de la cocina y salí al exterior, me abrí paso a tientas en la oscuridad hasta un cobertizo y entré. Utilizando mi linterna con cautela, mientras ahuecaba con mi mano el extremo, divisé una pala en el rincón más alejado de la vieja y polvorienta estructura. Todo estaba impregnado de olor a cerdo. Agarré la herramienta, volví a la casa y busqué una sábana en un armario. En su lugar, encontré una vieja manta gris y la cogí.

Superando las náuseas, conseguí descolgar uno de los cerdos y envolverlo en la manta. Medio arrastrando, medio cargando el peso muerto, lo llevé hasta mi coche y me detuve para recuperar el aliento. El corazón me latía muy deprisa, y no era solo por el esfuerzo. Escuché con atención cualquier sonido en la noche.

—Si ululáis ahora, os disparé a todas —murmuré como advertencia general a la población de lechuzas del bosque.

Alzando el cerdo sobre el extremo del maletero abierto, logré moverlo hasta que lo apoyé de forma que, a continuación, se introdujo más fácilmente en el hueco. Sudando, empujé el cuerpo hacia el fondo del maletero, y ajusté la cabeza y las patas. La luna apareció por un momento cuando dejé caer la manta. Las hendiduras donde antes estaban los ojos del animal me miraban con ciega animadversión.

Volví a colocar el tosco material gris en su sitio con las yemas de los dedos.

—Espero que valgas la pena —le dije al cerdo.

Volví a entrar en la casa y cogí la pala, la metí en el maletero y cerré la puerta con cuidado. A lo lejos, oí un motor. A esta hora de la noche, solo podía ser una patrulla alemana, así que me apresuré a volver a la cocina para asegurarme de que no me había dejado nada allí, antes de subirme a mi asiento y alejarme conduciendo tan rápida y silenciosamente como pude. Cerca del final del largo camino de la granja del joven Fernand, apagué el motor por un momento para escuchar. No oí nada.

Volví a encender el motor, salí a la carretera y me dirigí hacia donde recordaba que estaba el camino hacia el pequeño claro. Esta era la parte que temía. Aparqué lo más cerca posible y me bajé.

Una lechuza ululó. Me recompuse e intenté dejar de temblar. La llamada del pájaro se desvaneció en la noche, y su eco solo permaneció en mi cabeza. Por alguna razón, en la soledad, el frío y la oscuridad del *bois* d'Eraine, sentí un repentino pesar por haber encontrado de nuevo a mi hijo. El pensamiento me recorrió como una descarga eléctrica y me dejó helado. Antes de que Jean-Luc volviera a mi vida, no había temido por mi vida. No lo hacía porque no conocía su valor. Pero ahora, no estaba solo. Tenía que estar a salvo por su bien, y por el mío. Pero *a salvo* y *yo* no casaban bien. De inmediato sentí vergüenza por mi arrepentimiento. Y luego estaba Dominique.

Tras almacenar ese pensamiento de forma segura en el fondo de mi cabeza, metí la mano en el maletero y saqué la pala. Mis dedos tocaron el cerdo muerto y aparté la mano. Esperaba que Albert, el carnicero, estuviera dispuesto a darme un buen precio por él.

Sin cerrar el maletero por miedo a hacer demasiado ruido, miré hacia los árboles, buscando el camino hacia el pequeño claro donde había tropezado la última vez que había corrido asustado por el bosque. En la oscuridad, un perro ladró. Caminé lentamente hacia la hilera de árboles, tanteando el terreno en busca de cualquier cosa que me pudiera hacer tropezar.

La lechuza volvió a ulular. Esta vez no dejé que me afectara.

—Inténtalo de nuevo, pájaro —le reté.

En el bosque continuaban los ruidos, pero su origen era difuso. Un resoplido que parecía venir de delante de mí se convertía en un correteo a mi derecha. Solo tenía que seguir caminando, buscando mi objetivo, y no preocuparme de los ruidos que me rodeaban. Era fácil decirlo.

Lo encontré. La luna prefirió permanecer oculta, pero por la textura del suelo que tenía debajo y la mayor separación entre los árboles supe que estaba en el lugar correcto. Tocando la tierra con el pie, me di cuenta de que había una gran zona que se había excavado y rellenado de nuevo. Volvió a mi mente el montículo de tierra blanda junto a la tumba de Paulette y mi corazón se hundió ante el golpe que eso supuso. Solo tenía que elegir un lugar para cavar y esperar encontrar algo. O esperar no hacerlo.

Enterré la pala en la tierra blanda y cavé en silencio. Lamentablemente pronto, la herramienta encontró cierta resistencia. De rodillas, raspé con suavidad la tierra, primero con la punta de la pala y luego con los dedos. Recordé el tacto del cerdo en el maletero de mi coche y tuve que detenerme un momento para armarme de valor.

Sentí la tela. Gruesa y tosca, como de un uniforme militar. Solté un suspiro. No había ningún campo de prisioneros. Solo esto. Frotando suavemente el suelo alrededor de la tela, supe que estaba desenterrando un brazo. El dulce aroma de la descomposición se elevó y se abrió paso hasta mi garganta. El brazo en la manga estaba descompuesto, su tacto en la oscuridad era informe. Tuve que obligarme a continuar, ajeno a todos los sonidos en el aire nocturno.

Algo duro y metálico se abrió paso entre mis dedos. Me estremecí y lo dejé caer. Tardé unos minutos en volver a encontrarlo. Era pequeño y de forma irregular, con un extremo afilado y una base redondeada. Intenté averiguar qué era sin poder verlo cuando una luz se encendió y me bañó de blanco. Sobresaltado, me metí instintivamente el objeto en el calcetín derecho antes de alzar la vista.

Más de una docena de soldados alemanes me rodeaban por el borde de los árboles, cada uno con su rifle apuntando hacia mí. Dos focos apuntaban a mi parte del claro. Al concentrar toda mi atención en la somera tumba, no había oído nada de lo que estaba pasando en el bosque.

Una cara que reconocí estaba dentro del círculo de soldados.

—El policía —dijo el *hauptmann* Prochnow—. Me preguntaba cuándo volvería.

Estaba de vuelta en la guarnición alemana de Compiègne. Me sangraba el labio. Me habría caído por las escaleras o me resistí al arresto. Yo también he escrito informes, sé cómo funciona. Aunque los ocupantes probablemente no se preocupaban por esas engañosas sutilezas. Pero lo único en lo que podía pensar era en haber dejado el maletero de mi coche abierto. Si algún perro se llevaba mi cerdo, dispararía a ese cabrón sarnoso. Por supuesto, podría no tener la ocasión. Que lo arrestase a uno la Wehrmacht rara vez era buena señal.

Prochnow ni siquiera se molestó en preguntarme qué hacía en el *bois* d'Eraine. Ya habíamos pasado por eso. Incluso había admitido lo del campo de prisioneros; las razones para ello habían sido lo suficientemente malas. Ahora, en cambio, estábamos con las justificaciones. Esa parte en que era nuestra culpa que se los hubiera ejecutado a sangre fría y se los hubiera enterrado en una fosa común en el bosque.

—Lucharon en una guerra francesa con tropas africanas. Eso va contra la esencia de la guerra civilizada.

—¿Guerra civilizada? —Mi exclamación de asombro volvió a abrir el corte en mi labio.

—Cállese. —Sentí que se acercaba otro puñetazo en la cara. Me lo daría el *feldwebel* que estaba a mi derecha. Prochnow escupía de rabia—. Me crie en Renania. Era un adolescente cuando los franceses ocuparon mi casa. Utilizaron tropas coloniales para mantenernos a raya. Soldados africanos enviados a vigilar a los alemanes en suelo alemán. Fue una vergüenza.

—¿Más que las tropas alemanas en suelo francés?

—Fue un insulto. La vergüenza negra, lo llamábamos.

—Si yo fuera usted, no volvería a llamarlo así.

Se inclinó hacia delante. La punta de su nariz estaba justo a mi al alcance.

—La mera presencia de estos… soldados era una ofensa contra todas las leyes de la civilización europea.

Me había equivocado, su nariz quedaba demasiado lejos. O eso, o la culata del rifle en la parte posterior de mis hombros del *gefreiter* detrás de mí me hizo perder la puntería.

Me desplomé de dolor sobre su escritorio mientras él se recostaba en su silla. Lo miré fijamente, la mirada de odio en su rostro se reflejaba sin duda en el mío. No obstante, mi sometimiento conoció otro pequeño giro. Se abrió una puerta y Prochnow se levantó de un salto. Casi me reí.

—Creo que ese es mi prisionero, *hauptmann* Prochnow —dijo una voz.

Me giré para mirar al recién llegado.

—Se ha tomado su tiempo.

—No sea engorroso, Édouard. No estoy de humor.

Volví a mirar a Prochnow y le guiñé un ojo. De repente me di cuenta de por qué a Boniface le gustaba tanto hacerlo.

—¿Sabe que el granjero que le dio esta información falsa ha sido detenido?

—¿Información falsa?

Había mucho que descifrar en la audaz afirmación de Hochstetter. Estábamos en la relativa calidez de su coche oficial, todavía aparcado fuera de la guarnición de Compiègne. Hochstetter había hecho esperar al conductor fuera, en el frío aire de la noche, mientras me sermoneaba.

—Información falsa, Édouard. No hubo ninguna masacre en estos bosques.

—El granjero no me dijo nada sobre una masacre. Y el hecho de que todos ustedes tratasen de encubrirlo con historias de campos de prisioneros africanos en Francia demuestra que saben que la hubo. Esto es un crimen de guerra.

—Los *frontstalags* no son una invención. Existen.

—¿Y cree que eso justifica algo?

—No hubo ejecuciones, Édouard, sino una guerra. En las guerras mueren soldados.

—Depende de cómo mueran.

—¿De verdad? Algunos podrían discutirlo.

Se puso el abrigo para protegerse del frío. Yo solo tenía mi chaqueta.

—La Wehrmacht ha detenido a su amigo, el granjero —continuó Hochstetter—. Por difundir falsos rumores. ¿Hasta dónde está dispuesto a llegar por esto, Édouard? ¿A quién más está dispuesto a sacrificar?

—Estoy dispuesto a ir tan lejos como otros lo están para intentar ocultarlo.

Hochstetter dejó escapar una risa irónica.

—Muy loable, aunque sea una estupidez. He conseguido que el *hauptmann* Prochnow lo libere a cambio de que prometa abandonar esta absurda investigación. Puedo entregarlo de nuevo con la misma facilidad.

Pensé en el objeto de mi calcetín y en mis posibilidades. A pesar de mi indignación, sabía que debía mantener la calma. Por mucho que lo intentase, no veía ninguna dirección en la que pudiera aprovechar lo que sabía. O, al menos, lo que sospechaba.

—Lo dejaré —le dije.

—Bien. Si queremos sobrevivir, tenemos que afrontar el hecho de que es necesario establecer alianzas. La suya y la mía es una alianza incómoda. Le sugiero que no la debilite aún más con causas perdidas.

—¿También tiene una ópera sobre eso?

—No sea impertinente. Ya tiene un enemigo en la Gestapo, no me convierta también en uno. Se lo prometo, no sobrevivirá si lo hace.

Asentí con la cabeza y miré por la ventana a un par de soldados que hacían guardia fuera de la guarnición. Sus botas con clavos resonaban severamente mientras golpeaban el suelo para entrar en calor.

—¿Qué otras alianzas incómodas tiene?

—Soy comandante de la Abwehr. Mi vida es una cadena de alianzas incómodas. Aunque eso es sobre todo un problema para la otra parte.

—¿Y los prisioneros liberados de Fresnes? ¿Dónde encajan en sus alianzas incómodas?

Se inclinó hacia mí y abrió mi puerta.

—No tengo ni idea de lo que quiere decir y no me interesa. Ahora, si no le importa, deseo regresar a París. Estoy seguro de que puede encontrar el camino de vuelta a su coche.

Al menos me devolvió la pistola. Observé cómo se alejaba su coche oficial y pensé en mi propia caminata de vuelta al bosque.

—No le habría costado haberme acercado —murmuré en la noche. La travesía casi me mata. Tres horas de lechuzas, perros y oscuridad, y no había una patrulla alemana ahora que la necesitaba para que me llevase de vuelta al coche. De todos modos, no creía que lo hubieran hecho. Vi una franja del amanecer asomarse por encima de la línea de árboles mientras cerraba el maletero con mi cerdo intacto y me metía en el cálido asiento del conductor. Me abroché el abrigo con fuerza para evitar lo peor del frío. Asegurándome de que no había nadie a la vista, me agaché y saqué el objeto del calcetín que había encontrado en la tumba. Lo acerqué a la luz y lo estudié detenidamente. Era una insignia del regimiento de los Tiradores Senegaleses. El 24.º Regimiento. El regimiento de Fabrice.

Dejando caer la mano en mi regazo, miré por la ventana el amanecer que se abría paso y suspiré. Era hora de volver a París.

45

No había dormido desde el *bois* d'Eraine y todavía estaba consternado por mi descubrimiento, pero aun así tenía mejor apariencia que Boniface. Tenía la mandíbula cerrada con alambre, por lo que no podía hablar, y su ojo derecho estaba tan hinchado que ahora, por un tiempo, lo guiñaría permanentemente.

—Te queda bien —le dije.

Hizo una mueca. Al menos eso creo. Era difícil saberlo.

Ahogué un bostezo. Otra noche sin dormir. Casi deseaba no haberle entregado a Bouchard la pervitina que Fran me había dado.

Una joven enfermera con un pelo castaño brillante que se soltaba constantemente de su tocado blanco y una nariz respingona entró para comprobar cómo estaba el paciente. A través de sus cortes y magulladuras, Boniface esbozó una sonrisa. No era muy diferente de la mueca, pero a la enfermera parecía gustarle. Nunca sabré cómo lo hacía.

Cogió una libreta y un bolígrafo de la mesilla de noche y escribió en ella.

«Es Monique», decía. «Una monada».

Arranqué la hoja del bloc y la tiré a una papelera junto a la cama.

—Así que el golpe en la cabeza no sirvió de nada, ¿no?

Eso le provocó una sonrisita. O una sonrisa. O una mueca. También un guiño del ojo bueno. Pensé que podría perdonarlo esta vez.

Volvió a escribir en el bloc de notas.

«¿Qué pasó con tu amigo?».

Miré a mi alrededor para asegurarme de que nadie podía oírme.

—Funcionó. Se ha escapado.

«Bien», escribió.

—¿Qué quería la Gestapo, entonces? Supongo que son ellos los que están detrás de esto.

Asintió, pero luego negó con la cabeza y volvió a escribir en el bloc.

«Es la Gestapo. No hubo preguntas. Solo una paliza».

—Era una advertencia. —Lo miré a la cara—. Siento haberte involucrado.

Se encogió de hombros y escribió en la libreta.

«Soy policía».

Agarré el bolígrafo y escribí debajo.

«Podría acostumbrarme a verte así».

Se rio e inmediatamente hizo una mueca de dolor, cayendo directamente en un ataque de tos que parecía desgarrarlo. Cogí un vaso de agua junto a la cama y le ayudé a dar un sorbo.

—Me alegro de oírle reír, detective Boniface.

La voz sonó detrás de mí. Me giré y vi a Dax entrar en la habitación. La sorpresa fue que lo seguía Hochstetter. Miré al comandante.

—¿Viene a comprobar? —le pregunté.

—Vengo a disculparme.

—Siempre consigue sorprenderme.

—Lo sé.

Él y Dax se colocaron a los pies de la cama y observaron atentamente las heridas de Boniface.

—Me encargaré de que le den una condecoración por esto —le dijo Dax.

—Eso debería ayudar —respondí por Boniface.

Hochstetter se colocó a mi lado, junto a la cama, y observó con detenimiento a Boniface.

—Lo único que puedo hacer es disculparme por esto, detective Boniface. Debería entender que en la Wehrmacht no creemos que debamos comportarnos así.

Le dirigí mi mejor mirada cínica.

—Las fosas comunes, por otro lado…

Dax parecía sorprendido por mi comentario. Boniface también, creo. Hochstetter permaneció impasible.

—¿Cuántas veces, Édouard? Es una guerra, mueren soldados.

—Eddie… —me advirtió Dax, consciente de que había algo más profundo entre Hochstetter y yo, pero sin saber qué.

El comandante señaló a Boniface, con la manga de su uniforme gris limpia y afilada como un cuchillo.

—Y creo, Édouard, que ya es hora de que haga caso a mis advertencias. Sobre la Gestapo y el SD. Si no por usted, por sus compañeros.

Aparté la vista, sabiendo que no tenía nada que hacer. Capté la mirada de Dax.

—El comandante Hochstetter tiene razón, Eddie.

—Es hora de olvidar su enemistad con estas agencias del Partido y seguir adelante —añadió Hochstetter.

Sí, me estaban dando un consejo. Me recuperé rápidamente.

—Gracias por llevarme a la ópera.

Hochstetter parecía sorprendido.

—Muy amable de su parte, Édouard. Aunque no estaba seguro de que lo disfrutara.

—Solo había una cosa que cambiaría.

—¿El qué?

—El canto.

Tuvo la decencia de reírse.

—¿No es de su gusto?

—La música era extraordinaria. Es una pena que la estropearan con todos esos chillidos. Como lechuzas enfadadas. Aparte de eso, era justo lo que necesitaba. Aunque sigo pensando que es extraño que haya permitido que se escenifique una historia sobre la libertad política.

—Puede que finalmente nos vea como personas tolerantes.

—Tal vez. Pero es una historia extraordinaria. La forma en que la mujer que se hizo pasar por algo que no era liberó al prisionero político. Qué buena idea.

Volví a ver a Joe escondido en la parte trasera de la furgoneta mientras lo llevaban, esperaba, hacia la libertad, y mantuve alejada la sonrisa de mi rostro. Boniface hizo uno de sus guiños para mostrar que estaba de acuerdo.

—Una idea alemana. —Hochstetter no pudo ocultar la suficiencia de su voz.

—Ciertamente, lo fue. —Pero yo sí pude ocultarla.

Como respuesta, Hochstetter me dio una palmada en la espalda, entre los hombros, antes de darse la vuelta para irse. Casi me tropiezo por el dolor. Me dirigió una mirada cómplice. Siempre tenía que decir la última palabra. Aunque fuera un gesto. Volví a pensar en Joe y sentí que podía soportar el mal trago.

Dejé que Dax acompañara a Hochstetter fuera de la habitación y me volví para ver a Boniface escribir algo en su libreta. Me lo mostró antes de arrancarlo y tirarlo a la papelera.

Decía: «Ahí va alguien que sabe más de lo que dice».

—¿Cuál de los dos?

Volvió a coger su bloc de notas. Esta vez lo único que escribió fue un gran signo de interrogación en medio de la página.

Le sonreí con pesar.

—Has hecho un buen trabajo, Boniface. Solo te lo digo porque no puedes contestarme y echarlo todo a perder.

Dax volvió. Esta vez le acompañaban una mujer y dos niños pequeños, un niño y una niña. Inclinó la cabeza hacia los tres recién llegados y se dirigió a mí:

—Tal vez deberíamos irnos, Eddie. Dales un poco de privacidad.

Le guiñé un ojo a Boniface, una cucharada de su propia medicina, y me fui con Dax.

—¿Quién es la mujer? —le pregunté en el pasillo.

—La esposa de Boniface.

Me quedé perplejo.

—Pensé que tenía tres hijas.

Dax hizo una pausa y luego continuó.

—Tienes razón. Entonces es su amante.

—¿Su qué?

—Seguro que has oído hablar de ella.

—Creía que era un mito.

Dax se rio y negó con la cabeza.

—Todo es cierto, Eddie. —Sacudió la cabeza con asombro—. Tiene una esposa y una amante y una familia con ambas. Qué tipo, ¿eh?

—Menudo cabrón. —Estaba horrorizado—. Casi había empezado a gustarme por un momento.

Albert, el carnicero, me estaba esperando en el sombrío callejón de la parte de atrás de su tienda. Salió de un lateral del edificio, balanceándose nerviosamente de un pie a otro.

—¿Lo tienes? —susurró con urgencia.

—No, solo he salido a dar un paseo.

Poniendo los ojos en blanco, di marcha atrás hasta llegar a su puerta trasera y me bajé para abrir el maletero. Por suerte, el frío había sido mi aliado, así que la carga no había empezado a oler. Levanté la manta del cerdo que yacía a lo ancho del maletero y lo iluminé rápidamente con mi linterna, con el haz de luz enmascarado. Albert emitió un silbido bajo. Ahora era yo el que se sentía nervioso, mientras que Albert se comportaba como un profesional. En realidad, yo no estaba nervioso, sino, más bien aprensivo.

—¿Algún problema? —me preguntó.

—¿Quieres decir, aparte de que por aquí hay medio ejército alemán? No, no muchos.

Gruñó. Estaba demasiado interesado en hurgar en el contenido de mi maletero.

—¿El precio que acordamos? —preguntó al fin. Asentí con la cabeza.

Le ayudé a sacar el peso muerto del coche y a llevarlo a su tienda. Maldiciendo en la oscuridad, nos guio hasta una encimera y volcamos la carga en ella. El extremo que llevaba estaba envuelto en la manta, pero aun así calculé que nunca habría suficiente jabón para lavarla.

—Gracias por esto —le susurré. No quería que despertásemos a su mujer.

—Curioso asunto, la guerra.

Observé el bulto bajo la fina cubierta gris.

—¿Cómo lo ve?

En la penumbra, le vi retirar la manta. Me preparé. Fue una suerte que no nos atreviéramos a encender las luces. Dejó escapar otro silbido bajo y dio una palmada al cerdo apreciativamente.

—Hacía mucho tiempo que no tenía algo así para cortar.

—De verdad que no quiero saberlo.

—Es una belleza. Si puedes conseguirme más...

Miré la carne muerta en su banco y me encogí ante la idea. Todavía tenía la sensación de la piel fría en mis manos.

—No lo creo, Albert.

—Lástima. —Metió la mano en el bolsillo y contó los billetes en mi mano—. Espera ahí. —Fue a la parte delantera de la tienda y volvió con un pequeño paquete que me entregó—. Para ti.

Lo abrí para echar un vistazo. Eran cuatro chuletas de cerdo envueltas en papel encerado. Las olí y saboreé su aroma. Era extraño que esto no me produjera los mismos remilgos que el cerdo entero que acababa de venderle. Las miré con deseo y pensé en cómo podría haberlas compartido con Dominique. Hacía más de un año que no veía una carne así. Suspirando profundamente, se las devolví.

—¿No tendrá en su lugar unas chuletas de cordero, Albert?

46

—Entra, Eddie. Siento lo del otro día.

La seguí hasta el salón, con mi pequeño paquete sujeto con papel encerado y cordel. En mi bolsillo tenía otro objeto más pequeño y menos bienvenido. La insignia del regimiento que había encontrado en la tumba del bosque.

—No hay problema.

Hoy era yo el reticente. No por mí o por ella, sino porque tenía que contarle lo que había encontrado en el *bois* d'Eraine. No era una evidencia concluyente, pero sí apuntaba abrumadoramente en una dirección, y ella tenía derecho a saberlo. Deseaba no tener que decírselo. Se paró frente a mí, junto al sofá.

—¿Agua o agua? —Se había convertido en un dicho nuestro, una invitación en tiempos de guerra.

Hoy no podía apreciarlo.

—Hay algo que tengo que decirte, Dominique.

Su rostro cambió, sus ojos se volvieron precavidos.

—¿Tiene que ver con Fabrice?

—Sí.

—¿Qué hay en el paquete?

—¿Perdón?

Señaló el paquete de papel encerado que llevaba en la mano.

—El paquete. ¿Qué contiene?

—Carne. Chuletas de cordero.

—Vamos a verlo.

—Tengo que decirte algo.

Pasó junto a mí y desapareció por el pasillo.

—En la cocina, Eddie, no en el salón, por si se derrama.

Sabía lo que estaba haciendo. En cierto modo, me alegré de que jugase con el tiempo. Aplazaba el momento también para mí. La seguí.

Estaba en pie junto a la estufa. Dejé el paquete sobre la mesa y lo abrí.

—Chuletas de cordero —repetí. Me estaba demorando tanto como ella—. Pensé que podrías dárselas a tus vecinos, los Goldstein.

—Es un buen gesto, gracias.

—Debería haber traído algo para ti también. Lo siento, no lo pensé.

Se acercó y miró las cuatro chuletas dentro del papel. Las sostuvo como si fueran un polluelo herido y me miró con curiosidad.

—¿De dónde has sacado esto?

Busqué una explicación.

—Soy amigo de mi carnicero.

Su expresión cambió a incredulidad.

—Nadie es tan amigo de su carnicero. ¿Qué has tenido que hacer para conseguirlo? Te conozco, Eddie.

—No tuve que hacer nada. No tienes que dárselas a los Goldstein si no quieres.

—Estas no son porciones de racionamiento.

—Te lo dije, es amigo mío.

—No te creo. ¿Cómo es que de repente eres capaz de conseguir estas cosas? ¿Qué has hecho? ¿Esto tiene que ver con Fran?

Pude ver cómo aumentaba su enfado. Pero también vi alivio. Era su oportunidad de evitar escuchar lo que yo tenía que decir. Yo era tan culpable como ella. Avivé la discusión para aplazar la otra cuestión.

—No tiene nada que ver con él. Dios, Dominique, ¿cuál es el problema?

—Ninguno, Eddie. Solo quiero saber qué está pasando.

Me calmé y bajé la voz.

—No, no quieres. Por eso estamos discutiendo.

—Quiero que te vayas.

Intenté tocarla, pero se apartó de mí.

—Por favor, siéntate, Dominique.

—Vete, Eddie. —Fue su turno de intentar llegar a mí, pero, en lugar de retenerme, me empujó con brusquedad fuera de la cocina hacia la puerta principal—. Por favor, vete.

Abrió la puerta y la dejé guiarme fuera antes de cerrarla. Desde fuera, en el rellano, la oí apoyarse con fuerza en la puerta y empezar a llorar.

—Hay algo que tengo que decirte —le dije en voz baja para que no me oyera.

Esperé hasta el atardecer.

La ciudad había oscurecido cuando salí del coche y sentí las hojas bajo mis zapatos. Empapadas, secadas y empapadas de nuevo por las lluvias del último mes, estaban aplastadas, viscosas y traicioneras. En el crepúsculo, vi que la sombra de los árboles esqueléticos se extendía en la penumbra. El canal brillaba profundamente, del color de la ropa de luto.

Encontré la puerta del patio que había visto antes, cuando Capeluche había dejado a Walter y a su amigo. Quería saber qué secretos guardaba. También si era el lugar al que llamaban hogar los jefes de Capeluche. De ser así, podría averiguar quién era el misterioso Henri Lafont. La entrada estaba cerrada con llave, con sus delicias escondidas en el interior. Cerré con suavidad la puerta tras de mí y me giré para dejar que mi vista se adaptara a la oscuridad. Me habría venido bien una luna llena, pero la naturaleza nunca está ahí cuando se la necesita, y no me atrevía a usar una linterna. El almacén estaba rodeado de bloques de apartamentos y en cualquiera de ellos podía haber vecinos vigilando.

Los dos furgones estaban aparcados uno al lado del otro. Recordé las cajas estampadas que había visto en la parte trasera de uno de ellos el día que habíamos liberado a Joe, pero en lugar de intentar echar un vistazo a su interior, decidí entrar en el propio almacén. Supuse que allí habría más historias que contar: por ejemplo, cómo era posible que hubiera furgones militares alemanes dentro de un patio francés. Al encontrar la puerta del edificio, una más pequeña dentro de una entrada más grande, no tuve más remedio que iluminar brevemente la cerradura con mi linterna para ver a qué me enfrentaba. Protegí el haz de luz con la mano izquierda mientras me decidía. Apagué de nuevo la linterna, palpé con los dedos las ganzúas que tenía en el bolsillo y elegí el par adecuado para la tarea. La verdad es que la abrí más rápido de lo que lo hubiera hecho a la luz del día. Un gato maulló en la oscuridad para celebrar mi logro, aunque podría haberse ahorrado el susto que me dio. Por el ruido que hacía la criatura, calculé que en el patio había una rata menos.

Dentro, cerré la puerta tras de mí sin hacer ruido y volví a pararme para acostumbrarme a la oscuridad. Una ventana de techo dejaba entrar la escasa luz de la luna. Eso significaba que no podía encender ninguna luz por miedo a que revelasen mi posición. Me sorprendió que el dueño del lugar no hubiera colocado las cortinas opacas para la noche, pero cuando me acostumbré a la oscuridad, vi que la cortina estaba colocada, aunque se había soltado por un lado. Aun así, no me sirvió de nada.

Protegiendo la luz de mi linterna y encendiéndola solo en breves ráfagas para orientarme, me aventuré cautelosamente hacia el interior de la estancia, tanteando el terreno con la mano izquierda extendida delante de mí. Por lo que pude ver, el almacén era enorme. Lo que al principio me parecieron columnas eran montones de cajas, apiladas casi hasta el techo. Entre ellos había pilas más bajas de cajas de madera más pequeñas en filas apretadas.

Con un sobresalto, reconocí de repente dónde estaba y tuve que apoyarme en una de las pilas. Me encontraba en el almacén al que me habían llevado el día en que Capeluche había planeado hacer punto en mis preciosos labios. Involuntariamente, apreté la boca con fuerza hasta que me dolieron los dientes.

Para calmar mis nervios, me arriesgué con la linterna una vez más y dirigí el haz de luz directamente a uno de los montones más bajos. Enseguida vi lo que había venido a buscar: una marca grabada en la tosca madera de la caja. La estudié todo lo que pude antes de apagar la linterna. Sabía que la había visto antes en algún sitio, pero no podía ubicarla. También había visto una palanca. Necesitaba satisfacer mi curiosidad, así que la busqué en la oscuridad y abrí la caja superior de dos pilas diferentes. A pesar de que lo hice tan silenciosamente como pude, el sonido de la madera al crujir pareció atravesar la noche. Utilicé la linterna una vez más para comprobar el contenido de las dos cajas que había abierto. La primera tenía zapatos de hombre, una rareza cada vez mayor en París; no eran de mi talla. La segunda estaba llena de latas de sardinas. Me llené los bolsillos de la chaqueta con todas las latas que pude y utilicé la palanca como martillo para volver a cerrar las cajas.

De nuevo en la oscuridad, me sobresaltó una sombra que atravesaba la ventana que había quedado descubierta. Un pequeño golpe resonó con una silenciosa amenaza a través de la enorme habitación. Retrocediendo hacia la protección de uno de los grandes pilares de cajas, me quedé atento en la oscuridad a la espera de oír otro sonido, pero no oí nada. Haciendo el menor ruido posible, pasé la linterna a mi mano izquierda y saqué mi pistola. No tenía ni idea de a qué podría tener que disparar, pero me hacía sentirme un poco más seguro.

Mis ojos se habían acostumbrado más a la oscuridad y noté un cambio en la textura de la negrura en el extremo de la sala. Era otra estancia más pequeña construida dentro de la principal, un despacho con paredes de cristal y un escritorio con sillas y archivadores en su interior. Ignorando el sonido del gato que estaba atrapando una rata, me dirigí a la zona y encontré una puerta que conducía al interior del espacio. Estaba lejos de la ventana de techo, y el despacho tenía su propio techo interior. Sintiéndome un poco más atrevido, porque necesitaba algo que me sacase de la oscuridad, tanteé el interruptor de una lámpara de escritorio y la incliné hacia abajo para que arrojase la menor cantidad de luz posible.

Abrí rápidamente los cajones a ambos lados del escritorio. Un sonido en el exterior me hizo levantar la vista. La luz del pequeño despacho hacía que el resto del almacén quedase en una mayor oscuridad, y las sombras más allá del débil resplandor resultaban más amenazadoras que antes. Reprimí un escalofrío y me volví hacia los cajones. Mis temores estaban sacando lo mejor de mí.

Extraje una carpeta del segundo cajón y la abrí. Era una pila de facturas. Las hojeé. No había más que facturas. Me desconcertaron.

Ahora escuché un sonido procedente de fuera. La puerta exterior del patio se abrió arrastrándose y entró un coche. Le siguió un segundo.

Solo había visto una forma de entrar y salir del almacén, así que estaba atrapado dentro. Las puertas del coche se estaban cerrando de golpe. Cogí la primera factura del montón, me la metí en el bolsillo de la chaqueta y volví a meter la carpeta en el cajón antes de cerrarlo. Apagué la lámpara del escritorio y salí a toda prisa de la pequeña habitación.

La llave estaba en la cerradura del almacén. La escuché girar.

Al encontrar las torres de cajas que había visto desde el despacho, me abrí paso entre dos de ellas y me colé hasta un pequeño hueco entre las primeras cajas y los siguientes montones. Si alguien me veía, sería como un pato en una galería de tiro.

La puerta se abrió y se encendió una luz en el techo. Oí pasos, varios pares de ellos. Aparecieron dos hombres. No tenía ni idea de cuántos más había, ya que estaban fuera de mi campo de visión. Reconocí que uno de los dos hombres que podía ver era Henri Chamberlin, el delincuente de poca monta que había formado parte del comité de bienvenida en Montparnasse unos días antes. Quienquiera que estuviese reuniendo a esta banda no buscaba precisamente a los mejores y más brillantes. Entonces me acordé de Capeluche, ella sí estaba capacitada.

Oí una voz hablar, pero no pude ver de dónde venía. Era un acento alemán que hablaba en francés. «Ya se me había ocurrido esa teoría», pensé. Una prueba de la participación alemana en lo que fuese que estuviera ocurriendo. Intenté comprender sus palabras. Se trataba de envíos de mercancías.

—Tenemos que asegurar el suministro —terminó—. Dejaré en sus manos la forma de conseguirlo. —Tenía una voz áspera y aflautada, como la de un clarinete roto y desafinado. Resultaba irritante para el oído.

Se me ocurrió que debía de ser uno de los empresarios que habían venido detrás de la ocupación. Una de las agencias centrales de compras que adquirían productos franceses a bajo precio —zapatos, sardinas y quién sabe qué más—, desplumando a los comerciantes y vendiéndolos en casa a abultados precios. Justo el tipo de cosas en las que se meterían nuestros mafiosos de por aquí. Algunas piezas encajaron, pero no las importantes. Todavía no.

—Espero contar con su organización para garantizar eso —añadió el alemán.

Me pregunté quién era. Evidentemente, tenía suficiente influencia para conseguir que liberasen a prisioneros de Fresnes. Me preguntaba si había sobornado a las personas adecuadas o tenía los contactos adecuados. Esperé en las sombras, incómodo entre los montones de cajas, y pensé que eso era lo más probable. Un miembro del Partido Nazi que llamaba a sus amigos de la Gestapo o del SD o a quienquiera que le echara una mano. Me acerqué para intentar verlo, pero no pude.

Lo que me sorprendió fue que Chamberlin fuese quien respondiera. Eso me detuvo.

—Sabe que puede confiar en nosotros —le dijo al alemán—. Tenemos los contactos y la red, ya lo hemos demostrado.

Estaba confundido. Me fijé mejor. Sin duda era Henri Chamberlin quien hablaba. Hizo una seña a alguien desde fuera de mi línea de visión. Mostró un nivel de autoridad que nunca le habría atribuido. Ante él estaba Walter le Ricaneur. Walter tenía a otro hombre agarrado por el pescuezo. El hombre parecía aterrorizado. Sus palabras salieron en jadeos entrecortados.

—¿Se niega a venderle su mercancía a mi amigo? —le dijo Chamberlin al hombre.

—Por favor —suplicó el hombre.

Mirándolo fijamente, Chamberlin se puso sin prisa algo en los dedos. Lo ajustó. Se trataba de un puño americano. Con una cruda sonrisa, Chamberlin arremetió contra el hombre, dándole de lleno en la mandíbula. Lo golpeó una segunda vez, en la mejilla, mientras Walter sujetaba a la víctima.

—¿Qué tal ahora? —preguntó Chamberlin—. ¿Le he convencido de que es lo mejor para usted?

Volvió a golpearlo, esta vez en el estómago. Pude ver una mirada de puro placer en la cara de Chamberlin. El hombre se dobló y luchó por respirar. Walter lo levantó.

—¿Qué me dice? —preguntó Chamberlin.

—Sí —jadeó el hombre, con la voz debilitada.

—¿Sí, qué?

—Sí, señor Lafont.

¿Lafont? Casi me tambaleé sobre mis talones. ¿Henri Chamberlin era Henri Lafont?

—Llévatelo —le dijo Chamberlin (o Henri Lafont, como ahora se suponía que se llamaba) a Walter. Volvió a hablar, esta vez al alemán—: Creo que puede ver que somos gente de negocios seria.

Oí la risa del alemán, un sonido estridente. Podría haberle metido su eco en la garganta.

Me quedé con la mirada perdida durante dos segundos y traté de entender lo que estaba presenciando. ¿Henri Chamberlin, un delincuente de poca monta que con el respaldo de un empresario alemán se había transformado en Henri Lafont, un nombre que ahora temían en todos los barrios de la ciudad? De ser así, recordé al Henri Chamberlin que conocía y traté de compararlo con el Henri Lafont en el que se había convertido. En tal caso, era una reinvención temible. Y entonces me acordé de Capeluche. Y pensé en el duunvirato de Lafont y Capeluche: otra «máquina infernal» casi mítica para castigar al pueblo.

Mientras pensaba en todo lo que estaba descubriendo, oí que los hombres se preparaban por fin para salir del edificio. Necesitaba irme, no solo por los calambres que, en el reducido espacio, iban a más. Quería salir del asqueroso lugar donde casi me habían matado y donde había visto nacer otra parte del nuevo París, el de la ocupación y la explotación.

Solo que me esperaba una última sorpresa.

Alcancé a ver al alemán mientras se preparaba para irse. Solo pude ver su espalda, no lo bastante como para reconocerlo, incluso si hubiera sabido quién era. Pero vi lo suficiente como para ver que llevaba uniforme. Pero ¿qué uniforme?

Me di cuenta de que no era de extrañar que Henri Lafont consiguiera liberar a los prisioneros de Fresnes. No se trataba de un hombre de negocios que hubiera traído la marea de la victoria. Esto era totalmente oficial, las autoridades alemanas estaban utilizando a Lafont y a la banda que le habían ayudado a crear como ejecutores de su propio y lucrativo negocio secundario. Con todo el poder y la inmunidad que eso implicaba.

Me recosté contra las cajas y cerré los ojos.

Completa y oficialmente aterrador.

47

Fui el primer detective en la escena la noche siguiente. Un policía uniformado me hizo pasar. Al respirar el aire viciado a lejía vieja y sudor, tuve la horrible sensación de haber estado aquí antes.

Era un club de *jazz*. En Montparnasse. Otro que no habían autorizado a reabrir. Las mismas baterías cubiertas y las mismas mesas polvorientas que había visto en el Jazz Chaud la mañana en que encontraron muerto a Julot le Bavard. El mismo estado de letargo, el mismo mal presentimiento.

—¿Quién lo ha encontrado? —le pregunté al segundo policía uniformado, un chico joven con el pelo oscuro y cuidado y con aspecto de haber vuelto de la guerra. Pensé en mi hijo. Probablemente había vuelto de la guerra.

El primer policía se había quedado en la puerta para dejar entrar a otros detectives y al patólogo y mantener alejados a los entrometidos. Faltaba una hora para el toque de queda y aún había algunas personas en la calle, rezagadas en busca de un trago y de volver a experimentar una sensación que alguna vez fue parte de su vida.

—El dueño —me dijo—. Un tal Joseph Bartoli. Está allí.

—¿Cómo se llama usted?

—Rousse, inspector.

Instintivamente miré su pelo oscuro. Rousse. Pelirrojo. Era un gen que se había extinguido en algún momento. Mi mente se centraba en lo intrascendente para huir de lo indescriptible.

Rousse señaló una mesa en la esquina más remota del bar, la más alejada del escenario. Un hombre de mediana edad estaba sentado solo en una mesa, con la mirada perdida en la distancia. Se tapaba la boca con un pañuelo. Me acerqué y me presenté. Bartoli se inclinó hacia delante y me acercó una silla. Su saludo de una sola palabra me indicó que era corso. Tuve que reprimir mis propios prejuicios. Muchas de las cabezas que había tenido que golpear durante mis días de portero en Montmartre eran gánsteres corsos, matones con un dedo en cada pastel poco apetecible. Le eché un vistazo. Llevaba un traje que le quedaba grande, pero eso podría deberse al racionamiento, y tenía el pelo engominado y un bigote fino que enmarcaba unos ojos oscuros y una nariz aguileña. Sus rasgos faciales no contribuían a aliviar mis prejuicios, pero, según mis cálculos, los ladrones no perdían peso con el racionamiento.

—¿Ha sido usted quien ha encontrado el cuerpo? —le pregunté.

Asintió con la cabeza.

—Llamé a la policía de inmediato. Fue el hedor.

Me giré para mirar la puerta que daba al almacén junto al bar. El primer policía me había dicho que allí estaba el cuerpo. Percibí el olor que emanaba de la puerta abierta, su efecto era más tenue a esta distancia y sonaba de fondo el rumor frenético de las moscas.

—¿Puede decirme qué ha pasado?

—Estaba fuera, visitando a la familia de mi mujer en Ruan. Llegué a casa esta tarde. Se suponía que una limpiadora había entrado mientras estábamos fuera, pero dice que ha perdido la llave —señaló con la mano la puerta del fondo—. Por eso me he encontrado esto ahora.

Lo observé con detenimiento mientras hablaba. Por ahora, al menos, parecía estar hablando abiertamente conmigo. Como alguien que no tenía nada que ocultar. «O simplemente es bueno», me susurró al oído mi parte más cínica.

—¿Cuánto tiempo estuvo fuera?

—Dos semanas.

Esas eran las señales de un negocio que se iba al garete.

—¿Alguien se ha puesto en contacto con usted para reabrir el club? ¿Para hablar en su favor con los alemanes?

Negó con la cabeza.

—No. Pero, como he dicho, he estado fuera.

—Avíseme si alguien lo hace.

Lo dejé en la mesa, con la mirada perdida. Adiviné que, con el club cerrado, no tenía nada que beber en el local para quitarse el mal sabor de boca. Mientras me dirigía a la puerta, Rousse se adelantó.

—Debería advertirle, inspector.

—No es necesario.

—Han pasado unos días —insistió.

—Gracias.

Me dejó entrar solo en el almacén. Las moscas protestaron, pero me quedé en la puerta y las dejé en paz. Pensé que era tarea de Bouchard pelearse por el «trofeo» con ellas. Rousse había tenido razón al advertirme. Incluso a tres metros de distancia, el olor era abrumador. Al igual que Julot en el Jazz Chaud, un cuerpo estaba atado a una silla con cordeles. Era un hombre. Joven. Y tenía la boca cosida.

—Capeluche —maldije su nombre en un susurro.

—Dos semanas —dijo Rousse desde detrás de mí. No me había dado cuenta de que estaba tan cerca.

—Menos. Diez días como mucho.

Lo sabía porque esa fue la noche en que desapareció. La noche en que debía encontrarme con él aquí en Montparnasse, pero Hochstetter había insistido en llevarme a ver una ópera en su lugar. Sentado en la silla estaba Dédé.

Desde atrás, oí el ruido de la gente que llegaba. Oí la voz de Bouchard entre ellos. Me dispuse a apartarme del camino para dejarle paso, y entonces me fijé en una segunda silla, a un metro de la sala. Tenía una chaqueta encima. Reconocí que era la gran chaqueta de cuero que llevaba Dédé la única vez que hablé con él. Me adentré en la habitación, cogí la chaqueta y me dirigí hacia la puerta.

Al revisar los bolsillos, sentí un pequeño cilindro en uno de los interiores. Lo vacié y descubrí que era un tubo de pastillas. Leí la etiqueta: pervitina. Maldije un segundo nombre:

—Fran.

—Malos tiempos, Eddie —me dijo Bouchard, mientras pasaba junto a mí en la habitación. Respiró profundamente y se aventuró a entrar.

—¿Tú crees?

Cogí la pervitina, sintiendo los contornos y el peso del tubo, y mis dedos acariciaron el borde de la etiqueta. Mientras tanto, miraba el cuerpo de Dédé. Con mi otra mano, palpé la chaqueta que le había hecho parecer aún más joven de lo que era.

Me quedé fuera y volví a no entender a los policías que fumaban en momentos como este. Aparte de mi aversión a llenarme la cabeza de veneno, lo único que me apetecía ahora era aire fresco. Me apoyé en la pared del edificio y aspiré grandes bocanadas. Puede que fuera aire de la ciudad, contaminado por los humos y la podredumbre, pero era lo más fresco que había.

Tenía que escoger. Un dilema.

Capeluche y Fran.

Paulette murió por culpa de Fran.

Julot murió por culpa de Capeluche.

El joven Dédé murió por culpa de Capeluche, pero Fran podría haber sido el que lo provocó con su pervitina.

Fran tiene los valores de un gato callejero.

Capeluche tiene a Hervé.

Fran mata inocentes al azar. Capeluche mata a los suyos a voluntad. Por ahora.

Y más personas morirán por culpa de ambos.

—¿Más favores, Eddie? ¿Y yo qué gano?

—Saber que has ayudado a un amigo.

Fran resopló. La heredera de Paulette y Cosette estaba tumbada boca abajo en el sofá junto a él, en su despacho. Su ligero vestido de noche se le había subido por los muslos. Él se acercó y le dio una palmada en el culo, un sonoro golpe que debió doler.

Ella gritó de dolor.

—Oye, tú, como te llames, súbete las bragas y ve a prepararme un café. —Me miró—. ¿Tú también quieres uno, Eddie?

—No, gracias, Fran.

La joven, de poco más de veinte años, se ajustó el vestido y salió corriendo de la habitación. Tenía lágrimas en los ojos, ya fuera por el azote de Fran o por su actitud. Me di la vuelta para ver cómo la miraba irse.

—Bonito culo —dijo.

—Un día encontrarás una mujer que te devuelva el golpe —le dije.

—Refréscame la memoria, Eddie. ¿Querías un favor?

—Solo he venido a ver si puedo contar contigo.

Comenzó a cortar un poco de cocaína en la mesita frente a él.

—Como he dicho: ¿qué gano yo?

Tuve que pasar por el Treinta y Seis en mi camino a través de la ciudad hacia la margen derecha. Por el momento, al menos, Dax no estaba encima de mí y se había olvidado del robo del *boulevard* Voltaire y los prisioneros desaparecidos.

Volví a preguntarme si estaría implicado en el asunto. De haberlo estado, seguramente no me habría presionado tanto para que investigara, en primer lugar, el caso del Voltaire. ¿Un doble farol? Conocía los defectos de Dax, pero aun así no quería pensar que estuviese involucrado en todo el montaje de Lafont, incluso si solo se limitaba a hacer la vista gorda.

—Boniface te envía recuerdos —le dije.

—¿Lo has visto?

—No, pero estoy seguro de que te lo envía.

Seguí a Dax a su despacho y le conté lo del asesinato de Dédé y que su muerte era igual a la de Julot.

—Dios, ¿cómo va a terminar esto? —preguntó.

—Yo diría que mal.

Nos sentamos en silencio un rato. No tenía ni idea de lo que pensaba Dax entonces, pero estaba ocupado tratando de convencerme de que yo no era tan culpable de mirar hacia otro lado como sospechaba que él podría serlo. Mientras Jean-Luc estuviera al alcance de Capeluche, no había nada que me atreviera a hacer para resolver la muerte de Dédé, ni siquiera para evitar que se produjeran más asesinatos como este. Había vendido mi alma para proteger a mi hijo y liberar a Joe, y Dédé había pagado por ello.

—Día del Armisticio —dijo Dax de repente, sorprendiéndome. Su voz era distante—. La primera vez que no lo habré celebrado desde la última guerra.

—No lo había olvidado. —Hoy era nuestro Día del Armisticio, el 11 de noviembre, pero los alemanes estaban siendo un poco cautelosos a la hora de permitirnos celebrarlo—. ¿Qué te lo ha recordado?

—¿Crees que habrá algún problema? Hay rumores de que los estudiantes van a montar algo.

—Esperemos que así sea.

Dejé a Dax y fui a mi oficina. Había un mensaje en mi escritorio. Me habían llamado por teléfono, tenía que llamar a un número. No había un nombre, ni una mención a de qué se trataba. Desconcertado, hice la llamada con la operadora y esperé. Contestó un acento sureño. Una voz de mujer.

—¿Café de la Gare? —dijo.

—¿Con quién hablo?

Oí unos murmullos al otro lado y la mujer luego volvió a hablar:

—¿Es usted Eddie?

—Sí. ¿Quién es usted?

—Espere un momento.

Mientras esperaba, garabateé en el papel. La mujer que estaba al otro lado tardó un rato en llegar y pensé en colgar. Miré el papel y vi que había escrito el nombre *Dominique* una y otra vez. Lo arrugué y lo tiré a la papelera; luego lo recuperé y me lo metí en la chaqueta para tirarlo en otro lugar que no fuera mi despacho, para que nadie lo encontrara. El amor de un adolescente, la paranoia de un viejo. El teléfono hizo clic y oí que alguien se aclaraba la voz al otro lado:

—Hola. Soy *monsieur* Joseph.

La voz de Joe era todavía un eco de su antiguo ser, pero ya sonaba más fuerte. Me dio un vuelco el corazón.

—Hola, *monsieur* Joseph.

—Solo quería decirle que el cliente ha recibido los zapatos.

Me incorporé con una sacudida.

—¿Lo ha hecho? ¿Ha visto al cliente?

—Sí. Le gustan mucho los zapatos, los lleva puestos ahora.

—¿Está ahí con usted, Joseph?

—No, se ha ido a dar un paseo con sus zapatos nuevos. Un largo paseo. —Se detuvo un momento—. Tengo que irme.

Colgó y me quedé con el teléfono en la mano durante un rato antes de soltarlo. Joe había visto a Jean-Luc. Le había dado el zapato de mi hijo el día que Capeluche y yo lo habíamos liberado de Les Tourelles. Y se lo había entregado a Jean-Luc como prueba de que era quien decía ser. Y con él le había transmitido mi mensaje de que se alejara de la gente que le ayudaba.

Me senté y respiré lentamente. Jean-Luc se había ido a dar un largo paseo.

—¿Quién? —me preguntó Hervé, confundido.

Estaba solo en el piso de la planta baja que compartía con su mujer. Se encontraba tranquilo. Me había reconocido cuando llamé a la puerta y me había conducido a la gran sala que había al final del pasillo. Olía a café en la estufa. Yo había aprendido que era un olor que le tranquilizaba. Me senté en una de las sillas junto a su silla de ruedas.

—¿Capeluche? —repetí—. ¿Dónde está?

Su mirada de confusión se convirtió rápidamente en preocupación y empezó a tararear su canción. Yo necesitaba que mantuviera la calma.

—¿Capeluche? No sé quién es.

Me di cuenta de que no tenía ni idea de la vida de su mujer fuera de ese agujero.

—Su mujer. ¿Dónde está su mujer?

Sonrió.

—¿Thérèse? Está fuera.

Thérèse. Ese era el nombre de Capeluche. Me sentí extrañamente incómodo, como si me hubiera entrometido en su vida. Era un nombre que no debía conocer.

—¿Dónde está, Hervé?

—Está fuera.

—Tengo que encontrarla.

Miró el reloj de pared sobre el fregadero.

—No ha vuelto.

—No, Hervé, lo sé. Tengo que encontrarla. ¿Sabe dónde está?

—No ha vuelto. —Me miró, con un gesto de tristeza inexpresiva—. Me gusta que no haya vuelto.

Sus palabras me sorprendieron, pero de repente empezó a tararear la melodía de nuevo. No con suavidad, sino con insistencia, con los sonidos precipitándose fuera de su boca. Me levanté rápidamente, me acerqué a la estufa y me serví una taza de café de la cafetera. Me senté de nuevo, la coloqué entre sus manos y las estreché con las mías. Inspiró profundamente el aroma y su canto comenzó a aminorar. Noté la reconfortante calidez de la taza y sentí que se calmaba.

—¿Por qué le gusta que no haya vuelto?

Me miró, mientras sus ojos se movían de mi ojo derecho al izquierdo y viceversa.

—No es feliz.

—¿Dónde está?

—En Saint-Ambroise.

—¿La iglesia? —Lo sabía. Estaba a un paso del apartamento. Negó con la cabeza lentamente.

—El jardín. Enfrente. Allí se sienta.

—¿Se sienta usted allí con ella?

—No. Allí es feliz.

Poco a poco se fue echando a llorar. Dejé la taza de café y acerqué su cara a la mía hasta que el llanto cesó; cuando se calmó, me marché.

—Nunca vaya a ver a Hervé sin mi permiso.

Capeluche estaba de los nervios. Lo estaba desde el momento en que la encontré en el pequeño jardín frente a la iglesia. Nunca la había visto así. No podía imaginar si era más peligrosa así o cuando su actitud era de frialdad.

—La estaba buscando, no puedo encontrarla a no ser que vaya a su casa.

Ella asintió en silencio, sin cambiar su estado de ánimo. Sus ojos observaban el edificio de enfrente desde nuestra estratégica posición en la entrada. Al fin habló:

—Eligió sabiamente, Eddie. No haga que me arrepienta. Puedo ser su enemiga o puedo ser su amiga.

—Como ha dicho: he elegido.

Se apartó momentáneamente de nuestro foco de interés y me observó con atención.

—No le dejé otra alternativa. Eso no tiene nada que ver con la lealtad.

—Sé perfectamente cuáles eran mis alternativas.

Señaló el edificio.

—Esta fue su petición. Otro favor. Recuérdelo: usted sabía el trato que hizo cuando me pidió ayuda con su amigo americano.

—Lo sé. Por eso estoy aquí ahora. —Esperé un momento antes de volver a hablar—. También sé quién es Henri Lafont.

—¿Lo sabe?

—Henri Chamberlin. —Todavía no estaba seguro de que pudiera ser cierto. Hasta que se volvió una vez más para mirarme fríamente.

—¿Qué quiere? ¿Una palmadita en la espalda por haberlo resuelto?

Nos pusimos a esperar, el silencio era incómodo, y nuestra alianza, también. Me pregunté si yo sabía realmente cuáles eran mis alternativas. Había hecho mi elección, pero eso no acababa con mi dilema. A mi mente vino la imagen de Hochstetter. Otro pacto con el diablo, otra elección.

Dije una única palabra:

—Dédé.

Ella no reaccionó al principio, pero luego se volvió hacia mí.

—¿De verdad es el momento?

—Es justamente el momento. Necesito saberlo.

Su ira estaba de vuelta.

—¿Creía que usted me cambiaría? ¿Que soy suya para que me cambie?

Apareció una figura y me llevé el dedo a los labios.

Era Fran. Iba a su club de Montparnasse, sin percatarse de nuestra presencia en las sombras. Extrañamente desapasionado, lo vi abrir la puerta principal. Paulette, a cuyo solitario funeral había asistido, había muerto por su culpa. Por volver a sus raíces, al tráfico de drogas que había ayudado a arruinar gran parte de mi vida. Sabía que había que detenerlo.

—Vamos —dijo Capeluche después de que Fran hubiera entrado.

Cruzó hacia el Jazz Chaud. Después de unos segundos, la seguí.

Me pregunté si había tomado la decisión correcta.

48

Fueron nuestros propios policías los que dirigieron la primera carga de porras. Sobre colegiales y universitarios. Un par de chicos, unos críos prácticamente, habían dejado una cruz floral de Lorena en la Tumba del Soldado Desconocido y a la policía le había dado un ataque. Puede que eso tuviera que ver con los furgones grises que merodeaban por la *place* de l'Étoile, vigilando la reacción de los policías. Por supuesto, también podía ser porque había algunos cabrones despreciables entre los policías, a los que simplemente no les gustan los niños y los comunistas. No podemos culpar a los alemanes de todo.

Desde mi Citroën observé cómo los uniformados perseguían a los colegiales, pero eran demasiado ágiles para ellos y desaparecieron por una calle secundaria. En la intimidad de mi coche, solté un grito ahogado. Era detective, no estaba de servicio, pero había querido venir a presentar mis respetos. Era lo máximo que podía hacer, por supuesto, ya que los nazis habían prohibido cualquier conmemoración del Día del Armisticio. Nuestro Día del Armisticio, es decir, el de 1918, no el suyo del verano. Eso significaba que no tenía que participar en la tensa escena que se desarrollaba frente a mí: policías franceses haciendo una vez más el trabajo sucio a las sombras grises del fondo. Algunos policías, según vi, tenían demasiadas ganas de aportar su granito de arena.

En el vacío que nuestros agentes de la cachiporra habían abierto bajo el Arco del Triunfo, vi a los soldados alemanes retirar apresuradamente la corona de flores. A lo largo del día, algunos asistentes habían dejado homenajes en la tumba y en la estatua de Clemenceau a mitad de los Campos Elíseos, y los nazis lo habían permitido, pero la presencia de los jóvenes al acercarse la noche los había asustado. Después de un verano de relativa calma desde el comienzo de la ocupación, eran el primer signo de abierta disidencia que cualquiera de nosotros había visto.

—Todo está en marcha, Eddie —me dijo Dominici, un policía uniformado, a través de la ventanilla de mi coche poco después. Era uno de los buenos, que intentaba evitar que otros policías rompieran cabezas francesas. Señaló con la cabeza a una multitud de jóvenes que se reunía en la *place* de l'Étoile—. Acaban de reventar un bar fascista en el camino, Le Tyrol, y se dirigen en masa hacia aquí. Y los nazis nos convierten en los malos y nos envían a resolvérselo.

Cerca de los chicos, vi los furgones militares reunidos en las calles que daban a la plaza.

—Tengo el presentimiento de que nuestros amos no se van a contener mucho tiempo.

Levantó la vista y golpeó suavemente el techo del coche.

—Espero que te equivoques, aunque hay una parte de mí que espera que tengas razón. Que por una vez sean los cabrones que realmente son.

Él estaba a punto de partir para la refriega, cuando vimos el primer movimiento desde la barrera. Los furgones y coches alemanes se abalanzaron sobre la multitud, dispersando a los estudiantes. Un Horch inmovilizó a un chico y a una chica contra una reja. Los soldados salieron de los furgones como la lava de una erupción y fluyeron por la plaza, abrasando a los manifestantes a su paso. Se disparó un tiro, al aire, pero cumplió su nefasto cometido y sembró el pánico entre los colegiales.

—Tienen las bayonetas caladas —dije con asombro y rabia.

Alguien cerró las puertas de la estación de metro mientras los soldados se abrían paso entre la multitud, atrapando a los estudiantes en la plaza, tirando a varios al suelo y golpeando a otros. Algunos de los franceses consiguieron huir, escapando por una de las calles de la plaza, pero los soldados los persiguieron inmediatamente. Lanzaron granadas cegadoras, y la metralla y la confusión cayeron sobre las hordas en retirada. El sonido de las granadas me hizo retroceder, y las réplicas resonaron en mis oídos. Pocos de los chicos llegaron lejos.

—Dios —profirió Dominici—. Están mucho más organizados que nosotros en esto.

—Por eso están aquí y nosotros no estamos en Berlín —le dije.

Los dos nos encontrábamos paralizados. Vacilante, salí del coche, pero sabía que poco podía hacer, salvo causar más confusión. Los jóvenes no me buscarían ni a mí ni a un policía uniformado para que los protegiéramos y los soldados nos habrían apartado en un abrir y cerrar de ojos. Dos niños pasaron corriendo, un chico y una chica, ambos llorando. Intenté dirigirlos.

—Subid a mi coche —les grité, pero se desviaron para evitarme y corrieron hacia el centro de la avenida para alejarse. Su instinto les decía que no era de fiar.

Mirándonos una vez, Dominici y yo nos dirigimos con decisión hacia el desorden. No podíamos hacer mucho, pero tampoco podíamos no hacer nada. Pero ya estaba terminando, los estudiantes y colegiales franceses se agrupaban en la *place* de l'Étoile, mientras a algunos de ellos se los obligaba a subir a la parte trasera de los furgones, arrestados no por policías franceses, sino por soldados alemanes. Recordé el comentario de Hochstetter de hace más de un mes sobre que era preferible que los franceses ejerciesen el poder a que los nazis lo hicieran por nosotros. Ahora sabía a qué se refería.

Un ruido en una de las calles que daban a los Campos Elíseos nos llamó la atención y fuimos a ver. Algunos estudiantes habían quedado atrapados contra un edificio. Uno de ellos estaba atrapado en un portal, y un semicírculo de soldados le impedía salir. Al acercarnos, vi que un suboficial sacaba su pistola y apuntaba al joven.

—Policía francesa. ¡Deténgase! —le grité.

Sin volverse para mirarme, apuntó y disparó. El grito de la puerta cortó el aire, más escalofriante que el disparo. Empecé a correr hacia el suboficial alemán, con la mano puesta en mi propia pistola, pero Dominici me agarró y me hizo retroceder.

—No lo hagas, Eddie. No hay nada que puedas hacer. Solo puedes empeorar las cosas.

En lugar de eso, se puso delante de mí y miró hacia la puerta. Lo alcancé y encontré al joven retorciéndose de dolor. El suboficial le había disparado en el muslo. Fue uno de los actos más cínicos que había visto desde que los nazis llegaron a la ciudad.

—Policía francesa —le dije, luchando por contener mi rabia—. Nos haremos cargo.

Sin mirarnos siquiera, el suboficial ordenó a sus hombres que nos alejasen del lugar.

—No, no se harán cargo.

Media docena de soldados con fusiles y bayonetas caladas nos condujeron de vuelta a la avenida. Algunos parecían enardecidos por el entusiasmo, su primera acción real después de meses de inactividad y era contra niños desarmados. Fue un momento que supe que permanecería conmigo. Por encima de sus hombros, vi cómo sus colegas detenían a los demás estudiantes. Rostros jóvenes llenos de miedo. Mientras nos retirábamos, un furgón apareció desde el otro extremo de la calle lateral y cargaron con dureza a los manifestantes atrapados en la parte trasera. Perdí de vista al chico al que habían disparado.

—Cabrones —murmuró Dominici a la espalda de los soldados después de que nos dejaran impotentes en los Campos Elíseos.

Había un silencio extraño. Consulté mi reloj, aún no eran las siete y ya había terminado. Los furgones se iban, a los estudiantes se los había detenido o habían desaparecido, las calles se vaciaban más rápido que cuando el toque de queda es inminente. Solo quedábamos Dominici y yo, mirando una calle lateral ahora desierta y mi coche parado solo en la avenida. Nos miramos y sacudimos la cabeza; ambos sabíamos que habíamos sido testigos de un cambio en la suerte del viento.

—Nadie va a olvidar esto —le dije.

Subimos a mi coche y conduje en silencio hasta el *quai* des Orfèvres. Con la consternación evidente en su rostro, desapareció sin decir una palabra en su sección del edificio y yo esperé fuera en el coche un rato para ordenar mis pensamientos. Tuve que admitir que Hochstetter tenía razón: debíamos ser la policía para evitar que los nazis hicieran el trabajo por nosotros. Lo único que teníamos que hacer era asegurarnos de no convertirnos en ellos. Miré hacia las ventanas y pensé en algunas de las personas que estaban allí dentro, y supe que eso no iba a ser tarea fácil.

Había días en los que subir los tres tramos de escaleras hasta mi planta hacía que los Pirineos de mi infancia parecieran una suave pendiente. Este era uno de ellos. Dax me esperaba fuera de su despacho. En realidad, no me esperaba, pero siempre parecía que lo hacía. Alegrías de mi conciencia culpable, incluso cuando no había hecho nada malo. También tenía algunas noticias para mí.

—Ha habido un asesinato —me dijo.

Pensé en el trato de los soldados a los manifestantes.

—No me sorprende.

—No, Eddie, no lo entiendes. Ha habido otro asesinato. Como el de Julot le Bavard.

49

El aire húmedo que se había adherido a la ciudad durante todo el día se había convertido en lluvia. Una miserable llovizna fría. Me puse al lado de Dax, que había insistido en venir conmigo, y sentí los riachuelos de agua que se deslizaban por mi pelo y se me metían en los ojos. Por una vez, me arrepentí de haberme negado a ser como los demás policías y llevar sombrero.

Los rayos danzantes de las linternas me provocaban un ligero dolor de cabeza. Las vi jugar en la escena que teníamos delante, las luces titilaban y pasaban por encima del cuerpo arrodillado en el suelo como en una película mal iluminada. Cuando la luz de las linternas captó la lluvia que caía, devolvió un reflejo de agujas cayendo, y cada una de ellas apuñalaba aún más el suelo. No había sonidos de aviones en el cielo nocturno, pero aun así no nos atrevimos a iluminar la escena más de lo que lo estábamos haciendo.

—Qué lugar han ido a elegir —comentó Dax. Las gotas de su sombrero le salpicaban los hombros y el vientre, lo que emitía un curioso sonido de palmaditas por encima del que repiqueteaban con suavidad las gotas de lluvia sobre el camino mojado y compactado.

—Pues sí.

Una linterna iluminó momentáneamente el rostro del hombre que apoyaba la barbilla sobre sus puños. Debajo de él, el esquelético ángel oscuro parecía emerger de la piedra, frunciendo el ceño y creciendo bajo la luz fulgurante. A sus pies, Baudelaire yacía impasible en su mortaja de momia. Fueron los únicos testigos de la muerte de la cuarta figura, que quedó arrodillada a los pies del poeta como si estuviera rezando.

Estábamos en el cementerio de Montparnasse, donde Capeluche se había burlado de mí hacía ya tiempo. La figura arrodillada era un cadáver. Esta vez no con los labios cosidos, sino con algo nuevo y mejor. Esta vez, una aguja gigante le atravesaba las manos, manteniéndolas juntas en una falsa adoración.

—¿Alguna idea de lo que significa? —me preguntó Dax.

—Ninguna.

—Lástima.

La tercera voz, que procedía de atrás, me sobresaltó. Me giré y encontré a Hochstetter a mi lado, entre el comisario y yo. A poca distancia estaba el oficial de la Abwehr que había visto con Hochstetter en el Lutétia y en la ópera. El comandante Kraus, un hombre gris con un uniforme gris. Por un extraño y breve momento, me pregunté si debía tener más miedo de él que de Hochstetter. No los había oído acercarse. Hochstetter sostenía un paraguas sobre la cabeza. Ni siquiera la lluvia podía adherirse a él. Me giré para mirarlo.

—¿Qué está haciendo aquí? —le pregunté.

—Todo este asunto me preocupa. Pero usted ya lo sabe, Édouard.

—Sí, lo sé.

—¿Es el mismo autor de los asesinatos anteriores?

—Creo que hay motivos para creerlo.

Nos paramos en fila y contemplamos la escena mientras aparecía y se desvanecía en la cortina de lluvia y la precaria luz.

—Un final apropiado para un día desafortunado —juzgó Hochstetter.

Sentí que mi cara ardía de rabia. Estaba convencido de que la lluvia se convertiría en vapor delante de mí.

—Este día no ha habido tenido de desafortunado. Ni las conmemoraciones del Armisticio ni esto. Todo fue cuidadosamente planeado, todo lo hemos hecho nosotros mismos.

—Le pido disculpas, Édouard. Parece que lo ha pasado mal.

Estaba tan tranquilo como siempre, la lluvia de su paraguas era una sábana raída que protegía parcialmente su rostro impasible.

—¿Mal?

Dax habló para calmar la tensión.

—¿Sabemos quién es la víctima?

Desde detrás de Hochstetter, vi llegar a Bouchard por el camino. También había tenido la previsión de traer un paraguas, que sostenía sobre su cabeza y su bolsa. Vio a los dos alemanes y decidió no unirse a nosotros. En su lugar, se puso directamente a examinar el cadáver. Nos saludamos con la cabeza.

—Eddie, ¿sabes quién es la víctima? —insistió Dax.

—No, no lo sé —mentí.

En silencio, observamos a Bouchard trabajar. La lluvia seguía cayendo sobre la piedra inmortal y la carne mortal. Sobre Baudelaire y sobre los cuatro que estábamos ante su cenotafio: Dax, Hochstetter, Kraus y yo.

Fue Hochstetter quien decidió traer la filosofía a colación.

—Si mira fijamente al abismo, este le devolverá la mirada —comentó. Lo dijo con un tono reflexivo. Lo dijo, sin duda, por mí.

—Y si lucha contra monstruos, debe asegurarse de no convertirse en uno.

Su risa gorgoteó en la incesante llovizna.

—A menudo olvido que es un hombre que lee libros.

—Sí, probablemente se olvida de ello. —No estaba de humor para sus juegos.

—Nietzsche. Un gran alemán.

—Sí, está muerto. —Fue un golpe bajo, lo sé, pero a veces son los más satisfactorios.

—Lo dejaré pasar.

—Dios, Eddie, aprende cuándo debes callarte —me amonestó Dax.

—Esto es digno de lástima —continuó Hochstetter—. Pero creo que la muerte de su joven, el tal Dédé Malin, lo fue más.

Su franqueza me sorprendió.

—Murió la noche que usted me llevó a la ópera.

Tuvo la decencia de parecer incómodo. Lo tomé como una pequeña victoria. Eran poco comunes.

—¿Sabe quién lo mató?

Hice una pausa.

—No.

Asintió con la cabeza y volvió a mirar a Bouchard trabajar en la nueva víctima bajo la lluvia de linternas.

—Un cambio en el *modus operandi* —dijo Hochstetter, haciendo vagos movimientos circulares sobre sus propios labios—. Las manos juntas.

—Un ajuste de cuentas entre bandas —argumentó Dax.

—Puede ser. —Hochstetter lo ignoró y se volvió hacia mí—. ¿Piensa continuar su investigación sobre los prisioneros liberados de Fresnes?

Señalé a la víctima.

—¿Por qué no iba a hacerlo?

—Porque creo que no se puede conseguir nada. —Entonces señaló a la víctima—. Solo esto. Y su detective Boniface. Cuanto más tiempo investigue, más cometerán estos actos las organizaciones responsables de ellos. Habrá más muertes innecesarias. Tiene que pensar en un bien mayor, Édouard.

—Creo que el comandante tiene razón —intervino Dax—. Es hora de seguir adelante, no queremos ser la razón de que esto vaya a más.

Permanecí en silencio un instante, escudriñando sus palabras, observando a Bouchard trabajar. Ya había habido suficientes asesinatos. Aún me sentía culpable por la paliza que le dieron a Boniface.

—Muy bien.

—¿Me lo garantiza?

—Efectivamente.

Eso pareció satisfacer tanto a Hochstetter como a Dax. Se dieron la vuelta para marcharse.

—¿Viene, Kraus? —Hochstetter llamó al otro hombre de la Abwehr.

—Voy con usted, Hochstetter —respondió.

Los vi irse juntos, mi mirada siguió la ruta que tomaron por el camino mucho después de que la lluvia y la noche se los hubieran tragado. Bouchard aún parecía estar lejos de terminar, así que di un paso atrás y me senté en un banco frente al espectáculo de luces que tenía delante. Sobre mi cabeza, un árbol me dio un respiro del mal tiempo.

Me senté y sacudí la cabeza con sorpresa y rabia. Este era mi mundo ahora. Mi trabajo. Triunfos privados que no podía compartir con nadie. Podía resolver casos, pero no podía hacer nada con los descubrimientos que hacía. No podía arrestar a los autores, así que me veía obligado a encontrar otras formas de devolver el golpe. Formas que estaban fuera de la ley que se suponía que debía defender. La ocupación había generado una nueva amoralidad. Una que yo abrazaba constantemente. Le aseguré a Hochstetter que abandonaría la investigación sobre los prisioneros desaparecidos y así lo hice. Pero no por las razones que él pensaba. Como dije, una nueva amoralidad.

Pensé en la elección que había tenido que hacer, el dilema al que me había enfrentado. Vi el cuerpo arrodillado bajo la lluvia.

—Eddie —dijo alguien frente a mí. Levanté la vista y vi a Bouchard de pie entre la víctima y yo—. Estamos a punto de trasladar el cuerpo.

Le di las gracias y me levanté. Juntos nos acercamos al cuadro que formaban el cenotafio del poeta y la persona arrodillada. Miré a la víctima.

—¿No sabes quién es? —preguntó Bouchard.

—No.

Ya no tenía el pelo en punta, ahora estaba aplastado contra la cabeza por la lluvia. La aguja que le sujetaba las manos era su propio estilete, el que me había clavado aquel día en Montmartre y luego en los Jardines de Luxemburgo. Tenía los ojos cerrados, con la sangre de la herida de bala en la nuca ya limpia.

Incapaz de sentir algo, eché una última mirada a Capeluche y me alejé por el camino que me llevaba fuera del cementerio.

50

Estaba goteando agua de lluvia por todo el suelo de la oficina de Dax. No me importaba mucho.

Me encontraba solo. Era tarde y únicamente había un par de detectives en la sala principal, protegiéndose de la constante lluvia que caía fuera. No me prestaban atención. Había conducido hasta aquí directamente desde el cementerio de Montparnasse y había dejado un rastro de lluvia por las escaleras hasta el tercer piso. Como he dicho, no me importaba mucho.

Abrí el cajón del escritorio de Dax y saqué la botella de *whisky* y uno de sus vasos. Vi que el vaso estaba turbio, así que lo limpié con el faldón mojado de mi camisa antes de secarlo con mi pañuelo. Necesitaba alcohol. Me serví un buen trago y bebí una pequeña cantidad, dejando que el sabor permaneciera en mi boca.

Cogí el vaso y me quedé parado en la ventana. Miré más allá de mi reflejo, hacia la oscuridad que se extendía a lo lejos. La noche era impenetrable, las nubes de lluvia ocultaban cualquier luz de la luna o las estrellas. No me sentía ni seguro ni amenazado. Estaba demasiado perdido en mis pensamientos.

Había tomado mi decisión. Lo sabía. Pero tenía que estar seguro de haber tomado la correcta. En el negro lienzo que tenía delante, volví a ver la figura de Capeluche arrodillada bajo la lluvia. Hacía tiempo que había perdido cualquier atisbo de religión que pudiera tener, pero no pude evitar la imagen de ella en paz. En una paz mayor que la que yo sentía ahora mismo. Y tuve que preguntarme por qué la había elegido. Por qué había decidido que fuera ella la que muriese. Y, quizá más importante, por qué había decidido que Fran viviera.

Capeluche me había ayudado a liberar a Joe cuando Fran se había negado. Y había ayudado a otros a cruzar la frontera y ponerse a salvo. Siempre por un precio, pero lo había hecho. Fran simplemente se había reído de mí ante la idea de ayudar a alguien que no fuera él mismo, como siempre.

Tuve que recurrir a la ayuda de uno para eliminar al otro, ese fue mi dilema. Ambos eran demasiado astutos para que yo intentara hacerlo solo. Y había elegido a Fran antes que a Capeluche. Fue la única vez que él me había ayudado, y fue puramente por su propia autopreservación. Intenté convencerme de que mi elección no había sido tan solo por mí.

Bebí despacio y debí admitirme a mí mismo que Capeluche me había caído bien. La idea me impactó. Fran no me caía bien. A pesar del mal que perseguía, Capeluche tenía una razón, una causa para sus acciones, una que yo entendía. Una que yo mismo había experimentado. Fran no tenía nada de eso, era un gato callejero con la moral y las inclinaciones correspondientes.

El problema era que yo sabía que Fran era el peligro menor. El menor de dos males, eso era. Capeluche mataba sin piedad por encargo. Fran mataba sin pensar para sacar provecho. Capeluche habría matado una y otra vez por orden, de forma voluntaria, con una crueldad que rara vez había visto en todos mis años de policía. No importaba que hubiera llegado a caerme bien, era a ella a quien tenía que detener primero.

—Tal vez tú seas el siguiente, Fran —dije en voz alta a la oscuridad más allá de la ventana.

Bebí un profundo trago y vacié el vaso.

Pero Capeluche tenía a Hervé. Dejé escapar un profundo suspiro. Ese era un pensamiento que sabía que había estado apartando de mi mente. Hervé: solo en su extraño mundo de la planta baja, gracias a mí.

También evitaba otros pensamientos. Otras razones para mi elección a las que no quería enfrentarme. Quería ver un dilema moral. Que, para hacer el bien, yo no había sido menos maligno que Capeluche. Había utilizado el mal para destruir el mal, había asumido el papel del villano para hacer el bien. Deseaba creérmelo, pero no podía. La verdad era que podía controlar a Fran, quizá era tan simple como eso. Nunca pude controlar a Capeluche y eso me había hecho tener miedo de ella. De lo que era capaz de hacer, de a quién podría matar. Almas inofensivas como Julot. Niños imprudentes como Dédé. A mí, en el momento en que dejara de serle útil a ella o a Lafont. A quien fuera el siguiente en la lista que le dieron. Cualquiera.

Mi aliento empañó la ventana frente a mi cara y se disipó lentamente.

Pero, sobre todo, estaba Jean-Luc. Mi hijo, al que había fallado tantas veces. Aunque sabía que se encontraba a salvo por el momento, que continuase seguro no estaba garantizado. Mientras Capeluche viviera, habría estado en peligro. Así podría controlarme. Volví a centrar la mirada en mi propio reflejo y supe que esa había sido mi razón. Fran no representaba ninguna amenaza para Jean-Luc. Capeluche, sí.

Me quedé un momento más junto a la ventana, intentando en vano perderme de vista en la oscuridad. Al darme por vencido, volví al escritorio de Dax y rellené mi vaso. Volví a tapar la botella y la giré para que la etiqueta quedara frente a mí. Con la otra mano saqué del bolsillo de la chaqueta la factura que había cogido del almacén donde había visto a Henri Lafont. El almacén donde Capeluche había estado a punto de matarme. El papel estaba húmedo, pero aún era legible. Lo comparé con la botella. El logograma de los dos era el mismo. Una especie de águila nazi pseudo-oficial con una pequeña esvástica en sus garras. Dejé la botella y volví a guardarme la factura en el bolsillo.

Me senté en la silla de Dax y me quedé mirando la botella. Un regalo de Hochstetter. La luz de la lámpara proyectaba un pequeño haz de luz sobre el escritorio, lo que acentuaba la oscuridad del exterior. Era una noche tranquila, tensa después de los disturbios. Nadie quería salir a la calle, receloso tras las detenciones. Los soldados ocupantes habían mostrado por fin sus cartas. Su reacción ante las protestas de colegiales y estudiantes había sido rápida y contundente. Su forma de ejercer la autoridad no difería de las acciones de la Gestapo y el SD al perseguirme, al golpear a Boniface.

Solo que la Gestapo y el SD no me perseguían para detener mi investigación. Me perseguían porque también tenían interés en saber qué estaba pasando. No eran más responsables de la liberación de los prisioneros de Fresnes que de la muerte de Julot y Dédé. Ahora lo sabía.

Era la Abwehr. La Abwehr de Hochstetter.

Todo era circunstancial. El *whisky*, las facturas, los regalos a Dax, las incómodas alianzas de Hochstetter. Otro triunfo privado que no podía compartir con nadie y una conclusión que no podía probar.

Hochstetter había admitido en numerosas ocasiones su reticencia a trabajar con algunos de los desagradables compañeros de cama con los que se veía obligado a trabajar. Sabía que estaba involucrado. Si no de forma activa, sí de forma pasiva en el cumplimiento de la tarea asignada. En todo caso, tenía que mostrarme agradecido. Estaba seguro de que había sido él quien intervino aquella noche en el almacén y evitó que yo corriera la misma suerte que Julot y Dédé. En última instancia, él era la razón por la que Capeluche se había visto obligada a intentar reclutarme en lugar de matarme. Decidí que no le daría las gracias por ello.

En cuanto a Dax, no tenía ni idea de cuál era el alcance de su participación. Sabía que eso tendría que esperar a otro día. Una cosa más sobre la que probablemente no podía hacer nada. Nada legal, en cualquier caso.

Bebí un trago de *whisky* y volví a pensar en mis propias alianzas. Primero con Capeluche, ahora con Fran. Fran, que había prometido coser las manos del asesino. La trampa que Capeluche creía que ella y yo le tendíamos a Fran, la lealtad que creía haber ganado conmigo, era parte de su propia perdición, la contratrampa que yo le había tendido con Fran. Me pregunté cuánto me arrepentiría de eso. Nuevamente me pregunté si en el futuro me vería obligado a poner fin a la alianza con Fran de una u otra forma.

Suspiré y pensé en Capeluche y Henri Lafont. En Julot y Dédé. En Hochstetter y la Abwehr. Todo era circunstancial.

Hasta que el comandante Kraus había abierto la boca en el cementerio. Recordé las breves palabras que había pronunciado: «Voy con usted, Hochstetter».

Su voz era como un clarinete roto. Una nota discordante en la oscuridad.

Kraus era el soldado alemán del almacén con Henri Lafont. La Abwehr era la que había permitido que un delincuente francés se paseara por la cárcel de Fresnes nombrando a qué presos liberar. Los que habían convertido a Henri Chamberlin en Henri Lafont. ¿Y para qué? Para comprar bienes esenciales que luego podían vender a Alemania a precios preferenciales. Bienes franceses que nosotros en Francia no podíamos pagar o simplemente no podíamos conseguir. Una clase magistral de cinismo y oportunismo. Con un ejecutor dispuesto a cometer actos atroces para mantener el mundano secreto de la codicia empresarial.

La Abwehr —con o sin la participación activa de Hochstetter— era el jefe de Lafont. Y, a su vez, el jefe de Capeluche. Sus jefes, como ella los llamaba, eran los responsables de las muertes de Julot le Bavard y Dédé.

Terminé el *whisky* de Dax y apagué la luz.

Dejé un nuevo rastro de agua de lluvia durante todo el lento ascenso por las escaleras hasta el apartamento de Dominique. Me detuve un momento, goteando en el descansillo.

En mi mano, la insignia del regimiento que había estado agarrando se clavaba en mi carne. Con la mirada fija en la puerta de su casa, respiré hondo y abrí el puño. Estaba en la palma de mi mano. La insignia del 24.º Regimiento de los Tiradores Senegaleses —el regimiento de Fabrice— que había encontrado en otro cementerio junto a la manga de un soldado muerto. Una fosa común de jóvenes en un bosque que se suponía que debíamos olvidar.

También era circunstancial. Pero también era cierto.

Llamé a la puerta y Dominique me dejo entrar. Me saludó con un beso antes de desaparecer en su baño. Volvió con una toalla y trató de secarme el pelo, pero le aparté las manos.

—Estás empapado, Eddie.

Lo dijo con un cariño insoportable y la expresión de quien sabía. La chapa perforó la piel de mi mano cerrada.

—Por favor, siéntate, Dominique. Tengo que decirte algo.

51

Caminé por un pasillo institucional del color de la sopa de ayer; esperé haber hecho lo correcto. Las bombillas iban y venían sobre nuestras cabezas según nos adentrábamos más en la nueva vida que había creado para mi acompañante. Su silla de ruedas chirriaba sobre el suelo de baldosas.

—Si yo fuera usted, la engrasaría, Hervé.

Emitió un ruido. No fue una risa, pero tampoco un gruñido.

Lo había ido a buscar esa mañana. Había abierto la puerta de su apartamento en Folie-Méricourt con la llave que le había quitado a Capeluche y había puesto el café en el fuego. Al principio tarareaba su melodía, pero su agitación iba en aumento, así que me uní a él. Nos sonreímos cuando el tarareo se hizo más fuerte y pronto se transformó en letra. Estridente y ruidoso, así lo recordábamos los dos. Temía que nuestros cantos hicieran que los vecinos se quejaran, pero nadie lo hizo. Nos habíamos adelantado hasta el final de la canción y terminamos riendo como mulas de carga en el piso vacío. Dos viejos soldados de una guerra lejana que compartían un momento que nadie más podría entender.

Cuando recuperamos el aliento, Hervé empezó a tararear de nuevo, con una mirada traviesa. Me acerqué a la estufa y serví dos tazas.

—No, no empiece de nuevo con la canción—le había dicho—. Tómese el café, tenemos que ir a un sitio.

Rodeó con las dos manos la caliente taza y bebió un sorbo.

—Thérèse no volvió a casa anoche.

—Lo sé.

No me había sentido culpable por ella. Solo por Hervé.

Había recogido algunas cosas mientras se tomaba el café. Me había observado todo el tiempo, inseguro de lo que sucedía.

—¿Cuándo volverá?

Me había detenido a mirarlo.

—Vayamos a otro lugar y esperemos allí.

Ahora estaba empujando su silla hasta una puerta a mitad del pasillo y me detuve a abrirla antes de abrirme paso con la silla a la estancia. Era un dormitorio. Una cama, un armario, dos sillas y ventanas francesas que daban al jardín.

—¿Qué le parece, Hervé?

Miró a su alrededor, inseguro.

—¿Qué es esto?

—Un lugar para que se quede un tiempo.

—¿Dónde está Thérèse? —Parecía asustado y empezó a tararear.

Entró una joven enfermera y me quedé paralizado por un momento. Rubia y menuda, se parecía muchísimo a Sylvie, mi exmujer, la madre de Jean-Luc, de la que me había enamorado en este mismo edificio hacía un cuarto de siglo.

—Buenos días, Hervé —lo saludó, con una voz suave como las ondas del agua.

Dejó de tararear y la miró extrañado.

—¿Thérèse?

—Soy Marie.

—Buenos días, Marie —le dijo él. Su voz era tranquila, pero veía confusión en sus ojos.

—Perdone, ¿tienen café en alguna parte? —le pregunté a Marie—. Quisiera traerle una taza, le ayuda a calmarse.

—Iré a la cocina a buscar una. —Se dio la vuelta y se fue.

—Es una joven muy agradable —dijo Hervé cuando se marchó.

Abrí las ventanas francesas.

—¿Por qué no echamos un vistazo aquí fuera?

Lo llevé a través de las puertas abiertas al jardín y encontré un banco donde podía sentarme, con su silla al lado. Un sol otoñal entraba en el espacio cerrado, calentándonos. Levantamos nuestros rostros hacia sus rayos.

Al principio pensé que tarareaba. Abrí los ojos y me pregunté dónde estaría la enfermera con el café, pero estaba cantando suavemente. Una canción de cuna. Llegó al final de la canción.

—¿Thérèse es feliz? —preguntó—. No es feliz conmigo.

—No es contigo con quien no es feliz, Hervé. Eres lo más parecido a lo que ella conocía como felicidad.

Marie le trajo a Hervé un café y otra taza para mí. Los dos le dimos las gracias y nos dejó solos.

—¿Soy feliz ahora?

—Espero que sí.

—La guerra. —Se señaló las piernas—. Thérèse nunca superó la guerra. Me preocupaba que nunca me perdonase.

—Nunca perdonó, Hervé, pero no a usted.

Asintió con la cabeza y miró el jardín. Ahora estaba sin hojas, pero, cuando llegara la primavera, resultaría exuberante y espléndido. Me preguntaba dónde estaríamos todos para entonces.

—Aquí se está más tranquilo. No he sentido esto desde… —Se quedó pensativo—. Desde… no recuerdo cuándo.

Sabía a qué se refería.

—Yo también sentí lo mismo aquí. Vendré y me sentaré con usted cuando todo esté en flor.

Después de un rato, se volvió hacia mí. Su voz era tranquila:

—Thérèse se ha ido, ¿verdad?

—Sí, se ha ido.

Se echó hacia atrás en su silla y miró los parterres y las macetas vacías. Un insecto revoloteaba entre las briznas de hierba frente a donde estábamos sentados. Dio un sorbo a su café y aspiró su aroma antes de volver a hablar:

—Es mejor así.

Nota del autor

Réquiem por París es una obra de ficción, pero algunas de sus historias se han inspirado en hechos reales. A principios de junio de 1940, durante la batalla de Francia, se produjo una masacre en el *bois* d'Eraine, cuando se tomaron prisioneras varias tropas francesas y fueron llevadas a una granja en el sur del bosque. Allí, se separó a los soldados del 16.º y 24.º Regimiento de Tiradores Senegaleses y se los llevaron, a pesar de las protestas de los oficiales franceses. Debido a su defensa de los soldados africanos, a seis de los oficiales se los trasladó a un lugar en el límite norte del *bois* d'Eraine y se los ejecutó. Sus cuerpos fueron enterrados en una fosa común allí donde cayeron. Se enterraron otros dos cuerpos cerca —un soldado marfileño y otro guineano— que probablemente habían sido obligados a cavar la tumba de los oficiales antes de ser ejecutados a su vez. A los soldados africanos que habían sido separados nunca más se los volvió a ver, y sus tumbas nunca se han encontrado. Se cree que se ejecutaron sesenta y cuatro soldados de esta manera. Este fue uno de los varios asesinatos en masa conocidos de soldados africanos franceses durante este periodo de la guerra.

En 1992 se erigió un monumento en el lugar de la fosa común donde se encontraron los ocho cuerpos. En 2010 se llevó a cabo una ceremonia para conmemorar el septuagésimo aniversario de la atrocidad, y ahora se celebran conmemoraciones todos los años.

A diferencia de los prisioneros de guerra franceses metropolitanos, los soldados africanos y árabes a los que se hizo prisioneros no se los envió a Alemania, sino que se los mantuvo en campos en Francia: los *frontstalags*. El argumento que esgrimían los nazis para justificar esta práctica era evitar la propagación de enfermedades tropicales, aunque los periódicos nazis afirmaban que también era para evitar la «contaminación racial» de las mujeres alemanas. Las condiciones de reclusión eran mucho más duras que las de los prisioneros franceses de la metrópoli y la tasa de mortalidad era considerablemente más alta.

Casi todos los personajes que aparecen en la historia son ficticios, pero Henri Lafont existió. Delincuente de poca monta que alcanzó un poder extraordinario gracias, en un principio, a la Abwehr; visitó la cárcel de Fresnes en agosto de 1940 con la connivencia del ocupante y consiguió la liberación de una treintena de delincuentes allí recluidos. Estos hombres fueron la base de una banda bajo el liderazgo de Lafont que se conoció como la Carlingue o la Gestapo francesa y que colaboró estrechamente con los alemanes. No entraré en más detalles aquí, ya que Lafont y sus compinches —reales o ficticios— aparecerán a lo largo de la guerra de Eddie en futuras historias, pero si quieres saber más sobre él, te recomiendo *The King of Nazi Paris,* de Christopher Othen (Biteback, 2020).

Aparte del papel que desempeña Eddie en la historia, los acontecimientos descritos en el Día del Armisticio son razonablemente fieles a los hechos reales. Por temor a las manifestaciones del 11 de noviembre, el mando militar alemán prohibió inicialmente cualquier conmemoración, aunque se cree que ese día unas veinte mil personas depositaron coronas de flores en la Tumba del Soldado Desconocido y en la estatua de Clemenceau en los Campos Elíseos. Los ocupantes lo toleraron, pero, por la tarde y la noche, varios miles de colegiales y estudiantes universitarios marcharon hacia el Arco del Triunfo, donde se encontraron con una fuerte oposición de la policía francesa y los soldados alemanes. Finalmente, las tropas de la Wehrmacht cargaron contra la multitud con las bayonetas caladas y dispararon al aire, lo que provocó el pánico. Este hecho es considerado por muchos como uno de los primeros puntos de inflexión en la ocupación, ya que la ofensiva inicial de seducción comenzó a dar paso a una represión más evidente. La escena en la que un soldado alemán dispara a un joven en la puerta está basada en un incidente real.

Precursora de la metanfetamina o del cristal, la pervitina era la droga milagrosa de la Alemania nazi, que se vendía sin receta y se entregaba a la Wehrmacht en forma de píldoras.

Conocida como «sal del piloto», su efecto era permitir a los soldados mantenerse despiertos durante días, estar activos durante largos periodos sin descanso y soportar el dolor y el hambre. Se repartieron millones de ellas a los soldados alemanes durante la batalla de Francia, y se ha dicho que la ofensiva de las Ardenas y la invasión de Francia fueron posibles gracias a la pervitina. Sin embargo, pronto se hizo evidente que la droga podía provocar una amplia gama de problemas de salud, como insuficiencia cardíaca, psicosis y adicción, por lo que se reguló a partir de 1941, aunque esto no sirvió para frenar su uso entre civiles y militares.

Curiosamente, cuando los teatros y las óperas volvieron a abrir sus puertas en París en otoño de 1940, una de las primeras óperas que se representaron fue *Fidelio,* la única ópera de Beethoven. Una historia de presos políticos y de libertad política, con su triunfo final sobre la opresión, fue una elección extraña y debió sentirse como una patada en los dientes para los parisinos, si fue elegida por los ocupantes, o como una inteligente y traviesa burla a los nazis, si fue una decisión francesa ponerla en escena. Lo extraño de que se representara en París bajo la ocupación queda patente por el hecho de que, tras el final de la guerra y la caída de los nazis, se convirtió en la primera ópera que se representó en Berlín.

Y, por último, las cañas de pescar. Algunos parisinos en verdad recorrieron la ciudad llevando consigo dos cañas de pescar para mostrar su apoyo a De Gaulle y a la resistencia. Según cuentan, el ocupante nunca entendió su significado, lo que es extrañamente gratificante.

Agradecimientos

Siempre hay mucha gente a la que agradecer cuando se escribe un libro, y es imposible expresar lo agradecido que estoy por todo el apoyo que he recibido de todos los que me rodean. Las palabras que siguen son solo la punta del iceberg de lo mucho que significa su ayuda para mí.

Me gustaría dar las gracias a la Society of Authors y a la Author's Foundation por la inestimable labor que realizan para ayudar a los escritores. Mientras escribía este libro, tuve la suerte de recibir el premio Eric Ambler, que me proporcionó el tiempo adicional y el respiro mental que tanto necesitaba.

Una de las mejores cosas de ser escritor es conocer —en la vida real o virtualmente— a una multitud de maravillosos lectores, blogueros, libreros y escritores. Me siento honrado por la forma en que tanta gente ha visto a Eddie con buenos ojos y ha disfrutado de su historia. Me gustaría dar las gracias especialmente a todos los lectores que han tenido la amabilidad de escribirme o publicar en las redes sociales para decirme que han disfrutado de *Los olvidados,* y a todos los blogueros y críticos que han apoyado con tanta intensidad mis escritos, sobre todo a Jacky Collins, Jill Doyle, Gordon McGhie y Noel Powell. También tengo una gran deuda de gratitud con todos los escritores de novelas policíacas que han sido tan amables de hablar bien de Eddie; un agradecimiento especial a Mick Herron, Vaseem Khan, Adrian Magson, Andrew Taylor y David Young.

Para ser gente que se pasa el día soñando con hechos despreciables y asesinatos sangrientos, los escritores de novelas policíacas son una de las personas más agradables que se pueden conocer, y yo tengo la suerte de ser miembro del Crime Cymru, un colectivo de escritores de novelas policíacas de Gales. Muchísimas gracias a todos los miembros y seguidores, que hacen tanto para promover la literatura policíaca galesa y apoyarse mutuamente en las buenas y en las malas, con un agradecimiento especial a Judith Barrow, Mark Ellis, Philip Gwynne Jones, Alis Hawkins, Beverly Jones, Thorne Moore, Louise Mumford, Katherine Stansfield y G. B. Williams.

Me gustaría dar las gracias a mis editores alemanes y españoles, con quienes es un auténtico placer trabajar y tanto han creído en Eddie. A mi editor alemán Thomas Wörtche y a mi traductor Andreas Heckmann, así como a todos los que trabajan en Suhrkamp. A mi editora española, Claudia Casanova, y a mi traductora, Iris Mogollón, y a todo el equipo de Principal de los Libros. Gracias por vuestro talento, habilidad y cariño.

La incorporación de los créditos en los libros es una gran idea y la recibo con gran satisfacción. Me gustaría dar las gracias de corazón a todos los que aparecen en los créditos de este libro y a todas las personas de mi maravillosa editorial, Orion. Estoy eternamente agradecido por el talento, la dedicación y el duro trabajo de todos vosotros. Tengo mucha suerte de trabajar con los mejores y más agradables editores del sector, Emad Akhtar y Celia Killen, cuya brillantez y buen humor hacen que todo el proceso de escritura sea aún más divertido. Si habéis disfrutado de este libro, tenéis que agradecerles a ellos su percepción, paciencia y perspicacia; todo lo demás es culpa mía. Tengo la suerte de seguir teniendo la oportunidad de trabajar con un equipo increíble: mi agradecimiento a Alainna Hadjigeorgiou, Tanjiah Islam y todos los que trabajan en *marketing*, promoción y ventas, y a Krystyna Kujawinska, Louise Henderson y todo el equipo de Derechos. También me gustaría dar las gracias al corrector *freelance* Jon Appleton por la dimensión adicional que aporta, y a la diseñadora Micaela Alcaino por haber hecho un gran trabajo con sus increíbles portadas.

Ahora es cuando le doy las gracias a mi agente Ella Kahn. Podría seguir hablando de su talento y perspicacia, de su confianza en mí, de su respuesta a cada una de mis preguntas con amabilidad y consideración constantes, y un largo etcétera. Pero, en lugar de eso, lo haré de forma sencilla y me limitaré a darle un profundo agradecimiento.

Gracias, también, a mis amigos y familia por difundirlo. A mi hermana Helen y a mi cuñado Malcolm por todo su apoyo. A Sue Pinfold por engatusar no a uno, sino a dos clubes de lectura para que leyeran mis libros.

Y, por último, a mi esposa Liz, que lo es todo. Gracias por todo tu amor y apoyo y por saber siempre exactamente lo que hay que hacer, las palabras adecuadas que hay que decir y la bebida adecuada que hay que servir. Gracias con toda mi alma.

Principal de los Libros le agradece la atención
dedicada a *Réquiem por París,* de Chris Lloyd.
Esperamos que haya disfrutado de la lectura
y le invitamos a visitarnos
en www.principaldeloslibros.com,
donde encontrará más información
sobre nuestras publicaciones.

Si lo desea, también puede seguirnos
a través de Facebook, Twitter o Instagram
utilizando su teléfono móvil
para leer los siguientes códigos QR: